KB051533

표지 사진 ⓒ 이훤 〈We Meet in the Past Tense(우리는 과거형으로 만난다)〉
Pigment, 30" X 24", 2020

같은 시공간에 없기 때문에 그리고 누군가는 같은 시공간에 있기 때문에 우리는 현재라는 시제를 다양하게 경험한다. 시차가 있는 먼 대륙에서 거주하는 동안 시간을 두 번씩 경험했다. 밤이 시작된 그곳에서 한 번, 이미 다음 날이 되어 있는 모국의 사람들의 눈을 통해 한 번, 두 시제로 살던 날들에 시작한 시리즈다. 매일 14시간 과거에 있다는 감각과 꾸준하고 이상한 거리감을 기록하기 위해 매일 밤 9시부터 10시까지 1년 동안 같은 시간을 걸으며 그곳에서 보았던 걸 사진으로 담았다. 모국에 돌아가면 같은 시간대를 사진으로 남겼다. 그렇게 두 시제의 공간을 사진으로 꿰매며 없었던 시공간이 생겼다. 거듭 인터뷰를 반복하며 다른 타자들, 어쩌면 타국에 머물지 않는 누군가도 자주 겪는 현상일 거라 직감했다. 우리는 모두 시간 위에서 미끄러지니까. 시간 사이로 발이 빠져 거기서 몇 달을 보내기도 하고. 그것 앞에서 입장할지 말지 주저하다 한 시절이 지나버리기도 하니까.

이훤_시인, 사진가. 텍스트와 이미지로 이야기를 만든다. 시카고예술대학교에서 사진을 공부했고 미국, 중국, 캐나다, 스코틀랜드에서 〈Tell Them I Said Hello〉 등의 사진전을 열었다. 2019년에는 큐레이터 메리 스탠리가 선정한 주목해야 할 젊은 사진가에 선정되었다. 《양눈잡이》, 《우리 너무 절박해지지 말아요》 등의 시집과 산문집 《아무튼, 당근마켓》, 《당신의 정면과 나의 정면이 반대로 움직일 때》를 썼고, 《벨 자》(실비아 플라스), 《정확한 사랑의 실험》(신형철), 《끝내주는 인생》(이슬아) 등의 책에 사진으로 참여했다. 정릉에서 사진 스튜디오 겸 교습소 '작업실 두 눈'을 운영 중이다. PoetHwon.com/@__leeHwon

계간 미스터리

2023 겨울호

2023년 12월 15일 발행 통권 제80호

발행인 이영은
편집장 한이
편집위원 윤자영 조동신 홍성호 박상민 김재희 한수옥
교정 오효순
홍보마케팅 김소망
디자인 조효빈
제작 제이오
인쇄 민언프린텍
발행처 나비클럽
등록번호 마포, 바00185
등록일자 2015년 10월 7일
출판등록 2017. 7. 4. 제25100-2017-0000054호

주소 (04031) 서울 마포구 동교로22길 49, 2층
전화 070-7722-3751 팩스 02-6008-3745
메일 nabiclub@nabiclub.net
홈페이지 www.nabiclub.net
페이스북 @nabiclub
인스타그램 @nabiclub
ISSN 1599-5216
ISBN 979-11-91029-86-4 03810

본지에 실린 글과 사진의 무단 전재 및 복제를 금합니다.

※본지는 한국문화예술위원회의 문예진흥기금에서 원고료(일부)를 지원받아 발행합니다.

2023 겨울호를 펴내며

여러모로 심란한 요즘입니다. 매년 단군 이래 최대 불황이라는 출판계는 바닥을 알 수 없을 정도로 떨어지고 있고, 그나마 팬데믹 특수를 누리던 웹소설 플랫폼들도 매출이 급감하고 있습니다. 도서관 예산은 처참할 정도로 삭감되고 있고, 작은 도서관은 전국적으로 폐쇄 절차를 밟고 있는 모양입니다. 심지어 서울 강남구의 한 도서관은 임대차 계약 만료로 폐관한다는 공고를 붙였다가 주민들의 항의로 철회하는 해프닝까지 있었다고 합니다. 이 정도면 어딘가 높은 곳에 국민이 책을 읽는 것을 극도로 혐오하는 세력이 있는 것이 아닌가 하는 극히 음모론적인 생각까지 들면서, 스티븐 킹의 《인스티튜트》에 나오는 한 대목이 떠오릅니다.

> 팀은 올라탔다. 그녀의 이름은 마저리 켈러먼이었고 브런즈윅 도서관장이었다. 그런가 하면 남동부 도서관 협회인가 뭔가 하는 단체의 회원이기도 했다. 그 협회는 돈이 없는데 "왜냐하면 트럼프하고 그 일당이 다 빼앗아갔거든요. 그들이 문화를 이해하는 수준은 당나귀가 수학을 이해하는 수준하고 비슷해요"라고 했다.

어찌 되었든, 어딘가에는 분명히 이야기를 사랑하고, 활자가 없으면 손을 덜덜 떨면서 공포에 빠지는 이들이 있기에 열심히 만든 《계간 미스터리》를 펼칩니다.

이번 겨울호 특집 중 하나는 〈뉴스타파〉 김새봄 피디의 〈J의 몰락〉입니다. 죄수와 검찰 사이를 오가면서 사건 브로커 역할을 했던 J라는 인물의 성공과 몰락이 한 편의 드라마처럼 펼쳐집니다. 드라마와 다른 점이라면 실화라는 점이겠죠. 두 번째 특집은 추리문학 평론가인 박광규의 〈하라 료'라는 작가를 기억하며〉입니다. 올해 5월에 유명을 달리한 하라 료를 추모하는 글입니다. 1988년에 데뷔한 이래 35년 동안 다섯 권의 장편과 단편집 한 권만을 남긴 과작의 대명사, 하드보일드 장르를 가장 성공적으로 일본에 이식한 작가로 평가받는 하라 료가 얼마나 작품의 완성도를 추구했는지 뭉클한 이야기를 만나게 될 것입니다.

이제는 《계간 미스터리》의 시그니처가 된 신작 단편들도 풍성하게 실었습니다. 먼저 신인상 수상작인 이시무의 〈아버지라는 이름으로〉는 주가조작 사건과 '가족 살해 후 자살'을 주요 소재로 다루는데, 사회파 미스터리의 주제의식과 본격 미스터리의 재미를 적절하게 섞어 맛깔난 작품으로 만들어냈습니다. 히라노 쥬의 〈회귀回歸; regression〉는 컴퓨터 천재가 만들어낸 밀실에서 벌어지는 죽음을 소재로 알리바이와 밀실 트릭이라는 지극히 본격 미스터리적인 쾌감을 추구한 작품입니다. 김유철의 〈뱀파이어 탐정〉은 언뜻 보면 백색증에 걸린 탐정이 활약하는 가벼운 학원물 같지만, 작품 기저에 깔린 내용은 예상보다 묵직합니다. 황세연의 〈밥통〉은 아내 몰래 중고 거래로 밥통을 하나 사려 했던 주인공이 어떻게 막다른 곳으로 내몰리는지 한 편의 블랙코미디를 보는 것 같습니다. 장우석의 〈고양이 탐정 주관식의 분투〉는 실종된 고양이를 찾는 과정을 논리적으로 풀어나가면서도 절로 미소를 짓게 하는 따뜻한 일상 미스터리 작품입니다. 그리고 백휴의 〈탐정 박문수-성균관 살인사건〉은 드디어 마지막 결말에 다다르면서, 다양한 편견과 강요된 희생이 어떻게 무고한 희생자를 만들어내는지 보여줍니다. 성균관 태학생을 배경으로 한 역사 미스터리가 요즘의 교육 현실과 별반 다르지 않은 것 같아 씁쓸합니다.

그 외에도 올해 크게 성공한 영화 중 하나인 〈잠〉의 유재선 감독을 인터뷰하면서 호러 장르에 대한 지론과 시나리오를 집필하는 노하우를 들어보고, 영국 스릴러 드라마 〈비하인드 허 아이즈〉에 숨겨진 특수 설정과 복선에 대해서도 분석했습니다.

미국 대중음악사상 가장 뛰어난 프로듀서이자 영감 넘치는 구루로 잘 알려진 릭 루빈은 "우리는 예술가의 작품을 결과물로 생각하는 경향이 있다. 예술가의 진짜 작품은 그가 세상에 존재하는 방식이다"라고 말했습니다. 하라 료를 추모하는 글을 읽으면서 하드보일드란 장르가 아니라, 삶의 방식이라는 평소의 생각을 더 굳히게 됩니다. 주변에서 아무리 무어라 해도 시간과의 타협이 없는 완성도를 추구하는 단단한 마음가짐. 그것이 바로 하드보일드가 아닐까요. 아무리 책과 도서관을 탄압하고 말살하려 해도, 끝내 굴하지 않는 마음. 오늘도 하드보일드 라이프를 외치며 《계간 미스터리》 80호를 내놓습니다.

한이·계간 미스터리 편집장

---

1   릭 루빈 지음, 정지현 옮김, 《창조적 행위: 존재의 방식》, 코쿤북스, 2023, 46쪽.

차례

J의 몰락

김새봄(〈뉴스타파〉 피디)/ 팩트스토리

"제2의, 제3의 J가 나와야 합니다." (2006년 11월 5일, 조회 수 3290)[1]

2006년 11월 5일, 밤 9시 11분. 디시인사이드 성균관대 갤러리에 한 편의 글이 게시된다. 평범한 결혼 축하로 시작된 게시 글은…

오늘 결혼하신 '이루니' 님(성대 최초의 '비운동권' 재선 총학생회장 J)에게 축하드립니다. J님은 성대의 신화적인 인물입니다. 보통 사람들은 한 번도 하기 어려운 성대의 '비운동권' 총학생회장에 무려 두 번씩이나 당선되셨으니…

아이디 '이루니', 성대 최초 비운동권 총학생회장에 재선된 J에 관한 무한한 신뢰와 찬탄으로 이어진다.

앞으로 J님은 정계에 진출하시면 크게 성공할 겁니다. 능력의 탁월함과 뛰어난 말솜씨와 논리적인 글로 성대 역사상 최고의 성대 총학생회장으로 기록되었으니… J 총학생회장은 '천재'라고 생각됩니다. … 성대생들 중에서 '제2, 제3의 J'가 계속 나와야 합니다!

제2, 제3의 J를 열망하던 2006년.

현직 대학교 총학생회장이 차기 총학생회장으로 2년 연속 당선되는 진기록… J씨(24세, 경영학과 01학번)가 상대 후보를 800여 표 차로 따돌리고 전년도에 이어 차기 총학생회장으로…[2] 재선은 매우 이례적… J씨는 "1년 동안 학생회를 이끈 경험과 지도력 등에서 후한 점수를 얻은 것 같다."[3] … 4학년인 J씨는 이번 선거 출마를 위해 인위적으로 등록 학점 수를 적게 해 졸업을 늦췄으며, 이로써 대학을 5년간 다니게 돼 '5학년 총학생회장'이 됐다.[4]

---

1   https://gall.dcinside.com/board/view/?id=skku&no=6214 디씨인사이드, 성균관대 갤러리 (검색일자 2023년 8월 9일).

2   〈조선일보〉, 2004년 12월 7일, "[단독기사] 총학생회장 2년 연속 당선 이색기록".

3   〈중앙일보〉, 2004년 12월 8일, "대학 총학 선거 '이변의 시대'".

4   〈조선일보〉, 2004년 12월 7일, "[단독기사] 총학생회장 2년 연속 당선 이색기록".

성대 최초 비운동권, 최초 재선 당선자라는 화려한 수식어. 졸업까지 늦춰가며 직을 수행한 강한 책임감. 신화적 인물로 칭송받던 전도유망한 청년. 앞선 게시글엔 비교적 최근 댓글이 달려 있는데 내용은 다음과 같다.

○○(114.207) 2017년에 사기죄로 체포된다. (2017. 12. 04. 09:02:39)

○○(175.223) 나랑 같은 이유로 찾아온 사람이 또 있군요. (2017. 12. 04. 10:14:46)

현실에 충실하자(39.7) ㅎㄷㄷㄷ (2017. 12. 04. 11:56:59)

성대(115.21) 같은 이유로 방문한 1인 추가... ㅋ 철학 없이 말뿐인 사람의 최후인가. (2017. 12. 04. 14:27:48)

삼성이 그리 좋냐(165.132) 그러나 교도소를 드나들게 됩니다. ㅎㅎㅎ (2017. 12. 05. 15:56:01)

이 이야기는 J의 몰락에 관한 것이다.

존경하는 재판장님.

거짓 없이 살아온 인생을 간단히 정리하면, 아래와 같습니다.

H대학교 ○○○○ ○○○○ 졸업하신 아버지와

H대학교 미술대학 ○○○○○○를 졸업하신 어머니 사이에서

장남으로 태어나서 모든 것이 완벽하다고 말할 수 있는 유복한 환경에서 자랐습니다.

그러나 중학교에 진학하던 때 아버지 사업이 부도를 당하여

모든 환경은 가혹할 정도로 어려운 처지로 급변했습니다.

(…) 어려운 환경 속에서도 고등학교 시절 학생회장을 하면서

성실히 학업에 열중했고,

초중고 12년 동안 반장, 회장을 놓친 적이 없었던 모범생이었습니다.

(…) 우리나라 최연소 상장기업 CEO이자 경영권자가 되기도 하였습니다.

당시 2009년 기준 만 28세였습니다.

(…) 금융위기로 인해 실패 이후

이를 만회하려 인수한 KOSPI 회사마저 어려워지는 악순환 속에서

큰 난관에 봉착하게 되었습니다.

거듭된 사업 실패의 지난한 어려움 속에서

당시 지녔던 천박한 성공의 자리를 잃는 것이 두려워

재기를 위한다는 미명 아래

수단과 방법을 가리지 않고 여러 일에 뛰어들었습니다.

— 죄수 A 사건 재판부에 보낸 J의 진정서 중 (2018년 3월 14일)

J가 주목한 것은 의료사업이었다. J는 서울, 부산 등 여러 지역에 병원 개설 사업을 진행하다 자금 위기를 겪었다. 2008년, 서울 강남에 있던 자신의 사무실 분양 대금 약 8천만 원 납부 지체를 시작으로, 부산점 공사 대금도 지급하지 못했다. 충남 연기군에 병원을 개원할 목적으로 매입한 상가의 중도금을 지급하지 못해 계약까지 해지됐다. 다른 지점들의 재정 상황도 연쇄적으로 빨간불이 들어왔다. J는 실패를 인정할 수 없었다. 더 이상 자신의 소유가 아닌 상가 건물로 투자금을 유치하고, 돈이 없어 짓지도 못할 압구정점에 인테리어 공사를 진행해 마치 자신의 사업이 번창하고 있는 듯 꾸며내 투자를 계속 받아냈다. 그뿐만 아니라 주식으로 투자금의 두 배를 벌게 해주겠다며 돈을 받아낸 뒤 자신의 채무를 갚는 데 사용했다. 자동차도 빼앗았다. 체어맨 승용차를 잠시 쓰겠다며 빌려가더니 돌려주지 않고 채권자에게 담보로 제공하기까지 했다. J는 무너지는 와중에도 건재하다는 듯 다수의 피해자에게 총 10억 원을 뜯어냈다.

사기·횡령죄로 재판이 진행되던 중에도 범죄행각은 멈추지 않았다. J는 형사 합의를 이끌어내기 위해 피해자와 함께 경찰서에 가서, 경찰관이 보는 자리에서 위조된 표지어음을 제시해 은행 직원 행세를 하는 등 대담한 범행을 이어갔다. 위조한 문서로 피해자를 또다시 속여 약 4억 원의 돈을 뜯어낸 것이다. 끝내 유가증권위조죄, 사기죄, 위조유가증권행사죄 등으로 2013년 서울서부지법에서 징역 3년을 선고받고 2014년 1월, 그 판결이 확정됐다. J는 남부구치소에 수감됐다.

J의 야망은 멈추지 않았다. 구치소에서조차.

사건 브로커 J

> 높은 수준의 금융 및 법률 관련 지식을 갖추고 있어 (…) 주변 수용자들에게 법률적
> 조언을 해주거나 관련 범죄사실을 함께 검찰에 제보하고 수사에 조력하는 등 일종
> 의 '사건 브로커'와 같은 역할을 하였다.
> — 죄수 A의 판결문에서 설명하는 J

J는 어떻게 '사건 브로커'가 됐을까. 그 시작은 판결문에 기재돼 있지 않다. 다
만 J가 다수의 검사실에 불려가 검찰 수사를 도왔다는 점은 분명히 적시돼 있
다. 경제범죄의 특수성 때문일까. J의 지식은 검사에게도 유용했다. 수사에 실
질적인 도움이 됐다. 자신의 재판이 진행 중인데 다른 범죄의 수사를 돕다니, 너
무 정의로운가? J도 얻는 게 있었다. 검사들과의 '개인적' 친분이다. 구치소에서
이는 곧 권력이 된다. J는 검사나 수사관들과의 '친분'을 과시했다. 재소자들 사
이에서 J는 검찰과 직접적으로 연결되는 끈이었다. 재소자들은 자신을 고소한
사람에 대한 복수심으로 제보할 게 있다며 J를 찾았다. 자신만 억울하게 기소됐
다며 동업자의 죄를 J에게 제보했다. 검사가 솔깃할 만한 제보를 손에 쥐면, J는
검사실을 찾았다. 그렇게 J가 쓸 만한 제보를 주니, 검사도 실적을 쌓았다. 공생
관계가 형성됐다. 죄수와 검사의 공생관계는 죄수에게 줘서는 안 될 힘을 부여
했다.

> 거의 검사실에 출근하다시피 한단 말이에요. 가서 TV도 보고 왔다, 전화도 쓰고 왔
> 다 그러면 같은 재소자 입장에선 부럽잖아요. 굉장히 검사하고 깊은 관계가 있다고
> 착각하고. 그럼 재소자들 입장에선 저 친구한테 잘 보이거나 하면 나가서 감형이나
> 가석방 이런 혜택도 받을 수 있지 않을까 생각하고, 그러다 보면 이제 부탁을 하게
> 되는 경우도 있고.[5]
> — 제보자 X와 〈뉴스타파〉 인터뷰

J의 특별한 지위 덕분에 먼저 그의 어깨를 두드린 이가 있었다. 그를 죄수 A라

---

5   〈뉴스타파〉, 2019년 8월 12일, [죄수와 검사] (2) "'죄수−수사관−검사'의 부당거래".

부르자.

흙먼지 날리는 운동장 벤치, J를 향해 걸어와 나란히 앉은 죄수 A. 왼쪽 호주머니를 만지작거린다. USB. 자신을 고소한 투자자를 공격할 카드였다. 투자자는 훗날 약 140억 원의 횡령 및 탈세 혐의로 언론에 주목받게 된 최인호 변호사였다. 죄수 A가 가져온 USB에는 최인호 변호사의 운전기사로부터 얻은 내부 회계자료가 가득했다. 죄수 A는 왼쪽 주머니에 손을 넣고 오른손으로 J의 귀에 대고 속삭인다.

최인호는 '대구 공군비행장 전투기 소음 피해 손해배상' 청구 소송을 수임해 승소한 변호사로, 광고대행사를 운영하던 죄수 A에게 거액을 투자했다. 그런데 자신의 투자금을 다른 곳에 썼다며 죄수 A를 사기 혐의로 고소했다. 죄수 A는 반박했다. '최인호에게 돈을 투자받으면서 최인호의 지시에 따라 자금세탁을 해주었을 뿐'이라고 했다. 죄수 A는 자신의 억울함을 호소했다. 오히려 최 변호사가 공군비행장 소음 소송 승소금을 횡령 및 탈세했다는 것이다. 더 나아가 그 금액이 코스닥 상장사였던 '홈캐스트 주가조작'에 흘러 들어갔다고 주장했다. 홈캐스트는 셋톱박스를 제조하던 회사로, 2015년 당시 줄기세포 회사와 공동으로 사업하는 것처럼 허위 공시해 '황우석 테마주'로 꾸민 뒤, 주가를 조작한 사건에 휘말린 회사였다.

죄수 A의 주장은 받아들여지지 않았다. 2014년 1심에서 징역 9년을 선고받았다. 이 시기, 죄수 A는 J에게 사건을 의논했다. 2015년 2월, J는 다른 제보로 알고 지내던 서부지검 형사3부의 수사관 K에게 최인호의 자금세탁 의혹과 관련된 횡령 및 탈세 사건을 함께 제보했다. 수사가 채 시작되지도 못한 채 그해 9월, 죄수 A의 확정판결이 났다. 징역 7년의 유죄였다. 죄수 A는 재심을 준비했다. 더 절실해졌다.

2015년 10월, 이번엔 남부지검에 최인호 변호사 탈세를 수사해달라는 취지의 진정서를 제출했다. 하지만 해당 사건은 서부지검에서 수사 중이란 이유로 사건이 이송되었다. 그해 11월, 서부지검은 최인호 변호사의 횡령 혐의만 인정해 최 변호사를 불구속기소했다.[6] 죄수 A와 J는 포기하지 않았다. 다른 방법은 없을까. 죄수 A와 J는 최인호 변호사가 횡령·탈세 의혹을 받은 자금의 일부가 주가조작에 사용된 정황이 있다는 점에 착안했다.

두 달 뒤, 서울남부지검의 문을 두드렸을 때 해당 사건은 최희정 검사에게 배당되었다. 최희정 검사는 J와 특별한 연이 있었다. 바로 대학 선후배 사이라는 점. 판결문에서는 특별히 이 관계가 수사 초기, 신뢰 관계 구축에 긍정적으로 작용했다고 언급하고 있다. 수사가 개시되었다. 2016년 5월의 일이다. 이 관계는 우리가 전혀 예상치 못한 방식으로 악용되었다.

> J와 최희정 검사가 대학 선후배 사이라는 점은 홈캐스트 주가조작 사건 수사 초기 단계에서 최희정 검사실과 J 사이의 신뢰 관계 구축에 긍정적으로 작용되기도 하였다.
> — 죄수 A의 판결문 중

주가조작이라는 범죄의 특성상 내부자 진술 없이는 구체적인 시세조종 수법을 알기 어렵다. 2014년 당시, 남부지검 증권범죄합동수사단에서 내사를 진행한 바 있었으나 범행 전모를 확인하지 못하고 수사가 중단된 상황이었다. 만일 주가조작 가담자의 진술이 있다면? 상황은 달라진다. 죄수 A는 홈캐스트의 실소유주인 장씨가 별건으로 서울구치소에 수감 중인 사실을 알게 되었다. 장씨와 개인적 친분이 있던 죄수 A는 자신들이 있는 남부구치소로 장씨를 이감시켜주면 수사에 협조하도록 설득하겠다고 제안했다. 검사는 받아들였다. 장 대표는 2016년 5월, 남부구치소로 이감되었다.

당시 사기죄 등으로 징역 3년을 선고받고 수감 중이던 장씨는 자신이 주식 부정 거래 사건의 피의자로 수사를 받아 추가로 처벌을 받게 될 경우 형기가 길어질 것을 두려워했다. 이때 J가 접근했다.

> "형의 사건에 대해 금감원에 제보하면 포상금이 20억 원인데, 이 돈을 포기하고 형

---

6   140억 원대 지연이자를 횡령한 혐의로 기소된 최인호 변호사는 2019년 12월, 대법원에서 최종 무죄가 확정됐다. 재판이 진행되던 중, 최인호 변호사는 탈세 및 개인정보법 위반 혐의 등으로 추가 기소돼 1심에서 징역 3년에 집행유예 4년형을 선고받았다. 서울중앙지법 형사합의22부는 2018년 8월 17일, 최 변호사의 탈세 혐의 가운데 총 49억 1천여만 원에 대해 유죄, 검사를 통해 개인정보를 빼낸 혐의에 대해 일부 유죄로 판단했다.

을 도와주겠다. 담당 검사는 대학 선배이고, 담당 수사관은 내가 직접 수사를 도와주
고 있으니 형이 선처받을 수 있도록 도와주겠다."
— J의 판결문 중

믿지 못하는 장씨에게 재차 검사와 대학 선후배 사이임을 강조했다. J는 수사관
K에게 요청해 서부지검 415호로 장씨를 불러들였다. 휴대폰도 사용할 수 있게
하는 등 사적 편의를 제공하면서. 장씨는 2016년 9월까지 47회 소환되었다. 장
씨는 J가 "'형사적으로나 민사적으로 전혀 문제가 되지 않게 하겠다'라는 내용
으로 수회 이야기하였다"고 증언했다.

장씨의 자백을 끌어낸 장소는 서부지검 415호실. 수사는 남부지검에서 진행하
는데, 정작 장씨가 자백을 종용받은 곳은 서부지검이었다. 어떻게 이런 일이 가
능했을까. 이를 가능케 한 자는 서부지검 수사관 K였다. 초기 최인호 변호사의
횡령 및 탈세 혐의를 제보받은 사람이 수사관 K다. 엄연히 홈캐스트 주가조작
수사 주체는 남부지검 최희정 검사실이었다. 수사관 K는 주가조작 수사를 할
의사가 없었다. 그런데도 J의 부탁을 받고 수사관의 권한인 '수감인 소환'을 활
용했다. 사실은 수사 의지가 없으면서 '사건 수사'를 하겠다며 수용자 장씨를 서
부지검으로 불러들였다. 수사관 K의 행위는 법적으로 '구치소장 및 교도관들로
하여금 의무 없는 일을 하게 한' 직권남용 권리행사방해죄에 해당했다.

죄수가 받는 가장 큰 형벌은 신체의 구속일 것이다. 자신이 원해도 구치소 밖으
로 걸어 나갈 수 없는, 부자유의 형벌. 단, 재판을 받기 위해서 나가거나 사건 관
련 검찰 추가 조사를 받을 때 구치소 밖으로 나갈 수 있다. 이를 '출정'이라 부른
다. 수사관 K는 J와 죄수 A를 수시로 '출정'을 불렀다. J가 요청하면 다른 동료
죄수들도 함께 불러서 장소까지 제공했다. J는 출소 후 진행할 사업을 서부지검
검사실에서 구상했다. 함께 사업할 동료 죄수까지 불러들였다. 대신 J는 수사관
K에게 "고급 수입차를 며칠 사용할 수 있도록 구해주겠다"고 제안하거나, 또 다
른 제보를 할 죄수를 소개해주었다. 그렇게 수사관 K는 실적도 올리면서 동시
에 제보한 죄수로부터 뇌물도 받았다. 죄수 A에게도 돈을 뜯어냈다. 죄수 A의
절실함을 누구보다 잘 알았기 때문이다. 선처를 바라며 제보한, 또 다른 절실한

죄수들에게도 마찬가지였다. 제보한 사건 수사를 잘 부탁한다며, 그렇게 죄수들은 수사관 K에게 뇌물을 건넸다. 이 모든 연결고리에 J가 있다.

다시, 서부지검 415호로 돌아가보자. 소환된 장씨 앞에 J는 수사 자료를 직접 가져와 보여주었다. 수사 중인 주가조작 사건 관련자들의 이름과 직업, 금융계좌 등 개인정보가 기재된 진술조서, 공시현황 분석자료 등이 포함된 수사보고서 등이었다. 문건을 매만지며, J는 자신이 검사와 가깝다고 재차 말했다. 이 모든 이야기를 비어 있는 검찰 사무실에 불러들여 하고 있는 것이다. 당신이라면, 안 믿겠는가? 아니, 두렵지 않았겠는가?

> "J가 계속하여 20억 원 포상금 및 이득금에 대하여 몰수당한다는 말을 했기 때문에 무서워서 20억 원 포상금을 달라는 의미로 받아들였습니다. (…) 그 돈을 J에게 주면 제 형사 처분이라도 면할 수 있을 것이라고 생각이 되었습니다."
> — J의 판결문 중 (2016년 9월, 검찰 조사 당시 장씨의 진술)

이로써 J는 검찰에 선처를 알선해주는 대가로 23억 원 상당의 이익을 받기로 약속받았다. 알선수재에 해당하는 범죄였다. J의 다음 목표는 23억 원을 실제로 받아내는 것이었다. 출소 후 장씨의 처를 찾아가기까지 했다. 강남구 청담동의 한 음식점에서였다. J의 노골적인 돈 요구에 '부담이 됐다'고 회고할 정도로, J는 돈에 매달렸다.

> "(…) 부담이 된 것이 사실입니다. 저는 시아버님을 설득하여 수표로 23억 원권 1장으로 인출하여 J에게 보여주면서 '나중에 J 회사에 투자하겠다. 이 정도면 저를 믿고 남편을 도와줘라'는 말도 하였습니다."
> — J의 판결문 중 (2016년 9월, 검찰 조사 당시 장씨의 처 ○○○의 진술)

> 증인의 집안이 몰락하고
> 극에서 극으로 달라진 환경에서 받은 시련은
> 저에게 상처가 되어,
> 스스로가 자신을 가진 것이 없고

막연히 뒤처진 사람이라는 생각을 하게 되었습니다.

또한 부모님에게 겉으로는 한 마디의 불평도 하지 않는

순종하는 아들이었으나,

가슴속 깊은 곳에서는

부모님을 향한 커다란 원망이 자리하였습니다.

(…) 성실히 노력하던 과정은 망각한 채

결과의 화려함과

그것을 얻어내는 속도에만 집착하게 되었습니다.

— 죄수 A 사건 재판부에 보낸 J의 진정서 중 (2018년 3월 14일)

J가 집착하게 된 것은 돈, 오로지 돈뿐이었다.

당시 J는 서부지법에서 사기죄 등으로 실형을 선고받고 항소한 상황이었다. 만일 항소가 기각돼 판결이 확정될 경우, 향후 4년 6개월을 더 복역해야 하는 상황. 피해자들에게 합의금을 주어 이를 막아야만 하는 급박한 상황이었다. 그런데 자신에게 23억을 주겠다고 약속한 장씨가 부정거래로 얻은 부당이득금 상당액이 있다는 사실을 알게 된 것이다. J는 절박하게 돈에 매달렸다.

> "J가 제게 부정거래로 얻은 이익 등은 몰수·추징 대상이기 때문에 사용하면 안 된다고 말했습니다. 에스크로(조건부양도증서)를 걸어야 한다, 검찰에서 요구한다, 나중에 제출해야 한다는 말을 해서 (…)"
> — J의 판결문 중 (2016년 9월, 검찰 조사 당시 장씨의 진술)

부당이득에 대해 자진해서 납부하겠다는 의사를 표시해야 선처를 받을 수 있다고 강조했다. 무엇보다 J가 아는 변호사 U를 지정하며, 금원과 주식을 변호사 U에게 넘겨주라고 했다. 마지막까지 J는 "검찰과 이미 협의가 됐다"고 강조했다. 사기였다.

이로써 J는 현금 14억 5천만 원, 무기명채권 12억 원, 홈캐스트 주식 5만 749주 등 약 31억 2천만 원 상당을 손아귀에 넣었다. 그 가운데 10억 원 상당을 자신의 형사사건 합의금으로 우선 사용했다. 그 결과 서부지법에서 열린 항소심 재판에서 J는 징역 1년 6월 및 징역 2년에 각 집행유예 4년을 선고받고 출소하게 된다. 2016년 7월 31일의 일이다.

주가조작 사건 수사는 계속되는 가운데, 자유의 몸이 된 J는 상당한 재력가로 변모해 있었다. J는 포르쉐와 카니발 두 대를 가용하며 운전기사까지 두었다. J는 장씨로부터 받은 주식을 현금화하는 데 운전기사를 이용했다. 운전기사의 증언에 따르면 천만 원짜리 수표를 100만 원짜리로 교환해 각 은행을 돌면서 5만 원권 1억여 원과 만 원권 3천만 원으로 바꿔 J에게 전달했다.[7]

J는 이 현금을 거주지와 명품을 소비하는 데 사용했다. 라이카 카메라, 시가 4천만 원 상당의 명품 시계 등을 다량으로 구매하고 운전면허가 없음에도 차량 여러 대를 리스하기도 했다. 보증금 1억 원에 월세 450만 원짜리 청담동 아파트에서 거주했으며, 건물 전체에 대한 리모델링을 진행했다. 인테리어 비용으로만 1억여 원을 썼다고 한다. 현금이 얼마나 많았는지, 유흥주점 여성 종업원이 빚진 거액의 선불 채무 1억 원을 한 번에 갚아주기도 했다고 한다.

집 안은 최신 전자제품 및 각종 명품으로 가득 채워져 있었다. 특히 옷장에는 '에르메스' 상표의 넥타이들이 가득 차 있었고, 옷값으로만 2억 원을 썼다는 주변인의 진술이 있었다. 실제 거주지 압수수색 당시 고가의 브랜드 신발 다섯 켤레, 넥타이 26개, 벨트와 골프가방 및 골프채 수십 개가 발견됐다. 체포 당시에도 J가 들고 다니는 가방에는 현금 800만 원 상당이 들어 있었다.

장씨는 J에게 31억 원을 정상적으로 임치해놓았는지 문의했다. 임치란 법률용어로, 장씨가 금전 등을 J에게 맡기고 J가 이를 보관하기로 한 것을 법적으로 약속한 것을 뜻한다. J는 위조 표지어음을 이용해 마치 정상적으로 금품이 보관돼 있는 것처럼 임치계약서를 작성했다. 장씨는 안심했다. 완벽했다. 이제 31억 원은 J의 것이었다. J는 완전한 자유를 느꼈다.

2016년 8월 27일 낮 2시. J는 포르쉐를 무면허로 운전하다 적발됐다. 강남구 논현동의 한 호텔 앞에서였다. 이미 세 차례의 무면허 운전 전력이 있었다. 무면허로 운전할 때마다 J는 술에 취해 있거나 교통사고를 일으켰다. 체포되기 약

---

7   J의 운전기사 박○○ / 참고인 진술서(2016년 9월 20일)

한 달 전의 사고였다.

마지막 30분

> "그날은 박○○이나 최희정 검사가 저를 소환하지 않았는데, 제가 자진해서…."
> —J의 진술조서 중

J는 2016년 9월 20일, 서울남부지검으로 차를 몰았다. 그날은 검사실의 요청이 없었지만 자발적으로 찾아간 것이다. 지난달 8월, 자료가 부족해 보고서 완성이 지체되자 최희정 검사가 '출소하면 라꾸라꾸 펴고 열심히 한다더니 자꾸 핑계를 대느냐'[8]라며 질책했던 것이 마음에 걸렸기 때문이다. 그날은 검정색 카니발을 탔다. 업무를 위한 노트북과 함께 가방을 챙겼는데, 가방에는 현금 800여만 원이 들어 있었다. 차량에 그대로 놓아둔 채 수사관 박에게 전화를 걸었다.

> "그동안 계속해오던 홈캐스트 사건 및 최인호 사건에 대한 수사 협조를 위해 출석한다고 박○○과 통화하고…."
> —J의 진술조서 중

J는 오전 9시 55분 1003호 검사실에 도착했다. 수사관과 커피를 마시며 대화했다. 30분 정도 지났을까. 1003호의 기류가 미묘하게 뒤바뀌어 있었다. 19일 전인 지난 1일, 바로 이 장소에서 벌어진 중대차한 일 때문이다.

2016년 9월 1일, 서울남부지검 1003호 검사실에 장씨가 출석했다. 제2회 피의자 신문조서를 작성하던 중이었다. 장씨는 J에 대해 이야기했다. 'J가 외부에 수사 자료를 가지고 다니면서 수사 상황을 떠들고 다닌다', 장 대표의 처도 'J가 노

---

8   J의 판결문 중 인용.
    2016년 8월 11일. 남부지검 1003호 검사실에 출석한 J가 자료가 부족하여 보고서 완성이 지체되었다고 변명하자, 최희정 검사는 J에게 '출소하면 라꾸라꾸 펴고 열심히 한다더니 자꾸 핑계를 대느냐'라는 취지로 질책하고, 이어서 J에게 '파일로 다 저장해서 가지고 있으라'는 취지로 말하면서 수사관 박○○는 J의 보고서 작성에 필요한 제반 자료를 제공해주기로 했다.

트북으로 계좌자료나 자금흐름도 등을 보여준 적이 있다'는 사실을 최희정 검사에게 알렸다. 최희정 검사는 J에 대한 체포영장을 청구했다. 알선수재 및 사기 혐의였다. 이런 사실을 모른 채 J는 제 발로 검사실에 들어온 것이었다.

"커피를 마시며 약 30분간 대화를 하던 중 박이 저에게⋯."
—J의 진술조서 중

커피를 다 마시기도 전인 오전 9시 55분. J는 그 자리에서 체포됐다. 체포 직후 최희정 검사실은 J의 집을 압수수색했다. J의 거주지에서 고가 브랜드 신발, 넥타이, 골프채 및 가방과 함께 2~3개 상자 분량의 수사 자료 353건의 문서를 압수했다. 유출된 수사 자료였다. 최희정 검사 본인의 책임 문제가 발생할 위험에 직면한 것이다. 최 검사는 J의 주거지에서 압수해온 수사 자료들을 파쇄했다. 금융거래정보 출력물, 홈캐스트 증자자금흐름도 출력물, 홈캐스트 공시현황 출력물, 장씨의 피의자 신문조서 진행본 등 수사 자료가 그대로 종잇조각이 됐다.

최희정 검사는 이 일로 재판에 넘겨졌다. 검찰이 제 식구인 현직 검사를 수사하고 기소할 정도로, 수사 기밀자료를 외부로 유출시키고 이를 파쇄까지 한 행위는 그 죄가 무겁다는 것이 검찰의 판단이었다. 하지만 재판부의 판단은 달랐다. 서울중앙지법 1심 재판부는 공용서류손상에 대해서만 700만 원의 벌금형을 선고했다. 재판부는 경제범죄의 특수성을 강조했다. 죄수의 수사 참여가 적절하지 않지만 경제범죄의 부정적 영향력이 큰 만큼, 크게 비난받을 일은 아니라는 것이다. 결국 2심 재판에선 벌금형으로나마 유지되고 있던 유죄도 무죄로 뒤집혀 대법원에서 최종 무죄가 확정됐다. 항소심 재판부는 자료 파쇄는 단순히 기존 보관 압수물을 정리하는 과정에서 폐기했을 뿐이라는 최 검사의 주장에 손을 들어줬다.

주식시세 조종 등의 범죄가 사회경제적으로 미치는 부정적인 영향력이 매우 크다는 사정을 감안하면, 수형생활을 하고 있는 범죄자로부터 다른 범죄의 수사에 관한 조력을 받는다는 것이 그 자체로 적절하지 않다고 볼 측면이 있음에도 불구하고, 피고인이 범죄자인 J로부터 수사 조력을 받은 일이 크게 비난받을 사정이 된다고 할 수는 없다.
　— 최희정 검사의 1심 판결문 중

J는 또다시 법정에 섰다. 홈캐스트 주가조작 수사 협조 과정에서 벌어진 알선수재 및 사기죄 혐의였다. J는 마지막까지 억울함을 호소했다. 장씨의 선처 협의 과정에서 건네진 수사관들에 대한 뇌물이 자신에 대한 알선수재 대가로 둔갑해 공소제기가 된 것이라며 무죄 주장을 이어갔다. 하지만 1심 재판부는 2017년, J에게 징역 9년을 선고했다. 이후 J는 항소심과 상고심에서 모두 패소해 위 판결이 확정됐다.

최종 무죄를 선고받은 최희정 검사와는 그 끝이 달랐다. 대학 동문으로 이어진 끈끈한 연으로 홈캐스트 주가조작 수사를 함께해온 두 사람은 결국 검사와 죄수라는 신분을 그대로 유지한 것이다. J는 다시 죄수가 되었다. 현재 J는 서울구치소에 수감 중이다.

　　피고인이 상당히 정교한 수사정보를 제시하면서 장씨를 현혹하였을 뿐만 아니라 장씨에게 검찰 수사의 방향에 영향력을 미칠 수 있다고 과시하는 한편, 수사 협조라는 명목으로 검사의 직무에 편승하여 자신의 영향력을 확대하려 한 것으로 보이는 점….
　　— J의 판결문 중

J의 죄는 무겁다. 그런데 J의 범죄는 어떻게 가능했는가. J가 과시해온 검사들과의 친분, 제보를 들고 가면 검찰청으로 출정을 나가게 해준 J의 권력, J가 손에 쥐고 흔들던 수사 기밀자료들. 검사의 직무에 J가 편승할 수 있도록 도운 자들의 죄의 무게는 어떠한가.

J의 사진이 한 장 있다. 최초의 비운동권 학생회장에다 최초로 재선에 성공하며 언론의 주목을 받았던 J, 동문으로부터 열렬한 신뢰와 지지를 받았던 대학 시절 J의 사진이다. 앞머리를 뒤로 넘겼지만 직모인 머리칼은 옆으로 흘러내렸고 목 뒤와 귓등을 살짝 덮는 길이다. 둥그런 얼굴형에 두툼한 입술, 쌍꺼풀 없이 옆으

로 길쭉하게 처진 눈은 선한 인상이다. 광대가 살짝 올라가 있고 코가 두툼하다. 입을 벌려 환하게 웃는 동료들과 달리, 윗니만 드러내서 미소를 짓고 카메라를 응시한다. 그는 승리했다. 두 번이나.

존경하는 재판장님
비록 수인의 몸으로 재판정에 서게 되었지만,
편견 없이 한 명의 증인으로 바라봐주셨으면 좋겠습니다.
증인의 진술 내용과 저의 태도를 함께 살펴주세요.
죄수 A와 다른 사람임을 꼭 입증하고 싶습니다.
— 죄수 A 사건 재판부에 보낸 J의 진정서 중 (2018년 3월 14일)

**감각적인 언어로 인간의 내면을 영리하게 포착하는
신인작가 홍선주의 첫 소설집**

2023
세종도서
문학 부문
선정작

푸른 수염의 방

홍선주 소설

**"미로 같은 인간의 내면을
밀도 있게 직조해내는 감각적인 이야기꾼이다."**

—《잘 자요, 엄마》서미애 작가

'하라 료'라는 작가를 기억하며

박광규

추리소설 해설가로 《계간 미스터리》 편집장, 월간 《판타스틱》과 한국어판 《엘러리 퀸 미스터리 매거진》 등의 편집위원으로 활동. 현재 한국 추리소설 역사를 조사, 정리중이다.

사가현 도스시에 거주하는 나오키상 작가 하라 료原寮(본명 하라 다카시原孝) 씨가 지난
5일 밤 병환으로 후쿠오카현 오고리시의 병원에서 별세했다. 향년 74세. 장례는 가
족장으로 치러졌다.

—《사가신문佐賀新聞》, 2023년 5월 11일자

일본에는 매년 수백 편의 신작 추리소설이 출간된다. 물론 작품 수준은 천차만
별이겠지만, 수많은 추리작가들이 치열한 경쟁을 하고 있다는 증거인 셈이다.
작가 지망생이 전업 작가가 되기까지의 과정은 대체로 비슷하다. 공모전에 응
모해 당선되거나, 출판사 투고 등의 과정을 거쳐 데뷔작이 출간되며, 대략 1~2
년 사이에 후속작을 낸 뒤 작가로서의 자신감이 생긴다면 직장을 그만두고 '전
업 추리소설가'의 길을 선택하게 된다.

앞에서 언급한 것처럼 일본 추리문학계는 경쟁이 심한 만큼 독자들의 선택을
받으려면 실력과 운이 함께 따라야 하고, 독자들의 기억에서 사라지지 않기 위
해 새로운 작품을 계속 써야만 하는 것이다. 아카가와 지로赤川次郎나 니시무라
교타로西村京太郎는 600편 넘게 발표했으며, 한국에서 인기 있는 히가시노 게이
고東野圭吾(1985년 데뷔)는 2023년 3월 기준 100번째 단행본을 발간한 바 있다.
이렇게 다작까지는 못하더라도 매년 혹은 2년에 한 편 정도를 발표하는 작가들
이 대부분이기 때문에, 신작 발표에 4~5년 혹은 그 이상의 기간이 걸린다면 과
작寡作 작가로 불리곤 한다. 1989년에 데뷔한 노리즈키 린타로法月綸太郎는 '글을
계속 고쳐 쓰는 바람에 작품 발표가 느린' 과작 작가로 알려져 있는데, 30여 년
동안 장편 열두 권과 단편집 열 권을 냈으니 장편 기준으로는 3년에 한 편 정도
쓴 셈이다.

그러나 과작이라는 기준에서 노리즈키 린타로는 하라 료의 비교 대상이 아니
다. 1988년에 데뷔한 후 35년 동안 중년의 사설탐정 사와자키를 주인공으로 등
장시킨 다섯 권의 장편과 단편집 한 권만을 발표한 하라 료는 아마도 일본을 대
표하는 과작 작가라고 해도 과언이 아닐 것이다. 그러나 그가 쓴 작품들은 발표
할 때마다 독자들에게 일종의 충격을 주면서 환영을 받았으며, 후속작을 애타
게 기다리게 만들었다. 안타깝게도 그가 세상을 떠나면서 더 이상 사와자키의
활약을 볼 수 없게 되었지만, 그와 그의 작품이 잊힐 것 같지는 않다.

이 지면을 빌려, 하라 료가 걸어온 길을 살펴보도록 하겠다.

하라 료는 〈한 남자의 신원 조사〉라는 짤막한 글에서, 탐정 사와자키의 보고서를 통해 소설을 발표하기 전까지 자신의 이력을 꽤 자세하게 밝힌 바 있다(《내가 죽인 소녀》(비채)에 수록). 이 보고서는 어린 시절 재즈에 빠져든 것을 계기로 훗날 늦은 나이에 재즈 피아니스트가 되기까지의 과정을 중점적으로 다루었다. 이처럼 그는 인생을 음악과 함께했고 소설가로서도 성공했지만, 그가 처음 관심을 가졌던 예술 분야는 영화였다.

1946년 사가현 도스시에서 삼형제 중 막내로 태어난 그는, 열여섯 살이나 차이 나는 큰형의 영향을 많이 받았다. 그의 큰형은 도쿄에서 영화 관련 일을 하다가 그가 초등학교 졸업반이 될 무렵 돌아왔다. 당시 도스시는 시골 마을이었지만 영화관이 세 개나 있어서 부모나 형과 함께 자주 영화를 보러 다녔고, 동네를 떠나 후쿠오카의 극장까지 찾아갔다. 당시 관람했던 르네 클레망의 〈태양은 가득히〉는 스토리나 음악 면에서 그에게 가장 많은 영향을 준 영화였다. 그런 덕택인지 초등학생 시절에는 친구에게 '영화감독이 되고 싶다'고 말한 적도 있었다. 다만 그 무렵에는 책을 열심히 읽지는 않았는데, 《철완 아톰》이나 최근 애니메이션으로도 제작된 요시노 겐자부로吉野源三郎의 《그대들, 어떻게 살 것인가》 등을 거쳐 중학 시절 《아르센 뤼팽》 시리즈, 고등학교 입학 후에는 한 시간 반 걸리는 통학 시간을 이용해 문고판 추리소설을 꾸준히 읽었다. 레이먼드 챈들러의 작품도 이때 처음 접했지만, 특별하게 의식하지는 않았다.

중학교에서는 둘째 형의 영향으로 음악 동아리에 들어가서 클라리넷, 알토 색소폰 등 관악기를 익혔으며, 집 근처 레코드 가게에서 재즈 음반을 들은 뒤 그 매력에 빠져들었다. 중학교까지는 상위권 학생이었지만, 고등학교 입학 후에는 공부를 하지 않아 뒤에서 세 번째(뒤의 두 명은 곧 그만둬서 사실상 꼴찌나 마찬가지)라고 선생님에게 지적받은 뒤, '수업에 귀를 기울이고 숙제 정도를 하면서' 성적이 좀 나아졌으며, 결국 규슈대학에 진학한다. 문학부 미학-미술사학을 전공했지만, 학업보다 재즈에 열중했고, 뒤늦게 피아노도 시작해 재즈 밴드를 결성하고 아침부터 저녁까지 재즈 연주와 재즈 음반을 듣는 데 열중했다. 졸업 논문 주제로도 재즈를 선택해 〈존 콜트레인 론論〉을 제출하고, 무사히 졸업했다.

졸업 후에는 도쿄로 가서 CBS 소니(현재 소니 뮤직 엔터테인먼트)에 입사했지만, 2개월 만에 퇴사했다. 마음에 맞지 않았고, 재즈를 하고 싶다는 생각이 머릿속 한 구석에 남아 있었던 탓이다. 피아노를 비롯한 악기를 트럭에 싣고 전국을 돌며 두 달 동안 연주하거나 세 장의 자작 앨범을 내는 등 음악 활동을 이어가던 그는 경제적 이유로 영화계에 발을 들여놓는다. 영화음악에 대한 관심을 핑계로 영화계에 들어간 그는 구로사와 아키라의 영화에 자막을 다는 일을 맡기도 하고,

시나리오를 쓰기 시작하는 등 다양한 형태로 영화와 인연을 맺게 된다. 하지만 그가 쓴 시나리오는 내용은 인정받았지만, 다른 이유로 영상화가 무산되는 일이 계속되었다. 타인의 의뢰를 받아서 쓰고, 또 타인의 사정으로 인해 폐기되는 사이클에 염증을 느낀 그는 어느 순간 오리지널 시나리오를 써야겠다고 생각한다. 그러나 무명의 젊은이가 쓴 시나리오를 제작해줄 영화사는 없었다. 그래서 '먼저 영화가 될 만한 소설을 쓰고, 그게 영화화된다면 직접 시나리오를 쓰겠다'라는 발상의 전환을 하게 된다. 서른 살이 될 무렵이었다.

탐정 사와자키가 탄생하기까지

모두가 시나리오로 만들고 싶어 할 소설을 써야겠다고 결심한 그는, 수백 개의 짤막한 시놉시스를 끊임없이 써나갔다. 그런데 오히려 정말 재미있는 소설은 영화로 만들어지지 않을 것 같다는 생각이 들고, 소설을 알면 알수록, 글을 쓰려고 읽으면 읽을수록 처음 생각했던 영화화를 위한 소설과는 점점 멀어져갔다. 이 시기에 소설을 쓰기 위한 공부를 처음부터 새로 시작하면서 챈들러를 다시 만나게 되었다. 챈들러의 전 작품은 물론, 해외 작품 중 1인칭으로 쓰인 사설탐정 소설과 하드보일드라는 이름이 붙은 작품은 빠짐없이 찾아 읽었다. 이런 작품들을 읽었던 덕택에 액션과 서스펜스, 미스터리가 있는 작품을 구상했다. 처음에는 탐정이 없었고, 뭔가 죄를 지은 것 같은 기억상실증에 걸린 남자가 중심이었다. 그 아이디어를 키워가던 중 당시 탐독하던 하드보일드 소설과 연결해야겠다는 생각이 들었다. 즉 '기억을 잃은 남자의 사건을 탐정이 다루면 어떨까'에서 '사설탐정이 있고, 의뢰인이 있고, 기억상실증에 걸린 남자가 있다. 남자의 가방 속에는 큰돈과 권총이 들어 있다'라는 플롯으로 이어졌다. 그 무렵 17년간 살았던 도쿄를 떠나 고향 도스로 돌아왔고, 그때부터 제대로 자리를 잡으면서 많은 시행착오 끝에 구상했던 이야기들이 하나둘씩 연결되었다. 소설을 쓰겠다고 결심한 지 7~8년 만에 본격적인 집필에 들어갔으며, 1987년 여름 완성된 작품이 데뷔작 《그리고 밤은 되살아난다》였다.

그는 완성된 원고를 일반적인 신인 공모전에 응모하지 않고 그가 즐겨 읽던 포켓 미스터리를 출간하던 하야카와 쇼보早川書房에 보냈다. 공모전을 택하지 않은 이유는, 당선작이 TV 드라마로 만들어진다는 일방적인 규정을 불편하게 여겼기 때문이다.

그가 출판사에 보낸 원고에 대한 이야기는 전설처럼 전해지는데, 등장인물표를 포함해 하야카와 포켓 미스터리와 똑같은 27자×18행의 편집 형태로 인쇄되어 있었기 때문이다. 그런데 이것은 단순히 정성이나 멋을 부리려는 것이 아니다. 소설을 처음 써본 그로서는 첫 도입부 한 줄 길이가 어느 정도인지, 대사는 어느 정도 길이여야 하는지 감을 잡을 수 없어서 포켓 미스터리의 조판 형태로 입력했으며, 기준 작품은 챈들러의 《안녕 내 사랑》이었다. 당시 편집 책임자였던 스가노 구니히코菅野國彦는 "주인공의 캐릭터가 강렬하고, 그다음에 조연인 형사나 조직폭력배가 좋았으며, 스토리도 역동적이어서 단숨에 읽은 뒤 서둘러 편집회의에 제출하고 하라 씨에게 전화를 했다"고 회상했다(다만 원고 접수부터 출간 결정까지는 50일이라는 시간이 걸려서, 그동안 하라 료는 매일 밤 잠을 못 이루면서 십이지장 궤양에 걸릴 정도였다고 한다).

첫 작품은 제목을 정하는 데 많은 시간이 걸렸다. 원래 제목은 '밤은 다시 되살아난다'였으나, '다시'와 '되살아난다'가 동어반복의 느낌이 있어서 편집부가 난색을 표했고, 수백 개의 제목을 검토한 끝에 《그리고 밤은 되살아난다》로 결정되었다.

당시 《미스터리 매거진》의 편집장이었던 스가노는 그에게 단편 집필을 권유해 장편 데뷔작에 앞서 잡지에 첫 단편 〈소년이 본 남자〉가 게재된다. 신인 작가 하라 료와 탐정 사와자키가 세상에 처음 등장하는 순간이었다. 그리고 데뷔작은 1988년 4월 단행본으로 출간되었다.

작가로서의 길

사와자키를 기억하는가. 고독이 로맨틱했던 그 시절을 기억하는가.[1]

《그리고 밤은 되살아난다》는 '일본 하드보일드에 새로운 바람을 몰고 온 데뷔작'이라는 호평과 함께 야마모토 슈고로 상 후보에도 올랐다. 하지만 그는 머릿속으로 다음 작품을 구상하고 있었다. 그의 작품 중 유일하게 집필 전부터 제목을 결정하고 '납치물'이라는 아이디어를 짜놓은 것이었다. 두 번째 작품 《내가 죽인 소녀》는 1989년 10월에 출간되어 《이 미스터리가 대단하다! 1989년 판》 국내 부문 1위에 올랐으며, 나오키상까지 수상하는 쾌거를 이루었다. 나오키상은 장르소설에 대해 까다로웠는데, 하드보일드 미스터리가 나오키상을 수상한 것은 획기적인 사건이었으며, 이후 다카무라 가오루高村薰, 오사와 아리마사大沢在昌 등 추리작가들의 수상도 이어졌다. 이듬해인 1990년에는 단편집 《천사들

의 탐정》이 출간되어 단편에도 솜씨가 있음을 유감없이 보여주었다.

햇수로 6년이 지난 1995년 1월, 그의 작품 중 가장 긴 《안녕, 긴 잠이여》가 출간되었다. 이 작품은 하라 료의 《기나긴 이별》(레이먼드 챈들러)이라고 할 만큼 내용이나 등장인물 면에서 챈들러의 향취가 짙게 풍긴다. 이 작품으로 사와자키 시리즈 1기가 마무리된다. 1기의 특징은 하드보일드 탐정물과 복잡한 사건의 수수께끼를 풀어가는 추리소설을 융합시켰다는 점이다.

다음 작품이 나오기까지는 긴 시간이 필요했다. 무려 10년 만인 2004년 11월, 네 번째 장편 《어리석은 자는 죽어야 한다》가 출간된다. 너무 길었던 간격을 의식했는지, 출간 뒤 인터뷰에서는 1년 반에 한 권 정도의 속도로 2기의 나머지 두 권을 쓰겠다는 생각을 밝혔다.

이렇게 호언장담한 이유는 복잡한 수수께끼 풀이를 생략한 순수 하드보일드라면 단기간에 쓸 수 있으리라고 생각했기 때문이다. 그러나 그것은 착각이었고,

1   《지금부터의 내일》 추천 문구, 히가시야마 아키라(東山彰良), 2018.

그에게 쉽고 빠른 글쓰기는 존재하지 않았다. 후속작의 원고는 2016년부터 조금씩 들어오기 시작했고, 2018년 3월《지금부터의 내일》이 세상의 빛을 보게 된다. 전작보다 더 긴 13년이라는 세월이 필요했던 만큼 작품은 묵직했으며, 독자와 평단은 그를 잊지 않았다. 30년 만에《이 미스터리가 대단하다! 2019년 판》국내 부문 1위에 올랐으며, 여타 베스트 순위에서도 상위권에 올랐다. 그리고 여운이 남은 결말을 읽고 뒷이야기를 기대하는 독자들을 위해 후속작의 제목이《이제부터의 어제》이며 지진 이후의 일본을 반영한 세계를 그리게 될 것이라고 밝혔다.

하야카와 쇼보 편집부에 따르면, '신작의 구상은 90퍼센트 정도' 나왔으며, 전체 40장으로 구성된 작품 중에서 3장까지 원고가 들어왔다고 한다. 그러나 안타깝게도 이제 2기 3부작의 마지막 작품이자 그의 목표였던 여섯 번째 장편소설은 영원히 볼 수 없게 되었다. 그의 모든 작품이 번역되었다는 점을 위안으로 삼을 뿐이다.

그는 시대착오적으로 보일 법한 20세기 초반의 하드보일드 스타일의 작품(하라 료가 아닌 누가 필립 말로를 1990년대로 데려올 생각을 할 수 있었을까?) 다섯 편만으로 대단한 업적을 이룩했다. 평단뿐만 아니라 대중적으로도 성공해서 그의 작품은 《내가 죽인 소녀》52만 부,《그리고 밤은 되살아난다》30만 부(단행본, 문고판 합산)를 포함해 시리즈 전체가 130만 부 넘는 판매량을 기록했고, 앞으로도 천천히 늘어날 것임이 틀림없다.

사와자키라는 탐정

'탐정'이라는 두 글자에 담긴 끝이 보이지 않는 꿈, 그 모든 것을 지켜보고 싶다.[2]

하라 료는 사와자키라는 인물을 창작 초기부터 구상해놓았다고 한다. 평소 즐겨 읽던 챈들러의 주인공 필립 말로의 영향을 강하게 받아 사와자키를 만들었다는 것이다. 그러나 단순히 말로와 같은 인물을 일본에 데려온다고 끝나는 것이 아니기 때문에, 말로와 같은 정신을 가진 사람이 일본에서 태어나 자란다면 어떻게 될 것일까를 구상했다. 사와자키 1인칭 시점이라 그의 외모는 자세하게 묘사되지 않는다. 《그리고 밤은 되살아난다》에서 '의뢰인이 175센티미터 전후로 자신과 비슷'하다고 표현되며, 나이는 작가보다 한 살 위인 30대 후반으로 설정되었다. 1기에서는 세월이 흐르면서 나이를 먹었지만, 2기부터는 60대에 가까운, 탐정으로 활동하기에는 너무 늦은 나이가 되므로 50세 정도에서 멈추었다.

하라 료는 사와자키를 궁극적인 '평범하고 상식적인 사람'으로 만들려 했다. 폭력단원, 경찰, 가정주부, 어린이까지 상대가 어떤 사람이든 태도를 바꾸지 않는 인물로, 좋건 나쁘건 주인공으로서의 이상을 구체화하고 있다. 작가와의 일부 공통점(휴대폰이 없고, 똑같은 상표의 담배를 피우고, 단팥빵과 우유로 끼니를 때우는 등) 때문에 작가의 분신이 아닌가 하는 질문을 자주 받지만, 그는 강하게 부정한다. 오히려 주변 인물들(남녀노소 모두)의 성격이 작가와 더 가까운데, 대체로 '내가 그 인물이라면 어떨까'라는 자신의 필터를 통해 인물을 표현한다는 것이다.

사와자키는 공격을 받으면 방어를 위해 싸울 때도 있지만, 기본적으로 머리를 쓰면서 행동하는 편이다. 배짱이 좋은 편이지만, 그렇다고 겁이 전혀 없는 것은 아니다. 《안녕, 긴 잠이여》에서 '계속 입을 놀리는 것 외에는 등줄기를 타고 오르는 공포를 견딜 방법을 찾아내지 못하고 있었다'라는 표현처럼, 유일한 무기가 줄어들지 않는 말수라는 점은 필립 말로와도 흡사하다.

사와자키 시리즈에는 작품 외적으로 흥미 있는 이야기가 몇 가지 있다.

① 사와자키의 이름은 무엇인가: 처음 소설을 쓰기 시작했을 때는 그의 이름을

---

2   《지금부터의 내일》 추천 문구, 노리즈키 린타로, 2018.

32

풀네임으로 설정했는데, 7년 가깝게 구상과 수정을 거듭한 뒤 완성된 원고에서는 어디에서도 그의 성인 사와자키만 나오고 이름이 나오지 않았다. 그러나 어색한 부분이 없어 그대로 진행했고, 사와자키의 이름은 작가 혼자만의 비밀로 남게 되었다.

② 왜 와타나베 탐정 사무소인가: '사와자키 탐정 사무소의 사와자키'라고 했을 때, '아케치 탐정 사무소의 아케치'(에도가와 란포의 주인공)처럼 보이는 것이 민망해서, 와타나베를 만들었다고 한다. 그러나 와타나베가 사무실을 함께 쓰면서 사와자키와 탐정 업무를 하는 것은 하드보일드답지 않기 때문에 와타나베에게 사연을 만들어 사라지도록 했다.

③ 사와자키의 자동차 블루버드Bluebird와 담배 피스peace의 의미: 자동차는 '행복의 파랑새', 피우는 담배는 '평화'를 뜻하는데, 사와자키가 항상 접하는 험한 세상에 대해 아이러니를 느끼게 하는 반어적 도구다.

④ 사와자키가 등장하는 영화가 만들어질까: 여러 차례 영상화 제안이 있었지만, 하라 료는 매번 거절했다. 그는 소설을 통해 독자가 각각의 인물을 상상하면서 감정을 이입하길 바랐고, 특정 배우의 이미지로 기억하는 것을 꺼렸다. 자신이 세상을 떠난 후에나 만들라고 말한 바 있지만, 제작 가능성은 희박해 보인다.

⑤ 작품 제목이 모두 일곱 글자: 번역된 제목으로는 알 수 없지만, 원문으로 보면 장편 《そして夜は甦る》, 《私が殺した少女》, 《さらば長き眠り》, 《愚か者死すべし》, 《それまでの明日》을 비롯해 단편집 《天使たちの探偵》, 에세이집 《미스테리오소 ミステリオーソ》와 《하드보일드ハードボイルド》, 《엔드타이틀 エンドタイトル》(출간 예정)까지 전부 일곱 글자로 이루어졌음을 알 수 있다. 처음에는 의도한 것이 아니었으나, 데뷔작과 두 번째 작품이 공교롭게도 모두 일곱 글자임을 나중에 깨달으면서, 앞으로도 이렇게 글자 수를 맞추자고 결정했다는 것이다.

하라 료가 남긴 전설

그의 집필 습관은 다음과 같았다. 보통 정오 전후에 일어나 저녁까지는 쉬고, 밤에는 그의 형이 운영하는 '콜트레인, 콜트레인'이라는 재즈 바에서 사람들과 대화를 나눈다. 그 와중에도 그날 쓸 글을 무의식적으로 생각하면서 지내다가 친구들도 떠나고, 모든 사람이 잠든 한밤중부터 아침까지 글을 쓴다. 보통 오전 6시부터 7시까지, 글이 계속 써진다면 9시까지 계속 쓸 때도 있다. 다만, 이런 습관은 준비 원고나 초고 단계이고, 완성 원고를 만들 때는 좀 더 집중해서 하루 종일 글을 쓰기도 했다. 하지만 그는 문체에 굉장히 집착하는 사람이었다. 추리소설에서 미스터리를 만드는 것보다 잘 쓰는 것을 더 중요하게 여겼다. 첫 원고보다 두 번째 원고, 두 번째 원고보다 세 번째 원고에서 재미있는 내용을 생각하다 보면 좀처럼 진전하지 못하고, 결국 이 정도면 괜찮겠다는 지점까지 도달해야만 다음 단계로 넘어갈 수 있었다. 시간과의 타협이 없었기 때문에 작품의 완성은 점점 늦어졌다. 그가 원하던 하드보일드의 개념은 그의 에세이 〈난문難問(난해한 질문)에 답하다〉에서 찾아볼 수 있다. 그 일부 대목을 소개하면서 글을 마무리한다(이 글을 읽으면 그가 얼마나 완성도를 추구했는지 짐작할 수 있을 것이다).

'하드보일드'라는 말이 나왔으니, 지난 3년 반 동안 가장 많이 받은 질문 중 하나인 '하드보일드'의 정의에 대해 적어보고자 한다. 물론 내 나름의 정의다. 소설을 쓸 때의 마음가짐으로는 레이먼드 챈들러의 첫 장편 《빅 슬립》의 첫 줄부터 미완성 유작 《푸들 스프링스》의 마지막 한 줄까지가 모두 하드보일드라고 생각한다. (…) 그렇다면 챈들러의 어떤 점이 '하드보일드'일까? 《빅 슬립》의 초반부에서 스턴우드 저택을 방문한 필립 말로에게 다소 품행이 불량한 여동생이 "키가 크군요"라고 거만한 태도로 말을 건네는 장면이 있다. 이에 어떻게 대답해야 할지 난감하다. 현실이라면 키가 크다는 칭찬을 들었으니 쑥스러운 듯 웃어넘기거나 오만한 태도에 화를 내거나 둘 중 하나일 것이다. 하드보일드 소설에서 그런 반응은 실격이다. 이에 대해 적절한 대응을 할 수 있느냐 없느냐에 따라 독자들은 이 소설의 진가를 금방 판단한다. 말로의 대응은 《빅 슬립》을 참조하기 바란다. 이것이 작은 난문이라면, 챈들러의 소설에는 크고 작은 난문들이 말로에게 던져진다. 탐정소설인 만큼 그 이야기에서 벌어지는 사건의 진실을 밝혀야 하는 큰 문제가 있는 것은 당연하지만, 말로는 초반에 나오는 젊은 여자의 건방진 말에도 똑같이 최선을 다해 대응한다. 경찰의 압력, 친구의 행동, 여자의 열정, 지인의 폭언, 밤의 외로움도 그가 헤쳐 나가야 할 난문으로 하나하나 그만이 할 수 있는 말과 행동으로 대처해나간다. 말로(동시에 챈들러)는 도시의 묘사나 방 안의 눈에 띄는 가구의 선택조차도 하나의 난문으로서 써가고 있는 것처럼 보인다. 거기에는 모범 답안도 정답도 없고, 독자의 따가운 눈초리가 항상 기다리고 있다. 하나라도 잘못 답하면 그 순간 독자는 '이런 건 하드보일드가 아니다'라고 판단하게 되고, 그 권리를 상실한다. '하드보일드'란 어려운 질문에 답하는 소설이라고 나는 생각한다. 아니, 하드보일드 작가라고 불리려면 상賞이라도 받을 만한 난문을 제대로 풀어내야만 한다.[3]

"무엇을 물어보건 늘 딱 어울리는 답변이 준비되어 있군요."(…)
"자네 질문이 시시하기 때문이지. 그런 질문에는 언제든 원하는 대로 옳은 답을 찾을 수 있네. 하지만 진짜 질문에는 쉽게 대답할 수 없지. 아마 답보다 질문 자체에 더 중요한 의미가 담겨 있을 테니까…. 잘난 척하는 건 아니야. 이 세상에서 우리 탐정만큼 시시한 질문으로 하루하루를 보내는 인종도 없으니 직업상 아는 거지."
―《안녕, 긴 잠이여》

3   原寮, 〈難問に答える〉, 《ミステリマガジン》 1990년 4월호

신인상

수상작

아버지라는 이름으로 ＊이시무

심사평

수상자 인터뷰

아버지라는 이름으로

이시무

하필 그날은 정훈의 생일이었다.

더위가 무르익어가는 6월, 그는 스물여섯 살이 되었다. 정훈은 오늘 살아 있음을 축하하기 위해 케이크를 샀다. 퇴근 후 지친 몸이었지만, 아이 같은 모습으로 아들보다 케이크를 반겨줄 어머니를 떠올리니 푸스스 웃음이 나왔다.

그러나 엘리베이터를 내려 아파트 복도에 발을 디딘 순간 그 미소는 깨어졌다.

정훈의 집, 문 앞에 초로의 남자가 무릎을 안은 채 쪼그려 앉아 있었다. 계절과 맞지 않는 끝이 해진 정장, 제빛을 잃어버린 검은 구두 그리고 낡아빠진 중절모.

고개를 숙이고 있었지만 정훈은 그가 누구인지 알았다. 그래서 더 제 눈을 믿을 수 없었다.

자기도 모르게 목을 더듬는 정훈의 손이 떨렸다. 당황하면 목부터 확인하는 버릇은 사라진 지 오래였건만, 저 남자를 보자마자 다시 나타난 것이다. 숨이 턱턱 막혀 목 졸린 소리가 나왔다.

"어, 어떻게, 왜 여기에…."

그때 정훈이 홀린 소리를 듣고 남자가 고개를 들었다. 그는 정훈을 확인하자 벌떡 일어났다.

"정훈아! 나다! 아버지다!"

눈을 빛내며 반가워하는 아버지, 신경욱이 아들의 팔을 잡았다. 그가 닿은 곳부터 소름이 돋고 몸이 떨렸다. 정훈은 약해빠진 반응만 해대는 자신을 속으로 타박했다. 이제는 자신이 더 힘도 세고 강할 텐데, 왜 그날 그 나약한 멍청이처럼 구는 거냐는 말이다. 정훈은 침을 꿀꺽 삼키며 경욱의 손을 매몰차게 쳐냈다.

"아버지? 미친. 누가 아버지야? 누가!"

목소리가 떨리지 않고 나와 다행이었다. 경욱과 연락을 끊고 산 지 벌써 10년이 넘었다. 요즘에는 주민센터에 물어도 당사자의 동의 없이는 주소를 알려주지 않는다고 들었다. 가족이라도 말이다. 대체 여기를 어떻게 알고 찾아왔을까.

"정훈아, 나라니까? 나 못 알아보겠니?"

"난 아버지 없어!"

"무슨 소리야! 내가 이렇게 멀쩡히 살아 있는데."

아무튼 그는 이곳에 있어선 안 될 사람이다.

"당신이 누구든 상관없으니 꺼져! 사라지라고!"

한번 터진 목소리는 다시 줄어드는 법 없이 몰아쳤다. 정훈이 경욱을 문 앞에서 밀쳤다. 경욱은 밀려나지 않으려고 문고리를 잡고 힘을 주어 버텼다.

"싫다! 안 간다! 나도 여기 살 거다!"

"뭐? 당신이 무슨 권리로?"

"그, 그야… 내가 네 아버지고, 우린 한 가족이니까!"

"하! 어떻게 그런 뻔뻔한 소리가 나오지? 당신이 우리에게 무슨 짓을 했는지 잊어버렸어?"

"그, 그건….."

띠리리 - . 덜컹!

그때 현관문이 열렸다. 그러나 곧 바깥 잠금에 막혀 문은 다 열리지 못했다.

정훈의 어머니 우세희는 2년 전 사고로 뇌가 많이 손상되었고, 그로 인해 기억에 문제가 생겼다. 옛날 집에 가겠다고 나갔다가 실종될 뻔한 이후로, 정훈은 현관문 밖에 잠금을 해두었다. 그래서 정훈이 없을 때 우세희의 세상은 열일곱 평 집 안이 전부였다.

한 뼘 열린 세상 밖을 세희의 눈동자가 빼꼼 내다보았다.

"거기 무슨 일 있어요? 정훈이니?"

"엄마! 들어가 있어! 아무것도 아니니까."

정훈이 얼른 현관문을 닫으려고 했으나, 경욱이 그 순간을 놓치지 않고 열린 틈에 제 팔을 끼워 넣었다.

"세희야! 나야, 나! 네 남편, 신경욱!"

"…여보?"

찰나의 침묵이 흐르고, 세희가 문을 힘껏 밀었다. 그러나 계속 바깥 잠금에 걸려 덜컹거리기만 했다.

"정훈아! 장난 그만 치고 문 좀 열어봐. 네 아빠가 왔다는데 뭐 하는 거니?"

"엄마, 저 사람은 아빠가 아니야!"

"무슨 소릴 하는 거야? 아빠가 출장을 너무 오래 갔다 와서 얼굴 까먹었어? 장난 그만 치라니까."

"엄마! 제발…, 저 인간이 우리에게 무슨 짓을 했는데!"

정훈은 정말 속이 갑갑해 미칠 것 같았다. 어떻게 저 사람을 남편이라고 부를 수가 있어?

"얘가 진짜, 너 사춘기 왔어? 아빠한테 저 인간이 뭐야? 너 정말 이 문 안 여니? 엄마 화낸다?"

"엄마…."

하지만 그의 어머니는 기억을 잃었다. 우세희의 병은 그녀를 과거로 돌려놓았다. 그녀가 행복했던, 정훈이 중학생이었던 그때로.

정신이 멀쩡했다면 정훈보다 먼저 경욱을 내쫓지 못해 안달이었을 것이다. 그래서 더욱 속상했지만, 정훈은 어머니를 이길 수 없었다.

경욱도 그것을 알고 세희에게 매달렸고, 결국 집 안으로 들어왔다.

"여보, 출장이 그렇게 힘들었어? 얼굴이 말이 아니네. 어쩌다 이렇게 삭았지? 오늘부터 관리 좀 들어가야겠다."

세희는 많이 늙은 남편의 모습에 그다지 위화감을 느끼지 않았다. 그녀의 뇌는 부자연스러운 상태는 알아서 무시하거나 조작했다. 기억 속에서 정훈은 중학생이어야 맞지만, 어른이 된 것을 보고 키가 컸다는 식으로 상황에 맞추어 생각해버리는 식이다.

세희가 정훈의 손에 들린 케이크를 보았다. 그녀는 갸웃하더니 깜짝 놀랐다.

"케이크? 어머! 어머머! 내 정신 좀 봐. 오늘 정훈이 생일이었지? 엄마가 잊고 있어서 미안해."

"아니에요…."

"엄마가 잊었다고 서운했어요, 우리 아들? 대신에 이따가 맛있는 떡볶이 해줄게. 기분 풀어."

세희는 아들의 손에서 케이크를 낚아채 식탁 위에 올렸다.

"여보, 일부러 정훈이 생일 맞춰서 온 거야? 나한테는 며칠 더 늦을 거라더니. 혹시 깜짝 이벤트야?"

"어? 그게…, 으응, 그렇지 뭐."

해맑은 세희의 물음에 경욱은 어색하게 웃었다.

"자자, 어서 자리에 앉자. 아빠도 왔고, 정훈이 생일이고, 케이크도 예쁘고, 오늘은 좋은 일뿐이네? 일단 초부터 불까?"

우세희는 콧노래를 흥얼거리며 생일 케이크에 초를 꽂았다. 그런 어머니와 낯짝 두꺼운 경욱을 보면서 정훈은 뒷골이 땅겼다.

그때 세희가 갑자기 동작을 멈추고 정훈을 돌아보았다.

"그런데 은혜는? 우리 공주, 왜 아직 안 와?"

"…세, 세희야."

경욱은 사색이 되어 어쩔 줄 몰라 했다. 그를 보는 정훈의 눈에 핏발이 섰다.

"이제 어쩔 겁니까? 대체 어떻게 할 거냐고!"

안절부절못하는 경욱과 어리둥절한 표정의 어머니. 정훈은 이 상황이 너무 끔찍했다.

이제 겨우 안정되었는데… 이제 조금 잊고 살아볼까, 싶었는데…. 아버지라는 작자가 모든 걸 망쳐버렸다.

10년 전 그날 이후로 최악의 생일이었다.

*

크리스마스를 기다리는 거리는 제 몸에 하나둘 빛 장식을 달아 화사하고 포근하게 사람들을 맞아주었다.

딸랑-!

거리의 한 카페 문이 열리고 험상궂게 생긴 남자가 껄렁껄렁 걸어 들어왔다. 그는 두리번거리다 창가에 앉은 슈트 차림의 남자를 발견했다. 창가 남자는 단정하게 앉아 서류를 보고 있었다.

"여어- 진변! 멀끔한 낯짝 오랜만이다?"

남자가 맞은편에 앉으며 얼굴을 들이밀었다. 진변, 진이수 변호사는 미간을 찌푸리고 서류를 내려놓았다.

"한 달 전에도 봐놓고 뭔 횐소리야?"

"야, 그때는 팍 삭은 낯짝이었고."

"자기소개 잘 들었다."

"쳇, 나야 맨날 삭아 있는 거고. 누가 우릴 동기동창이라 보겠냐?"

"하긴 딱 봐도 난 오빠고 넌 아저씨지."

"씨부랄. 이놈의 일을 때려치우든가 해야지. 난 언제 멀끔해지냐?"

"같은 형사라도 깔끔한 사람 많더라만. 네 후배 중에도 있잖아? 박 형사."

"아- 박진구 그 삥아리? 개야 아직 형사물 덜 먹어서 그런 거고. 나도 그때는 파릇파릇했다."

"개소리. 어디 동창님 앞에서 사기를 쳐? 고딩 때도 주민증 검사 프리패스였던 놈이."

"그래, 나 노안이다. 됐냐?"

문동기 형사는 열을 내며 물을 벌컥 들이켰고, 진이수 변호사는 그를 보며 키득거렸다.

"그래서, 아침부터 왜 불렀는데?"

"너 이번에 끝낸 변론 말이야."

"학폭 사건?"

"아니, 그 한 달 전에 맡았던 거. 파사삭 늙은 얼굴로 나타나서 협조 요청했던 건."

"아, 주가조작범 살해 사건."

주가조작의 피해자였던 남자가 조작범 중 한 명을 만나 언쟁을 벌이다 살해한 사건이다.

일반적으로 주가조작범이 누구인지 피해자들은 알 방법이 없다. 하지만 이 사건은 수만 명의 피해자를 길바닥에 앉게 했고, 피해자 중 자살자가 속출했다. 그러자 뉴스에서 연일 사건을 보도하고 파헤쳤으며, 결국 검찰에 의해 조작범들이 잡혀 기소되었다.

그러나 높으신 분이 관련된 것인지 모든 조작범이 증거불충분으로 고스란히 풀려나고 말았다. 피해자들의 울분이 하늘을 찔렀지만, 다른 큰 이슈들이 터지면서 사건은 잊히는 듯했다.

이때, 한 SNS 계정에서 기소된 조작범들의 신상 명세를 풀어버렸다. 세상이 난리가 났다. 이럴 때만 재빠른 검찰과 경찰은 법 위반을 명시하며 게시물을 내리고 SNS 계정 주인을 추적했지만, 사람들은 물밑으로 그들의 정보를 계속 퍼날랐다. 그 후 조작범들은 다니던 회사를 그만두고, 이사하고, 개명하고, 전화번호를 바꾸는 등 작정하고 숨어버렸다.

그리고 10년 후, 그 조작범 중 한 명이 피해자에 의해 사망한 것이다.

진이수는 그 남자의 변호를 맡았고, 조작범을 만난 것 자체가 우연이었음을 증명하기 위해 문동기를 찾아갔었다.

"그래. 네가 타인이 개인의 주소를 알 방법이 있냐고 물어서, 내가 정보과 연결해줬잖아."

"요즘은 가족이라도 주민센터나 경찰에서 연락처와 주소를 알려주지 않고, 또 피의자의 경우 흥신소를 고용한 흔적도 없어서 감경받았어."

"3년형 받았다며? 무려 살인인데."

"우발적 범행이었고 또 주가조작 피해로 빚더미에 앉았으니, 정상참작이 된 거야. 뭐 언론에서 난리를 치기도 했고. 덕분에 엄청 피곤했다."

한참 넋두리처럼 늘어놓다 진이수가 갸웃했다.

"그런데 그 사건이 왜?"

"다른 주가조작범 새끼들, 신변 보호 요청이 늘었어."

"왜? 자기들도 죽을까 봐 겁난대?"

"꼴랑 3년이잖냐. 눈 돌아갈 피해자들 많겠지. 그 새끼들 바짝 쫄았어."

"죽을죄를 지은 건 아나 보군."

"알겠냐? 선량한 시민이 목숨을 위협받는다며 신변 보호 요청하는 새끼들이야."

"선량한 시민? 미쳤나. 그래도 그 뻔뻔한 놈들을 죽으라고 둘 수는 없을 테고, 입맛이 쓰겠다?"

"정말 졸라 하기 싫다. 하지만 근래 놈들 정보가 새고 있어서…."

"무슨 정보?"

"놈들이 개명한 이름과 바뀐 전화번호 같은 거 말이다."

"왜? 협박 전화라도 받았대?"

"응. 협박 문자지만."

피식 웃으며 대충 지른 말이었는데, 문동기가 심각하게 대답했다.

"그냥 얼굴 알아본 사람이 있는 건 아니고?"

"한 명이 아니야. 서너 명이 동시에 협박 문자를 받기 시작했어."

"허 - 그렇군. 그런데 그게 나를 부른 이유와 관련이 있나?"

"네가 맡은 그 남자 말이다. 정말 우연히 마주친 것 맞아? 어디서 정보 얻은 거 아니고?"

문동기가 가자미눈을 뜨고 진이수를 보았다. 진이수가 헛웃음을 내뱉었다.

"미친놈. 우발적 범행으로 감경받았다는 게 무슨 뜻인지 몰라? 정보 알고 찾아간 거면 그게 고의지 우발이냐."

"알지, 아는데, 넌 가끔 그 뭐냐… 알아도 모르는 척할 때가 있잖아. 비밀로 할 테니까 나한테만 살짝 말해봐. 무슨 소스 없어?"

문동기가 큰 덩치에 어울리지 않게 우물쭈물 말했다. 진이수는 배신자 보듯 그를 보았다.

"밥줄 끊길 소리 하고 있네. 그때 나만 조사했냐. 검찰이 눈이 벌게서 탈탈 털었잖아. 그런 게 있었다면 숨길 수나 있었겠어?"

"그건 그렇지만…, 에이! 미안하다. 어디서 정보가 새는지 도통 알 수가 없어서 말이야. 그냥 함 찔러봤다."

"됐어. 이러려고 바쁜 사람 불렀어? 이건 동기가 아니라 웬수지."

"야, 그게 아니라…."

문동기가 앵돌아진 진이수에게 쩔쩔맸다. 그 와중에 문동기의 휴대폰이 울렸다.

"뭐? 살인사건? 어디? 오케. 금방 간다. 야, 가자."

"혼자 가시죠, 문 형사님. 관계자 외 출입 금지 아닙니까?"

문동기는 종종 진이수를 사건 현장에 데리고 갔다. 눈썰미가 좋아 경찰들이 놓친 단서를 그가 찾아주곤 했기 때문이다. 그런데 어째 이번에는 그냥 따라와주지 않을 것 같다.

"허어- 정말? 아깝네…. 어제 지난달 특근비가 나와서 간만에 갈비 좀 뜯어볼까 했는데. 그럼 잘 가라."

"야, 지금 따라가려고 짐 싸는 거 안 보여? 흠흠. 현장 갔다 바로 식당 가는 거야?"

진이수가 바로 서류를 챙기며 살갑게 물었다. 원하는 대로 진변을 낚았지만 탈탈 털릴 지갑을 생각하니 문동기의 입맛이 썼다.

"너는 꼭 박봉의 형사를 털어먹어야 시원하냐?"

"내가 사랬나? 네가 산댔지. 이상하게 네가 산 게 맛있더라고."

진이수의 너스레를 들으며 문동기는 절레절레 고개를 저었다.

그들이 도착한 곳은 오피스 건물의 2층에 있는 투자 사무실이었다. 열린 문에 '경매 전문'이라는 간판이 붙어 있었다.

"여기가 사망자 부인의 사무실이라고?"

"어. 그런데 같이 살지는 않는다네."

문 앞에 쳐진 통제선을 넘어 사무실로 들어갔다. 안에는 이미 출동한 과학수사대와 두어 명의 형사가 증거 채취와 현장 감식을 하고 있었다.

그중 제복을 입은 형사가 그들을 알아보았다.

"문 선배, 빨리 오셨네요?"

"근처에 있었다."

"진 변호사님도 오랜만입니다. 오늘도 끌려오셨습니까?"

넉살 좋게 인사하는 제복 경찰을 향해 진이수도 미소로 화답했다.

"뭐 그렇죠, 박 형사님. 그런데 웬일로 제복까지 입으시고?"

이 지역 형사과에서 제일 깔끔한 박진구 형사였지만, 제복까지 입은 모습은 처음이었다.

"무슨 정부 행사에 잡혀갔다가 출동해서 그렇습니다."

아마 귀찮은 일을 막내에게 떠맡긴 모양이다.

"됐고, 상황 설명!"

"넵! 오늘 오전 5시경, 청소하러 들어온 인부가 잠긴 캐비닛 앞에 피가 흥건히 고인 것을 보고 112에 신고했습니다."

박 형사의 설명대로 벽에 세워진 캐비닛은 피 웅덩이 위에 서 있었다. 지금은 문이 열려 있었다.

"출동한 경찰이 잠긴 문을 열어보니, 보시다시피 팔과 다리가 끈으로 묶인 시체가 있었습니다. 사인은 복부 자상으로 인한 과다출혈로 추정되며, 사망 추정 시각은 새벽 1시 이후로 보이지만, 자세한 건 부검을 해봐야 안다고 합니다."

진이수는 현장을 살펴보며 설명을 들었다.

피 웅덩이 옆으로 발자국이 몇 개 찍혀 있고, 서류 몇 장과 지우개, 펜, 종이 쇼핑백 따위가 흩어져 있다. 살해 도구로 보이는 식칼도 보였다.

캐비닛 자물쇠는 돌리는 형태의 번호키였는데, 출동한 경찰이 문과 맞물리는 곳을 잘라내 문을 연 것 같았다.

시체의 손과 발은 끈으로 묶여 있었고, 손을 묶은 끈은 입으로 물어뜯은 흔적이 있다. 옷에도 여기저기 피가 묻어 있고, 상처 난 복부 아래로는 피에 절어 있었다.

"신원은?"

"이름은 신경욱, 58세, 남자입니다. 이 사무실의 주인인 47세, 민지연과는 서류상 부부지만 현재 함께 살지는 않습니다."

"나이 차이가 심하네? 남자가 자산가야?"

"아닙니다. 오히려 재산이 거의 없습니다. 1년 전부터 별거했고, 오래전 이혼한 전 부인과 아들이 있는 곳으로 주소지를 이전했습니다. 건강보험료도 아들이 내고 있습니다."

"개털이 젊은 여자와 결혼했다가 전 부인한테 돌아갔다…, 대체 왜?"

문동기가 이해 못 하겠단 표정으로 짜증을 내다 진이수를 돌아보았다.

"뭐 좀 있냐?"

"박 형사님, CCTV는요?"

박진구가 질문을 무시당한 선배에게 잠시 눈길을 주었다가 대답했다.

"현관과 엘리베이터에 설치되어 있습니다."

"뭐가 찍혔는데?"

무시가 익숙한 듯 문동기는 얼굴색 하나 변하지 않고 둘 사이에 끼어들었다.

"오후 10시경에 신경욱이 저기 보이는 쇼핑백을 들고 들어왔고, 오후 11시에 민지연이 건물을 나갔습니다. 오후 8시 이후로 건물에 다른 사람은 없었습니다."

박진구의 말이 끝나자 문동기가 눈을 빛내며 손뼉을 쳤다.

"알았다! 이번 건은 너무 쉬운데? 진변 괜히 데려왔어. 하하!"

"그래? 어디 한번 들어볼까?"

"그렇지 않아도 사무실에 웬 식칼인가 했는데, 신경욱이 저 쇼핑백에 감춰서 갖고 온 거야. 민지연을 협박할 셈이었든 죽일 생각이었든 말이지. 그러다 되레 살해당한 거다, 이거지."

문동기가 당당하게 가슴을 내밀며 단언했다. 진이수는 은은하게 미소 지으며 반문했다.

"그러면 정당방위일 텐데 신고하는 게 낫지 않았을까?"

"에이, 그 뭐냐… 우리나라는 정당방위를 잘 인정 안 하잖아? 그러니 시신을 감추고 도망친 거지."

피식. 실소한 건 진이수였지만 반론은 박진구에게서 나왔다.

"선배, 민지연이 나간 시간에 신경욱은 살아 있었는데요?"

"그, 그건…, 그래! 죽은 줄 알았지만 살아 있었던 거야!"

"그렇구나. 그러면 죽은 사람을 왜, 굳이, 묶어서 감금한 건지도 설명해 줄 수 있을까?"

나긋나긋한 진이수의 말투는 마치 산파술을 통해 바보에게 무지를 깨닫게 하는 소크라테스 같았다.

"어? 그, 그러니까….."

꼼짝없이 입이 막힌 문동기의 얼굴이 점점 붉게 달아오르고, 머리 위로 증기가 피어오르지 않을까 싶을 때쯤, 그는 빼액 소리를 질렀다.

"아, 아무튼! 신경욱을 죽일 수 있던 건 민지연뿐이잖아!"

"그건 그렇습니다."

"CCTV에 찍힌 게 전부라면 말이지. 어쨌든 중요한 건 용의자 확보 아니겠어?"

"아! 민지연은 이미 확보했습니다."

"이렇게 빨리? 어디 있는데?"

박진구가 제 수첩을 한번 보고 대답했다.

"지난밤 쌍방폭행으로 입건되어 은산서 유치장에 있다고 합니다."

"으잉?"

살인을 저지르고 나간 사람이 쌍방폭행 사건이라니. 보통은 누구의 눈에도 띄지 않기 위해 조용히 움직일 텐데 이상하다면 이상한 일이다. 진이수가 중얼거렸다.

"거참. 당당한 도망자시네."

은산서로 들어서며 진이수가 불평했다.

"그러니까, 왜, 내가, 여기까지 끌려왔는지 아시는 분? 분명 갈비 먹으러 간다고 했던 것 같은데."

"이거 끝나고 간다니까. 쫌! 그리고 너 한가하잖아? 네가 맡은 사건이 있어봐, 갈비고 뭐고 진즉에 우릴 버리고 도망갔을 놈이지."

"그래, 한시적 백수인 건 맞군."

"의뢰인 골라 받는 건 언제 그만둘 거냐?"

"평범하게 악랄한 가해자들을 나까지 도울 필요가 있어?"

"너 변호사로 밥은 먹고 사냐?"

"그럼 어떤 의뢰인을 받으십니까?"

박진구 형사가 순진한 눈망울로 진이수를 보았다.

"글쎄, 마음이 동하는 사람?"

"어떤 때 마음이 동하시는데요?"

"저놈 저거, 순 제 맘대로야. 세상 억울한 놈만 변론할 것 같다가도 덜컥 사이코패스를 맡기도 하고 말이지. 뭐 그래도 피해자가 가해자가 된 경우에는 거의 받긴 하더라만. 저번 주가조작범 살해한 남자 같은."

"아하, 정의로우시군요."

"뭐, 나도 그렇게 착각한 적이 있다마는…."

문동기는 왜 그런지는 설명하지 않고, 척척 걸어가 경찰에게 신분증을 내보이며 상황을 설명했다.

"네, 여기 있습니다."

"어쩌다 유치장에 있는 건가?"

"새벽에 쌍방폭행 신고로 들어왔는데, 둘 다 흥분한 상태로 계속 폭력을 행사해서 둘을 분리해 유치장에 잠시 두었습니다."

"그렇군. 만나볼 수 있을까?"

"따로 자리를 마련해드리겠습니다."

"그럴 것까지는 없고, 우리가 직접 가지. 어디 있나?"

"이쪽으로 오십시오."

경찰의 안내를 따라 걸어가는데 진이수가 안주머니에서 선글라스를 꺼내 썼다.

"갑자기 뭔 선글라스야?"

"잠재적 고객일지도 모르는데 얼굴을 팔 수 없지. 난 뒤에서 보기만 할게."

"웬 고객…?"

어이없어하며 대꾸하던 문동기가 순간 스치는 생각에 진이수에게 불었다. 그리고 다른 사람에게 들리지 않게 속삭였다.

"야, 설마 그 여자가 범인이 아닌 거야?"

"아니? 난 그런 말 안 했는데?"

"내가 널 하루 이틀 보냐? 이 사건에 뭔가 있으니까 그러는 거 아냐."

"넘겨짚지 마. 네 말대로라면 살해가 가능한 건 민지연뿐이잖아?"

문동기는 미심쩍게 흘겨보면서도 다시 앞서 걸어갔다. 그 옆을 박진구가 따랐다. 모퉁이를 도니 간이 벽을 사이에 두고, 철창 밖으로 손을 휘두르며 싸우는 남녀가 보였다.

"내가 너 콩밥 제대로 먹여줄 거야! 알았어?"

"흥! 누가 할 말을! 분명히 네가 선빵 날렸잖아!"

"두 분 다 좀 떨어지시라니까요! 쪼옴!"

경찰 한 명이 둘을 말려보려고 안간힘을 썼지만, 되레 두 사람이 휘두르는 팔에 맞고 있었다.

"아까 둘을 분리했다고….."

"그게…, 유치장이 두 칸뿐이라서 말입니다."

안내해준 경찰이 머쓱해했다. 콧김을 뿜은 문동기가 박진구를 끌고 민지연 앞으로 다가갔다. 진이수는 둘의 덩치 뒤에 숨어 상황을 지켜보았다.

"민지연 씨 되십니까?"

그제야 두 사람은 싸움을 멈추었다. 상대 남자는 눈치를 보더니 철창에서 떨어졌고, 민지연은 눈썹을 치켜세우며 문동기를 쏘아보았다.

"그런데요? 또 뭐죠?"

문동기가 신분증을 내보였다.

"신경욱 씨 아시죠?"

인상을 쓰며 형사 신분증을 확인하던 여자의 어깨가 흠칫 떨렸다.

"그 남…, 아니 그이가 왜요? 제 남편인데요?"

"사망하셨습니다."

"…네? 어쩌다가! 아니, 그럴 리가요? 정말이에요?"

박진구의 설명에 잠시 멍하던 민지연이 흥분해서 다그쳤다. 문동기가 어이없어하며 이죽거렸다.

"시치미 떼시긴. 댁 투자 사무실에서 발견됐구먼."

"그게 무슨 소리예요?"

"무슨 소리긴. 댁이 캐비닛에 꽁꽁 숨겨놓고. 피가 흘러내릴 줄 몰랐던 모양이지?"

"대체 그게 무슨 소리냐고요! 왜 그 남자가 내 사무실에서 발견돼요?"

"그거야 댁이 알겠지. 얼굴에 철판을 둘렀나. 거참."

"지금 내가 죽였다는 거예요? 하! 기가 막혀서. 난 절대 아니에요."

"금방 밝혀질 일을 발뺌하느라 힘 빼지 마시라고."

"그래요, 금방 밝혀지겠죠. 어쨌든 난 아니니까. 아무튼 신경욱이 죽었다는 거죠?"

"나머지는 우리 서로 가서 얘기합시다."

문동기는 이송 서류를 작성하러 갔다. 박진구를 따라 함께 나오던 진이수는 전화벨 소리에 발을 멈추었다. 민지연이 전화를 받았고, 그는 모퉁이 뒤에 서서 귀를 기울였다.

"이번에는 진짜예요. 정말 갚을 수 있다니까요? 곧 남편 사망보험금이….'"

채무자를 달랜 민지연은 곧바로 전화를 걸었다.

"거기 은달보험사죠? 남편 사망보험금 문의하려고요. …그게 무슨 소리죠? 수익자가 제가 아니라니요?"

거기까지 듣고 돌아서던 진이수는 고개를 내밀어 옆 유치장의 남자를 살펴보았다. 그리고 아까 안내해준 경찰에게 물었다.

"저 남자 이름이 뭡니까?"

"송재구, 39세입니다. 왜 그러십니까?"

"아닙니다. 아는 사람인 줄 알았는데, 처음 듣는 이름이네요."

진이수는 미소로 인사하며 자리를 벗어났다.

다음 날 진이수와 문동기는 신경욱이 사는 아파트 지하 주차장에서 만났다.

"이렇게 자꾸 불러낼 거면 나도 월급 줘."

"어제 갈비에 막걸리까지 먹었잖아. 내 지갑 홀쭉해진 거 못 봤냐? 그리고 나보다 많이 버는 새끼가 뭐래?"

"어제는 입에 풀칠은 하냐더니?"

"의뢰 거부한 사람들 아는 변호사 연결해주고 소개비 받는다며? 아씨, 내가 걱정한 값 내놔."

"소개비 그거 얼마나 한다고. 그런데 누가 불었어?"

"…야, 저기 엘리베이터 보인다."

진이수의 질문을 못 들은 척하며, 문동기가 엘리베이터 쪽으로 걸어갔다. 진이수는 피식 웃으며 따라붙었다.

"그래서 민지연 진술은?"

"쒸벌. 자긴 절대 아니라고만 하고, 다른 얘긴 변호사 오면 말하겠다며 묵비 중이다."

"변호사는 불렀고?"

"여기저기 전화하더라. 변호사 사무실보다 보험사 쪽에 더 많이 하는 것 같다만."

"보험사는 왜?"

"신경욱 앞으로 무려 20억짜리 생명보험이 들어 있어."

진이수는 어제 모퉁이 너머로 들었던 통화 내용을 떠올렸다.

"20억이면 거의 로또급이네. 빚 때문에라도 보험금에 목매긴 하겠어."

"빚이 있는 걸 네가 어떻게 알아?"

"그냥. 그래서 빚이 얼마나 되는데?"

"은행에만 12억이고, 개인 빚도 더 있나 보더라."

"통도 크시군."

"그 투자 사무실이 투자한 게 죄다 망한 모양이야."

"하지만 수익자가 민지연이 아닐 텐데?"

"너 이 새끼, 나 모르게 따로 조사했냐?"

"아니. 아무튼 그래서?"

"보험사에 어떻게 수익자가 바뀔 수 있냐고 난리 부르스였지."

"보험 들 때는 같이 들었나 보네."

"응. 그런데 6개월 전에 신경욱이 수익자를 바꿔버린 거지. 그 여자는 왜 자신에게 알려주지 않았냐고 또 난리쳤고."

"보험사는 수익자에게 알릴 의무가 없어. 계약자 본인이 바꾼 거니까. 그럼 수익자가 누구야?"

"위에. 자기 아들."

문동기가 엘리베이터를 타며 위를 가리켰다.

"아하. 그래서 아들이 새 용의자야? 어제는 민지연이 확실하다더니?"

"그게, 좀 찜찜하다."

"왜?"

"어제 태도가 너무 당당했잖아. 자기 사무실에 시체 숨겨둔 사람이 그럴 수가 있나?"

"보통은 그렇지 않지."

"그러니까, 당연히 보험금을 탈 줄 안 것도 그렇고."

"그리고?"

"나라면 말이다. 살인을 저지르고 도망치는 상황이라면 누가 시비를 걸더라도 조용히 넘어가려고 할 것 같거든. 몸을 사리지 않겠어? 그런데 쌍방폭행으로 잡혀온 것도 모자라 경찰서에서도 난동을 피웠다는 게 이해가 안 가."

"사이코패스가 아닌 이상에야 그런 반응을 하긴 힘들지. 그렇다면 자살 쪽으로 확인해보는 건?"

"이미 했다. 복부 자상이 스스로 찔러서는 나올 수 없는 모양이라더라. 흉기도 그 식칼이 맞고. 게다가 캐비닛에 갇혀 있었잖아."

"그래서 부랴부랴 새 용의자 찾아온 거군."

"겸사겸사. 어차피 주변 조사는 해야 하니까. 또 동기도 있고."

"보험금?"

"아니, 과거에 일이 있었어."

"무슨 일?"

"일가족 살해 후 자살미수 사건."

"…!"

'일가족 살해 후 자살'은 과거에 '일가족 동반자살'이라 불렀던 사건을 말한다. 가장이나 부모가 죽을 의사가 없는 자녀를 살해한 후 자살하기 때문에 대체 용어 사용의 필요성이 대두되어서 지금은 '일가족 살해 후 자살' 혹은 '자녀 살해 후 자살'이라고 부르게 되었다.

그렇다면 신경욱이 가족을 살해한 가장? 하지만 전처와 아들도 살아 있고, 심지어 함께 살고 있다고 했는데?

진이수가 생각에 빠진 사이 목적지에 도착했다. 현관에 밖에서만 열 수 있는 자물쇠가 달려 있었다.

문이 열렸다. 그들을 경계하며 맞이한 사람은 앳되어 보이는 청년, 신경욱의 아들 신정훈이었다.

"안녕하십니까? 전화했던 문동기 형사입니다."

문동기가 신분증을 내보이며 안으로 들어섰다. 그들이 거실로 가니 신경욱의 전처, 우세희가 놀란 토끼 눈을 하고 주춤주춤 다가왔다.

"신경욱 씨 아시죠?"

"그이가 왜요?"

"그 남자가 또 무슨 짓을 했습니까?"

아들과 아내가 부르는 호칭에서 상반된 온도가 드러났다. '그이'와 '그 남자'. 아내에게는 남편이지만 아들에게는 남인 사람.

"사망하셨습니다."

"네?!"

"그, 그게 무슨….."

"엄마!"

우세희가 다리에 힘이 풀려 주저앉았다. 신정훈이 다급하게 부축하자, 그 팔을 뿌리친 그녀가 문동기에게 달려들었다.

"그럴 리가 없어요. 잘못 찾아오신 거죠? 그이가, 그이가 왜 죽어요! 왜요!"

그녀의 목소리가 점점 커지더니 마지막에는 거의 울부짖었다. 어제 민지연보다 격한 반응이었다. 점퍼 자락을 잡힌 문동기는 우세희를 떼어놓지도 못하고 당황해 어쩔 줄 몰라 했다.

"그, 이, 이건 좀 놓고….."

"엄마! 진정해!"

"어떻게 진정해! 이게 진정할 일이니? 말 좀 해보세요. 그이가 왜, 어떻게요?"

"그러니까, 현재 아내분의 사무실에서 살해당한 상태로 발견되었….."

"현 아내요?"

"그, 그이에게 다른 여자가….."

"어, 엄마!"

우세희가 기절했다. 사망 사실보다 다른 여자의 존재가 더 충격적인 건지, 연이은 충격이라서인지 그녀는 정신을 놓아버렸다. 문동기는 신정훈을 도와 우세희를 침대에 뉘었다.

그사이 진이수는 집을 둘러보았다. 내부는 평범했다. 벽과 탁자 위에 장식된 가족사진에서 나이를 먹지 않는 사람이 두 명 있다는 것과 주방 개수대 옆 칼꽂이에서 한 칸이 비어 있다는 것을 제외하면 말이다.

안방에서 나온 신정훈은 날을 세우며 물었다.

"그 인간에게 현부인이 있다고요?"

"그렇습니다."

"하…! 그런 주제에 이곳에 와서 빌붙다니."

신정훈은 기가 막혀 연신 헛숨을 터트렸다.

"언제부터 같이 살았습니까?"

"6개월 됐습니다."

"그전에는요…?"

"알고 오셨는지 모르겠습니다만, 오래전 사건 후 부모님은 이혼하셨습니다. 10년이나 됐어요. 그 후로 남남으로 살았고, 연락 한번 한 적 없는데 갑자기 찾아온 겁니다."

"실례지만 무슨 사건인지 설명해주시겠습니까?"

문동기가 굳이 왜 묻느냐고 눈치를 주었지만, 진이수는 꿋꿋하게 모르는 척했다.

"그는…."

정훈은 저도 모르게 목을 손으로 더듬거리며 침을 꿀꺽 삼켰다. 여전히 그때의 일을 말하려면 입이 안 떨어지고 용기가 필요한 탓이다.

"그 남자는 우리를 모두 죽이고 자살하려고 했습니다. 자살은 미수에 그쳤죠. 하지만…."

정훈은 주먹을 꽉 쥐었다. 손톱이 손바닥을 파고들었다.

"하지만 동생은 그때 죽었습니다."

그의 고개는 떨어진 채 올라올 줄 몰랐다. 마치 동생의 죽음이 자기 탓인 것처럼 말소리도 점점 작아졌다.

"죄송합니다. 괴로운 기억을 떠올리게 했군요. 그러면 신경욱 씨가 왔을 때 반갑지 않았을 것 같은데, 전입신고에 건강보험 등록까지 해주셨네요."

진이수는 사과하면서도 불편한 질문을 멈추지 않았다.

"그건 어머니 때문이었습니다. 그 사건 이후로 저를 키우느라 갖은 고생을 다 하셨습니다. 그런데 이 임대아파트가 되고 제가 취직해서 살 만해지니 사고가 났습니다. 그때 뇌가 많이 손상돼서 새 기억이 쌓이지 않는… 선행적 기억상실 상태입니다. 게다가 남은 기억은 과거에 머물러 있고요."

그가 침통하게 말하자, 진이수와 문동기가 눈을 껌벅이며 말을 잇지 못했다. 문동기는 그런 병이 있나 하며 머리를 긁적였고, 진이수는 오래전 보았던 영화 〈메멘토〉를 떠올렸다. 영화 속 주인공은 10분밖에 기억하지 못하는 단기 기억상실증이었다. 진이수가 물었다.

"선행적 기억상실이라면 얼마나 기억하시는 겁니까?"

"자고 일어나면 새로 생긴 기억은 모두 사라집니다."

"그렇군요. 마치 플래시 메모리 같네요."

"플래시 메모리가 뭐야?"

문동기가 미간을 찌푸리며 진이수를 보았다. 대답은 정훈이 했다.

"컴퓨터나 휴대폰에 사용하는 램입니다. 전원이 꺼지면 저장 내용이 사라지는 메모리죠."

"잘 아시는군요."

"직장이 그쪽 계통이라서요."

진이수가 고개를 끄덕이다, 다시 질문을 이어갔다.

"그리고 과거에 머물러 있다고 하셨는데, 설마 사건 이전의 과거 말인가요?"

"네. 아마도 행복했던 시절에 고정된 것 같다고 하더군요. 그래서 그 남자를 남편이라고 싸고도는데 내쫓을 방법이 없었습니다."

"저런, 힘드시겠습니다."

문동기가 슬그머니 끼어들었다. 아픔에 공감해주는 것만큼 진술을 얻어내기 좋은 게 없으니까. 하지만 정훈에게서 의외의 대답이 나왔다.

"꼭 그렇지는 않습니다. 오히려 그 일을 잊은 어머니는 매일 행복해하시니까요. 가끔 아버지와 동생이 없는 걸 의아해하시는 것만 빼면요."

"그래도 정훈 씨는 답답하실 텐데."

"한 명이라도 행복한 게 낫죠. 그리고 저도 그 인간이 오기 전까지는 나름 잘 살았습니다."

"쯧, 이미 죽었지만 정말 염치없는 인간이군요."

문동기가 혀를 찼다. 진이수는 그 모습에 한숨을 내쉬었다. 원래 질문을 하는 사람은 문동기여야 했으나 지금은 오롯이 진이수가 맡고 있는 상황 때문이었다.

'이거야 원, 날 제대로 부려먹고 있군.'

진이수가 생각을 갈무리하고 입을 열었다.

"자신의 상태에 대해서는 알고 계십니까?"

"아주 가끔 자기 상태에 관해 묻고 깨달으실 때가 있지만, 다음 날이 되면 다시 원래대로 돌아가니까요."

"그때라도 내쫓지 그러셨어요?"

"그럴 때면 도망갔다가 다음 날 뻔뻔하게 돌아오더군요."

"낯이 정말 두껍네요. 아! 현관문 안과 밖에 따로 자물쇠가 있던데, 그것도 어머니 때문입니까?"

"자꾸 옛날 집으로 가시려고 해서…, 밖으로 나가 실종될 뻔한 적이 있어서 달았습니다. 제가 모시고 나갈 때가 아니면 항상 자물쇠를 잠가둡니다. 안에도 저만 아는 번호로 자물쇠를 달아서, 제가 자는 동안 나가시는 것도 방지하고 있고요."

한마디로 우세희의 생활반경은 이 집 안이 전부라는 얘기였다. 몇 가지 질문을 더 하고 진술을 마치려는데 우세희가 정신을 차렸는지 밖으로 나왔다.

"어머, 웬 분들이시니?"

기절 전 기억을 모두 날려버린 모양이다.

"엄마, 아까 인사했잖아요. 형사분들이에요."

"형사? 왜 형사가…? 아!"

갑자기 우세희가 진이수의 손을 양손으로 덥석 붙잡았다.

"우리 은혜 때문에 오신 거죠? 아침부터 애가 안 보이더라니. 설마 가출인가요? 어라? 아닌데…, 지금은 학교에 있을 시간이잖니? 그럼 설마 무슨 사고라도?"

"엄마, 그런 거 아니야."

"아니야? 그럼 형사분들이 왜 오셨는데?"

"아이고, 어머니. 근처에 사건이 있어서요. 뭔가 아시는 게 있나 하고 들른 겁니다. 별일 아니었습니다. 이제 끝나서 가려고요. 예, 그럼 쉬십시오."

문동기가 지쳐 보이는 신정훈에게 장단을 맞춰주었다. 그리고 우세희의 손을 풀어준 후 진이수를 잡아끌었다. 문밖으로 나온 진이수는 한동안 제 손을 쳐다보았다.

"왜 그래?"

"아니야. 아무것도."

"아까 왜 일부러 물었어? 내가 다 말해줬잖아."

"딸이 죽은 건 말 안 해줬으면서. 설명하는 걸 보면서 아버지에 대한 분노 정도를 보려고 했지."

"그래서 어땠는데?"

"글쎄. 어머니를 위해서 꼴 보기 싫은 사람을 참아낼 정도의 인성이라는 건 알겠더라."

"그게 뭐야. 그런데 뇌를 얼마나 다치면 기억은 과거로 돌아가고, 새 기억이 아예 안 쌓이냐?"

"해마가 대부분 사라지고 편도체 쪽에 이상이 생긴 거겠지."

"그러면 하루가 계속 반복되는 건가? 지겹겠는데."

"기억이 있어야 지루하지. 자고 일어나면 리셋되는걸. 아무튼, 이제 어디로 갈 거야?"

"경비실 가자. CCTV 봐야지."

CCTV에는 이틀 전 밤에 쇼핑백을 들고 나가는 신경욱이 선명하게 찍혀 있었다. 아들은 이틀 전 오후에 출근하고, 어제 오후에 돌아왔다. 회사 사정으로 인한 변칙적 출퇴근 시간이었는데, 진술을 받은 대로였다. 우세희의 모습은 전혀 비치지 않았다.

"저 쇼핑백, 현장에 있던 그거네."

"안에 주방에서 빼간 식칼이 들어 있겠지."

"주방?"

"칼꽂이에 칼이 하나 비더라."

"헐, 집에 있는 걸 가지고 간 거야? 미친놈. 갑자기 빡치기라도 했나."

"분노 조절 안 되는 놈들이 많긴 하지만, 별거 1년째의 부인을 갑자기 죽이고 싶을 일이 뭐가 있을까?"

"내가 알겠냐. 전 부인은 집 밖으로 나온 적이 없고, 아들은 알리바이가 확실하고, 이거 참."

"아들이 출근 후 따로 빠져나왔다거나? 수익자 지정 후 혹했을 수도 있으니까."

"아까 보니 보험금에 대해 모르는 것 같던데? 그래도 알아보긴 해야겠지."

문동기가 후배 경찰에게 전화해 지시를 내리는 동안, 진이수는 신경욱이 10년 전 벌였던 사건을 검색해보았다.

4인 가족의 가장인 신모 씨는 투자 실패로 거대한 빚을 지게 됐고, 신변을 비관하다 일가족 자살을 결심한다. 가족이 잠든 한밤에 집의 틈새를 모두 막고 번개탄을 피웠다. 하지만 막상 자신에게 과호흡증이 오자 죽음에 대한 공포로 119에 전화하는 바람에 미수에 그쳤다. 그렇지만 열 살 딸은 응급조치에도 살아나지 못하고 유일한 사망자가 되었다.

"쯧, 일가족 자살은 무슨, 일가족 살해 미수겠지."

"옛날 기사잖아. 그때는 다들 그렇게 불렀어."

과거 기사를 보며 진이수가 혀를 차자, 문동기가 휴대폰 검색 화면을 훔

처보고 말을 얹었다.

"아무튼. 투자 실패는 자기가 해놓고, 왜 애먼 가족을 죽여? 그러다 자기가 죽게 생겼으니 119를 불러? 뭐 이런 덜떨어진 새끼가…."

"야, 그게 전부가 아니야."

"뭐가 더 있어?"

"기사는 순한 맛인 거지. 중간에 고1 아들이 깨어나자 목을 졸라 실신시켰다니까."

"미친. 그건 그냥 살인이잖아. 아! 그래서 자꾸 목을 만지는 거였나."

"괜히 '그 남자', '그 인간' 그러는 게 아니야. 나라도 그런 새끼는 아버지라고 못 부른다. 애초에 엄마가 고집을 부리든 말든 내쫓았지."

"그래서 사건 이후로 이혼한 거고?"

"생때같은 딸을 잃었는데 제정신이겠냐. 둘만 붙여놓으면 싸워대니 주변에서 떨어뜨리고 이혼도 시키고 그런 거지. 그런 놈을 지금은 기억을 잃어서 남편이라고 챙기고…, 세상 참 그렇다."

"그러게."

쓴 입맛을 다시다 진이수가 문동기를 찔렀다.

"그러고 나서 신경욱은 뭐 하고 산 거야?"

"어제 보고받기로는, 파산하고 노숙자로 살다가 쉼터에서 민지연 만나 결혼하고, 별거 전까지 물류센터에서 일했나 보더라. 근데 그게 얼마 안 됐어."

"얼마 안 되다니?"

"민지연하고 결혼한 게 2년 전이라고. 근데 난 이것도 이해가 안 간다."

"뭐가?"

"투자 사무실까지 꾸린 젊은 여자가, 왜 나이 차이도 많은 노숙자와 결혼하지?"

"쉼터에서 만났다며? 봉사하다 눈 맞았나 보네. 신경욱이 좀 생겼잖아. 그 나이에도."

"쩝, 역시 얼굴인가….."

문동기가 까끌까끌한 턱을 쓸며 입맛을 다셨다. 아직 독신인 자기 신세와 두 번이나 결혼한 신경욱을 비교하는 모양이라 진이수는 진실을 말해주었다.

"넌 인마, 얼굴이 아니라 그 지저분한 꼴을 바꿔야 한다니까."

"내가 어때서? 그리고 깔끔 떠는 너도 신세는 나랑 같잖아."

"나야 안 한 거고. 넌 못한 거고."

"쉬펄. 난 서로 간다. 넌 가든가 말든가."

기분 상한 문동기가 터벅터벅 자동차로 걸어갔다. 진이수도 그 뒷모습에 웃음을 날려주며 역시 제 갈 길을 갔다.

그 후로 진이수가 문동기에게 불려가는 일은 더는 없었다. 아들 신정훈은 알리바이가 확실했고, 아내 우세희는 집 밖으로 나온 적이 없는 상황이니, 정황상 민지연이 살해했다고 본 것이다. 민지연이 거액의 보수를 주며 변호인단을 꾸렸다는 소식을 마지막으로 진이수는 신경을 끊었다.

*

민지연 사건과 진이수의 인연은 의도치 않게 계속되었다.

갑자기 민지연의 전남편들 이야기가 대두된 것이다. 그들의 범상치 않은 죽음이 언론에 제보되었다. 민지연은 신경욱 이전에 두 명의 남편과 사별했는데, 둘 다 사고로 사망했고, 그때마다 생명보험금으로 각각 10억, 25억을 받았다.

사람들은 민지연에게 의심의 눈길을 보냈다. 그 후로 시시각각 새로운 제보들이 쏟아졌다. 결혼생활이 모두 1~2년으로 짧았고, 심지어 신경욱까지 포함해 모두 노숙자 출신이었다.

이제 사람들은 민지연이 보험금을 노리고 남편 사냥을 해왔다는 것에 확신을 품었다.

그 와중에 신경욱이 이혼소송을 준비 중이었다는 사실도 밝혀졌다. 익명의 제보자를 통해 이혼소송의 이유도 노출됐다.

신모 씨는 민모 씨와 결혼한 후, 목숨을 위협받는 사고를 여러 번 겪었습니다. 그러고 나자 결혼 초에 민모 씨의 권유로 든 거액의 생명보험이 떠올랐고 혹시 하는 의심을 품었습니다. 그래서 변호사에게 이혼소송을 의뢰했지만, 사고들을 민모 씨가 만들었다는 증거가 없으니, 그저 별거하고 보험 수익자를 바꾸어두는 것밖에 할 수 없었죠. 그 후 성격 차이를 이유로 이혼소송을 진행했습니다.

세상이 난리가 났다. 민지연은 희대의 악녀가 되었다.

신경욱이 욱하는 마음에 민지연을 찾아갔다가 되레 살해당했고, 민지연은 우발적으로 범행을 저지른 바람에 당황해서, 시신을 캐비닛에 숨겨두고 도망갔다는 가설이 정설처럼 떠돌았다.

사건 진행의 모든 것이 뉴스가 되었다.

변호인단은 돈 때문에 악녀를 변호한다고 지탄받았다. 며칠 후 그들은 의뢰인과의 신뢰 형성에 문제가 있다며 전원 사임했다. 그리고 더 이상 민지연의 변호를 맡겠다는 이가 없었고, 법원은 국선변호인을 붙여주기에 이르렀다.

하지만 순차적으로 붙여준 변호인들은 민지연이 거부하거나 변호사가 사임하며 죽죽 나가떨어진다. 그래서 국선 순서가 꽤 밀려 있던 진이수에게까지 차례가 온 것이다.

진이수는 구치소 변호인 접견실에서 민지연을 기다리며, 변호인 자격으로 열람한 사건 자료들을 살펴보았다. 문동기와 함께 조사했던 내용과 언론에 노출된 것들이, 더 상세한 보고서로 되어 있을 뿐 별다른 것은 없었다.

민지연이 들어왔다. 그녀를 데려온 교도관이 진이수에게 짧게 목례하고 나갔다. 일반 접견이라면 교도관이 한쪽에서 접견 내용을 기록하겠지만, 변호인 접견은 비밀 유지를 위해 변호인과 피의자만 남는다.

진이수는 민지연에게 명함을 건네며 자기소개를 하려고 했으나 그녀의 퉁명한 목소리에 막혔다.

"됐고, 당신은 내 무죄를 믿어요?"

"정말 죽이지 않았습니까?"

"안 죽였어요!"

민지연은 발작적으로 소리 질렀다. 진이수는 놀라지 않고 입꼬리를 올려 잔잔한 미소를 지어 보였다.

"그러면 믿어야겠지요. 저는 변호사니까요."

그래도 민지연은 경계의 눈초리를 풀지 않았다.

"하지만 남들도 믿게 하는 건 제가 믿는 것과는 다릅니다. 증거가 필요하죠. 그래서 그때의 정황을 말씀해주셔야 합니다. 숨김없이."

"하! 처음에는 다들 그렇게 말했어! 하지만 기껏 다 설명하면 정황 증거상 불리하다며 뒤꽁무니를 빼느라 바빴지. 당신은 뭐가 달라?"

"글쎄요, 원하신다면 끝까지 무죄를 믿어드릴 수 있다는 것?"

"그게 무슨 소용이야?"

"아마 다른 변호인들은 감형을 위해 범행을 인정하자고 하지 않았습니까? 식칼을 들고 찾아온 건 신경욱이니 정당방위를 주장하자고 하면서 말입니다."

"그건…."

민지연의 눈동자가 흔들렸다. 그녀가 변호인들을 고깝게 보는 가장 큰 이유가 바로 그것이었기 때문이다.

절반의 변호사는 결백을 믿어주지 않아서 민지연이 내쳤고, 나머지 절반은 진이수가 말한 대로 정당방위를 주장하자고 해서 계속 강짜를 놓자 그들이 사임해버렸다.

"몇 번을 말하지만 거의 1년간 그 자식 낯짝을 본 적도 없어…요."

경찰서에서 봤을 때는 '그이', '남편'이더니 지금은 '그 자식'이 되어버렸다. 그래도 말을 텄으니 이제 제대로 된 대화를 할 수 있겠지.

"그렇군요. 그럼 가장 마지막으로 봤을 때가 언제입니까?"

그 후로 접견은 순조로웠다. 민지연의 진술을 요약하자면 다음과 같았다.

11개월 전, 죽다 살아난 신경욱은 병원에서 퇴원하고 돌아오다가 '자신과 결혼한 이유가 뭐냐?'며 따져 물었고 그로 인해 부부싸움을 했다.

그 길로 둘은 별거에 들어갔고 소식이 끊어졌다.

몇 번 이혼소송에 관련된 일로 변호사 연락을 받기는 했지만, 신경욱과는 연락이 되지 않았다.

그러다 사건이 발생한 날, 중요한 투자 리포트가 나오는 걸 기다리며 사무실에 늦게까지 남았고 11시에 퇴근했다. 자차를 운전해 집으로 가던 민지연은 칼치기하는 차 때문에 화가 나서 보복운전을 했고, 그 일로 다툼이 일어 경찰서에 쌍방폭행으로 잡혀갔다.

경찰서에서 신경욱이 죽었고 그의 시신이 자신의 사무실에서 발견되었다는 소식을 들었다.

진술을 정리하던 진이수가 고개를 들었다.

"혹시 사무실 도어록 번호를 신경욱 씨가 압니까?"

"당연하죠. 별거 전까지는 가끔 제 사무실 일을 도왔으니…, 아, 그거야! 바로 그거라고요!"

"뭔가 아셨습니까?"

"숨어 있다가 내가 나가는 걸 보고 사무실에 들어가 일을 꾸민 거라고요."

"흐음, 어디에 숨어 있었을까요?"

"그 건물에 빈 사무실이 많아요. 다 잠겼다고 해도 화장실이 있죠.

CCTV가 건물 입구와 엘리베이터에만 있으니 숨어 있기 좋잖아요?"

"그렇기도 하지만 그래서 증명할 수가 없습니다. 숨어 있었다는 걸."

"그건 또 그러네요⋯."

"아무튼, 그랬다면 왜 그런 모습으로 갇혀 있었을까요?"

"뭐긴 뭐겠어요? 날 엿 먹이려고 그랬겠죠."

"자살이라는 말입니까?"

"아니란 건 지겹게 들었어요. 칼자국이 스스로 낼 수 없는 상처라면서요."

"국과수에서 그렇게 결론 내렸죠. 그뿐만 아니라 밖에서 잠긴 캐비닛에 갇혀 있었으니 더욱 자살은 아니라고 말입니다."

"공범자가 있다면요?"

"출입구 CCTV에 찍힌 사람은 없습니다."

"창문으로 빠져나갔을지도."

"그 건물 창문이 아래로만 열리고, 최대로 열어도 한 뼘 정도만 열리는 형태라 불가능합니다. 파손된 창문도 없어요."

"그랬죠. 여름마다 그 창문이 진짜 짜증이더니 끝까지 골치네. 망할. 자살도 아니고 공범자도 없다면 결국 내가 다 뒤집어써야 하나요?"

"지금까지는 다 불리한 정황이었고, 이제 유리한 부분을 살펴보죠."

"그런 게 있어요?"

가뭄에 메마른 벼 이삭처럼 시들어가던 민지연의 어깨에 반짝 힘이 들어갔다.

"일단 칼에 민지연 씨 지문이 없습니다."

"다른 변호사들은 닦았다고 하면 소용없다고 하던데."

"그렇게 보기에는 캐비닛 밖에 널브러져 있는 게 이상합니다. 지문을 닦아낼 정신이 있는 사람이 살해 도구를 숨기지 않다니."

"맞아요. 절대 그럴 리 없죠!"

"또 사망 원인이 과다출혈입니다. 그 말은 즉사하지 않았다는 거죠. 왜 굳이 가뒀을까요?"

"내가 당황해서 죽은 줄 알고 캐비닛에 숨겼다던데요?"

"죽은 줄 알았다면 왜 묶습니까?"

"아!"

이죽거리던 민지연이 구사일생의 동아줄을 보는 눈빛으로 진이수를 바라보았다.

"정말, 진짜로 제가 무죄라고 믿어주시는군요?"

"변호인은 의뢰인을 믿어야 합니다."

원론적인 대답을 무성의하게 내뱉는데도 민지연은 그가 빛나 보였다.

"또 있나요?"

"살해 후 시신을 숨기고 도망치는 사람이, 칼치기하는 차에 보복운전을 할 마음이 들겠습니까?"

"맞아요. 정말 살인자라면 그랬을 리가 없죠!"

민지연은 희망에 찼다. 당장이라도 무죄가 될 것이라는 희망 말이다. 그러나 진이수는 차분하게 찬물을 부었다.

"하지만 안타깝게도 이것만으로는 살해 가능한 사람이 민지연 씨밖에 없다는 논리를 이길 수 없습니다. 민지연 씨의 경우 의심할 만한 사유가 더 있고 말입니다."

"무슨 사유요?"

"이전 남편들 말입니다. 사망 사고들과 정말 관련이 없습니까?"

민지연은 최대한 아무렇지 않은 표정을 유지하려고 노력했으나, 입꼬리가 굳고 동공이 미세하게 흔들렸다.

"있을 리가 있겠어요? 밖에서 떠드는 거 다 거짓말이에요."

"보험금을 노린 남편 사냥꾼 말이군요."

"바로 그거요. 나 참 팔자가 사나운 것도 억울한데 남편 사냥꾼이라뇨!"

"바깥 동향을 잘 아십니까?"

"여기서도 TV는 볼 수 있으니까요. 다들 날 죽이지 못해 난리던데요?"

"이것도 다 한때이긴 합니다. 보통은 심리가 벌어지기 전에 가라앉으니 너무 걱정하지 마세요. 다만… 만에 하나라도 그 사망 사고에 관련된 증거나 증인이 나온다면, 이번 사건의 어떤 모순을 나열해도 모두 민지연 씨를 살인자라고 믿게 될 겁니다."

흠칫. 그녀의 어깨가 살짝 떨렸다.

"그, 그럴 일은 없어요!"

"그렇군요. 알겠습니다."

선선히 대답한 진이수가 남은 서류들을 정리하며 접견을 마무리했다.

*

남편 사냥꾼의 세 번째 타깃이 된 신모 씨는 별거하며 이혼소송을 벌입니다. 이 소송이 지지부진하자 식칼을 들고 위협하러 갑니다. 하지만 도리어 사냥꾼에게 살해당해 캐비닛에 갇혀 있다가 흘러나온 피 웅덩이를 본 청소노동자에게 발견된 겁니다.

굽은 등으로 앉아 TV를 보던 우세희가 중얼거렸다.

"대체…, 왜?"

그때 방문이 열렸다. 세희는 손에 쥐고 있는 종이를 후다닥 등 뒤로 숨겼다.

"엄마?"

"노, 노크를 하고 열어야지!"

정훈은 세희의 등 뒤로 삐죽 튀어나온 종이 귀퉁이를 보다가, 뭐 별거 있겠나 싶어 웃었다.

"알았어. 다음부터 꼭 노크할게. 저녁은 칼국수 먹을래?"

"난 아무거나 괜찮아. 내가 해줄까?"

"엄마 아들, 이제 다 커서 혼자서도 잘해. 걱정 마."

"그렇구나. 언제 이렇게 어른이 되었을까….."

정훈을 바라보는 우세희의 표정이 아득해졌다. 자신이 잊어버린 정훈의 시간이 아쉽고, 저를 살뜰히 보살펴주는 정훈이 애처로웠다.

이날은 세희가 드물게 자신의 상태를 깨달은 날이었다. 그녀는 아침부터 정훈을 붙잡고 자신의 상태에 대해 물었다. 사진 속 자라지 않는 은혜에 대해서도 묻고, 남편에 대해서도 물었다. 정훈은 매번 해온 설명을 반복했다. 은혜와 아버지는 교통사고로 죽었노라고.

그래서 세희는 정훈에게 남편이나 은혜에 대한 말을 꺼내지 않았다. 그런 어머니가 평소보다 우울해 보여 정훈은 빨리 다음 날이 오기를 바랐다. 그러면 다시 행복해하며 하루를 보내실 테니까.

*

"너 진짜 사임 안 해?"

"응, 안 해."

"네가 얘기한 이상한 정황들, 모두 아예 설명 불가능한 건 아닌데."

"나도 알아."

"아무리 해도 민지연은 못 빠져나간다니까."

"뭐, 그렇겠지."

"아무튼 이해 불가능한 새끼."

문동기는 불퉁거리면서도 진이수를 따라 설렁설렁 걸었다. 사무실로 들어간 문동기가 한눈에 사무실을 훑었다. 깔끔하지만 상담실을 제외하고는 출입구에 놓인 책상 두 개가 전부인 협소한 공간이었다. 변호사실도 따로 없어서, 출입구 책상 두 개가 진이수의 업무 공간이다.

"올 때마다 정말 뭐가 없네. 사무직원이라도 하나 두라니까."

"뭐 하러. 어차피 내가 다 하는데."

"인테리어도 좀 하고. 그 뭐냐, 의뢰인에게 신뢰감을 주는 그런 거 있잖냐. 이렇게 없어 보여서 누가 널 믿어주겠냐고."

책상 위 서류철 몇 개를 챙겨 들고, 진이수가 상담실 문을 열었다.

"상담실 한번 들어갔다 오면 다 믿던데?"

"미친놈이 이런 데만 공을 들여서는."

문동기가 방음 처리가 된 문을 두드리다 상담실 의자에 앉았다. 상담실 안은 밖과 분위기가 확연히 달랐다.

사방의 모든 벽과 문까지 방음 처리되어 있고, 은은한 조명이 비추며 마음이 편해지는 음악이 흘러나왔다. 내담자를 위한 다양한 종류의 음료까지 준비되어 있다.

"다들 그 방음벽을 제일 좋아해."

"뭐가 구린 것들인가?"

"그냥 자기 얘기 누가 듣는 거 싫어하는 사람 많잖아? 커피?"

"카페모카. 에스프레소 쓰리 샷. 시럽 다다익선."

"미친 새끼. 카페 왔어? 너 그렇게 마시다 염라대왕 미팅 날짜만 빨라진다."

"왜 염라야? 난 지옥 안 가."

"그러냐."

코웃음을 치면서도 진이수는 문동기가 원하는 대로 진하고 달짝지근한 카페모카를 만들어 앞에 놓았다.

"그래서 요청한 건?"

문동기가 아까부터 덜렁덜렁 흔들며 가져온 서류 봉투를 내밀었다.

"경찰 서류를 막 들고 오라고 하고 말이야. 이거 불법이야. 나니까 봐주는 거지."

"어차피 내가 공식적으로 요청하면 줘야 할 정보잖아. 비공식적으로 빨리 보는 것뿐이지."

"그러니까 그걸 왜 날 통해 달라고 하냐고. 내가 네 사무관이야?"

"너도 날 막 끌고 다니잖아. 이런 것도 안 해줄 거면 공임비를 따로 주던가.”

“치사한 자식.”

“민지연에게 유리한 진술은 없네.”

진이수가 서류를 넘기며 말했다.

“채권자들에게 조만간 큰돈 들어올 일이 있다고 떠벌렸어. 딱 봐도 계획범죄 스멜 아니냐?”

“칼치기 운전자 진술은 그냥 진상이었다가 전부이고. 흐음.”

그가 테이블을 톡톡 두드리며 칼치기 운전자의 사진을 오래도록 응시했다.

“아무래도 낯이 익어.”

“누가?”

“이 쌍방폭행 운전자.”

“그래? 혹시 예전 내담자였다거나?”

“그건 아닌 것 같은데…, 엮여 있는 다른 사건 없는지 조사해줘.”

“그것까지?”

“아니면 공임비.”

“네이네이. 알았다, 새끼야.”

다시 서류를 넘기던 진이수가 미간을 찌푸렸다.

“이건 뭐야? 신경욱이 8개월 전에 갑자기 천만 원을 뽑았네? 거의 전 재산을. 그때라면 아들 집 가기 전, 별거 중일 땐데. 이거 어디에 썼는지 파악됐어?”

“아니. 현금으로 쓴 모양이라 애매하더라고. 8개월이면 생활비로 썼다고 생각할 수도 있지만.”

“있지만?”

“별거 중 살았던 곳은 쪽방촌이라 다 해봐야 몇십만 원이고. 아들 집에도 거지꼴로 갔다고 하고. 아들 집에서도 그다지 돈을 쓴 것 같지 않단 말이지.”

문동기가 까끌까끌한 턱을 쓸며 못마땅한 얼굴을 했다.

"넌 혹시 알겠냐?"

"방금 봤는데 알긴 뭘 알아?"

서류를 다 훑은 진이수가 어깨를 으쓱였다. 그런 그를 문동기가 가자미 눈을 뜨고 보았으나 나오는 것은 없었다.

*

오랜만에 진이수는 캐주얼 차림으로 외출했다. 냉기를 막아줄 마스크와 두툼한 점퍼의 후드를 눌러쓴 모습이 예비 범죄자처럼 보일 수도 있었지만, 늦은 저녁이고 워낙 비슷한 차림의 사람들이 많아 딱히 눈에 띄는 모습은 아니었다.

그는 한 카페로 들어가 비어 있는 개인실이 있는지 물었다. 이 카페는 프라이빗 룸을 구비하고 있어서 스터디카페로 쓰려는 사람, 모임을 하는 사람, 회의를 하는 사람들이 많았다.

"1인실로 드리면 될까요?"

"아니, 4인실. 제비꽃 룸으로 주세요."

서글서글하게 안내하던 점원의 입가가 살짝 굳었다.

"거기는 이미 손님이 계십니다."

"기다리죠."

"오래 걸릴 텐데요."

"저기 창가에 앉아 기다리겠습니다."

진이수는 마스크를 벗고 후드를 뒤로 넘겼다. 미간을 찌푸렸던 점원이 진이수의 얼굴을 확인하고 눈이 커졌다. 진이수가 돌아서는 것과 동시에, 점원의 귀에 꽂은 무선이어폰이 울렸다.

"네, 네! 알겠습니다."

카운터에서 나온 점원이 재빨리 진이수를 따라잡았다.

"손님, 방금 그 룸이 비었습니다. 안내하겠습니다."

진이수는 점원을 따라가다 카운터에 달린 CCTV를 바라보며 한쪽 입꼬리를 올렸다.

안내된 곳은 평범한 4인용 프라이빗 룸이었다. 다른 룸과 다른 점이라면 한쪽 벽에 도어록이 달린 창고 문이 있다는 것뿐.

점원이 공손히 문을 닫고 나가자 진이수는 창고 문 앞에 섰다. 도어록은 쳐다보지도 않고 그저 문을 두드렸다.

삐릭-!

문이 열렸다. 안으로 들어서니 문은 다시 닫힌다. 앞이 안 보이는 건 아니지만 전체적으로 어두웠다.

"불 켜."

팟! 한순간에 밝아지며, 컴퓨터 앞에 앉아 있던 남자가 일어났다. 나이는 서른 즈음, 180이 넘는 큰 키, 미남형 얼굴이었다. 뺨에 길게 난 칼자국만 아니었다면 연예인을 해도 될 듯했다.

"아, 형님. 번호 누르는 시늉이라도 좀 해주지."

"내가 왜 형님이야. 그리고 도어록은 무슨. 번호를 누르든 말든 네 맘대로 열 거잖아."

"예예. 변호사님, 아무튼 오랜만입니다."

남자는 진이수를 방 가운데 소파로 이끌고 음료를 가져왔다.

"그래서 무슨 일로 여기까지 왕림하셨을까?"

"송재구."

테이블 위로 인적사항이 적힌 서류가 한 장 올라왔다. 문동기가 조사해준 정보였다.

이름 송재구, 9년 전 개명.

증권사 애널리스트 출신.

10년 전 주가조작 사건 관련자 중 하나로 신상이 노출됨.

퇴사 후 개명하고 부동산업으로 전환.

현재 개명 소송을 다시 신청한 상태.

남자는 서류를 곁눈으로 쓰윽 봤지만 관심 없다는 듯 어깨를 으쓱였다.

"누굽니까?"

"네가 모를 리가. 해커 웨나토르. 10년 전 네가 신상을 까발린 주가조작범 중 하나인데."

"아하. 그 개새들 중 하나였어요? 개명했구나아."

웨나토르. 라틴어로 사냥꾼.

10년 전 그는 20대 초반이었다. 지인의 가정이 파탄 난 것에 분개하던 중, 주가조작 사태가 은근슬쩍 덮이려고 하자 주가조작범들의 신상정보를 해킹해 세상에 공개해버렸다. 해외 서버를 경유하고 여러 방법을 써서 자신을 철저히 숨기고 말이다.

그럼에도 주가조작범들은 벌을 받지 않았다. 그 울분 때문인지 그는 이렇게 음지로 숨어들어 범죄자들의 정보를 거래하는 정보상이 되었다.

웨나토르가 눈을 둥글게 휘며 피식 웃었다.

"뭐 죽었다거나 그런 기쁜 소식은 아닌 거죠?"

"시치미 그만 떼. 네가 연결해주었지?"

"연결이라니 대체 무슨 소리인지."

"민지연 발목 잡으라고 네가 송재구에게 연결해줬잖아."

"그러니까 누구에게요?"

그는 순진하게 눈을 깜박였지만, 진이수는 속지 않았다.

"모른 척할 거였으면 민지연이 누군지부터 물었어야지."

"아, 이런 실수. 정말 형님은 못 당하겠다니까."

들켰으면서도 웨나토르는 여유로웠다. 진이수가 처음 그의 존재를 알

왔을 때 경찰에 알리지 않았던 것처럼, 몇 가지 정보는 털리겠지만 자신은 안전하리라는 판단 때문이었다.

"그런데 어떻게 알았어요?"

"신경욱이 아들의 집 주소를 알았으니까."

"에이. 그런 거야 일반 심부름센터에서도 다 하잖아요."

"신경욱의 과거, 주가조작범인 송재구, 그리고 전 재산인 천만 원이 빠져나간 흔적."

"아…!"

"그거 네 시그니처잖아. 복수하려고 범죄자의 신상정보를 알려달라는 사람에게 변태같이 전 재산을 요구하는 것."

"변태는 심했다. 그저 각오를 보는 것뿐이라고요. 상황 봐서 나중에 돌려준 적도 많고요. 이만하면 착한 브로커 아니에요?"

"느물대기는. 삼킨 적도 많으면서."

복수는 그저 하고 싶다는 가벼운 마음으로는 할 수 없다. 복수를 하지 못하면 죽을 것 같은 각오가 섰을 때, 그를 위해 모든 걸 버릴 수 있어도 성공할 수 있을까 말까다.

복수를 하려면 전 재산을 줘야 한다? 이것을 불합리하다고 판단하고 물러선다면 그는 복수를 하지 않고도 살 수 있는 사람이니, 오히려 잊고 자신의 인생을 사는 게 낫다.

그게 웨나토르의 지론이었다.

"그래서, 신경욱의 의뢰는 '민지연의 과거'야?"

"공짜로 불라는 거예요?"

"뭐? 여기 신경욱하고 연결점 있는 사람이 있다고 경찰에 제보하라고?"

"에이씨, 매번 협박이라니까. 어쩔 수 없죠. 내가 드러나면 그의 복수도 망가질 테니. 처음 신경욱이 와서 의뢰한 건 '10년 전 주가조작범들을 찾아달라'였죠."

"민지연은?"

"그건 내가 알려준 거예요."

"네가? 이혼소송하면서 이미 의심했다던데?"

"그거야 의심이고요, 우린 확실한 정보니까요. 아시죠? 우리가 의뢰인부터 조사하는 거. 그가 민지연과 결혼하고 나서 죽을 뻔한 사고가 무려 다섯 번이더라고요? 수상해서 뒤를 팠더니 인위적인 사고였고요."

"그래서?"

"신경욱에게 알려줬죠. 그랬더니 사별한 두 전남편도 조사해달라고 하더군요."

"주가조작범 정보는?"

"몇 놈 알려주긴 했죠. 그중에 송재구에게 접근할 줄은 몰랐지만."

"왜 송재구였을까?"

"아마 제일 심약한 놈이라서 아닐까요? 간이 작아서 주가조작 사건에서도 피라미였거든요."

"그렇군."

진이수는 한동안 소파 팔걸이를 툭툭 두드리며 생각을 정리했다. 웨나토르는 그 모습을 조용히 지켜보았다.

"좋아, 오늘은 이만 가지."

그가 일어서자 웨나토르가 화사하게 웃으며 반겼다.

"아이, 좋아라."

"징그럽다. 참, 언론에 제보한 것도 너지? 혹시 제보 계획이 더 남았나?"

"글쎄요?"

진이수가 문을 열고 나가려다 웨나토르의 모습에서 뭔가를 가늠하듯 보았다.

"적당히 해. 선 넘지 말고."

"에이– 제가 왜 선을 넘어요? 선을 아득하게 넘은 새끼들이 얼마나 많은데. 그 꼬리 밟는 것만도 바빠요."

해사하게 대답하는 웨나토르에게 적당히 고개를 끄덕여주고 진이수는 숨겨진 방을 나왔다.

*

민지연의 사무실. 진이수가 문동기와 함께 안으로 들어섰다.

"너 송재구 만났다며?"

"응."

"채귄지들도 만나고."

"응."

"뭐 좀 나왔어?"

"아니, 네가 보여준 진술서와 대답이 똑같더라."

진이수는 자신에게 사실을 털어놓던 송재구를 떠올렸다. 물론 문동기에게 알려줄 생각은 없었다.

"여기는 왜 또 오자고 한 거야?"

"그냥. 공판 전에 한 번 더 봐두려고. 조만간 철수할 거 아니야?"

"그야 그렇지."

현장보존을 언제까지고 할 수는 없다. 보통 범인이 잡히면 해제된다. 이번 사건의 경우 민지연이 끝까지 무죄를 주장하고 있으나, 경찰이 더는 용의자가 없다고 판단하고 있으니 조만간 현장보존이 해제될 것이다. 물론 그전에 현장의 모든 것을 채취하고 기록으로 남겨두겠지만.

찰칵찰칵. 진이수의 휴대폰에서 셔터 음이 여러 차례 울렸다.

"뭐 찍냐?"

"그냥 이것저것."

"보여줘. 나 몰래 증거 될 만한 거 찍어놓고 비밀로 하려는 거 아니야?"

"왜 이렇게 의심이 많아? 이미 과학수사대에서 수천 장 찍었을 텐데."

"그래도 네가 이러니까 찝찝하단 말이다. 우리가 뭔가 놓치고 있는 것 같아서."

진이수는 대답 없이 사진만 찍었다. 피 웅덩이가 고였다가 말라붙은 자국, 흩어져 있는 사무집기들, 그리고 시체가 들어 있던 캐비닛도 닫힌 상태, 열린 상태로 찍었다. 그러다 갑자기 의자를 끌고 왔다. 의자 다리에 현장 훼손 방지용 비닐까지 씌우고.

"뭐 하는 거야?"

"위에서 보면 다른 게 보일까 싶어서."

피 웅덩이를 피해 의자를 놓고 위로 올라간 진이수가 열린 캐비닛과 피 웅덩이를 한 샷에 담았다.

"뭐 있어?"

의자에서 내려온 진이수에게 문동기가 물었다. 진이수는 휴대폰을 내밀었다.

"너도 보던가."

문동기는 사진을 꼼꼼히 보았다. 휴대폰을 조작해 확대하기도 하고 돌려보기도 하고 구석구석 살펴보았지만, 이미 아는 사실 외에 달라 보이는 건 없었다.

"뭐야, 아래에서 보나 위에서 보나 똑같잖아."

"…그래."

맥없는 대답에 사진에서 눈을 떼니 진이수는 캐비닛을 보고 있었다. 문동기도 사진 속 캐비닛과 실제 캐비닛을 번갈아 보았다. 하지만 별다른 특이점을 찾지 못했다.

"이상하네. 여기저기 흠집이 좀 나긴 했지만 평범한 캐비닛인데? 뭐가 있나."

그때 진이수가 뒤돌아 그가 들고 있는 휴대폰을 낚아채 주머니에 넣었다.

"가자."

"야, 야! 뭔데? 너 뭐 발견한 거지?"

"없어. 너도 똑같이 봤잖아. 아!"

갑자기 내지른 탄성에 문동기는 이번에야말로 새로운 단서에 관한 이야기가 나올 거라고 기대했다.

"그날 피가 좀 묽어 보였는데 말이야. 왜 그런지 알지?"

"아씨, 난 또."

"왜?"

"됐다, 됐어! 피의자한테 불리한 증거라면 있어도 말해줄 리가 없지. 명색이 변호인이니까."

"잘 아네. 그래서 피는 왜 그런 거야?"

"소변이 섞였다더라. 죽으면서 지렸나 보지 뭐."

"그렇군."

진이수는 개운해진 얼굴로 나가고, 그 뒤를 불만이 가득한 문동기가 따랐다.

*

민지연 사건의 첫 공판일.

진이수는 변호인으로서 최선을 다해 그녀를 변론했다.

"검사가 주장하듯 피고인이 지문을 닦아낼 정도로 치밀한 사람이라면 살해 도구인 칼을 바닥에 그대로 버려두고 가겠습니까? 또한 죽은 줄 알고 시체를 숨기기 위해 캐비닛에 넣었다는 것도 이상합니다. 죽은 시체의 팔다리를 정성껏 묶을 이유가 뭐가 있을까요? 마지막으로 피고인은 집으로 가는 도중 칼치기하는 운전자를 만나 쌍방폭행으로 유치장에 들어갑니다. 세상에 어느 살인자가 살인한 직후 분란을 일으키고 스스로 경찰서에 들어갈까요? 살인 후 도망치는 중이라면 누가 나한테 무슨 짓을 하든 조용히 무마하고 넘어가려고 하지 않겠습니까?"

진이수의 주장은 상당히 설득력이 있었다. 문제가 있다면 이미 여러 언론을 통해 제기된 적이 있다는 점이었고, 그래서 검사는 수월하게 그에 대항하는 의견을 제시할 수 있었다.

"변호인의 주장은 모두 확실하지 않은 감정에 호소하는 것뿐이군요. 증거도 없이 말이죠. 그럼에도 그에 대해 상상력을 발휘해 답변해보겠습니다."

검사는 잠시 목을 가다듬고 판사와 참관인들을 둘러보고 나서 말을 이었다.

"일단 피고인 민지연 씨는 피해자의 칼을 빼앗아 복부를 찔렀습니다. 그는 쓰러졌고 피고인은 그가 죽은 줄 알았겠죠. 시체를 끌고 나갔다가는 CCTV에 찍히거나 누군가의 눈에 띌 테니 일단 캐비닛을 비워내고 그곳에 숨깁니다. 나중에 어떻게 처리해야 할지 생각하면서 칼에 묻은 지문을 닦아냈는데, 그때!"

검사는 배우의 자질이 다분했다. 그는 목소리 톤을 조절하고 적절하게 말을 끊으면서 사람들을 주목시켰다.

"캐비닛이 덜컥 움직입니다. 피해자가 살아 있었던 거죠. 놀란 피고인은 칼을 내던지고 캐비닛을 엽니다. 그리고 피해자가 완전히 정신을 차리기 전에 손과 발을 묶은 후 캐비닛을 닫습니다. 안에서 열지 못하도록 잠금번호까지 돌려버리죠. 그러고는 밖으로 나왔습니다. 도망가려는 생각도 했겠고, 시신을 처리할 방법도 생각했겠죠."

민지연이 벌떡 일어나 소리쳤다.

"아니야! 아니라고! 난 그런 적 없어."

당장이라도 달려가 검사의 멱살을 잡을 것 같은 민지연을 진이수가 '이럴수록 불리해진다'라는 귓속말로 달래고, 판사가 엄한 어조로 꾸짖었다.

검사는 그런 민지연에게 조소를 날려주고 발언을 계속했다.

"피고는 흥분한 상태였습니다. 이럴 때는 작은 문제에도 크게 반응하기 마련이죠. 하필 이때 칼치기 운전자가 걸린 겁니다. 피고는 그 운전자에게 보복운전을 했고, 차에서 내려 다투다가 결국 경찰서에 잡혀갔습니다.

그리고 유치장에 갇힌 뒤 시간을 보내면서 앞으로 어떻게 대처할지 생각한 겁니다. 끝까지 모른다고 발뺌하기로 말입니다."

법정 안은 고요했다. 민지연이 화를 참으려 씨근덕거리는 소리만 간간이 들렸다. 진이수가 의자를 빼고 일어나 고요를 깨뜨렸다.

"정말 상상력이 풍부하시군요. 하지만 모두 상상일 뿐 제시할 수 있는 증거는 없는 것으로 압니다."

"그건 변호인 측도 마찬가지일 텐데."

"심지어 지금까지 검사 측에서 피고인이 범인이 맞는다며 제시한 것도 모두 정황 증거일 뿐, 직접 증거는 하나도 없습니다."

"그 건물에 남아 있던 사람은 민지연 씨, 피고 한 명뿐이었습니다. 범행이 가능했던 건 딱 한 사람입니다."

"확실합니까?"

"아까도 설명했지만, 건물 구조상 어떤 창문으로도 사람이 빠져나갈 수는 없고⋯."

지루한 공방이 이어졌다. 검사 측은 계속해서 민지연 외에는 범행 가능성이 없다는 점을 강조했고, 변호인 측은 무죄추정의 원칙과 직접 증거가 없음을 강변했다.

지친 검사가 발끈해서 소리쳤다.

"피해자 이전의 두 남편이 모두 의문의 사고로 죽었습니다. 그 일로 피고인은 거액의 보험금을 탔습니다. 이게 무엇을 뜻하겠습니까?"

"그것들은 이 사건과 별개입니다. 또한 모두 사고일 뿐, 살인이 아닌 것으로 결론이 났습니다. 오히려 불의의 사고로 두 남편을 떠나보낸 피고인을 동정해야 하는 상황이 아닙니까?"

양측의 의견은 팽팽했다. 심정적으로는 민지연을 의심하지만 그렇다고 범인이라고 하기에는 일말의 의구심이 남은 상태가 이어졌다.

그때 검사 측의 보좌관이 들어와 자기 휴대폰을 검사에게 내밀었다. 검사가 눈을 빛내며 들여다보는 와중에 참관석도 소란해지기 시작했다.

"허! 이게 뭐야? 이러고서 무죄를 주장한다고?"

"미쳤네. 미쳤어. 아무리 돈이 좋다지만."

수런거리는 사람들은 모두 휴대폰을 보고 있었다. 진이수도 얼른 휴대폰을 열었다. 온갖 포털사이트에서 속보로 난리였다.

바로 민지연이 전남편 살해를 사주한 것과 신경욱을 죽이기 위해 사고를 꾸며낸 것에 대한 증거와 증인에 관한 것이었다.

"휴정! 휴정을 선언합니다!"

첫 공판은 더 이상 이어지지 못했다.

언론에 순차적으로 제보된 내용은 다음과 같았다.

첫 남편의 경우 민지연과 함께 간 산에서 사진을 찍다가 실족사했는데, 타살의 증거나 증인은 발견되지 않았다. 그러나 보험사가 끈질기게 민지연을 물고 늘어진다.

직접 범행을 하면 위험하다고 판단한 민지연은 두 번째 남편을 죽이기 위해 사람을 고용한다. 두 번째 남편은 여행을 갔다가 불어난 계곡물에서 익사했는데, 이때 민지연은 함께 여행을 가지 않았고 멀리 다른 곳에 있었다는 알리바이가 확실했다. 그를 살해한 사람은 현재 여러 건의 살인과 폭행으로 복역 중인 무기수였다. 그가 폭로를 하며 당시의 녹취록을 증거로 제출해버린 것이다.

또 신경욱의 사고들에 민지연이 관련된 CCTV 자료와 사주한 증거까지 나왔다. 이건 민지연이 오래전부터 신경욱을 살해할 마음을 먹었다는 것이었으므로 파장이 컸다.

세상은 연일 이 일로 들끓었고, 민지연은 희대의 악녀가 되었다. 이로써 누구도 민지연의 무죄를 믿지 않게 되었다.

마지막 공판은 싱겁게 끝났다.

신경욱 사건을 우발적 살인으로 주장하자는 진이수의 설득이 먹혔다. 죄를 인정하는 자세를 보여야 감형도 도모해볼 수 있다고 한 것이다.

민지연은 검사가 제시하는 모든 혐의를 빠르게 인정했다. 그리고 신경욱이 먼저 자신을 죽이려고 해서 어쩔 수 없었다며 우발적 살인임을 눈물로 호소했다.

그래도 그녀는 일반적인 우발적 살인보다 과한 7년 형을 받았다. 그나마 죄를 인정했다는 점이 참작되어 이 정도였다. 진이수는 벌이 과하다며 항소를 제기했다.

그리고 이 모든 과정을 신정훈이 참관석에서 지켜보았다.

*

정훈은 그동안 민지연의 재판에 대해 그다지 관심을 가지지 않았다. 언론이 워낙 떠드는 통에 저절로 귀에 흘러들어오기는 했다. 그것까지 막지는 않았지만 일부러 찾아보거나 하지는 않았다.

한번은 직장 동료들이 사건에 대해 떠들면서 저 남자 참 불쌍하지 않냐고 물었다. 정훈은 대답할 수 없었다.

신경욱이 생판 모르는 남이었다면, 보험금 사냥꾼의 타깃이 되어 살해당한 그를, 다른 이들처럼 불쌍히 여기고 동정했을지 모른다.

그러나 가장 믿었던 사람에게 죽임당하고, 죽임당할 뻔한 그로서는 경욱을 동정할 수 없었다. 정훈은 10년 전 사건 이후로 트라우마와 우울증에 시달렸으니까.

'나도 죽었어야 맞는 게 아닐까? 은혜는 죽었잖아.

하지만 난 살고 싶어.

아빠가 날 죽이려고 했어. 내가 나쁜 아이라서 필요 없어서 그런 거야.

아니야. 내 잘못이 아니야.'

정훈은 꽤 오래 목까지 올라오는 옷을 입지 못했고 목도리도 두르지 못했다. 목에 무언가 닿을 때마다 등이 뻣뻣해지고 숨이 막혀왔기 때문이다.

그래서 정훈에게 신경욱은 살인자였고, 살인미수자였다. 그러니 어떻게 그를 동정하겠는가. 그에 관한 이야기가 어찌 반가울까.

하지만 세상은 그를 가만히 놔두지 않았다. 인터뷰를 하고 싶다는 기자들의 연락이 하루에도 수십 통씩 왔다. 정훈은 모두 거절하고 결국 휴대폰마저 정지시켰다. 신경욱의 인생에 기사 한 줄이라도 보태고 싶지 않았다.

그러나 기자들은 포기하지 않고 정훈의 직장과 집까지 찾아오기 시작했다. 무시하고 지나가는 정훈에게 쏟아지는 기자들의 질문은 무례하기 짝이 없었다. 보험금과 민지연에 관해 물었을 때는 그나마 괜찮았다. 마침내 그들이 동생 은혜의 죽음에 대해 언급했을 때, 정훈은 화가 꼭지까지 올라와 무대응의 원칙을 깰 뻔했다. 그 기자를 죽일 듯 노려보기만 하고 돌아서기 위해 젖 먹던 힘까지 써야 했다.

그래서 더욱 민지연의 재판에 신경 쓰지 않았다. 민지연이 어떻게 신경욱을 죽였는지 전혀 관심 없었다. 그저 어서 이 폭풍이 지나가 어머니와 자신을 괴롭히지 말았으면 하고 바랄 뿐이었다.

그런데 그의 어머니가 이상했다.

처음 마음에 걸렸던 건 대청소를 하려고 소파를 옮기다가 발견한 핏자국이었다. 테니스공만 한 크기의 핏자국은 소파에 깔렸던 부분 외에는 누가 닦아낸 듯 반듯하게 잘려 있었다.

정훈이 기억하기로는 이곳으로 이사 온 이후 이렇게 큰 핏자국이 생길 만한 일이 없었다.

갑자기 과다출혈로 죽었다는 신경욱이 생각났고 뭔가 꺼끄러웠다. 그리고 언젠가 자신을 피해 종이를 숨기던 어머니의 모습이 떠올랐다. 하지만 신경을 깔짝이기만 할 뿐 연결점을 찾지 못하자 잊어버렸다.

그리고 다시 10여 일이 지나, 민지연의 전남편들 죽음에 대한 증인과 증거로 세상이 떠들썩할 때, 우세희가 다시 자신의 상태를 알게 된 날이었다.

그날 정훈은 어머니가 오열하는 모습을 목격했다.

"미친 새끼. 내가 그런다고 널 용서할 것 같아? 네가 열 번을 죽여도, 나를 백 번을 감싸도! 우리 은혜, 내 새끼 죽인 거 절대 못 잊어!"

TV에서는 민지연 사건 특집을 하고 있었다. 정훈은 심장이 덜컹 내려앉는 것 같았다.

'아침에 엄마가 캐물었을 때 분명 둘 다 교통사고로 죽었다고 얘기했는데, 어떻게 아버지가 은혜를 죽인 걸 알고 있지?'

우세희의 오열은 계속되었다.

"어떻게 우리 공주를, 어떻게 그 작고 사랑스러운 아이를, 어떻게 죽일 수가 있냐고! 이 미친 자식아! 아악-! 내가 죽었어야 했어. 은혜 대신에 내가!"

우세희는 자기 가슴을 주먹으로 치며 울부짖었다. 어찌나 세게 치는지 큰일이 날 것 같아 정훈이 달려가 말렸다.

"엄마, 그만해! 이러다 다쳐. 엄마까지 아프면 난 어쩌라고! 제발! 응?"

차마 지난 일이니 잊으라는 말은 할 수 없었다. 시시때때로 떠올라 마치 어제 일처럼 괴로워지는 것은 정훈도 마찬가지였기 때문이다. 그는 자신을 더 때리지 못하게 엄마를 안았다. 우세희는 그 품에서 몸부림치면서 하염없이 울었다. 그러다 결국 혼절했고, 다시 눈을 떴을 때는 해맑은 얼굴로 남편과 은혜를 찾았다.

혼란에서 벗어난 후, 정훈은 어머니가 했던 말이 자꾸 마음에 걸렸다.

'나를 백 번을 감싸도!'

대체 그 남자가 어머니를 뭐로부터 감쌌단 말인가. 그리고 어떻게 과거

사건에 대해 알았지? 그의 마음속에 의심이 피어올랐다.

'설마 어머니가 신경욱을 죽인 진범?

아니야, 그럴 리가 없어. 어머니가 민지연의 사무실을 어떻게 안단 말이야?

게다가 어머니는 집을 떠나신 적이 없다고.

하지만….

그렇다면 왜 집에 그런 핏자국이 있었지?'

이렇게 도돌이표처럼 반복되는 의심과 반박으로 그의 머리는 터질 것 같았다. 그러다 우세희가 숨겼던 종이에 생각이 미쳤다.

그는 어머니가 자는 동안 온 방을 뒤졌다. 그리고 거실의 '뇌과학' 책에 끼워져 있는 그 종이를 발견했다. 이 책은 어머니가 자신의 상태를 깨달았을 때만 읽는 책이었다.

그는 종이에 적힌 글을 읽는 순간 숨이 막히는 것 같았다. 그러나 그 글이 사실이라고 해도 신경욱이 민지연의 사무실에서 발견된 건 말이 되지 않았다. 그래서 종이를 숨기기로 했다. 어차피 날이 밝으면 우세희는 종이가 있었는지도 잊을 테니 괜찮을 것이다.

그래도 불안한 마음이 사라지지 않아 민지연의 마지막 공판일에 참관했다. 민지연이 자신의 범행을 인정하고 최종 선고를 받고 나자 겨우 안도할 수 있었다.

*

정훈은 법원을 나오면서 기자들에게 또 둘러싸였다. 그들은 선고에 만족하는지, 아버지의 보험금은 어떻게 사용할 생각인지를 물었다.

그러나 정훈은 지금껏 해온 대로 무대응으로 일관하며 도망쳤다. 전철을 타고 나서야 겨우 안도하며 주머니에 손을 넣었을 때, 무언가가 만져졌다.

바스락. 종이?

정훈은 자신이 넣은 적 없는 종이를 꺼내 보았다.

'아버지의 진실을 알고 싶다면 한 달 뒤, 모래탑 방파제에서 낚시를 하시오.'

그는 종이를 구겨 쓰레기통에 버리려고 했다. 이젠 하다하다 이런 장난을 치는 사람도 있구나 싶어서. 그런데 어쩐지 망설여졌다. 그날 정훈은 종이를 버리지 못한 채 집으로 돌아갔다.

그로부터 한 달 뒤, 신정훈은 바닷가 바위에 앉아 낚싯줄을 드리우고 있었다. 낚시꾼들이 군데군데 흩어져 있었지만, 한겨울이라 그런지 사람이 많지 않았다.

한참 찌를 바라보던 신정훈은 시계를 한 번 보고, 주머니 속에서 쪽지를 꺼냈다. 장난이라고 치부했던, 마지막 공판일에 주머니에 들어 있던 바로 그 종이였다.

그는 결국 쪽지를 버리지 못하고 방파제에 나왔다.

무시하려고 했다. 하지만 계속되는 언론의 인터뷰 요청을 거절하고, 주변인들의 배려 없는 질문과 오지랖을 넘어선 조언들에 시달리고, 보험금을 노린 사기꾼들을 매몰차게 끊어내는 와중에도 마음 한구석이 걸려 쪽지를 버리지 못했다. 그리고 언론과 주변이 잠잠해질 무렵에는 쪽지 생각이 머릿속을 점령해버렸다.

'진실? 민지연이 범인이 아니라는 건가? 하지만 자백까지 했잖아. 그리고 왜 민지연의 진실이 아니고 아버지의 진실이지? 설마, 이 자가 어머니에 대해 아는 건….

미쳤나. 이건 누가 봐도 장난이잖아. 어떤 새끼인지 걸리기만 해봐라.

하지만 장난이 아니라면?'

꼬리에 꼬리를 물고 이어질 뿐 결론이 나지 않는 상념이 계속되었고, 핏자국과 어머니가 남긴 종이는 그를 불안하게 했다. 그래서 정훈은 결국 회사 동료에게 낚시 도구를 빌려 이 해안가로 나오게 된 것이다.

생전 처음 해보는 바다낚시는 매운맛이었다. 방한모자와 마스크, 두툼한 패딩으로 중무장했는데도 뼛속으로 찬바람이 들어온다.

푸에췩!

"제길. 시간도 적어줬어야지!"

혹시나 놓칠까 봐 새벽같이 나왔는데 점심시간이 다 되어간다. 그는 가방에서 새 핫팩을 꺼내 손에 쥐었다. 벌써 핫팩을 열 개째 쓰고 있는데 쪽지를 보낸 사람은 오지 않는다. 정말 장난이었나? 이러다 밤까지 추위에 떨다가 허탕 치고 돌아가는 게 아닐까, 하는 불안감이 스멀스멀 올라와 목까지 들어찼다.

그때 뒤에서 자갈 밟는 소리가 들렸다.

"여기 내 자린데! 에이씨, 뺏겼네."

기대감에 돌아봤다가 거친 목소리에 실망하고 어깨를 늘어뜨렸다. 다가온 남자는 똑같이 방한모자와 마스크를 쓰고 있었는데, 투덜투덜하더니 그의 옆에 조금 떨어져 앉았다. 신정훈이 자리 잡은 바위가 널찍해서 가능한 일이었다.

"같이 좀 합시다. 여기가 명당이거든."

"어, 잠깐요. 여기 올 사람이 있어서요."

당황해서 멈칫했던 신정훈은 남자가 낚싯줄을 던지기 전에 간신히 그를 말렸다. 그러나 남자는 아랑곳하지 않고 낚싯줄을 멀리 던져버렸다. 그리고 태연하게 앉았다.

"그거 접니다. 당신이 기다리는 사람."

정중하고 낮은 목소리. 조금 전과는 목소리 톤과 스타일이 확 달랐다.

"조용히 앉아 찌를 보시죠. 다른 낚시꾼들처럼. 말소리도 좀 낮추시고."

놀라서 확 달려들려던 신정훈은 그 말에 조용히 자리에 앉았다. 흘끔 남자를 다시 보았다. 방한모자와 마스크 때문에 보이는 건 눈뿐이라 누구인지 알 수 없었다.

정훈은 퉁명스럽게 물었다. 물론 목소리는 낮춰서.

"왜 제게 그런 쪽지를 준 겁니까? 진실이라니. 민지연이 살해했다는 진실 외에 다른 것이 있습니까?"

"그렇게만 생각했다면 여기까지 나오지 않으셨겠죠. 그저 장난이려니 하고 무시했겠지."

"저도 무시하려고 했습니다. 하지만…."

"왜요, 집에서 뭔가 발견했나요? 아니면 당신 어머니가 좀 이상하다던 가?"

"그, 그걸 어떻게?"

남자는 마치 정훈의 마음을 들여다보기라도 한 듯 정곡을 찔렀다. 신정훈은 남자를 보았다.

"정말 진실을 알고 있습니까?"

"99퍼센트 진실일 겁니다. 제 추리가 가장 상황에 부합하니까요."

"그럼…."

정훈은 침을 꿀꺽 삼켰다. 가장 많이 망설였고, 끝내 하고 싶지 않았던 질문을 던졌다. 그는 남자가 보낸 쪽지가 아닌, 어머니의 종이가 들어 있는 주머니를 꽉 쥐었다.

"어머니가 그를 죽인 겁니까?"

남자의 시선이 찌에서 벗어나 신정훈을 향했다. 그 잠깐의 침묵에 정훈의 목은 바짝바짝 타들어갔다.

"결론을 먼저 말하자면, 아닙니다."

"하아…."

한껏 긴장했던 신정훈이 커다란 숨을 내뱉으며 안도했다.

"그러면 대체 무슨 진실이 따로 있다는 겁니까?"

"신경욱의 복부를 찌른 건 우세희 씨가 맞습니다."

"뭐라고요?!"

"앉으시죠. 사람들이 봅니다."

정훈은 벌떡 일어났다가, 그 지적에 주변을 보았다. 흩어져 있는 낚시꾼 중 두어 명이 이곳을 보았다가 다시 찌로 고개를 돌렸다. 그는 벌렁거리는 가슴을 진정시키며 조용히 앉았다.

"그게 무슨 말입니까? 어머니가 죽이지 않았다면서요!"

"그것도 맞습니다. 하지만 사건의 발단인 복부를 찌른 사람이 우세희 씨인 것도 사실입니다."

"대체…."

"제가 처음 우세희 씨를 의심했던 건, 신정훈 씨 집을 방문했을 때입니다. 그때 우세희 씨 손에 상처가 있었죠. 흔한 일입니다. 초보 살인자는 자신이 휘두른 무기에 다치기 마련이니까요. 악에 받쳐 깊게 찌를수록 손에 큰 상처가 생깁니다."

신정훈도 기억해냈다. 그즈음에 어머니의 손에 붙어 있던 반창고를.

"하, 하지만…."

"그래요. 우세희 씨는 집 밖으로 나가지 못했습니다. CCTV도 확인했고 말입니다. 그래서 진범은 아닌 겁니다."

"그럼 어떻게 된 거란 말입니까?"

그때 남자의 낚싯대 찌가 움직였다. 남자는 가벼운 스냅으로 물고기를 낚아 올려 바구니에 넣었다. 아주 작은 우럭이었다. 그는 바늘을 떼고 우럭을 바다에 놓아주었다.

"힌트는 현장에 있었습니다. 지문이 지워진 식칼, 바닥에 떨어져 있던 지우개, 묽어진 혈액, 입으로 물어뜯은 결박 끈 같은 것 말이죠."

남자가 말한 것들은 정훈도 TV와 신문에서 여러 차례 접했던 내용이었다. 하지만 모두가 그걸 알아도 민지연이 범인이라고 했는데, 그게 어떻게 힌트가 된다는 건지. 지우개 정도가 조금 특이하기는 했다. 사무용품이 흩어져 있다고 했지, 딱 집어 지우개라고 하지는 않았으니까.

"그게 어떤 힌트가 된다는 겁니까?"

"당신 아버지, 신경욱 씨가 자살했다는 힌트입니다."

"자살이요? 무슨 수로요? 감금 상태였지 않습니까. 그것도 결박된 상태로 말이에요."

"그걸 노린 겁니다. 누구든 생각하겠죠. 묶인 상태로 감금된 사람이니 자살일 리 없다. 공범이라도 있지 않은 이상."

"그 건물에 있던 사람은 민지연과 그 남자, 둘뿐이었습니다. 민지연이 공범일 리 없으니 불가능하지 않습니까?"

"가능합니다."

남자는 단호했다.

"저는 다시 한번 현장을 찾아갔습니다. 그리고 캐비닛 문 윗부분에 여러 개의 줄이 가 있는 것, 캐비닛 주변이 피 웅덩이 외에는 깨끗하다는 것을 보고 확신했습니다."

도저히 무슨 말인지 모르겠다. 신정훈의 미간에 깊은 줄이 새겨졌다. 그래도 계속 남자의 말에 귀를 기울였다.

"우세희 씨는 가끔 자신의 상태를 알게 되는 날이 있죠. 그때 그녀는 왜 사진 속 딸이 자라지 않는지 궁금해하지 않았을까요?"

"그럴 때는 항상 저에게 물어보셨습니다."

"뭐라고 대답하셨습니까?"

"은혜와 아버지는 교통사고로 오래전에 죽었다고 했습니다."

"하지만 그땐 신경욱이 함께 살았을 텐데요."

"네. 그래서 은혜만 교통사고로 죽었다고 했습니다."

"혹시 신경욱이 죽은 날도 그랬습니까?"

"그날은 오후 출근이고 밤샘 근무 예정이라서 늦게 일어났습니다. 그리고 바로 출근했는데, 그날은 어머니가 그런 질문을 하진 않았습니다."

"그렇다면 대답해줄 사람은 신경욱 씨뿐이었겠군요. 그날 우세희는 사건의 진실을 알게 됐습니다. 그래서 신경욱과 다투다가 주방에서 식칼을 뽑아 그의 복부를 찌릅니다. 아마 놀란 우세희 씨는 바로 정신을 놓았거나, 방으로 도망가지 않았을까요? 이때 신경욱은 결심합니다. 민지연을 범인으로 꾸민 자살극을 벌이기로요."

"하, 하지만 집에는 아무 흔적도 없었습니다."

소파 아래에 핏자국이 있었다. 하지만 이 남자는 그걸 모를 텐데?

"핏자국은 신경욱이 지웠을 겁니다. 범인은 민지연이 되어야 하니까요. 그는 준비해둔 얼음덩어리를 꺼내 상처를 누르고 끈으로 묶은 다음 겉옷을 입었습니다. 이 얼음에는 지우개가 반쯤 밖으로 나온 상태로 붙어 있었을 테고, 그 후 지문을 지운 식칼을 쇼핑백에 넣고 나갑니다."

"가는 동안 얼음이 녹지 않습니까? 그러면 피가 흘러내릴 텐데."

"의외로 옷으로 싼 얼음은 천천히 녹습니다. 보냉팩 비슷하게 작용하는 거죠. 겨울인 탓도 있고, 민지연의 사무실이 택시로 10분 거리인 것도 한 몫했겠죠. 물론 행운도 따랐을 겁니다. 계획대로 흔적 없이 가는 것이 가능했으니까요."

"그리고요?"

"그는 민지연이 밤늦게까지 사무실에 있다가 떠날 것을 알고 있었습니다. 그 시간대에 다른 사람은 없다는 것도요. 그래서 당당하게 CCTV를 지나쳐 건물로 들어갑니다. 그리고 민지연이 나가기 전까지 빈 사무실 혹은 화장실에서 기다렸습니다."

간간이 잡히는 물고기들을 바다로 돌려보내거나 바구니에 넣으면서 남자는 계속 말을 이었다.

"민지연이 나가는 걸 확인한 후, 신경욱은 민지연의 사무실로 들어갑니다. 별거 전까지 일을 도왔던 만큼 도어록 번호나 캐비닛 번호는 알고 있었겠죠. 그는 현장을 꾸미기 시작합니다. 캐비닛 주변에 칼과 쇼핑백을 버려두고, 캐비닛 안에 있던 사무용품들을 모두 꺼냅니다. 그리고 열어둔 캐비닛 번호키 부분에 얼음의 지우개를 붙여둡니다. 얼음 무게로 눌러둔 거죠. 그리고 얼음에 묶어둔 끈의 늘어진 부분을 캐비닛 문 안쪽으로 넘깁니다. 이제 신경욱은 캐비닛 안에 자리 잡고 문을 닫습니다. 그리고 위에 걸친 끈을 잡아당기면 얼음이 들리면서 지우개도 들리고, 지우개와 밀착되어 있던 번호키가 돌아가게 되죠. 이렇게 문이 잠깁니다."

정훈의 낚싯대도 흔들렸다. 하지만 정훈은 그대로 내버려두었다.

"어쩌면 한 번에 되지 않아서 여러 번 시도했을 수도 있습니다. 그 과정에서 캐비닛 문 위쪽에 여러 줄의 흔적이 남게 된 거죠. 신경욱은 문이 잠긴 걸 확인하고, 얼음의 끈을 풀어냅니다. 얼음이 바닥에 떨어졌겠죠. 이 얼음은 녹아 나중에 신경욱의 피 웅덩이를 희석합니다. 경찰은 소변이라고 판단했지만 말입니다. 소변도 일부 있긴 했을 겁니다. 그리고 얼음이 녹으면서 지우개도 바닥에 남게 된 거고요."

낚싯대의 움직임이 커지자 남자의 시선이 잠깐 머물렀으나 이야기는 계속되었다.

"그 후 신경욱은 캐비닛 안쪽으로 가져온 끈으로 두 발을 묶고 이어 손도 묶습니다. 발을 묶을 때야 손으로 했으니 문제없었을 테고, 손을 묶는 건 힘들었겠죠. 그러니 끈을 입으로 물어 묶었습니다. 결박 끈에 남은 물어뜯은 흔적은 풀려고 한 게 아니라 묶으려고 하다가 남은 흔적인 거죠."

"그…, 그저 다 상상일 수도 있지 않습니까?"

"추리는 기본적으로 상상입니다. 물론 일반 상상과는 다르게 입증해야 하죠. 그럼 상상을 해봅시다. 검찰의 논리대로 갇힌 상태에서 정신을 차렸습니다. 그리고 결박에서 벗어나려고 끈을 물어뜯죠. 그 정도로 정신이 있는 상태라면 보통은 뭘 할까요?"

"도움 요청?"

"주변에 사람이 있을 거라고 생각했다면 소리를 질렀을 수도 있겠군요. 그리고 끈이 풀리지 않는다고 하더라도 몸부림을 치지 않았을까요? 문을 열려고 두드려도 봤을 거고 말입니다. 그렇다면 무엇이 생길까요?"

"뭐가 생깁니까?"

"흔적이 생깁니다. 바닥에 캐비닛이 끌린 흔적 같은 것 말입니다. 몸부림이 거셌다면 캐비닛이 넘어갈 수도 있죠."

"그, 그런 건…."

"네. 그런 흔적은 없었습니다. 캐비닛은 넘어가지도 않았고, 캐비닛이 움직이거나 끌린 흔적 따위도 없었죠. 그건 바로 그가 빠져나오려고 하지 않았기 때문입니다."

남자의 말이 이어질 때마다 어긋난 톱니바퀴가 하나씩 맞물려가듯 상황이 절묘하게 맞아떨어졌다. 그리고 그의 말에서 정훈은 한 가지 사실을 눈치챌 수 있었다.

"그렇다면…, 살 수 있었던 것 아닙니까?"

"그러니 자살입니다. 그의 상처는 즉사에 이를 만큼 깊지 않았습니다. 적절한 지혈과 조치가 이루어졌다면 생명에 지장이 없을 자상이었으니까요. 하지만 이 자상이 큰 역할을 했죠. 스스로 찔러 생길 수 없는 상처이므로 살해로 결론 났으니까요."

"설마 어머니가 찌르게 유도를 한 걸까요?"

"그것까지는 알 수 없지만, 우연이 아니었을까요? 평소에 계획하고 있다가 우연히 일어난 사건을 이용했다고 보는 게 맞을 겁니다."

"대체 왜요?"

정훈은 그렇게까지 해서 자살로 꾸며낸 신경욱을 이해할 수 없었다.

"전 두 가지로 봅니다만. 이제부터 하는 말은 사람의 감정을 추리하는 것이므로, 정확도가 떨어질 수 있습니다. 그래도 들으시겠습니까?"

"얼마나 떨어집니까?"

"한 80퍼센트 정도?"

"80퍼센트가 떨어진다고요? 그러면 그냥 공상 아닙니까."

"정확도가 80입니다."

"아…, 부탁드립니다."

정훈은 잠시 발끈했던 것을 반성하며 얌전히 남자의 말을 기다렸다.

"신경욱의 감정 상태를 이해하려면 10년 전 얘기를 꺼낼 수밖에 없다는 것을 양해해주십시오."

"…알겠습니다."

빈말로도 괜찮다는 말은 나오지 않았다. 그의 인생이 꼬이고 여동생이 죽은 악몽의 날에 관한 얘기이므로.

"신경욱 씨가 거액의 빚 때문에 그 일을 벌였다는 건 알고 계시죠? 그러면 왜 빚을 지게 되었는지도 아십니까?"

"주식투자를 했다가 실패했다고 알고 있습니다."

"어떤 주식인지도 아십니까?"

"그건 모릅니다."

당시 신정훈은 그런 것까지 알아볼 만한 정신상태가 아니었다. 자신에게 가장 친밀하고 자신을 보호해주어야 할 사람이 그를 죽이려 했다는 충격에 동생이 죽었다는 충격까지 더해져, 방에 틀어박힌 상태로 온갖 악몽과 두려움에 떨었다. 그 방에서 벗어나기까지 1년이 넘게 걸렸다. 모두 어머니 우세희가 지극정성으로 심리상담과 정신과 치료를 받게 한 덕이었다.

이후 사건을 접할 때마다 트라우마가 나타나 멀리하기도 했고, 조금 괜찮아지고 나서도 굳이 사건을 살펴보지 않았다. 그래서 자신의 사건임에도 피상적으로만 알고 있었다. 또한 신경욱, 그 남자의 사연을 알고 싶지도 않았다. 이해하고 싶은 마음이 전혀 없었으니까.

'나는 아버지가 없어.'

신정훈에게 신경욱은 동생을 죽이고, 자신과 어머니를 죽이려 한 범죄자일 뿐이었다. 남자의 말이 이어졌다.

"당시 수많은 사람들을 수렁에 빠트린 주가조작 사건이 있었습니다. 몇 번의 상한가를 치고도 한 달 동안 계속 오르기만 했죠. 당시 미국 기업과 10조짜리 계약 체결 소식도 나와서 열기가 더 뜨거워집니다. 사람들은 전 재산뿐 아니라, 사채까지 끌어다 그 주식을 샀죠. 광풍이었습니다. 그러다 어느 시점에 갑자기 폭락합니다. 그러더니 상장 폐지가 되면서 휴지 조각이 되어버리죠. 다 거짓이었던 겁니다."

"바로 그 주식을 산 바보였군요. 일확천금을 노리고."

"그 사건은 너무 많은 자살과 가족 살해 사건을 일으켰습니다. 그래서 대대적인 조사와 수사가 있었지만, 주가조작범들은 무혐의 내지는 가벼운 처벌로 끝나고 말았습니다. 아마 많은 피해자가 더욱 절망하는 계기가 되었을 테고, 그중 한 명인 신경욱 씨가 그 사건을 저지르게 된 겁니다."

신정훈이 코웃음을 쳤다.

"그래서요? 설마 그러니 그 남자를 이해하라는 건 아니겠죠? 피치 못할 사정으로 빚을 진 것도 아니고, 일확천금에 눈이 멀어 스스로 선택한 거 아닙니까? 그렇다면 책임도 혼자만 지면 되지, 그걸 왜 우리에게!"

말하면 할수록 화가 부글부글 끓어올랐다. 속이 콱 막힌 듯 답답해졌다. 남자는 정훈에게 나지막이 동조해주었다.

"맞습니다. 그는 잘못된 선택을 연이어 해버렸죠. 저도 신경욱 씨를 변호하려는 건 아닙니다. 다만 그의 입장이 그랬다는 사실을 말하는 거죠. 그리고 일가족 살해를 하는 가장들은 대체로 자신이 망하면 가족이 고생한다고 생각하고, 그 고생에서 벗어나게 해야 한다는 비합리적인 사고방식에 빠져 있습니다."

"비합리적인 게 아니고 우리를 자신의 소유물로 여긴 겁니다. 자기가 죽으면 우리도 죽어야 한다고 생각한 거라고요! 그러고는 자신이 죽을 것 같으니까 119를 부른 비겁자이고 말입니다."

"네. 다 맞습니다. 변명의 여지가 없는 행동이죠. 음…, 그런데 이게 중요한 게 아니라서, 다음 얘길 진행해도 될까요?"

정훈은 주먹을 쥐었다 폈다가 하며 마음을 추슬렀다.

"…제가 너무 흥분했습니다. 계속해주세요."

"불행 중 다행으로 두 분이 살아남았고, 당신의 어머니는 이혼과 상속 포기라는 현명한 선택을 했습니다. 그로 인해 당신과 어머니가 빚을 떠안지 않아도 되었죠. 그 후 신경욱은 파산신청을 했고 노숙자로 살았습니다. 그리고 그에겐 많은 시간이 있었죠. 자기 잘못을 깨달을 만한."

"하…! 이제 와서?"

다시 정훈이 욱했지만, 남자는 덤덤하게 말을 이었다.

"새 삶을 살아보고자 노숙자 쉼터에서 작은 일들을 맡아 하기 시작합니다. 이때 자원봉사를 나온 민지연을 만나게 되죠."

"그리고 결혼을 한 거군요."

이 둘의 얘기라면 뉴스로 많이 들었다. 민지연이 일부러 남편 사냥을 위한 타깃을 찾았고, 거기에 신경욱이 걸려들었으며 지속적으로 목숨의 위협을 받았다는 것까지.

"그렇습니다. 그 후의 일은 잘 아시겠죠. 하지만 그게 전부가 아닙니다. 신경욱은 자기 삶을 반성했지만, 복수를 잊지 않았습니다. 재혼 후 일을 하며 돈을 조금 모으자, 10년 전 주가조작범들을 찾기 시작합니다. 하지만 쉽지 않았습니다. 그들은 신상이 털린 이후, 외국으로 도망가거나 개명하고 직업을 바꿨고, 다른 지역으로 이사 갔죠. 그렇게 막막하던 즈음 주가조작범 살해 사건이 벌어집니다. 그는 여러 노력을 통해 살인범을 면회하게 되고 한 브로커를 알게 됩니다. 범죄자의 신상정보를 알려주는 브로커죠."

"그런 브로커가 있습니까? 하지만 불법일 텐데."

"당연히 불법입니다. 그리고 비밀이죠."

남자는 자기 입에 검지를 대고 '쉿' 소리를 내었다. 별것 아닌 행동에서 함구해야 한다는 압박이 느껴졌다. 사실 정훈 역시 떠벌리고 다닐 생각은 없었다. 범죄자의 신상을 알려준다니, 범죄자의 인권이 피해자의 인권보다 상위에 있는 이 세상에서는 필요악인지도 모른다.

"신경욱은 그 브로커를 찾아가 주가조작범들의 신상정보를 알려달라고 의뢰합니다."

"그랬군요."

정훈은 대답했지만, 지금 남자가 말하는 내용이 신경욱의 자살과 무슨 관련이 있다는 건지 의아했다.

"근데 이 브로커가 조금 특이합니다. 의뢰자를 먼저 조사하거든요. 자신이 정보를 알려줘도 될 인물인지 판단하기 위해서죠. 그리고 그 과정에서 민지연이 신경욱을 살해하려고 했던 정황을 알게 됩니다. 그리고 신경욱에게 그 사실을 알려주죠."

"헛, 그럼…."

"그렇습니다. 이때 그는 민지연을 이용해 자신의 자살을 살인으로 만들 계획을 짭니다."

"굳이 살인사건으로 보이게 한 이유가 뭡니까?"

"하나는 복수겠죠. 자신을 살해해 보험금을 타내려고 했던 민지연에 대한 복수."

"다른 하나는요?"

찌를 향해 있던 남자의 시선이 신정훈에게 잠시 돌아갔다가 다시 낚싯대로 향했다.

"생명보험은 자살의 경우도 보장하긴 하지만, 복잡한 조사와 과정을 거쳐야 합니다. 거부되기도 하고요. 수익자가 그것들을 다 감당하려면 굉장한 스트레스가 되겠죠. 그래서 논란의 여지없이 보험금이 지급되길 바랐던 것 같습니다. 보험 수익자도 당신 이름으로 변경되어 있었습니다. 신경욱은 당신과 어머니에게 사죄하고 싶었던 게 아닐까요? 자신의 어리석은 결정을 후회하면서요."

"빌어먹을. 누가 그런 걸 원한답니까!"

"그러게 말입니다. 신경욱은 브로커에게 의뢰를 변경합니다. 당신과 어머니의 주소를 찾아달라고 말입니다. 그리고 별거를 시작하고 몇 개월 후 당신을 찾아갑니다. 이것 역시 재결합의 의사를 보여주려는 건데, 보험금 지급 거절 명분을 주지 않기 위해서일 겁니다. 건강보험 등록이나 전입신고, 모두 같은 목적이었겠죠."

정훈은 자신의 생일날 막무가내로 찾아와 들러붙은 신경욱을 떠올렸다. 몰염치하다고 생각했었다.

"그 모든 것이 다 계획적인 일이었다니…, 어머니만 아니었다면 그날 바로 쫓아버렸을 겁니다."

"그렇겠죠. 그래서 신경욱은 망설였습니다. 뇌손상으로 과거에 머물러 있던 우세희 씨가 자신을 남편으로 대해주니, 그 안온함에 머물고 싶었겠죠."

"그건 어떻게 압니까?"

"신경욱에게는 협조자가 있었습니다. 바로 일을 벌일 것처럼 협조하라고 협박하더니 수개월 동안 연락이 없어서 안심하던 차였다고 하더군요."

"협조자요? 그게 누굽니까?"

"사실 그의 계획은 어설픈 부분이 많습니다. 당장 죽지 않을 자상, 그것이 남이 찌른 것이어야 하고, 성공 확률이 낮은 지우개 트릭, 이동 중 피를 흘려서도 안 되고, 건물에 민지연 혼자 남아 있어야 하고, 나간 민지연이 되돌아오는 일이 있어도 안 됐죠. 만약 최초 발견자가 민지연이 되었다면 시신을 숨기든 경찰에 신고하든 지금과는 다른 양상이었을 겁니다."

남자의 말을 주의 깊게 듣고 있던 정훈은 그중 한 소절에 번뜩 고개를 들었다.

"되돌아오는 것…, 설마?"

"그렇습니다. 민지연과 쌍방폭행으로 경찰서에 갔던 사람, 송재구가 바로 그 협조자입니다."

"그 사람이 왜, 아! 아까 협박을 당했다고."

"의뢰를 변경하기 전 브로커에게 알아낸 주가조작범이 송재구입니다. 그는 얼마 전 주가조작범 살해 사건처럼 자신도 죽을까 봐 두려움에 떨고 있었죠. 피해자들에게 신상을 뿌리겠다는 협박이라면 도울 수밖에 없었을 겁니다."

"10년 전 범인과 피해자가 함께 일을 꾸미다니. 정말 아이러니하군요. 어디까지 관련되어 있는 겁니까?"

"아마 처음 계획에는 타인이 만든 자상도 포함되어 있었겠지만, 아까도 말씀드렸듯이 그는 오랜만에 찾은 가족과의 단란한 시간에 망설였죠."

"그 남자는 제 가족이 아닙니다."

정훈은 '가족', '단란한'이라는 말에 울컥해 부정의 말을 안 할 수 없었다. 남자는 어깨를 으쓱일 뿐이었다.

"물론 신경욱'만' 그렇게 느꼈겠죠. 그리고 송재구를 믿을 수 없었는지도 모릅니다. 송재구 입장에서야 힘들게 자살을 돕느니 자상을 만든다는 이유로 그냥 죽이는 게 나을 수도 있으니까요. 어쨌든 시간이 흘러 우세희 씨에게서 상처 입은 신경욱은 송재구에게 시킵니다. 민지연을 투자 평계로 건물 안에 머무르게 할 것, 그리고 사무실에서 나간 민지연을 다음 날까지 붙들어둘 것을 말이죠."

"그러면 민지연이 건물 안에 늦게까지 남아 있었던 이유가…, 하지만 둘 다 송재구가 한 거라면 민지연이 그를 모를 리가 있습니까?"

남자는 정훈의 질문에 단호하게 반박했다.

"모를 수 있습니다. 로맨스 스캠에 당한 사람들이 사기 친 범인이 누군지 모르는 것처럼요. 송재구는 수개월 전부터 SNS를 통해 투자 정보를 제공하며 작업을 쳐두었습니다. 원래 증권회사 애널리스트 출신이니 어렵지 않았겠죠. 그러다 신경욱의 연락을 받고, 그날 민지연에게 중요한 정보를 주겠다며 건물에 남게 한 겁니다. 그리고 바람 맞혔죠."

"그렇군요. 어쩌면 화가 난 상태의 민지연이 칼치기하는 송재구에게 더 쉽게 도발당했을 수도 있겠군요."

남자는 이제 의견까지 제시하는 정훈을 대견해하며 싱긋 웃었다.

"그랬을 수도 있습니다. 이렇게 그는 당신에게 보험금을 남겨줄 목적과 민지연에게 복수하려는 목적으로 협력자 송재구를 끌어들여 살인으로 위장한 자살을 실행했습니다. 이게 당신에게 알려주기로 한 신경욱의 진실입니다."

정훈이 지금까지 들은 내용을 곱씹는 사이, 남자가 그를 물끄러미 보왔다.

"제 추리는 끝났습니다. 그럼 오늘 정훈 씨가 이곳에 나오게 된 결정적인 계기가 뭔지 물어도 될까요?"

"다 알고 있는 것 아니었습니까?"

"그런 건 아니랍니다."

정훈은 보여주어도 되는 건지 잠시 망설이다가 어머니의 종이를 꺼냈다. 모든 진실을 알면서도 밝히지 않은 이 사람이라면 괜찮을 것 같았다.

남자는 정훈이 내민 종이를 받았다.

"이게 뭡니까?"

"진 변호사님."

정훈은 잠시 고민했다. 그를 이렇게 불러도 되는 걸까. 하지만 곰곰이 생각해보면 그는 자신의 정체를 숨기려 하지 않았다.

"눈치채셨군요?"

"모르면 바보일 만큼 힌트를 주셨으니까요. 게다가 목소리는 아예 숨기질 않으셨고요."

"뭐 그렇죠. 그래서 이건 뭐가요?"

"변호사님의 추리가 맞습니다. 사건이 있던 날 어머니는 과거 사건의 진실을 알았고, 그 남자를 찔렀죠. 그리고 그걸 그 종이에 남기셨습니다."

진이수는 고이 접힌 종이를 펼쳤다. 그곳에는 잔뜩 흔들리고 당황한 글씨체로 우세희가 적은 글이 적혀 있었다.

기억해! 꼭 기억해!

은혜는 남편이 죽였어.

추궁하니까 진실을 털어놓던 그 낯짝이라니.

어떻게 우리에게 올 수 있지? 정훈이도 나도 죽이려고 했으면서!

그러니까 절대 죄책감 갖지 마.

넌 네 딸의 복수를 한 거야.

종이는 군데군데 눈물자국으로 번져 있었다. 우세희가 자신의 상태를 깨달을 때마다 이 종이를 보고 현실을 알았다면, 아마 울지 않고는 버틸 수 없었겠지.

진이수는 종이를 다시 고이 접어 정훈에게 주었다.

"많이 고민스러웠겠네요. 그래서 나오신 거군요."

"정말 어머니가 찌른 게 맞는지 확신할 수는 없었습니다. 아무래도 그는 밖에서 죽었고, 어머니는 나갈 수 없었으니까요. 그래도 자꾸 마음에 걸려서…."

"잊어버리시는 게 좋습니다. 그 종이는 찢어서 이 바다에 버리고 가면 더 좋겠고요. 어머니는 진상을 모르는 편이 행복할 테니까요."

"그렇겠죠…."

정훈은 받아든 종이를 잘게 찢어 바다에 뿌렸다. 진이수는 낚시용품을 정리하기 시작했다. 이야기를 다 했으니 가려는 모양이었다.

"저기, 왜 이런 이야기를 법정에서는 하지 않으셨습니까?"

"진실이 항상 정의인 것은 아니라는 게 제 신조라서. 민지연은 두 명의 무고한 남자를 죽였고, 신경욱 씨도 수차례 죽이려 했습니다. 그러니 벌을 받아야죠."

"하지만 항소하셨잖습니까?"

"그건 국선변호인의 의무라서 말입니다. 의미는 없겠지만요."

"사임할 수도 있지 않나요?"

"에이, 죽 쒀서 개 줄 일 있습니까? 제가 아닌 다른 변호인이 와서 진실을 알아내고 민지연을 무죄로 만들면 어떡합니까? 그럼 열 받지 않을까요? 민지연은 이대로 죗값을 받아야죠."

"하지만 겨우 7년이면 나오는데…."

"그럴 리가요."

"아닙니까?"

"지금 전남편들 건으로 보험금을 지급했던 보험사들이 소송을 준비하고 있습니다. 두 소송이 끝나고 나면 무기징역은 확실할 겁니다."

"아, 그런 게 있군요."

"그러니 제가 아무리 감형을 받아주어도 소용없겠죠."

진이수가 싱긋 웃으며 낚시용품을 챙기고 떠나려다 물었다.

"아! 보험금은 나왔습니까?"

"다음 달에 받습니다."

"축하드립니다?!"

"그깟 보험금. 누가 원했다고. 그 사람은 정말 끝까지 이기적이네요. 아버지라는 이름으로 우리를 죽이더니, 원하지도 않는 돈을 주겠다고 그런 일을 벌이고. 한 번도 우리 의사는 묻지 않고 말입니다."

"그래도 그깟이라고 하기에는 금액이 많습니다. 뭐 원하시지 않는다면 기부나 후원하는 방법도 있는데…."

그렇게 말하며 진이수가 잠시 눈을 빛냈을 때, 정훈이 대답했다.

"재단을 만들려고 합니다."

"신경욱 재단이요?"

"아니요! 그 남자의 이름은 어디에도 남기지 않을 겁니다. 일가족 살해 사건의 생존자들을 돌보는 재단을 만들 생각입니다."

"그건… 꽤 의미가 있군요. 피해자들에게 도움이 될 겁니다."

"사실 도움을 받는 사람이 한 명도 없기를 바랍니다. 겪지 않는 것이 최선이니까요."

"그건 그렇죠. 원하시는 대로 되길 저도 희망하겠습니다. 그럼 이만."

진이수는 낚시 도구를 정리하는 신정훈에게 인사한 후 돌아섰다.

빠르게 방파제를 벗어나며 진이수는 생각에 잠겼다. 신정훈에겐 모든 의문이 해결된 것처럼 설명했으나, 한 가지 걸리는 것이 있다. 과연 이 정도의 자살 트릭을 신경욱, 그가 혼자서 생각해낸 것일까 하는. 만약 누군가 자살을 설계해준 사람이 있다면….

하지만 아직은 그저 상상일 뿐이다. 입증을 위한 단서가 아무것도 없었다.

문득 그의 등을 떠미는 바닷바람이 조금 더 차갑게 느껴졌다.

이시무 인하대 공대 컴퓨터공학과를 졸업하고 20여 년 동안 여러 회사에서 게임기획자로 근무했다. 2023년 3월 카카오페이지 채팅 소설 《시간술사》를 오픈했으나, 7월에 카카오페이지가 채팅 소설 서비스를 중단하면서 저작권을 회수했다. 장르를 가리지 않으며 읽고 쓰고 있다.

심사평

《계간 미스터리》신인상 심사위원

일상 미스터리의 대가인 기타무라 가오루는 대단한 독서가로 창작과 편집 분야에서 한 강의를 묶은 책을 종종 발간하는데,《와세다 글쓰기 표현 강의》라는 교과서 같은 제목을 달고 번역 출간된 책에서 이런 말을 한다.

"무언가를 있는 그대로 전달하고 싶다면 명세서를 쓰면 그만입니다. 그렇게 쓸 수 없는 이유는 '소설로밖에 말할 수 없는 메시지'가 확실히 있기 때문입니다."

이번《계간 미스터리》겨울호 신인상을 심사하면서 느낀 전반적인 감상을 정확하게 표현한 말이다. 미스터리란 장르에 속해 있다고 해도, '소설'이어야 한다는 사실에는 변함이 없다. 하지만 안타깝게도 어떤 작품들은 소재와 주제만 있을 뿐, 한 편의 소설로 형상화되지 못한 상태였다. "9마일이나 되는 길을 걷는 것은 쉽지 않다. 그리고 빗속이라면 더욱 힘들다"라는 간단한 문장에 착안한 단편을 쓰기 위해 14년 동안 쓰고 허물기를 반복했다는 해리 케멜먼의 전설적인 일화를 떠올리지 않아도, 소재가 소설이 되기 위해서는 숙성될 넉넉한 시간이 필요하다. 충분히 좋은 소재를 잡았음에도 불구하고, 성급하게 손을 대서 비승비속非僧非俗의 어중간한 작품으로 만족하는 우를 범하지 않았으면 한다.

본심에서 가장 치열하게 논의된 작품은 〈방문〉, 〈분실물〉, 〈아버지라는 이름으로〉 세 편이었다.

〈방문〉은 대리모와 맞춤 아기designer baby를 소재로 한 작품인데, 흥미롭고 시류성 있는 소재를 택했다는 면에서 좋은 평가를 받았다. 하지만 인물이 하는 행동의 당위성이 떨어진다는 점이 단점으로 지적되었다. 돈과 권력을 다 가진 회장이 굳이 그런 귀찮은 방법을 쓸까, 하는 의문이 들고, 결말에 동기로 등장하는 동성 간의 사랑도 앞부분에 언급이 없어 조금 갑작스러운 느낌이다.

〈분실물〉은 모텔에 놓고 간 분실물이 사실은 살인사건의 중요한 증거인 것이 밝혀지면서, 분실물을 슬쩍한 인물이 겪는 긴장이 잘 그려진 작품이었다. 억지스럽기는 해도 나름의 반전까지 나쁘지 않았다. 하지만 지나치게 단선적인 구성이 흥미를 반감시킨다는 점이 감점 요인이 되었다.

〈아버지라는 이름으로〉는 주가조작 사건과 '가족 살해 후 자살'을 주요 소재로 다루는데, 사회파 미스터리적인 소재와 본격 미스터리의 트릭을 적절하게 섞었다는 점이 좋은 평가를 받았다. 불필요하게 늘어지는 부분과 시점의 혼동 등이 단점으로 지적되었지만, 무엇보다 미스터리 장르에 대한 이해도가 높은 작품이라는 점이 앞으로의 가능성을 높이 평가하게 했다. 심사위원들은 만장일치로 이 작품을 신인상으로 선정했다.

마지막으로 재능으로 치자면 누구보다 차고 넘칠 것 같은 스티븐 킹이《죽음의 무도》에서 한 말을 덧붙인다.

"작가란 꿈이나 어린 시절의 정신적 상처로부터 태어나거나 창조되는 것이 아니라, 스스로의 힘으로 만들어지는 것이라고 나는 생각한다. 작가(또는 화가, 배우, 감독, 무용수 등등)가 된다는 것은 의식적인 의지력을 발휘한 직접적인 결과인 것이다. 물론 어느 정도 타고난 재능이 따라주어야 하기는 하지만, 재능은 무시무시하게 값싼 생활용품이라서, 식탁용 소금보다도 더 싸다."

작가가 '명세서'가 아닌 미스터리 '소설'을 창작하기 위해 얼마나 많은 시간과 노력을 들였는가는, 아무리 그럴 것 같지 않아도, 투명한 유리처럼 들여다보인다. 여러분의 용맹정진勇猛精進을 기대한다.

수상자 인터뷰

《계간 미스터리》편집부

조지 오웰은《나는 왜 쓰는가》라는 에세이에서 이렇게 썼다. "책을 쓰는 일은 마치 오랜 지병을 앓듯이 지긋지긋하고 진을 빼는 고통스러운 작업이다. 저항할 수 없고 보이지도 않는 악령이 시킨 것이 아니라면 그런 일은 아무도 하려고 하지 않을 것이다."

아마 한 편의 이야기라도 완성해본 사람은 이 말에 공감할 것이다. 하지만 그 고통스러운 과정에 자발적으로 뛰어들지 못해 안달하는 사람들이 있다. 그들은 직장에 가기 전 새벽에, 호젓한 곳에서 쉴 수도 있을 주말에, 책상 앞에 앉아 하얀 노트북 화면을 바라보며 머리를 쥐어뜯는다. 창작의 신은 천사가 아니다. 그(그녀)는 악령처럼 달라붙어 삶에서 가장 고통스러운 시기로 돌아가라고, 사랑하는 캐릭터를 지옥에 빠뜨리라고 속삭인다. 그 속삭임을 거부하지 못하고 길고 험난한 길로 뛰어든 또 한 명의 작가와 인터뷰를 진행했다.

신인상 당선을 축하드리면서, 먼저 간단한 자기소개 부탁드립니다.

안녕하세요? 이시무입니다. 인하대학교 컴퓨터공학과를 졸업했습니다. 오랫동안 게임 기획자 일을 하다가 그만두고 글을 쓰기 시작했습니다. 어릴 때부터 꿈이기도 했고, 무엇보다 상상과 사고 과정을 통해 서사를 완성해나간다는 것이 즐거워서 계속하고 있습니다. 아, 이시무는 필명입니다.

아, 게임 기획자로 일을 하셨군요. 문자로 말씀 나눌 때 캡처capture를 크롭crop이라고 정정하시는 것을 보고 막연하게 컴퓨터 관련 일을 하신 분이 아닌가 짐작했습니다. 추리소설가의 직업적 습관이라고 할까요. (웃음) 당선작〈아버지라는 이름으로〉는 어떤 계기로 집필하시게 되었나요?

올해 초에 모 사이트에서 제 소설이 연재되었습니다. 그러다 갑자기 서비스가 종료되면서 연재가 중단되어 공중에 붕 뜬 상태가 되었습니다. 좌절의 시간을 보내다가 한 지인으로부터《계간 미스터리》를 소개받았고 재밌게 읽었습니다. 그러다 보니 새 글이 쓰고 싶어지더군요.〈아버지라는 이름으로〉는 그때 만들어졌습니다.

《계간 미스터리》를 소개한 지인의 역할이 절대적이었네요. (네트워크 마케팅이 이렇게 중요합니다. 잠재적 마케터 여러분, 서둘러 주변에 알려주세요.) 〈아버지라는 이름으로〉에서는 과거에 '일가족 동반자살'로 불렸던 '가족 살해 후 자살'이 중요한 소재로 등장합니다. 이 소재를 천착하게 된 이유가 있나요?

한 SNS 댓글에서 '가족 살해 후 자살'에서 살아남은 아이가 어른이 되어서도 트라우마에 시달리고 있다는 글을 보았습니다. 가장 친밀해야 하고 신뢰받아야 할 부모가 자신을 죽이려고 했다는 그 아픔에 공감이 되어서 이것을 이야기로 만들어보겠다고 생각했습니다.

당선작을 전체적으로 보면 사회파 미스터리 요소도 보이고, 정교한 트릭을 사용하는 본격 미스터리적인 요소도 있습니다. 작가님이 선호하는 미스터리 장르가 있나요? 그 장르에서 전범으로 삼고 싶은 작가와 작품이 있다면 소개해주세요.

저는 장르를 가리지 않고 읽는 편이라서 딱히 어떤 것을 선호하지는 않습니다. 그래도 어렸을 때 각인 효과인지 '셜록 홈스'만큼은 아직도 전

권 소장하고 있을 만큼 좋아합니다. 오랜 세월이 지난 후에도 계속 오마주되고 있을 만큼 영감을 주는 작품이니까요. 추리소설을 좋아하는 사람이라면 모두가 읽었을 책이라서 소개가 딱히 필요한가 싶지만, 그래도 추천한다면 《바스커빌가의 사냥개》, 《주홍색 연구》입니다.

제가 생각했던 것보다 고전을 언급해주셨네요. 당선작으로 봐서는 좀 더 현대적인 작품을 꼽을 것으로 생각했거든요. 작가님이 생각하시는 미스터리 장르의 매력은 무엇인가요?

읽을 때의 '몰입감'과 트릭과 범인이 밝혀질 때의 '카타르시스'라고 생각합니다. 잘 쓴 미스터리는 책장을 덮을 때까지 손에서 놓지 못하게 몰입시키니까요. 그리고 마지막에 모든 진실이 밝혀질 때, 추리가 맞았든 틀렸든 퍼즐이 풀리고 문이 열린 것 같은 즐거움을 독자에게 주는 것은 미스터리 장르가 유일하다고 생각합니다.

생존 여부에 상관없이 단 한 명의 작가를 만날 수 있다면 누구를 만나고 싶으신가요? 만나서 무엇을 물어보시겠어요?

코난 도일을 만나고 싶습니다. 그가 죽기 전에 '가장 크고 멋진 모험이 기다리고 있다'라고 말했다는데, 그 모험이 어땠는지 듣고 싶군요.

코난 도일이 평소에 요정이나 심령 같은 것에 관심이 많았다는 점을 생각해보면, 왠지 모르게 장르가 호러 쪽으로 이동할 것 같습니다. (웃음) 어떤 방식으로 집필하시나요? 특별한 루틴이 있으신가요?

평소에 틈틈이 소재 노트를 만들어둡니다. 갑자기 생각나는 이야기가 있을 때도 있고, 좋은 소재다 싶은 것들을 언제라도 다시 볼 수 있게 적어둡니다.

'아, 이거 소설로 써야겠다'라는 생각이 들어서 바로 시작할 수도 있지만, 새로 글을 써야 하는데 뭘 써야 할지 모를 때, 소재 노트가 많은 도움이 됩니다.

소설의 주제가 떠오르면 이야기를 적당히 짧게, 두세 줄 정도로 정의합니다. 그래야 머릿속에 맴도는 이야기가 어떤 것인지 명확해지거든요.

결말이 있는 줄거리를 쓰고, 줄거리에 맞추어 트리트먼트를 짭니다. 그리고 트리트먼트를 보면서 집필에 들어갑니다.

중간에 내용이 바뀌고 자료 조사를 하면서 길이 틀어질 때도 있지만, 트리트먼트가 이정표가 되어주어 헤매거나 포기하지 않게 해주는 것 같습니다.

개요를 상세히 작성하고 집필하시는 편이군요. 지금 집필 중인 작품이나 앞으로의 집필 계획, 추구하는 작품 방향에 대해 말씀해주세요.

현재는 판타지 장르의 설정을 짜고 있습니다. 장르를 가리지 않고 읽는 만큼, 쓰는 것도 가리지 않고 쓰는 편입니다. 저는 인간성을 잃지 않는, 타인의 아픔에 공감하고 결국엔 행복해지는 소설을 쓰고 싶습니다.

장르를 가리지 않고 펼쳐질 작가님의 작품 세계를 《계간 미스터리》가 응원합니다. 끝으로 당선 소감 부탁드립니다.

솔직히 투고 후 10월까지는 혹시나 하는 마음이 있었지만, 11월이 되면서 기대를 내려놓았습니다. '역시 나보다 재밌게 잘 쓰는 사람이 많구나' 했죠. 그런데 이렇게 신인상 당선 연락을 받고 인터뷰를 하고 있으니 꿈만 같습니다. 여러모로 부족한 작품 〈아버지라는 이름으로〉를 좋게 봐주셔서 감사합니다. 앞으로 더 발전해 재미있는 글을 쓰도록 노력하겠습니다. 다시 한번 진심으로 감사드립니다.

회귀(回歸; regression)

히라노 쥬(平野珠)

등장인물

쿠스다 코타로楠田孝太郎: 남성. 30대 중후반. 성격이 예민하고, 다양한 기술 구사가 가능한 천재 프로그래머 & IT기업 CEO

오오츠카 카나大塚香奈: 여성. 30대 초중반. 엄청난 미인은 아니지만 남성의 심리를 공략하는 기술이 뛰어난 골드디거. 쿠스다 코타로의 애인.

오가타 유우緖方優: 남성. 30대 중후반. 쿠스다의 거의 유일한 친구. 실력 있는 영상 데이터 분석 전문가로 사람들과 잘 어울리는 성격.

안도 히로카安藤博香: 여성. 30대 후반에서 40대 초반. 사이타마현 경찰청 소속 형사. 순사부장.

1

눈을 뜨자, 온통 캄캄한 어둠이었다. 내가 눈을 뜨고 있는 게 맞는지 모를 정도로 아무것도 보이지 않았다. 이곳이 어디인지, 시간은 얼마나 지난 건지, 내가 어떻게 된 건지 전혀 감이 잡히지 않았다.

수 초 후에야, 비로소 내 오른손이 뭔가를 움켜쥐고 있다는 걸 깨달았다. 단단한 손잡이에 어딘지 익숙한 촉감의 미끈한 뭔가가 느껴졌다. 이내 풍겨온 비린내에 그 정체를 가늠할 수 있었지만 덜컥 솟은 겁에 판단을 미뤘다.

"누, 누구 없어요? 불, 누가 불 좀 켜…!"

순간 번쩍, 불이 들어왔다. 갑자기 밝아진 빛에 눈이 부셔 또다시 아무것도 볼 수 없었다. 눈을 한참 껌뻑이고 나서야 익숙해졌다. 그러나 그렇게 마주한 현실은 끔찍했다.

"아아아악! 아아아아아아악!"

새된 소리를 지르며 손에 들고 있던 것을 내던지듯 놓아버렸다. 칼날은 물론 손잡이까지 붉은 피로 흥건한 과도가 쨍강, 울리는 소리를 내며 하얀 바닥에서 튀어 올랐다.

피의 주인인 남자가 바로 앞에 쓰러져 있었다. 죽은 지 얼마 되지 않은 듯, 핏기가 가시지 않은 얼굴이지만 부릅뜬 눈은 이미 생기를 잃은 상태였다. 그 눈으로 나를 노려보다 죽어간 게 분명했다.

그는 내 애인이자 잘나가는 IT 기업의 CEO, 천재 프로그래머 쿠스다 코타로였다.

"꺄아아아악!"

믿을 수 없는 상황에 다시 소리를 지르다 양손에 묻은 피를 봤다. 죽은 코타로의 피라는 걸 알게 되자 더욱 소름이 끼쳐 견딜 수 없었다. 푸른색 꽃무늬 원피스의 치맛자락에 급하게 닦아내다가, 그러면 그 피가 내게서 떠나지 않는 것과 다름없다는 걸 깨닫고 바쁘게 움직이던 손을 멈췄다. 다른 것에 닦거나, 씻을 곳을 찾기 위해 주변으로 시선을 돌렸다.

온통 하얀 작은 방이었다. 창도 하나 없는 밀실 형태의 방은 내겐 생경하지 않은 곳이었다. 바로 코타로가 홀로 처박혀 프로그래밍 작업을 하는 작업실이었으니까.

하지만 지금이 몇 시고, 어쩌다 내가 이곳에서 죽은 코타로와 함께 있는 건지 전혀 알 수 없었다. 주위를 확인했지만 휴대폰도 보이지 않았다. 재빨리 몸을 돌려 출입문으로 달려갔다. 여기서 나가야 했다. 빨리 이 끔찍한 공간에서 벗어나야 했다.

문손잡이를 잡고 흔들었지만 열리지 않았다. 당황한 손놀림에 하얀 벽엔 붉은 핏자국이 어지럽게 찍혔다. 그 끔찍한 광경에 얼굴이 일그러지려는 순간, 기계음의 경고 메시지가 울리는 바람에 몸이 경기하듯 움찔했다.

"마스터의 음성 인식이 필요합니다."

"문 열어! 나, 오오츠카 카나야!"

"오오츠카-카나. 사용자 음성 확인 완료. 현재 출입문의 개폐는 마스터의 음성 인식으로만 가능하도록 설정되어 있습니다."

"당장 열라고! 네 마스터는 저기 죽어 있잖아! 빨리 열어!!"

"다시 한번 알립니다. 현재 출입문의 개폐는 마스터의 음성 인식으로만 가능합니다."

"시발! 씨바알! 으아아아아!"

열리지 않는 문을 잡고 미친 듯이 흔들었다. 주먹으로 세게 두드렸다. 하지만 문은 흔들림도 없었다. 완벽하게 소음을 차단하고자 했던 코타로가 조금의 틈도 허락하지 않은 탓이었다.

순간 절망감 때문인지 숨이 턱 막혔다. 그대로 정신을 잃고 쓰러졌다.

2

"…카 씨. 오오츠카 씨?"

"아, 죄송해요. 아직도… 그 사람 얼굴이 눈앞에 아른거려서."

회색으로 도배한 듯한 경찰서 조사실에서 내가 겨우 정신을 차리며 변명하듯 말했다. 안도 히로카 형사라고 자신을 소개했던 여자가 책상 한쪽에 있던 생수병을 내게 밀어주었다.

"물 좀 드세요."

고개를 끄덕여 감사를 표하곤 뚜껑을 따서 마시는데, 날카롭게 관찰하는 시선이 느껴졌다. 그래, 나였더라도 그런 시선으로 날 봤을 것이다. 하지만 나는 정말로 코타로를 죽이지 않았다. 심지어 그 방에 들어간 기억조차 없다.

멍하니 있는 내게 안도 형사가 다시 경고하듯 말을 꺼냈다.

"혹시 심신미약이나 심신상실로 어떻게 해보려는 생각이라면, 일찌감치 포기하는 게…."

"아니에요! 정말 기억이 전혀 없다고요! 제가 마지막으로 기억하는 건… 그래요, 지하 주차장에서 차를 빼려고 운전석에 앉았는데, 머리에 아찔한 통증을 느꼈던 게 끝이라고요. 형사님, 제발 믿어주세요!"

안도 형사는 눈을 가늘게 떴다. 본인이 거짓말 탐지기라도 되는 듯 지그시 내 표정을 살폈다. 하지만 원하는 성과를 이루지 못한 듯 이내 눈을 내리깔고 앞에 놓인 서류를 뒤적였다.

"그 말을 믿는다 치더라도, 설명이 안 되는 부분이 너무 많습니다. 완벽한 밀실이었던 곳에서 쿠스다 씨가 사체로 발견됐고 그곳에 흉기를 든 오오츠카 씨가 있었어요. 그곳에서 찾은 지문과 미세증거도 전부 두 사람 것입니다. 방 출입도 사전 등록된 음성 인식으로만 가능하던데, 등록된 사람은 죽은 쿠스다 씨와 오오츠카 씨뿐이에요. 그래서 저희가 오오츠카 씨를 꺼낼 때도 문을 부수고 진입해야 했습니다."

거기에 대해선 할 말이 없었다. 나도 코타로의 작업실이 얼마나 완벽한 밀실인지 잘 알기 때문이었다. 소음조차 완벽하게 통제해야 했던 천재 프로그래머의 작업실이었으니까. 그렇지만….

"하지만 저는 진짜로 죽이지 않았어요! 저도 형사님 입장이라면 저를 의심할 수밖에 없다는 건 인정해요. 정말로요! 그렇지만… 그런 정황인 거지, 제가 그 사람을 죽이는 걸 목격한 사람이 있는 것도 아니잖아요? 누군가 코타로를 죽였고, 저한테 모든 걸 뒤집어씌우려 하는 거라면요? 저를 기절시킨 후, 그곳에 데려다놓고 현장을 꾸몄을 수도 있잖아요? 코타로 정도의 프로그래머라면, 그의 작업물을 노리는 사람이 분명 있을 거라고요, 네?"

그런 의심이 약간은 있었는지, 안도 형사의 눈빛이 조금 흔들렸다. 순간, 돌파구를 찾을 수 있을지 모른다는 희망이 머릿속에서 번뜩였다.

3

나는 눈이 부실 정도의 미인은 아니다. 길을 걷다 돌아볼 만한 미모는 아니라는 말이다. 그럼에도 불구하고 많은 남자가 나한테 빠져 모든 것을 내주곤 했다. 아니 내가 빼앗았다고 하는 게 더 맞겠다.

조금 부족한 외모 때문이었을까, 나는 남자를 유혹하는 방법을 일찍 터득했다. 어떻게 해야 그들이 나를 돌아볼지, 관심을 가질지, 내 마음대로 움직이게 할 수 있는지를 안다는 얘기다.

바로 그들 입장에서 생각하면서 내 자존심을 조금만 희생하면 가능했다. 처음엔 그저 장난스럽게 그들과 놀았다. 커피 한 잔, 술 한 잔을 대접받는 걸로 시작했다. 성공률이 높아지자, 어디까지 가능한지 시험해보고 싶었고, 점차 그 한계가 상당히 높다는 것을 알게 되었다. 명품 가방은 물론 생활비, 차, 심지어 고급 오피스텔 임대료까지 대주는 남자들이 있었다.

그때쯤엔 남자들을 부리는 게 내 직업이나 마찬가지가 되었다.

물론 위기도 있었다. 조금 눈치가 빠른 남자이거나, 애인이나 배우자가 있는 경우에는 감당해야 할 위험이 컸다. 내가 그들에게 투자한 시간 대비 수확이 그리 크지 않은 경우도 많아졌다. 게다가 나는 점점 나이가 들어가고 있었고, 노후를 위한 큰 한 방을 선사해줄 상대를 찾을 필요가 있었다. 마침내 목적에 맞는 한 집단을 발견하는 데 성공했다. 바로 사회성이 조금 떨어지는 천재들.

주로 공부에 특화된 머리를 가진 그들은 이성 관계는 물론이거니와, 일상적인 인간관계를 맺거나 유지하는 것도 힘들어 보였다. 그래서 초기 접근은 무척 힘들었지만, 일단 접점을 만들어 경계심만 풀고 나면 내게 빠져들어 의지하는 것은 순식간이었다.

그들을 처음 발견한 계기는 하늘이 도운 우연이었다. 당시 작업하려던 유부남의 와이프가 내 존재를 알아채면서 제대로 시작도 하지 못하고 작업을 접기로 결론을 내린 날이었다. 홧김에 잘 가지도 않던 나이트클럽에 들렀다. 술을 진탕 마시는 바람에 화장실을 다녀오다 방을 잘못 찾아 들어갔는데, 일행들은 다 춤추러 나가고 어떤 남자가 홀로 남아 있었다. 이전의 작업 실패에 대한 보상 심리였을까, 아니면 내 능력이 건재한지에 대한 테스트였을까. 아무튼 나는 혼자 있던 남자 옆에 무턱대고 앉았다. 그렇게 정신없이 술을 마시고 잠자리까지 하게 됐는데, 남자는 그런 인연만으로도 나를 자신의 운명이라고 여겼다. 알고 보니 그는 상당히 유망한 스타트업의 CTO였고 업계에서 차세대 기술로 기대하는 뭔가를 개발하고 있던 사람이었다. 이전까지는 내가 접하지 못했던 부류의 사람이라 호기심에 만남을 이어갔다.

그러나 그와의 데이트는 영 재미가 없었다. 공통의 관심사도 없고, 남자가 하는 말을 거의 이해는커녕 알아들을 수조차 없었다. 그래서 내가 선택한 대응은 무조건 싱긋, 웃어주는 것이었다. 그의 말이 옳다고, 의견이 맞을 거라고, 나는 그렇게 믿는다는 듯 눈을 반달로 만들어 웃었다. 그러면 남자는 기쁜 얼굴로 "역시 날 이해하는 건 너밖에 없어"라는 식의 말을 지껄였다.

그 생활이 내게 즐거웠을 리는 없다. 그래도 어느 때보다 풍족하고 안락하게 지낼 수 있었다. 잠시의 희생으로 얻은 남자의 돈으로 나의 다른 즐거움을 채웠다. 하지만 시간이 갈수록 의미 없는 웃음에 스스로 지치는 건 어쩔 수 없었다.

그런데 때마침 브로커가 접근해왔다. 남자의 사무실에서 뭔가를 몰래 가져다주면 큰돈을 주겠다고 했다. 어차피 남자와의 관계를 지속할지 말지를 고민하던 참이라 일거양득이었다. 자료를 넘기고 남자에게는 이별을 고했다.

나중에 보니, 브로커는 남자 회사의 경쟁사에 고용된 사람이었고, 경쟁사는 내가 넘긴 정보로 고착되어 있던 단계를 비약적으로 뛰어넘어 완성된 제품을 바로 시장에 내놓았다. 의심을 살 만도 했지만, 경쟁사가 오래전부터 남자와 같은 연구를 진행하고 있었다는 사실은 업계에서 이미 잘 알려져 있었고, 내가 남자와 사귄 기간이 그런 목적으로 접근해서 관계를 유지했다고 보기엔 상당히 긴, 3년에 가까운 시간인지라 큰 탈 없이 넘어갔다.

그 일로 큰돈을 쥐게 된 후, 나는 일명 '너드nerd'라 불리는 그들을 타깃으로 삼았다. 이쪽은 어느 기술이 유망한지 트렌드도 중요했기에 관련 공부도 시작했다. 그들의 공통적인 특성이나 좋아하는 취미, 활동 등에서도 접점을 만들기 위해 준비했다. 접근하기 쉽도록 직접 온라인 쇼핑몰도 하나 만들어 운영했다.

누군가는 내게 골드디거니 꽃뱀이니 하겠지만, 정말로 모르는 소리다. 이제 나는 타깃의 말에 미소로 무마하지 않고 약간의 대화를 할 수 있는 수준까지 도달했으니까. 내가 그들을 사로잡기 위해 기울인 노력의 결과다.

그 후 두세 명을 대상으로 더 작업하고 지금에 이르렀다. 어차피 이 일을 평생 하지는 못할 터였다. 세월이 흐를수록 그다지 뛰어나지 않은 미모는 더욱 시들 것이며, 당한 남자들이 자존심 때문에 쉬쉬한다고 해도 영원히 비밀로 묻힐 거라고 장담할 수 없다. 이미 통장 잔고도 노후를 걱정하지 않아도 될 만큼 채워져 있었다. 그래서 쿠스다 코타로가 마지막 타깃이었다. 코타로만 마무리하면, 더 이상 그들이 원하는 나로 사는 게 아니라, 내가 원하는 남자를 찾아 본연의 나로 살기로 마음을 정했다.

그리고 마침, 하늘이 내게 첫 우연을 선사했던 때처럼, 오기타 유우기 나타났다. 코타로의 절친이었지만, 그의 친구라고 생각할 수 없을 만큼 너무도 다른 남자다. 유우는 영상 데이터를 분석하는 프로그래밍 기술자지만, 코타로처럼 한쪽으로 과도하게 치우친 천재가 아닌, 이른바 문·이과 통합형 수재다. 문화·예술 방면의 지식과 관심도 많아서 함께 이야기를 나누면 시간 가는 줄 몰랐다. 내가 그를 즐겁게 해주는 게 아니라, 그가 나를, 우리를 즐겁게 해주었다.

그래서 코타로 몰래 유우를 만나기 시작했다. 유우는 처음엔 별생각이 없었던 것 같다. 내가 정말 단순한 일을 부탁하거나 그의 회사 근처에 일이 있어 들렀다며 커피나 한잔 사달라고 하는 식으로 접근했기에 다른 목적이 없다고 여겨 응해주었다. 하지만 그도 곧 내 마수에 걸려들었다. 친구를 속이는 일이라는 걸 자각하고선 괴로워했지만, 결코 나를 끊어내지 못했다. 나 또한 유우가 내 남은 인생을 걸 만큼 마음에 들었기에, 모든 걸 정리하고 그에게 안착하고 싶었다. 그래서 조만간 코타로의 작업을 마무리할 생각이었다. 유우와 행복한 진짜 인생을 시작할 예정이었다.

그런데 코타로가 죽어버린 것이다. 마치 내가 죽인 것처럼 보이는 상황으로.

4

쿠스다 코타로는 내가 이제껏 만난 어느 천재보다도 까다로웠다. 보통의 예민함을 넘어 까탈스럽기 그지없었다. 특히 프로그래밍 작업을 할 땐 누구의 방해도, 심지어 선풍기 소리 같은 작은 소음에도 치를 떨었다. 그래서 오로지 작업에만 집중할 수 있는 밀실을 만든 거였다.

그 작업실은 사이타마현 외딴곳에 있었다. 거품경제가 한창이던 시절엔 작은 중소기업들이 모여 호황을 이루던 지역이었는데, 거품이 꺼진 2010년쯤엔 모든 기업이 그곳을 떠났다. 그리고 2015년, 이미 자신의 회사를 일본 굴지의 IT 기업으로 키워낸 코타로가 그 일대의 땅을 몽땅 사들여서 부지의 한가운데 있던 건물 하나만 남기고 모두 헐어버렸다. 주변에 사람들이 들고 나면서 발생할 소음을 애초에 차단하기 위해서였다. 그 건물은 원래 직원 100여 명이 일하는 기업이 입주했던 곳이었는데, 코타로는 건물 정중앙에 있던 사무실 하나를 자신의 작업실로 개조한 후 다른 곳을 모두 폐쇄했다.

코타로의 결벽 성향만큼 하얗게 꾸민 작업실은 건물 중심에 있었기에 창문이 없었다. 작업실 내부에는 컴퓨터, 책상과 의자, 작은 소파 세트, 물과 차 정도만 미실 수 있는 싱크대만 두었다. 냉장고조차 소음 때문에 들여놓지 않았다. 방 내부에 있는 화장실도 창이 없긴 마찬가지였다. 환기는 보이지도 않을 만큼 얇은 틈으로 가능했는데, 이 역시 소음이 발생하지 않도록 특수 제작한 장치를 적용했다.

작업실 출입은 지하 주차장에서 직통으로 연결된 엘리베이터로만 가능했다. 지하 주차장으로 들어가려면 도보로든 차로든 비밀번호를 입력해야 했고, CCTV는 주차장 입구와 작업실 복도에만 설치되어 있었다. 작업실에 들어가는 것은 물론 나올 때도 음성 인식 시스템에 목소리가 등록된 사람만 가능했다. 얼마 전까지만 해도 시스템에 등록된 목소리는 코타로 본인뿐이었으니, 보안은 거의 완벽한 셈이었다.

청소도 코타로 본인이 직접 했다. 다른 사람이 한 것은 성에 차지 않았고, 누가 그곳에 들락거리는 것도 싫어했기 때문이다. 어지간한 손님이 아니라면 그 공간에 들이는 것조차 꺼렸다. 작업실을 만든 지 10년이 다 되어가지만, 내부를 본 사람은 나와 유우, 그리고 코타로가 작업실을 막 꾸렸던 초기에 방문한 투자자 몇뿐이었다.

사실 그 때문에 내 작업을 마무리하는 게 쉽지 않았다. 브로커가 내게 요구한 프로그램 소스는 이미 정해져 있었다. 하지만 그의 작업실에 몰래 들어갈 수 없는 상황이라 빼내는 게 불가능했다. 코타로의 목소리를 녹음해서 시도해본 적도 있지만, 기본으로 적용된 음성 인식 기술에 코타로가 프로그래밍을 추가하면서, 녹음되었거나 모사한 음성으로는 문이 열리지 않았다.

그러나 일을 언제까지 미룰 수는 없었다. 유우가 시간이 지날수록 코타로 몰래 만나는 상황을 힘들어했기 때문이다. 그래서 하루빨리 정리해야 했다.

결국 나는 성과 없이 끝나버릴지도 모를 위험을 감수하면서까지 최후의 무기를 던졌다.

"코 군, 나 사랑해?"

관계를 막 마치고 그가 가쁜 숨을 몰아쉬며 내게서 막 떨어지기 직전, 오르가슴의 발목을 잡아채듯 물었다.

"…갑자기 그건 왜 물어?"

코타로가 생각을 읽을 수 없는 눈빛으로 내려다보며 되물었다. 언뜻 얼음장처럼 차가운 기운이 스치는 것 같았지만, 일단 말을 내뱉은 이상 물러서긴 늦었다는 걸 알기에 애교를 섞어 답했다.

"나는 자길 사랑하거든."

그가 물끄러미 나를 바라봤다. 내 답이 어떤 의미인지, 어떤 답을 원하는지 도통 모르겠다는 표정이었다. 그도 그럴 것이, 내가 일부러 그를 혼란스럽게 만든 거였으니까.

나는 싱긋 미소를 짓고는 본론에 들어갔다.

"자기가 일할 때 아무에게도 방해받지 않고 싶어 하는 건 나도 알아. 하지만 나는 걱정이 돼. 혹시나 자기가 작업하다 갑자기 쓰러지거나 하면 어떡해? 자긴 특히나 일에 집중하면 물도 마시지 않고 코드만 짜느라 밤새 일하는 날이 많잖아."

그제야 내가 하고 싶은 말을 짐작한 듯 코타로가 눈을 끔뻑였다. 유우였다면 이런 순간에 감동하거나 기뻐하며 해사하게 웃었을 텐데, 코타로는 오히려 사업적 판단을 내릴 순간이 왔다는 듯한 굳은 표정이 되었다.

"그러니까."

그 표정에 흔들리지 않고 고집스럽게 말을 이으려는 순간, 코타로가 끼어들며 대신 말했다.

"그러니까, 내 작업실을 드나들게 해달라는 거야?"

"자기에게 내가 필요한 순간이 언제가 될지 모르니까, 그때 바로 달려갈 수 있게 해달라는 거지. 자기를 구하러."

내가 지을 수 있는 가장 다정한 미소를 얼굴에 올리며 한 손으로 그의 볼을 감쌌다. 그를 정말 걱정하는 것처럼 보이는 순수한 눈빛도 잊지 않았다. 코타로는 그런 내 눈을 조금은 흐릿하게 응시하다가 마침내 고개를 끄덕였다.

다음 날 바로 작업실로 함께 가서 내 목소리를 등록했다. 그걸로 드디어 코타로의 작업실을 자유롭게 드나들게 됐다. 목표물에 접근하는 첫 번째 단계는 넘어섰으니, 이제 다음 단계는 그에게 걸리지 않고 소스를 훔쳐낼 방법을 찾는 거였다. 더불어 음성 인식을 통과해도 기록은 남을 테니, 그것을 말끔히 지울 계획도 필요했다.

그것만 준비되면, 이제 쿠스다 코타로와의 지난한 관계를 끊고 오가타 유우에게 갈 수 있었다.

5

안도 형사가 내 눈치를 살피며 조심스럽게 입을 뗐다.

"실은, 작업실 복도의 CCTV가 사건 당일 꺼져 있던 게 좀 걸리긴 했습니다만…."

"복도 CCTV가요?! 역시…!"

내가 제기한 의문을 뒷받침할 근거가 이미 있단 얘기였다! 나도 모르게 두 주먹으로 책상을 내리치며 소리쳤다.

"그것 보세요! 누군가 저한테 누명을 씌우려고 계획한 게 분명하다고요!"

"하지만 그런 의혹이 의미 없을 만큼 강력한 다른 증거가 있습니다. 오오츠카 씨는 몰랐을 수도 있지만, 쿠스다 씨가 오오츠카 씨에게 살해당하는 장면을 본 사람이 있어요. 아니, 사람들이 있죠."

"네…? 그, 그게 무슨 말이에요?"

당사자인 내겐 기억에도 없는 일이 실제로 일어났고, 심지어 그걸 목격한 사람이 있다는 말인가? 그것도 다수라고? 말이 되지 않았다. 내가 정신이 이상해진 게 아닌 이상, 불가능한 일이었다.

안도 형사가 고개를 돌려 투명한 창 너머로 소리쳤다.

"그 영상 좀 가져다주세요!"

곧장 누가 작은 노트북을 책상 위에 놓고 갈 때까지도, 나는 넋이 나간 채 시간이 정지된 듯 멈춰 있었다. 실제론 시간이 아닌 뇌가 정지된 느낌이었지만.

안도 형사는 뭔가를 조작하더니 노트북 화면을 내게로 돌렸다.

"이걸 보시죠."

겨우 정신을 차리고 노트북 화면을 주시했다. 처음엔 뭔가 싶었지만 이내 정체를 알아챘다. 코타로의 라이브 스트리밍이 녹화된 화면이 재생되고 있었다.

코타로는 매주 화요일 저녁 7시부터 두 시간 남짓 자신이 짜는 코드를 실시간으로 스트리밍했다. 나를 만나기 전부터 해오던 일이었으니, 벌써 몇 해째 이어진 루틴이었다. 그렇게 하는 이유는 루틴을 정착시켜 스스로 게을러지지 않도록 채찍질하면서, 동시에 코딩 프로그램을 공부하는 후배들에게 자신의 노하우를 공유해 작업 향상을 독려하기 위해서라고 했다.

표면적인 이유는 그랬지만, 사실 나는 코타로가 실력을 과시하기 위한 목적이 크다고 생각했다. 자신이 얼마나 천재적인지, 얼마나 빠르면서도 완벽하게 프로그램을 짜는지, 남들과 차이가 나는 모습을 보여주려는 의

도라고 여겼다. 정말 누군가에게 도움을 줄 목적이었다면, 채팅창에 올라오는 반응이나 질문에 좀 더 적극적으로 답했을 테니까.

나도 몇 번 그가 스트리밍하는 라이브를 관찰한 적이 있었지만, 코타로는 채팅에 거의 반응을 보이지 않았다. 그나마 채팅에 참여하는 경우는, 작업에 딴지를 거는 안티를 뭉개기 위한 반론이나 논쟁을 할 때뿐이었다. 어쨌든 까다로운 성격 때문에 밀실까지 만든 인간에게 그런 소통을 바란다는 것 자체가 무리였다.

가만. 스트리밍 영상을 보다 보니, 불현듯 내가 차에서 정신을 잃고 기어이 끊긴 요일과 시간이 떠올랐다. 화요일 저녁 7시가 조금 넘은 시각. 재빨리 화면의 날짜와 시간을 확인하곤 눈이 커졌다. 어떻게 이게 가능하지? 안도 형사는 이게 증거라고 했는데? 그렇다면 이 화면에 내가 코타로를 죽이는 장면이 찍혀 있다는 얘기인데, 그게 어떻게…?

이해할 수 없는 상황에 눈살을 찌푸린 채 모니터에 얼굴을 기울였다. 코타로는 집중할 때면 항상 그랬듯 무표정한 얼굴에 미간을 살짝 찌푸린 채 빠르게 코드를 쳐내고 있었다. 채팅 창에 갖가지 대화가 올라오고 있었지만 역시 신경 쓰지 않았다.

그런데 갑자기 코타로가 어느 특정한 채팅에만 답을 했다. 내용을 확인하곤 위화감에 속으로 혼잣말을 했다. 저런 시답잖은 인사에 대꾸를 했다고?

> 4rang: 쿠스다 님의 코드는 오늘도 완벽하네요!
> GOD_쿠스다: 고맙습니다.

그리고 언제 그랬냐는 듯 다시 코드를 써내려갔다. 어딘지 모를 찝찝함 때문에 입이 말랐다. 다시 생수병을 열어 한 모금 마시는데, 갑자기 화면이 어두워졌다. 노트북이 고장 난 건가 싶어 나도 모르게 모니터 모서리를 손으로 때렸다.

안도 형사가 재빨리 내 손을 잡으며 소리쳤다.

"고장 아니에요, 기다리세요!"

그 말에 놀라 그녀의 얼굴을 멀뚱히 보는데 어두워진 화면에서 소리가 들렸다.

"전등, 켜. …불 켜라고!"

코타로가 짜증스럽게 음성 명령을 내린 거였다. 어두워진 화면 속 어딘가에서 외치는 듯했다. 하지만 캄캄한 화면은 전혀 변화가 없었다. 채팅창은 사람들이 영문을 몰라 주절대는 말들로 순식간에 가득 찼다.

그런데 갑자기 코타로가 경악한 목소리로 크게 외쳤다.

"카나?!"

지금은 이미 죽은 코타로의 입에서 나온 내 이름에, 일순 온몸에 소름이 돋았다. 그사이 "윽!" 하는 신음과 함께 쓰러지는 소리가 났고 채팅창도 난리가 났다. 코타로에게 무슨 사고가 생긴 게 분명하다며, '카나'가 누구냐고 묻는 글들이 정신없이 올라왔다. 경찰에 신고해야 한다는 말이 나오더니 누군가 이미 110에 신고하고 통화 중이라는 대화도 올랐다. 거기서 화면이 정지됐다.

"이제 아시겠습니까? 오오츠카 씨가 쿠스다 씨를 칼로 찌르는 순간이 라이브 영상에 고스란히 담겼어요. 라이브를 보고 있던 사람들이 너도나도 경찰에 신고 전화를 해서 우리가 쿠스다 씨의 작업실로 출동했던 겁니다. 쿠스다 씨는 이미 숨진 후였지만, 오오츠카 씨를 현장에서 검거할 수 있었죠."

이럴 리는 없다. 이럴 수는 없었다. 도대체 어떻게 된 일인지 여전히 알 수가 없어서 소리쳤다.

"마, 말도 안 돼요! 저는 그 시간에 지하 주차장에서 차를 타고 나가려다가 공격을 받고 정신을 잃었다니까요?! 지금 이건… 그래요! 화면도 온통 어두워서 사실 제 모습은 보이지도 않잖아요! 이런 화면을 가지고, 제가 코타로를 죽였다고 하는 건 무리가 아닌가요? 네?"

이럴 때 흥분하는 건 위험한 일이었지만 너무 급작스러운 상황에 제어가 되지 않았다. 자칫하면 정말로 내가 코타로를 죽인 살인자로 몰릴 것 같았다. 그를 등치려 했던 건 맞지만, 결코 죽일 생각은 없었다. 사기죄는 인정해도 살인죄를 덮어쓸 순 없었다.

"맞아요, 차! 차량은 조사하셨어요?! 범인이 저를 납치해서 코타로가 죽은 자리에 데려다 놨을 테니까, 분명 범인의 흔적이 차에 남았을 거예요. 그러니까…!"

"당연히 거기도 꼼꼼히 조사했습니다. 하지만 없었어요. 오오츠카 씨와 쿠스다 씨, 두 분 것 외에는."

안도 형사가 내 말을 단호하게 잘랐고 나는 다시 절망했다.

"그럴 리가…."

그날 코타로가 작업실로 저녁을 사다 달라고 했다. 음식 배달이 안 되는 외딴곳이라 내가 종종 그렇게 식사를 가져다주곤 했다. 코타로는 평소에 운전을 거의 하지 않아서 우리는 차 한 대를 함께 사용했는데, 그날은 그가 작업실에 일찍 간다며 오전에 타고 나갔기 때문에 나는 도시락을 사서 택시로 이동했다. 나올 땐 나보고 차를 가져갔다가 나중에 데리러 와달라며, 주유소에 들러 기름도 채워달라고 했었다.

사실 코타로가 라이브 스트리밍을 하는 매주 그 시간은 나에게 매우 소중한 자유 시간이었다. 유우와 가장 안전하게 정기적인 데이트를 할 수 있었으니까.

때론 코타로의 라이브를 보면서 데이트 시간을 조정하기도 했다. 그날도 코타로가 시키는 대로 그에게 방해가 되지 않도록 포장해온 식사를 작업실 복도에 놓아두고 유우를 만나러 가기 위해 차에 올랐다가 공격을 당해 정신을 잃었던 거다.

문득, 어쩌면 그게 나의 알리바이가 될 수 있을 것 같았다. 내가 코타로를 살해할 계획이었다면 그 시간에 다른 사람과 약속을 잡았을 리 없으니까.

"저, 사실 그 시간에 만나기로 한 사람이 있었어요. 약속이요. 제가 정말 코타로를 죽였다면, 죽일 생각이었다면, 그 시간에 약속을 잡을 리는 없잖아요? 안 그래요, 형사님? 네?"

"만나기로 한 분이 있었다고요? 그게 누구죠?"

"그….."

비록 코타로와 결혼을 한 건 아니었지만, 바람피우던 상대를 말한다는 게 껄끄러웠다. 하지만 살인죄를 덮어쓰면서까지 피할 일은 아니라고 판단해, 결국 오가타 유우의 존재와, 그와 매주 같은 시간에 만나왔다는 사실을 털어놓았다. 안도 형사의 눈빛이 묘해졌지만 무시했다. 지금 가장 중요한 건 살인 누명을 벗는 거였으니까.

그리고 이렇게 된 김에, 더 확실한 돌파구를 찾아야 했다.

"분명히 누군가가 코타로가 개발하던 소스 코드를 노리고 범행을 저지른 게 틀림없어요! 그걸 감추기 위해 코타로와 가장 가까웠던 저한테 모든 걸 뒤집어씌운 거고요! 이 라이브 스트리밍 영상은 아무래도 수상해요. 의심스러운 다른 정황이 있다고 생각하면서도, 결국 이것 때문에 형사님은 제가 범인이라고 단정하신 거잖아요? 그렇죠?"

"그렇긴 하지만… 그러나 저희 쪽에도 이 분야의 전문가가 있어요. 영상은 문제가 없었습니다. 라이브로 송출된 게 맞고, 채팅도 실시간으로 진행된 게 확실해요. 조작된 부분은 전혀 보이지 않는단 얘깁니다."

"형사님, 기술이라는 건! 저도 코타로와 지내면서 어깨 너머로 들은 것뿐이지만, 새로운 기술은 단지 상용화되지 않았을 뿐이지 불가능하다고 단정할 순 없어요. 딥페이크 같은 기술도 실제 서비스가 나오기 전까지는 가능할 거란 생각도 못했다고요!"

실제 기술과 관련된 얘기를 꺼내자, 안도 형사의 얼굴에 의구심이 떴다. 이마를 찡그린 채 골똘히 생각에 잠겼다가 이윽고 물었다.

"그럼, 그걸 확인해줄 만한 기술자를 추천해줄 수 있습니까?"

6

유우의 얼굴이 많이 상해 있었다. 범인으로 의심받고 있는 나에 대한 걱정 때문인지, 코타로의 죽음 때문인지 알 수 없지만, 유우의 다감한 성격이라면 어쩌면 둘 다 큰 충격과 부담을 줬을 것이 분명했다.

"카나. 몸은 좀 어때? 괜찮은 거야?"

자기 얼굴이 더 수척해 보이는 걸 모르는지, 유우가 걱정스럽게 내게 물었다. 그게 고맙고 사랑스러워서 미소를 띤 채 책상 건너편에 마주 앉은 그에게로 손을 뻗었다.

"응. 놀랐지만 괜찮아."

"접촉은 안 됩니다."

옆에 앉아 있던 안도 형사가 곧바로 내 손을 저지했다. 엉거주춤 손을 다시 가져오면서 멋쩍은 표정으로 '죄송해요'라고 입술만 들썩였다.

"불필요한 오해가 없도록, 바로 본론으로 들어가겠습니다."

안도 형사가 딱딱한 말투로 유우에게 말했다. 유우가 어리둥절한 표정으로 안도와 나를 번갈아 보자, 나는 고개를 주억거리며 안도 형사의 말을 들으라는 시늉을 해 보였다. 그러자 유우는 단정한 얼굴로 형사를 바라보았고, 그녀는 코타로가 죽은 현장과 의심스러운 정황, 라이브 스트리밍 영상에 대해 설명한 뒤 내가 의혹을 제기한 부분까지 놓치지 않고 덧붙였다.

"쿠스다 씨를 살해한 결정적인 증거로 보이는 라이브 스트리밍 영상을, 용의자인 오오츠카 카나 씨는 조작됐다고 주장하는 상황입니다. 그런데 오가타 씨가 이 분야에서는 손꼽히는 기술자라고 하니 협조를 부탁드리고 싶습니다. 물론 피해자와 이해관계가 충돌하기 때문에, 모든 과정을 저희 쪽 전문가의 입회하에 작업하셔야 합니다. 이 때문에 거부하신다 해도 불이익은 없을 것이며…."

"아니요, 하겠습니다. 카나를 위해, 그리고 코타로를 죽인 진범을 찾기 위해, 제가 꼭 밝혀내겠습니다."

이 일에 최선을 다해야겠다는 다짐이 말을 마치고 굳게 다문 유우의 입술에서 읽혔다. 결의에 찬 눈을 바로 내게로 옮기며 말했다.

"내가, 꼭 밝혀낼게."

유우의 믿음과 애정이 느껴져 울컥 눈물이 솟을 지경이었다. 최종적으로 그를 선택한 나의 선견지명에 뿌듯함마저 들었다.

다음 날 오전, 충격과 걱정으로 며칠 동안 제대로 잠을 이루지 못했다가 어제 유우를 만나고 난 후 믿을 수 없을 정도로 마음이 차분해진 덕에 단잠을 잤다.

눈을 뜨자마자 안도 형사에게서 전화가 왔다. 유우의 분석이 끝났다며, 조사한 결과를 설명하기 위해 경찰서에 나오기로 했으니 내게도 당장 와달라고 했다. 예상보다도 빠르게 진행된 유우의 작업에 벌써 좋은 예감이 들었다. 서둘러 준비를 마치고 경찰서로 향했다.

어제와 마찬가지로 조사실에서 유우와 마주 앉았다. 안도 형사는 내가 도착하기 전에 미리 유우와 얘기를 나눈 듯, 조금 떨어진 곳에 앉아 듣기만 하겠다고 했다.

희망에 찬 눈으로 유우를 바라봤다. 그가 어떤 식으로 내 누명을 벗겨줄지 기대가 됐다. 하지만 그는 어딘지 모르게 무거운 표정으로 내 시선을 피했다. 설마, 하는 생각에 자리에서 벌떡 일어나 다그치듯 물었다.

"서, 설마! 영상이 조작된 걸 밝혀내지 못한 거야?!"

안도 형사가 벌떡 일어나 방어하는 태세로 나를 막았다.

하지만 나는 그저 놀랐을 뿐, 유우에게 위해를 가할 생각은 없었다. 그래서 멀뚱히 서서 안도 형사와 유우를 번갈아 보았다. 그때 유우가 앉은 자리에서 나를 올려다보며 단호한 어조로 말했다.

"아니. 라이브 스트리밍은 조작되었다고 보는 게 맞아. 미리 촬영된 영상이었어."

다리에 힘이 풀려 털썩, 소리가 날 정도로 앉았다. 놀랐던 마음이 큰 한숨으로 흘러나왔다.

"후. 역시 그랬구나."

하지만 내 반응은 상관없다는 듯 유우가 담담하게 설명을 이었다.

"미리 녹화해둔 영상을 라이브 방송인 것처럼 송출한 거였어. 일반인은 그런 식으로 스트리밍할 수 없지만, 서비스에 기능을 만들어두지 않은 것뿐이지 실제로 불가능한 건 아니야. 범인이 서비스를 해킹해서 백도어를 만들고 필요한 기능을 일반 사용자 몰래 추가해서 사용한 흔적을 발견했어."

그 정도의 기술을 가진 사람이라면, 범인은 확실히 코타로의 라이벌일 가능성이 높아 보였다. 하지만 곧장 의문이 뒤따랐다. 그게 라이브였다고 믿을 수밖에 없었던 이유.

"하지만 실시간 채팅을 했잖아?"

"맞아. 단순한 녹화 영상이었다면 실시간으로 그러는 건 불가능하지. 하지만 언제 대화를 주고받을지 그 시간을 알고 있다면, 채팅 창에 질문자와 답변자의 채팅을 끼워 넣을 수 있어. 범인은 거기에 챗봇을 활용했어. 질문자인 4rang도, 코타로도, 그 계정에 챗봇을 연결해서 정해진 시간에 대화가 올라오게 만든 거야."

머리가 끄덕여졌다. 그렇다면 범인은 다양한 기술을 자유자재로 다루는 기술자란 얘기였다. 하지만 이미 그런 능력이 있다면 왜 굳이 코타로의 소스를 훔치려 했을까? 아니, 어쩌면 그저 그를 죽이기 위해서였을지도 모른다. 성공한 코타로를 질투해서 그를 죽이고, 그저 자신의 혐의를 내게 돌리려는 의도일 수도 있었다.

그러나 그렇다 해도, 라이브 영상에 대한 의문이 완전히 해결된 건 아니었다. 분명 코타로는 어둠 속에서 내 이름을 외쳤다. 내가 그곳에 실재하기라도 한 듯 나를 불렀고, 나로 오인되는 범인에게 공격을 받았다.

퍼뜩 머릿속에 떠오른 가설에, 유우를 바라보며 의문스럽게 외쳐 물었다.

"영상 속 인물이 정말로 코타로가 맞아? 혹시 딥페이크 영상이었던 건 아니야? 목소리는? 음성도 확인해봤어? 영상 속에서 코타로가 내 이름을 불렀지만, 내 기억에 그런 상황은 한 번도 없었어! 확실해!"

"…응, 아마 그럴 거야."

"아마 그럴 거라고? 그게 무슨 말이야?"

"네가 실제로 함께 있지는 않았을 거라는 말이야. 그렇지만 영상 속 인물은 코타로가 맞아. 딥페이크는 아니었어."

도대체 그게 무슨 말이지? 유우의 말을 정확하게 이해할 수 없어서 인상을 썼다. 그럼 누군가가 내 얼굴을 하고, 나인 척 코타로를 공격했다는 건가? 그게 가능한가?

그 의문을 풀기 위해 영상 속 상황을 머릿속에 떠올렸다. 갑자기 누군가 불을 껐다. 코타로가 불을 켜려고 했지만 음성 인식이 작동하지 않았다. 깜깜한 어둠 속에서 코타로는 누군가를 발견한 듯 이름을 불렀다. 그게 내 이름이었다.

그 순간, 진실을 깨닫고 머리카락이 쭈뼛 섰다. 코타로를 죽인 범인이 누구인지 알게 되었다.

그 캄캄한 어둠 속에서 나타난 누군가가 나라는 것을, 코타로는… 알 수 없었다.

안도 형사는 밀실을 포함한 모든 현장에서 발견된 지문과 미세증거가 나와 코타로의 것뿐이라고 했다.

그렇다는 건….

애초에 아무도 나타나지 않았던 거다.

코타로는 그저 내가 그곳에 있는 것처럼 내 이름을 불렀을 뿐이다.

그렇다면 범인은 쿠스다 코타로, 그 자신일 것이다. 내게 살인 누명을 씌우기 위해 자신이 가진 온갖 기술을 동원해 이 요란한 연극을 벌이고 자살한 거다.

빙빙 돌아 결국 밝혀진 진실이 너무 어이가 없어서 멍한 눈으로 유우를 바라봤다. 유우는 조사 과정에서 이미 그걸 알아낸 듯, 아랫입술을 깨물며 내가 알 수 없는 어떤 감정을 억누르고 있었다.

그 순간 한 가지 사실을 더 알게 됐다. 코타로는 내가 유우를 몰래 만나는 사실을 알았던 거다.

그래서 내게 버림받는 게 두려웠을까? 그 높은 자존심에 상처를 입어서 이런 식으로 복수하려던 거였을까? 날 벌주고 싶었던 걸까?

그러나 안타깝게도 그의 복수는 실패했다. 나의 유우가 결국엔 코타로가 내게 건 올가미를 잘라내고 구원해주었으니까. 유우를 선택한 나의 결정이 옳았다. 조금 전 죄책감 같은 게 마음 한편에 슬쩍 모습을 드러냈지만, 안도하는 마음이 이내 그걸 구석진 곳으로 밀어버렸다.

7

나는 한껏 평온해진 마음으로 만면에 미소를 띠며 유우에게 고마움을 표했다.

"고마워, 유우! 자기가 나와 함께해줘서 정말 다행이야. 코타로가 나한테 이렇게까지 할 거라곤 생각도 못했어."

하지만 유우는 얼굴이 차갑게 굳더니 한참 후 겨우 입을 뗐다.

"…글쎄, 난 잘 모르겠어. 그 사실들을 밝혀내고서도 뭔가 찝찝한 구석이 남았어. 코타로가 왜 이렇게까지 했는지 이해가 되지 않았어. 너에게 복수할 생각이었다고는 하지만, 왜 군이 라이브 스트리밍을 해킹으로 조작까지 하면서 그 시간에 송출한 건지. 아무리 고심해봐도 인과관계가 이상하다는 생각만 들었어. 그래서 밤새 고민하다… 이번 사건의 종속변수인 '자살'에 이르는 독립변수가 '배신한 연인에 대한 복수'만이 아니라, 다른 변수도 있는 건 아닐까 생각하게 됐어."

유우의 말에 내 머릿속도 다시 복잡해졌다. 그가 맞았다. 만일 코타로가 내게 살인 누명을 씌우려 했다면, 밀실인 작업실을 이용해 언제 어느 때든 가능했다.

그런데 굳이 라이브 스트리밍을 계획에 동원했고, 그 때문에 오히려 조작 가능성이 제기되면서 코타로의 계획은 들통나버렸다.

유우가 시선을 내리깐 채 가라앉은 목소리로 말을 이었다.

"코타로는 네 계획을 알고 있었어."

"…뭐? 내 계획이라니, 그게 무슨 말이야?"

"조만간 소스를 훔친 후 자신을 떠날 거라고 확신했어. 그 후 나와 함께 할 거란 것도."

유우가 나를 측은한 시선으로 바라봤다. 왜지? 유우가 왜 저런 눈으로 날 보는 거지?

"작업실의 음성 인식 시스템에 너를 등록해줄 때, 코타로는 이미 너에 대해 알고 있었던 모양이야. 이전의 애인들에게서 훔쳐낸 정보를 어디에 얼마를 받고 팔았는지, 몇 번이나 그래왔는지, 날짜별로 정리된 문서가 라이브 스트리밍 해킹 소스에 암호화되어 숨겨져 있었어. 너를 함정에 빠뜨리면, 내가 널 구하기 위해 그 소스를 뒤질 걸 예상했던 거지."

언제나 다정다감했던 유우의 이목구비에서 어떠한 감정도 보이지 않았다.

"코타로는 내게 적나라하게 보여주고 싶었던 거야. 나를 사랑한다고, 내가 사랑한다고 믿는 너의 실체가 무엇인지 직접 확인시켜주고 싶었던 거지. 그게 바로 숨겨져 있던 또 하나의 독립변수였어. '배신한 친구를 향한 복수'."

유우가 잠시 숨을 고른 후 차가운 바람이 이는 듯한 눈빛으로 말을 이었다.

"그런 식으로 인과관계를 분석하는 걸 회귀분석, 영어로는 레그레션

regression이라고 해. 근데 재미있게도 심리학에서도 동일한 영어 단어를 사용하는 '퇴행'이라는 현상이 있어. 사람이 어떤 일로 충격을 받으면 미성숙한 정신 기능 단계로 되돌아가버리는 거야. 코타로는 대단한 천재지만, 가장 가까운 너와 나의 배신을 알게 되었을 때 엄청난 좌절감에 빠졌던 거야. 견고했던 정신세계가 한순간에 붕괴되어버린 거지. 그래서 자신이 가진 최고의 머리와 기술로, 너와 나를 응징한 거야."

뭔가 불안했다. 이대로 가만히 있으면 안 된다는 육감에 다급히 입을 뗐다.

"유우, 나는…."

하지만 완강하게 말을 잇는 유우의 목소리에 내 목소리는 곧장 사그라졌다.

"모든 걸 알게 되었을 때, 솔직히 고민했어. 네가 진짜로 코타로를 죽인 건 아니었지만, 코타로를 죽음에 이르게 한 것만은 명백한 사실이니까. 난 영상이 조작되었다는 것을 밝히지 않고 그냥 네가 그 대가를 치르게 하고 싶다는 생각까지 했었어."

놀란 눈을 크게 뜨고 유우를 직시했다.

"하지만… 결국 난 코타로의 선택을 존중하기로 했어. 그는 내가 그걸 발견하고 모든 걸 정리할 걸 계산했던 거니까. 그게 아니었다면 이런 식으로 계획하지 않았을 테니까. 그리고 그 결과로… 내가 정신을 차리고 너를 놓을 거라는 걸 녀석은 알았던 거니까."

내가 이제껏 본 적 없는, 얼음장 같은 얼굴로 유우가 일어서며 덧붙였다.

"앞으로 우린 절대 볼 일 없을 거야."

"유, 유우! 잠깐만! 내, 내 말도 좀 들어보…!"

하지만 유우는 뒤도 돌아보지 않고 조사실 문을 열고 나갔다.

나는 그렇게 코타로를 살해한 혐의를 벗을 수 있었지만, 내가 원했던 안락한 삶은 오가타 유우의 차가운 등과 함께 멀어졌다. 그동안 남자들을 속여온 일이 단 한 번의 회귀回歸로 내 미래를 끝내버렸다.

히라노 쥬(平野珠) 1999년생. 컴퓨터 엔지니어링을 공부하려다 중퇴했다. 추리소설을 좋아하는 한국인 어머니 덕에 한국 추리소설을 즐겨 읽었다. 이 단편은 처음부터 한글로 썼으며, 완성하는데 1년이 조금 넘게 걸렸다. 일본 작가는 시마다 소지, 요코야마 히데오, 한국 작가는 정혁용, 홍선주를 좋아한다.

뱀파이어 탐정

김유철

"세상엔 다양한 피부색과 머리카락, 언어를 가진 사람들이 살고 있어. 그리고 중요한 건 그들 모두가 평등하다는 거야."

단발머리의 담임이 진지한 표정으로 말했다. 하지만 나는 멍하니 창밖만 바라보고 있었다. 진눈깨비가 조금씩 거리를 뒤덮고 있었다. 변덕스러운 날씨 때문인지 양손으로 머리를 감싼 사람들이 지하철이나 건물의 처마 밑으로 뛰어다녔다. 부산에선 좀처럼 구경하기 힘든 광경이었다. 심드렁한 내 표정이 마음에 들지 않았는지 담임은 짜증스러운 목소리로 덧붙였다.

"내 말…, 듣고 있는 거니?"

"네."

그제야 나는 고개를 꾸벅이며 대꾸했다.

"더구나 넌, 좀 더 특별하잖아."

"특별한 게 아니라 장애가 있는 거죠. 영원히 고칠 수 없는…."

길게 한숨을 내쉬며 다시 입을 열었다.

"그리고 아이들이 제 백색증 피부와 흰 머리카락, 붉은 눈동자를 보면서 뭐라고 하는지 아세요? 뱀파이어라고 불러요. 뱀파이어."

담임의 눈동자가 심하게 흔들렸다. 그녀는 정말 마음이 여리고 눈물이 많은 사람이었다. 더구나 난 전교 1등을 놓치지 않는 모범생이니 더더욱 애틋한 마음이 들었는지도 몰랐다. 초등학교 1학년 때부터 왕따나 다름없던 나에겐 선택의 여지가 없었다. 아이들에게 무시당하지 않으려고 악착같이 공부에 매달렸다. 덕분에 항상 전교에서 1, 2등을 다투는 우등생이 되었지만, 여전히 나와 친하게 지내려는 친구는 많지 않았다. 중학교와 고등학교에서도 크게 달라진 건 없었다. 알비노는 단순히 피부와 머리카락, 눈동자 색깔만 다른 게 아니라 일반인보다 자외선에 약한 피부를 가지고 있었다. 그래서 햇빛에 오래 노출되면 피부가 금세 벌겋게 달아오르면서 화상을 입곤 했다. 자외선을 차단하는 BB크림을 두껍게 발라야만 했고(알비노는 시력도 쉽게 나빠지는 데다 눈부심도 심하다) 도수가 높은 검은색 선글라스를 써야 했다. 그럴 때마다 아이들은 '뱀파이어라서 그래. 뱀파이어는 햇볕을 가장 무서워하니까'라고 놀려대곤 했다.

자연스럽게 나는 반 아이들과 어울리는 시간이 줄어들었다. 아이들은 내 외모뿐만 아니라 성격도 이상하다고 생각했다. 물론 멍 때리기가 나의 트레이드마크이긴 하지만. 가끔 내게 호의를 베푸는 아이들도 있었지만, 대부분은 동정심이나 호기심 때문이었다. 예를 들면 아이들이 궁금해하는 것 중 하나가 붉은 눈동자로 보는 세상의 모습이었다. 색약에 걸린 사람들처럼 제대로 색깔을 구분할 수 있는지 따위를 궁금해하는 것이다. '세상이 온통 붉게 보이는 거 아냐?'라거나 '뱀파이어는 시력이 엄청 좋다는데 넌 왜 그래? 돋보기 같은 안경을 쓰고 있잖아. 이유가 뭐냐고?' 따위의 얼토당토않은 질문을 던지기도 했다. 아이들의 그런 노골적인 태도에 나 역시 반감을 느낄 수밖에 없었다.

때문에 나는 학교에서 수업을 듣는 시간 외에는 아이들과 어울리는 대신 그날 배운 내용을 혼자 복습하거나 독서하며 보냈다. 가끔 방에 틀어박혀 크게 음악을 틀어놓은 채 공상에 빠지기도 했지만, 어디까지나 나만의 힐링 방법일 뿐이었다. 수학과 영어는 매주 이틀씩 과외 선생님이 직접 집으로 방문했기 때문에 학원에 다닐 필요가 없었다. 수탐은 대학에서 그쪽을 전공한 어머니의 도움을 받았다. 하지만 가족들은 외톨이처럼 지내는 나를 걱정했다. 나와 두 살 터울인 여동생은 노골적으로 '오타쿠'라고 놀리기도 했는데, 그건 정말이지 틀린 말은 아니었다. 친구를 잘 사귀지 못하는 대신 (지금 생각해보면 평범하지 않은 외모 때문에 스스로 벽을 만든 것은 반 아이들이 아닌 나 자신이었는지도 모른다) 내겐 오래전부터 좋아하는 일이 따로 있었으니깐.

"왜 아무 말도 하지 않는 거니?"

담임이 다시 물었다. 나는 안경을 벗어 렌즈를 닦은 뒤에 다시 담임의 얼굴을 유심히 바라봤다.

"정말 모르니까요."

담임은 어이가 없다는 듯 고개를 좌우로 흔들었다.

"그걸 지금 나보고 믿으라고?"

"믿지 않으면요?"

"정말 몰라서 묻는 거야? 밖에 누가 와 있는지 알고나 하는 소리냐고!"

담임의 목소리가 다시 높아졌다.

"네. 알고 있어요…. 경찰이죠."

"그런데도… 넌…."

그때 노크 소리와 함께 스포츠머리의 덩치 큰 형사가 들어왔다.

"더 이상 지체할 시간이 없습니다, 선생님."

형사의 말투는 공손했지만 나를 바라보는 시선은 불만이 많은 사람처럼 보였다.

"눈발이 굵어지기 전에…, 저 녀석을 데려가고 싶은데요."

"그럼, 유진이는 어떻게 되는 거죠?"

"남부서에서 조사를 받을 겁니다."

형사가 대답했다. 담임의 표정이 금세 일그러졌다.

"이 아인 이제 겨우 열일곱 살이에요."

"열일곱 살이면 자기 행동에 책임을 질 수 있는 나이죠."

형사의 입가에 슬며시 미소가 일었다. 그는 다시 나를 힐끗 쳐다본 뒤 누군가에게 걸려온 전화를 받았다. 그사이 담임이 내게 다시 물었다.

"정말, 그 아이에 대해 아는 게 없는 거니?"

나는 말없이 고개를 끄덕였다.

"최악의 경우… 퇴학당할 수도 있어."

"어차피 학교엔 미련도 없는걸요."

담임은 끝까지 이해할 수 없다는 표정으로 나를 바라봤다. 그때 형사가 내게 무뚝뚝한 말투로 입을 열었다.

"나갈 준비는 된 거지?"

현대 추리소설의 효시를 에드거 앨런 포의 《모르그가의 살인사건》으로 보는 이유 중 하나는, 오귀스트 뒤팽이라는 소설 속 주인공이 살인사건을 풀어가는 추론 방식에서 기인한다. 《모르그가의 살인사건》이 추리소설의 효시라면 뒤팽은 탐정의 출발점으로 봐야 한다. 뒤팽은 뒤에 셜록 홈스를 만든 코난 도일에게 많은 영감을 주었기 때문이다. 하지만 나는 뒤팽의 논리적인 사고력보다는 은둔자적인 모습을 더 좋아했다. 몇몇 소수의 친구(예를 들면 뒤팽의 친구로 나오는 '나') 같은 소설 속의 인물들 말이다. 물론 내게도 그런 친구가 있었다. 그 친구에 대해 아는 것이라고는 닉네임이 '쿠도 신이치'라는 것과 '어떤 사건'에 대해 조사 중이라는 사실 정도였다. 쿠도 신이치는 명탐정 코난에 나오는 코난과 동일 인물로 고등학생 탐정이다. 나는 '뒤팽'이라는 닉네임을 사용했기 때문에 우린 자연스럽게 서로 호감을 가지게 되었다. 페이스북 계정을 만들고 얼마 지나지 않아 SNS로 메시지가 도착했을 때 나는 뭔지 모를 친근감을 느꼈다.

쿠도 : 뒤팽처럼 너도 밤에만 활동하냐?

뒤팽: 뭐, 그런 셈이지.

쿠도: 페북에 올린 네 글, 재밌더라.

뒤팽: 한국의 연쇄살인마들?

쿠도: 응.

뒤팽: 경찰청 과학수사과 아카데미에 참석했다가 들은 얘길 대충
정리한 거야.

쿠도: 너… 오타구냐?

뒤팽: 동생은 그렇게 불러.

쿠도: 고등학생 맞지?

뒤팽: 응, 올해 올라왔어. 넌?

쿠도: 닉네임을 보면서도 모르겠어?

그렇게 우린 가까워졌고 거의 매일 문자를 주고받았다. 하지만 나 역시
쿠도 신이치에 대해 아는 게 많지 않았다. 페이스북에도 자신의 신상에
대해선 단 한마디도 올리지 않았고, 어떤 정보도 볼 수 없었다. 녀석이 고
등학생이고 나처럼 추리 오타쿠라는 것 정도만 주고받은 메시지를 통해
알 수 있는 정도였으니까.

차 안에는 스포츠머리 외에도 젊은 형사가 운전석에 타고 있었다. 그는
내가 뒷좌석에 앉자마자 시동을 걸었다. 담임이 걱정스러운 표정으로 차
앞까지 따라 나왔지만 나는 담담한 표정으로 인사말을 건넸다. 차가 천천
히 학교 운동장을 가로지르는 동안 스포츠머리 형사가 물었다.

"그래서 녀석을 직접 만난 적은 없단 말이지?"

"네. 쿠도는 절대로 자신의 신분을 밝힐 수 없다고 했어요."

"왜?"

나는 고개를 좌우로 흔들며 대답했다.

"모르겠어요."

스포츠머리 형사가 미간을 찡그렸다.

"IP를 추적했지만 어떠한 단서도 찾을 수 없었어. 지금으로선 유일한 증거는 너뿐이다."

"쿠도가 무슨 일을 했는지 왜 아무도 알려주지 않는 거죠? 담임선생님도 제게 말씀해주지 않았어요. 단지 퇴학당할 수도 있다는 걱정만 늘어놓고…."

"선생님은 네가 모범생이라고 하더구나. 네 외모 때문에 그런 아이와 어울리게 되었을 뿐이라고 말이야."

"아뇨. 담임선생님이 잘못 알고 계신 거예요. 쿠도는 처음부터 저랑 잘 맞는 친구였어요."

"어떤 면에서?"

"그는 정말 쿠도 신이치였으니까요."

그때 운전을 하고 있던 젊은 형사가 끼어들었다.

"쿠도 신이치는 만화 속 캐릭터일 뿐이야."

"하지만 쿠도는 달랐어요."

내가 화난 목소리로 반문했다.

"뭐가 달랐다는 거야?"

"APTX4869!"

"APTX4869?"

"쿠도 신이치가 먹게 되는 독약요. 그 독약의 부작용으로 쿠도 신이치의 몸은 초딩처럼 작아져요."

"그게 그 친구와 무슨 상관이 있다는 거지?"

묻다 말고 스포츠머리 형사와 젊은 형사의 눈이 서로 마주쳤다. 그는 급히 자동차를 갓길에 세우고 휴대폰을 꺼내 들었다.

"드디어 단서를 찾았습니다, 선배님."

언젠가 쿠도는 내게 말한 적이 있다. 'PHMG'에 대해서 아는 게 있냐고. 물론 난 친절한 네이버 씨를 통해 PHMG가 '폴리헥사메틸렌 구아니딘'이라고 불리는, 높은 살균력과 낮은 독성을 지닌 성분이라는 걸 알 수 있었다. 그때 내 머릿속에 떠오른 한 가지 영상은 바로 '쿠도 신이치'라는 닉네임이었다. 쿠도 신이치 역시 검은 조직이 개발 중이던 독약 APTX4869를 먹고 어린아이로 퇴화했다.

내가 한동안 답장을 하지 않자 쿠도는 그걸 핑계로 다시 물었다.

쿠도: 너 지금 검색 중이지?

뒤팽: 어… 응.

쿠도: 그럴 줄 알았다. ㅋㅋㅋ

뒤팽: 전에 말했던 '어떤 사건'에 대해 조사 중이라는 것도 혹시 PHMG와 관련이 있는 거야?

쿠도: 응.

뒤팽: 너도 쿠도 신이치처럼 피해를 입은 거고?

쿠도: 늘 감기에 걸린 것처럼 몸이 좋지 않을 뿐이야. 매일 산소통을 달고 다니는 게 힘들지만, 그보단 바이칼 같은 해독제를 찾고 싶어.

뒤팽: 하지만 바이칼도 완벽한 해독제는 아니잖아.

쿠도: 맞아. 완벽하진 않지. 하지만 어머니가 죄책감을 느끼지 않게 하려면 그 방법뿐이거든.

뒤팽: 죄책감?

쿠도: 응. 어머닌 자기 때문에 내가 이렇게 되었다고 생각하니까.

나는 어떤 말을 해야 할지 몰라 잠시 망설였다.

뒤팽: 너에게 독약을 먹인 그 검은 조직에 대해 알고 있어?

쿠도: 대충은…. 하지만 그들은 자신들의 잘못을 인정하지 않아. 정말 화가 나는 건, 많은 아이들이 그들이 만든 독약 때문에 죽거나 죽어가고 있는데도 제대로 된 처벌을 받지 않는다는 거야.

경찰서 안은 시끌벅적했다. 스포츠머리 형사는 나를 데리고 자신의 책상 앞으로 걸어갔다. 조사를 받던 30대 중반의 남자가 나를 흘깃거리며 쳐다봤다. 외국인 소년으로 착각한 것 같았다. 자주 겪는 일이지만 기분이 좋진 않았다. 스포츠머리 형사는 나를 책상 앞에 앉힌 뒤 젊은 형사와 소곤거리며 뭔가 이야기를 주고받았다. 다시 자신의 자리로 돌아온 형사가 내게 말을 건넸다.

"그 녀석과 나눈 톡이랑 메일, 페이스북 메신저까지 모두 살펴볼 거야."

"엄마는 언제 오시는 거죠?"

동문서답을 하자 스포츠머리 형사는 자신의 협박이 먹히지 않는다는 듯 시큰둥한 표정을 지었다.

"조금 전에 연락했으니 곧 도착하실 거다…."

"제 휴대폰은 언제 돌려받을 수 있는데요?"

"네 말이 거짓말인지 아닌지부터 확인한 뒤에."

스포츠머리 형사가 투덜거렸다. 그의 짜증 섞인 모습에 주눅이 든 나는 한동안 입을 다물었다. 어색한 침묵이 흐르는 동안 젊은 형사가 다가와 부드러운 목소리로 내게 말을 걸었다.

"휴대폰은 증거물로 압수한 거야. 조사가 끝나는 대로 돌려줄 거다."

"유심칩(SIM카드) 같은 걸 조사하는 거예요?"

"잘 알고 있구나."

젊은 형사의 입가에 미소가 일었다. 그는 내게 한 발짝 더 다가오면서 다시 물었다.

"좀 더 말해줄 수 있어?"

"뭘요?"

"APTX4869에 대해서….'

나는 잠시 젊은 형사와 시선을 마주쳤다. 선한 눈빛이었지만 뭔지 모를 날카로움이 느껴졌다.

"쿠도 신이치는 APTX4869 때문에 자신의 신분을 숨긴 채 새로운 이름을 지을 수밖에 없었어."

거기다 명탐정 코난에 대해서도 잘 알고 있고.

"자기도 쿠도처럼 독약에 감염되었다고 했어요."

젊은 형사는 호기심 가득한 얼굴로 반문했다.

"혹시 그게 폴리헥사메틸렌 구아니딘이 아니니? 약자론 PHMG라고 부르는….'

"어, 어떻게 아세요?"

젊은 형사는 대답 대신 미소를 건넸다. 자신의 추리가 맞아떨어져서 흡족한 것 같았다.

"네가 아는 걸 좀 더 말해주면, 그다음엔 내가 대답해줄게…. 그래서? 다른 말은 들은 게 없었니?"

"해독제를 찾을 거고, 자기를 그렇게 만든 '검은 조직'에 대해 조사하고 있다고 했어요."

"검은 조직?"

나는 말없이 고개를 끄덕였다.

쿠도는 그 검은 조직이 돈을 많이 가지고 있다고 했다. 그래서 우리나라에선 제대로 된 방법으론 그들을 이길 수 없다고.

　　뒤팽: 그럼, 어떻게 할 건데?
　　쿠도: 해독제를 찾아야지. 그들이 더 이상 나쁜 짓을 하지 못하게.

뒤팽: 바이칼도 쿠도 신이치를 완쾌시키진 못했어.

쿠도: 그래. 하지만 적어도 더 나빠지지 않도록 할 순 있잖아.

뒤팽: 어디서 찾을 거야?

쿠도: 해독제?

내가 잠시 자판 치는 걸 멈추자 쿠도의 글이 모니터에 올라왔다.

쿠도: 102를 기억해. 102가 해독제의 시작이니까.

"그게 다란 말이지?"

젊은 형사가 물었다.

"네. 그 뒤론 쿠도와 메신저로 전처럼 자주 대화를 나누진 못했어요. 쿠도는 자신이 자꾸만 어려진다고 했거든요. 나중엔 어머니의 자궁 속으로 되돌아가야 할지도 모른다고 킥킥거렸죠."

"참 특이한 친구였구나."

젊은 형사가 내 바로 앞까지 의자를 밀고 온 건 그때였다.

"그렇게 따지자면 저도 마찬가지예요. 반 아이들은 절 뱀파이어라고 부르거든요."

선글라스를 벗어 붉은 눈동자를 형사에게 보여주었다. 젊은 형사는 정말 트와일라잇 시리즈에 나오는 뱀파이어 눈을 닮았다며 놀란 표정을 지었다.

"자, 이제 대답해주세요. 쿠도가 무슨 일을 했는지요. 왜 저까지 조사를 받아야 하는지도…."

형사는 잠시 나를 물끄러미 바라보다 말고 입을 열었다.

"넌 사이버명예훼손죄로 고소당했어. 아니, 정확히 말하면 쿠도지. 우린 IP를 추적하는 과정에서 누군가 네 아이디를 도용해 동영상을 올렸다는 사실을 알아냈거든."

"그 누군가가 쿠도였군요."

젊은 형사가 고개를 끄덕였다.

"어떤 동영상이었는데요?"

몇몇 기업들에 대한, 조금은 과격한 내용이었어. 그 영상에도 PHMG가 나오는데 그 외에도 PGH(염화올리고에톡시에틸구아니딘)와 CMIT(클로로메틸이소티아졸린)-MIT(메틸이소티아졸린)의 알파벳 첫 글자를 하나씩 따서 PPC라는 용어를 만들어냈더구나."

"모두 APTX4869처럼 위험한 물질들인가요?"

젊은 형사는 고개를 끄덕였다.

"검은 조직들이 만든 PPC가 많은 사람을 죽이거나 병들게 하고 있지만 정부는 전혀 관심을 보이지 않는다는 1분 30초짜리 동영상이었어."

"저를…, 아니 쿠도를 고소한 사람들은요?"

"네가 말한 검은 조직들이라고 할 수 있겠지…."

그때 경찰서 안으로 어머니가 뛰어 들어왔다. 이제껏 본 적이 없는 창백한 얼굴로 주위를 두리번거리다 말고 단거리 육상 선수처럼 빠르게 다가왔다. 나와 이야기를 나누던 젊은 형사가 자리에서 일어났다.

"괜찮니?"

"응. 괜찮아."

어머니는 안도하는 듯 길게 한숨을 내쉰 뒤 젊은 형사에게 물었다.

"무슨 일이죠? 전화를 받자마자 달려왔어요."

"저희랑 잠시 이야기 좀 나누시겠어요? 어머님."

젊은 형사와 스포츠머리 형사가 어머니와 함께 조사계라고 쓰인 사무실 밖으로 나갔다. 어머니는 형사들과 나가기 전에 내게 '걱정하지 마'라고 속삭이면서 살며시 미소를 지어주었다.

사무실 복도에서 세 사람은 제법 심각한 표정으로 이야기를 나누기 시작했다. 나는 그제야 경찰서 안을 천천히 살펴볼 수 있었다. 책상과 의자, 컴퓨터, 서류함, 응접용 테이블…, 흔히 볼 수 있는 사무실 풍경이었지만 영화나 드라마에서 보던 유치장은 발견할 수 없었다. 일반 사무실과 다른 점이라면 창문마다 철창이 단단하게 가로막고 있다는 정도였다. 무심히 창밖으로 시선을 돌리던 나는 '아!' 하고 감탄사를 내뱉었다. 함박눈이 내리고 있었다. 나는 자리에서 일어나 천천히 창가로 걸어갔다. 창문을 열자 차고 습한 공기가 훅 밀려왔다. 뒤이어 새하얀 풍경이 펼쳐졌다. 솜사탕처럼 새하얗게 부풀어 오른 지붕들을 바라보다가 문득, 쿠도가 내 아이디를 도용한 건 분명히 이유가 있을 거란 생각이 들었다. 어떤 메시지를 내게 전하고 싶었던 건지도 모른다고. 그러다 쿠도가 말한 '102'라는 숫자를 떠올렸다. 해독제의 시작이 102라는 숫자와 관계가 있다고 쿠도는 말했었다.

"유진아."

뒤에서 어머니의 목소리가 들려왔다. 형사와 나란히 사무실로 돌아온 어머니의 두 눈은 발갛게 물들어 있었다.

"네, 엄마."

"형사님들이 그러는데, 이젠 집으로 돌아가도 된대."

"제 휴대폰은?"

"아쉽지만… 휴대폰은 며칠 뒤에 돌려받을 수 있을 거다."

옆에 서 있던 젊은 형사가 대신 대답했다. 그리고 잠시 뜸을 들이다 덧붙이듯 말을 이었다.

"사실은, 네가 말한 APTX4869 때문에 사건의 실마리를 풀 수 있었어. 그리고 방금 어머님과 이야기를 나누던 중 사이버수사대에서 연락이 왔단다."

"쿠도를 찾았군요."

"그래."

젊은 형사가 고개를 끄덕였다.

"쿠도는….."

하다 말고 그는 내게 다가와 작은 목소리로 말을 이었다.

"뱀파이어 탐정이다."

"네?"

"쿠도가 만든 동영상 제목 말이야."

갑자기 내린 폭설로 도로는 주차장처럼 변했다. 차들이 거북이처럼 느리게 움직이고 있었다. 나는 조수석에 앉아 라디오를 들었다. 교통방송에서는 10년 만의 폭설로 시내 전체가 마비되었다고 호들갑을 떨었다. 운전대만 잡으면 말이 많아지는 어머니도 오늘은 조용히 라디오 프로그램에 귀를 기울이고 있었다. 무엇보다 쿠도에 대해 추궁하지 않아 고마웠다. 도로는 정체된 자동차에서 뿜어져 나오는 전조등과 후미등 불빛 때문에 노랗거나 발갛게 물들었다. 눈발은 여전히 작은 사탕처럼 덩어리져 내리고 있었다. 나는 차창 밖으로 잠시 시선을 돌렸다가 어머니에게 휴대폰을 빌려달라고 부탁했다. 어머니는 말없이 곁눈질로 가방 쪽을 가리켰다. 나는 어머니의 숄더백에서 꺼낸 휴대폰으로 인터넷에 접속했다. 젊은 형사가 말한 동영상이 아직 유튜브에 떠돌고 있을지도 몰랐다. 유튜브에 접속한 뒤 '뱀파이어 탐정'이라고 입력하고 검은색 로고를 클릭했다. 그러자 그와 관련된 동영상들이 화면에 가득 나타났다. 나는 천천히 화면을 내리면서 동영상을 살폈다. 그러다 동영상 하나를 찾아냈다. 형사가 말한 대로 1분 30초짜리 짧은 동영상이었는데, 게시자의 닉네임이 뒤팽이었다. 나는 그만 피식 웃음을 터뜨렸다. 쿠도다운 장난이라고 생각했다. 나는 의자 깊숙이 등을 기대고 앉아 동영상을 클릭했다.

동영상에 나오는 오귀스트 뒤팽은 알비노였다. 그는 PPC라는 살균제를 흡입했지만 100만분의 1이라는 확률로 죽지 않았다. 그 후유증으로 외모가 알비노처럼 변했는데, 대신 뱀파이어처럼 특별한 능력도 갖게 되었다. 그는 자신을 그렇게 만든 검은 조직을 조사하다가 곧 자신처럼 PPC

에 노출되어서 죽거나 고통받는 아이들이 많다는 사실을 알게 되었다.

'악당이 너무 많아요.'
'숨 쉬기가 너무 힘들어요.'
'왜 그들은 자신들의 죄를 인정하지 않는 걸까요?'

그 뒤에 동영상은 고통받는 아이들과 피해자 부모들에 대한 인터뷰 영상이 짧게 이어졌다. 그리고 마지막에 뱀파이어 탐정은 PPC가 들어간 제품들을 들고 다시 나타났다.

"검은 조직의 범죄를 막기 위해선 우리 모두의 힘이 필요합니다. 102를 기억해주세요."

집으로 돌아왔을 때는 밤 12시가 넘은 시각이었다. 아버지와 여동생은 그때까지 자지 않고 나와 어머니를 기다리고 있었다. 애늙은이 같은 여동생이 먼저 가지가지 한다며 내게 훈계를 늘어놓았다. 그러나 아버지는 어머니처럼 아무 말도 하지 않았다. 내 기분을 묻고, 일찍 들어가 쉬라는 말만 했다.

"모두 오냐 오냐 하니깐 오빠가 저런 거잖아."

동생이 다시 내게 훈계를 했다. 나는 동생의 머리를 손가락으로 쥐어박은 뒤 곧장 방으로 들어갔다. 동생은 아프다고 비명을 질러댔지만 더 이상 싸움을 걸어오진 않았다. 뭔가 내 표정에서 심상치 않은 분위기를 느꼈는지도 몰랐다.

방으로 들어오자마자 나는 컴퓨터 전원을 켜고 인터넷에 접속했다. 유튜브에 들어가 쿠도가 만든 동영상을 다시 한번 보고 뱀파이어 탐정이 들고 있던 제품들의 이름을 검색했다. 모두 가습기에 사용하는 살균제였다. 그리고 연관검색어에 나타난 '살균제 피해자'나 '폐 손상' 같은 단어들을 하나하나 클릭해서 그와 관련된 뉴스와 글을 읽었다. 그제야 쿠도가 왜 'APTX4869'나 '검은 조직'에 대해 자주 말했는지 이해할 수 있었다. 산소통을 끼고 살아야 하는 이유에 대해서도. 나는 메신저로 쿠도에게 문자를 보냈다.

뒤팽: 오늘 경찰서에 갔다 왔어. 내 IP 주소로 쿠도 네가 올린 동영상 때문이야. 검은 조직들이 널 고소했대.

잠시 뜸을 들이다 다시 쿠도에게 메시지를 보냈다.

뒤팽: 형사들이 네 존재를 알게 됐어. 곧 네 집으로 스포츠머리를 한 덩치 큰 형사가 찾아갈지도 몰라…. 하지만 걱정할 필요는 없어. 생각보다 괜찮은 사람이었으니까. 메시지 확인하는 대로 답장 부탁해. 연락하지 않은 게 일주일이 넘었잖아.

하지만 쿠도에게선 답장이 없었다. 거의 매일 수다쟁이처럼 말을 걸어온 건 쿠도였기 때문에 그의 신변이 걱정되었다. 벌써 경찰에 연행되어 나처럼 휴대폰을 빼앗긴 건 아닐까, 혹은 검은 조직에게 보복을 당한 건 아닐까, 하는 걱정 말이다. 하지만 쿠도의 동영상이 SNS를 통해 빠르게 번지고 있다는 건 어렴풋이 느낄 수 있었다. 살균제 피해자와 그 가족들을 중심으로 공유되다가 일반인들에게까지 충격적인 소식이 전해지고 있었다. 가습기를 사용하는 많은 사람이 우려의 목소리를 냈다. 그와 관련해 검은 조직들에 대한 조사를 요구하기 시작했다. 몇천만 원의 벌금으로 사태를 무마하려던 검은 조직들 역시 당황한 것 같았다. 침묵을 지키던 그들도, 그들의 편에 서 있던 검찰과 언론도 인터넷을 통해 번지는 쿠도의 동영상엔 무기력했다.

젊은 형사로부터 다시 연락을 받은 건 주말 오전이었다. 형사는 친절하게 집 앞까지 찾아와 휴대폰을 건네주었다. 나에 대한 혐의가 완전히 풀렸다는 소식과 함께.

"쿠도는요?"

"쿠도도 마찬가지야. 여론에 밀린 검은 조직들이 고소를 취하했거든."

"아!"

내가 안도의 한숨을 내쉬는 동안 형사는 USB를 내밀었다. 쿠도가 내게 전해달라고 부탁했다는 말을 덧붙이면서.

"이게 뭐죠?"

"쿠도가 만든 두 번째 동영상. 이 동영상을 보면 102에 대한 비밀을 알 수 있을 거야."

나는 형사가 내미는 USB를 말없이 받았다.

"알비노의 외모를 지닌 뱀파이어 탐정이 요즘 인기가 많다네. 어쩌면 쿠도가 바랐던 일인지도 모르지."

"쿠도는 만나보셨어요? 2주째 연락이 되지 않아요."

하지만 젊은 형사는 아무 말도 하지 않았다.

"그보단 USB부터 살펴보는 건 어때? 그럼, 모든 걸 이해할 수 있을 테니까."

형사는 내 어깨를 톡톡 두드리면서 힘내라는 말도 덧붙였다. 나는 젊은 형사의 마지막 말이 마음에 걸렸다. 형사가 돌아가자마자 방으로 들어가 USB를 컴퓨터에 연결했다. USB에는 동영상 파일이 들어 있었다. 나는 다음 플레이어를 이용해 동영상을 열었다. 제목은 '뱀파이어 탐정의 활약은 이제부터야'였다.

영상 속에는 가습기 살균제로 피해를 입은 당사자와 그들의 가족 102명이 살균제 제조업체들을 살인죄로 서울중앙지검에 고소하는 장면이 들어 있었다. '국가가 나서지 않는다면 저희가 직접 해결할 겁니다'로 시작하는 피해자 가족들의 인터뷰도 있었다. 그제야 나는 쿠도가 말한 해독제의 의미를 알 수 있었다. 검찰에 고소장을 전달하던 피해자 가족 대표는 50대 초반의 대머리 아저씨였다. 그는 카메라 앞에서 담담하게 인터뷰를 했다.

"우리 아이는 오랜 투병 생활 끝에 결국 어제 세상을 떠났습니다. 열일곱 살이었고 우리 부부의 유일한 자식이었어요. 아내는 기관지가 약한 아이를 위해 건조한 겨울철 내내 가습기를 틀었습니다."

울음을 참듯 잠시 말을 중단한 아저씨는 입술을 굳게 다물었다가 다시 입을 열었다.

"우리를 모이게 한 건 SNS에서 빠르게 번져간 이 동영상 때문입니다. 이 영상을 만든 건 제 아이와 뱀파이어 탐정입니다. 비록 이 자리에 설 순 없지만…, 102명의 희생된 아이들을 위해, 그리고 더 많은 피해자가 생기지 않도록 우린 포기하지 않을 겁니다."

나는 대머리 아저씨의 인터뷰를 여러 번 반복해서 들었다. 특히 '우리 아이는 오랜 투병 생활 끝에 결국 어제 세상을 떠났습니다'와 '이 영상을 만든 건 제 아이와 뱀파이어 탐정입니다'라는 대목에선 울컥하는 기분이 들었다. 갑자기 눈앞이 뿌옇게 흐려졌다. 대머리 아저씨가 쿠도의 아버지라는 사실을 깨달을 수 있었다. 나는 한동안 모니터 앞에 앉아 있었다. 이렇게 가슴이 답답했던 적은 없었다. 나는 창가로 걸어가 창문을 활짝 열었다. 쿠도 신이치는 결국 'APTX4869'를 극복하지 못한 채 영원히 작아져버렸다. 하지만 쿠도는 해독제인 바이칼을 만들어냈다. 바이칼의 효력은 쿠도의 바람대로 조금씩조금씩 피해자들에게 큰 힘이 될 것이다.

8시 뉴스에 쿠도의 두 번째 동영상이 나왔다. PPC라는 가습기 살균제의 위험성과 함께 곧 검찰의 대대적인 조사가 이루어질 거라는 소식을 전했다. 나는 저녁을 먹는 둥 마는 둥 텔레비전만 멍하니 바라봤다. 아버지와 어머니도 놀란 표정으로 뉴스에 귀를 기울였다. 여동생은 '엄마, 우리 집 가습기는 괜찮지?' 하고 불안한 듯 묻기도 했다. 어머니는 호들갑을 떨면서 가습기 살균제의 포장지를 확인하고 여기저기 전화를 걸어댔다. 나는 조용히 방으로 돌아가 컴퓨터를 켜고 아직 남아 있는 쿠도의 메신저에 접속했다. 하얀 모니터에 커서가 깜빡거렸다. 나는 길게 한숨을 내쉰 뒤 자판 위에 양손을 가져갔다.

뒤팽: 똑똑…. 거긴 어때, 쿠도? 지낼 만하니? 뱀파이어 탐정은 나를 모델로 한 거지? 크크…. 덕분에 사람들이 날 좋아하게 됐나 봐…. 전에 내가 늘어놓던 푸념을 마음에 담고 있었구나. 고마워. 나도 뱀파이어 탐정처럼 힘내기로 마음먹었어. 이젠 도망치지 않을 거야. 쿠도 너처럼 용감하게 맞설 테니까. 그러니 쿠도 너도 거기선 산소통 없이 홀가분하게 지내길 바랄게. 우리가 다시 만날 때까지 말이야….

김유철 독서와 영화, 고양이를 좋아하고 음주를 즐기며 지루하지 않은 삶을 살려고 노력 중이다. 2010년 제15회 문학동네 작가상을 수상하며 본격적으로 소설을 쓰기 시작했다. 지금까지 다섯 편의 장편과 네 편의 중편과 열한 편의 단편소설을 발표했다. 새로운 장편 출간을 준비 중이다.

밥통

황세연

"원섭 씨, 이거 어때?"

식탁에 노트북을 올려놓고 들여다보던 예비 신부 류다현이 거실에 있는 한원섭에게 외쳤다.

원섭은 부엌으로 가서 아내의 노트북 모니터를 들여다봤다.

"엥? 52만 원! 뭔 밥통이 이리 비싸?"

"밥통이 아니고 밥솥이야."

"밥통과 밥솥 차이가 뭔데?"

"같은 말인데, 밥통은 바보라는 의미도 있어서 요즘은 잘 안 쓰는 거 같아. 무슨 밥통 하면 상품 이미지가 바보 같잖아. 이 밥솥 너무 예쁘지? 밥맛도 아주 좋대."

"밥맛이야 다 그게 그거지…."

"밥솥마다 가격 차이가 큰데 왜 밥맛 차이가 없겠어?"

"다 같은 압력밥솥인데 무슨 차이가 있겠어. 예전에 일본 코끼리 밥통 유행할 때, 대전 사는 어머니 친구분이 일본 여행 갔다가 큰맘 먹고 코끼리 밥통 사와서 밥을 했는데 어떻게 된 줄 알아?"

"밥맛이 없었어?"

"아니, 밥이 탔대. 그러자 어머니 친구분이 뭐라고 했는지 알아?"

"뭐라고 했는데?"

"에잇! 국산 전기는 후져서 못 쓰겠어!"

"호호호. 이건 국산이라 후진 국산 전기 써도 밥 안 타."

원섭의 실없는 농담에 류다현이 어린아이처럼 활짝 웃었다. 원섭은 아내의 그런 웃음을 볼 때마다 행복감을 느꼈다.

"나 이거 너무 마음에 드는데 사도 되지?"

하지만 원섭은 예비 신부가 알고 있는 것보다 훨씬 더 가난한 예비 신랑이었다.

"그게 최저가야?"

"글쎄?"

아내가 다시 인터넷 검색을 시작했다.

원섭은 아내의 맞은편에 앉아 휴대폰 화면을 켜서 중고품 직거래 앱인 홍당무마켓을 띄웠다.

"중고는 좀 그렇지?"

"당연하지. 먹는 음식 만드는 밥솥이고, 우린 신혼부부잖아."

"홍당무마켓에도 새 물건을 싸게 파는 사람들이 있던데…."

검색 창에 '쿠크앤 미왕 밥솥'을 입력했다.

있다! 아내가 사려는 밥솥이 딱 하나 올라와 있었다. 하지만 새 제품이 아니었다.

'단 1회 사용. 민트급. 포장 상자, 설명서 모두 있음. 25만 원.'

한 번 사용한 제품이긴 해도 반값이었다. 게다가 사진에서는 정말 새 밥통처럼 보였다.

원섭은 최저가를 검색하고 있는 아내의 눈치를 살피다가 입을 열었다.

"아, 참! 내 친구 중에 전자제품 대리점에서 일하는 직원 있어. 거기 이 제품 파는지 알아봐야겠다. 있기만 하면, 직원 가로 싸게 살 수 있을 거야."

원섭은 다시 거실 소파로 돌아가 '홍당무마켓'의 알림을 진동으로 바꾸고 밥통 판매자인 '묘향산'에게 '채팅하기'로 연락했다.

'밥솥 20만 원에 사고 싶습니다.'

며칠 전에 올렸는데 아직까지 안 팔렸으니 깎아달라고 하면 깎아줄 것 같았다.

잠시 뒤 답장이 왔다.

'그 가격에는 팔지 않습니다.'

'그럼 23만 원은 어떠세요?'

'24만 원.'

'좋습니다. 정말 새것과 다름없죠?'

'예.'

'빨리 받고 싶은데, 언제 어디서 거래할까요?'

'내일 오후 5시, 구산사거리 어떠세요?'

'저녁 7시 이후는 안 될까요?'

'퇴근 시간 이후로는 제가 바빠서요.'

'좋습니다, 오후 5시. 내일 뵙죠.'

막 채팅을 끝냈을 때 아내가 다시 원섭을 불렀다.

"원섭 씨! 여기 카드 할인 10만 원 행사하는 데 있어. 오늘까지야!"

"친구에게 물어보니 그 상품 있대! 다만, 진열했던 전시 상품 딱 하나 남았고, 30만 원에 줄 수 있대."

"전시 상품? 진열했던 거면 사람들이 막 만지고 그런 거잖아?"

"아냐! 상자만 뜯었던 거래."

"언제 살 건데?"

"내일 오후. 저녁 6시에 문 닫는다고 하니까 그전에 가서 살펴봐야 할 거 같아. 밥솥 값 30만 원, 내 통장으로 넣어줘."

"근무 시간에 나올 수 있어?"

"가능할 거야."

"바쁘면 내가 대신 갈까? 내일 학교 개교기념일이라 출근 안 해도 돼."

"아, 아냐! 쉬는 날 외출하는 거 귀찮잖아. 내가 갔다 올게."

한원섭과 류다현은 결혼식을 열흘 남겨두고 있었다. 둘은 한 달쯤 전부터 돈을 합쳐서 산 서울 변두리의 신축 다가구주택에서 동거 중이었다. 류다현은 명문대 출신의 공립중학교 음악 교사였고 부유한 가정의 외동딸이었다. 집을 살 때도 그녀의 부모님이 집값의 3분의 2를 내줬다. 살림살이도 다 사주겠다고 했는데 그녀가 거절했다. 자신이 마음에 드는 걸로 하나씩 하나씩 골라 사겠다며 살림살이 구매 비용을 현금으로 타냈다.

반면 한원섭은 아내 류다현과 사정이 크게 달랐다. 집값의 3분의 1을 낼 때 아내에게는 부모님이 해주신 돈이라고 둘러댔지만 빚을 얻어 마련한 돈이었다. 오히려 그는 부모님에게 생활비를 보태고 있었다.

아내는 원섭이 에어컨을 만드는 전자회사의 연구원으로 연봉이 6천만 원인 줄 알고 있었다. 하지만 그는 에어컨 설치 업체의 계약직 기사로 연봉이 2800만 원에 불과했다. 원섭은 빚을 갚고 부모님에게 생활비를 드리고 전기세라도 내려면 허리띠를 꽉 졸라매야 하는 형편이었다.

원섭은 자신을 정직한 인간이라고 평가하고 있었다. 그런 그가 류다현에게 거짓말을 한 것은 그녀를 너무나 사랑하기 때문이었다. 류다현과 사귀기 위해, 그리고 지금은 류다현과 결혼하려면 거짓말을 할 수밖에 없었다. 원섭은 앞으로 거짓말한 것 이상으로 자신의 지위를 끌어올리고 돈을 많이 벌어서 아내를 행복하게 해줄 생각이었다.

여름이 지난 9월 중순은 에어컨 판매 비수기였다. 에어컨 설치 기사들도 사무실에서 빈둥거리기 일쑤였다.

원섭은 몸이 안 좋아 병원에 갔다 오겠다는 핑계를 대고 한두 시간 외출해 중고 밥솥을 살 계획이었다. 그런데 오후 3시쯤 변수가 생겼다. 지난주에 설치한 에어컨의 동파이프 조립이 잘못되어 에어컨 가스가 다 샜다는 항의 전화가 걸려온 것이다. 전화를 끊고 나서 팀장은 동파이프를 조립했던 원섭에게 잔소리를 퍼부었다. 팀장 눈치를 보던 원섭은 결국 땡땡이치지 못하고 회사 규정대로 조퇴할 수밖에 없었다.

휴대폰의 지도 앱에서 검색해보니 회사에서 밥솥 거래 장소까지는 버스로 20분 정도 걸렸다. 하지만 버스가 자주 오지 않았다.

회사 앞 정류장에 앉아 버스를 기다리다가 문자가 와서 휴대폰을 들여다보는 사이에 버스가 서지 않고 휙 지나갔다.

제길! 약속 시간에 늦지 않으려면 택시를 타야만 했다.

택시에서 내리니 5분 정도 여유가 있었다. 사거리 이쪽저쪽을 둘러보았으나 밥솥을 들고 있는 사람은 없었다. 원섭은 홍당무마켓의 채팅 창에 글을 입력했다.

'도착했습니다. 편의점 앞에 있습니다.'

하지만 5시가 넘어가도록 밥솥 판매자는 글을 읽지도 않았고 나타나지도 않았다. 10분 더 기다렸는데도 나타나지 않자 다시 채팅 창에 글을 입력했다.

'늦으시네요? 어디쯤 오셨나요?'

이번에는 바로 글을 읽었다. 하지만 여전히 대답하지 않았다. 슬슬 짜증이 났다.

'무슨 일 있으신가요?'

다시 글을 읽지도 않았다. 무시하는 것 같았다. 짜증이 치솟았다. 욕을 퍼붓고 싶은 심정이었지만 밥솥 때문에 참았다. 밥솥을 사지 않고 빈손으로 집에 들어가면 아내가 실망할 것이다.

글을 추가했다.

'같은 곳에서 계속 기다리고 있겠습니다. 오시면 알려주세요.'

10분 정도 지나서 상대가 글을 읽었다. 답장이 왔다.

'죄송합니다, 운전 중이라… 밥솥은 팔렸습니다. 깎지 않고 25만 원 정가에 산다는 사람이 있어서… 연락을 깜빡했네요.'

뭐라고? 이미 약속을 잡아놓고 만 원 더 주겠다는 사람이 나타나니까 팔았다고?

화가 폭발했다. 밥솥 사려고 온종일 팀장 눈치 보다가 조퇴하고 택시까지 타고 왔다.

채팅 창에 급히 글을 입력했다.

'뭐라고 새꺄? 이미 밥통을 팔아치웠고 연락하는 것조차 이ㅈ었다고?'

오타가 났지만 그대로 보내고 다시 글을 입력했다.

'이런 쓰레기 새끼! 고작 만 원에 신용을 팔아! 그동안 처먹은 밥이 이깝다, 밥통 새꺄!'

또 오타가 있었지만 그대로 전송했다. 하지만 이번에는 전송되지 않았다.

'묘향산 님께서 고객님을 차단했습니다.'

화가 머리끝까지 치솟았다. 욕이라도 전송되었으면 기분이 좀 나아졌을지 모르는데, 욕조차 못하게 차단당하자, 놈에게 제대로 농락당한 기분이었다.

원섭은 평소보다 조금 이른 시간에 집으로 들어섰다.

"어? 왜 빈손이야? 밥솥은?"

아내가 부엌에서 나오며 물었다.

"어, 그게… 밥솥 상태가 별로 안 좋더라고. 그래서 그냥 왔어."

"뭐야? 아이참! 자기 친구들은 왜 다 그 모양이야? 물건 상태를 확인하고 연락했어야지 하자를 팔겠다고 오라고 하면 어떡해!"

"내 친구들이 뭐가 어때서?"

원섭의 목소리가 튀었다.

"아, 그럴 수도 있지! 멀쩡한 새것으로 생각하고 친구에게 인심 쓰려고 했는데, 실제로 확인해보니 생각과 다를 수도 있는 거지, 뭘 그런 걸 가지고 까칠하게…."

원섭은 그렇지 않아도 기분이 상해 있던 터라 날카롭게 쏘아붙였다.

"내가 사자고 한 거 그냥 샀으면 됐잖아! 이제 할인도 끝나서 제값 주고 사야 한다고. 지금 당장 주문해도 다음 주 화요일에나 배달될 텐데, 그동안 밥은 어떡할 거야? 이게 무슨 바보짓이야!"

바보짓!

"자기야말로 바보짓 그만해! 디자인도 개 구린 게 값만 드럽게 비싸던데, 왜 꼭 그걸 사려는 거야? 그거야말로 밥통 호구 짓이지."

원섭이 날카롭게 쏘아붙이자 아내가 입을 꾹 다물고 원섭을 쏘아보다가 눈시울을 붉히며 방으로 뛰어 들어갔다.

원섭은 불쾌지수를 최고 수위로 끌어올린 아내를 달래고 싶은 마음이 없었다.

잠시 뒤 아내는 연두색 체크무늬 코트를 걸치고 안방에서 나왔다. 그런데 왼손에 붕대를 감고 있었다. 아까도 감고 있었는데 못 본 것 같았다. 음식을 만들다 칼에 베였나?

아내는 아무 말도 없이 현관으로 가서 신발을 신었다.

"어디 가는 거야? 손은 왜 그래? 다쳤어?"

하지만 아내는 아무 대답도 없이 현관문을 열고 밖으로 나갔다. 문이 쿵 닫혔다.

"야! 어디 가냐니까?"

곧 엘리베이터 문이 열렸다가 닫히는 소리가 났다.

"성질머리하고는!"

원섭은 주먹으로 벽이라도 치고 싶은 심정이었다. 오늘은 왜 이리 짜증 나는 일만 생기는 걸까. 최악의 날이었다.

숨이 막힐 듯한 답답함에 원섭은 냉수라도 마시려고 부엌으로 갔다. 그런데 부엌 싱크대 앞에 시커먼 밥 냄비가 엎어져 있었다.

아! 아내가 손에 붕대를 감고 있었던 이유가 바로 이거였다. 냄비에 밥을 하다가 한눈판 사이 밥이 타 연기가 나자 급한 마음에 뜨거운 냄비를 맨손으로 잡고 싱크대로 옮기려다가 떨어뜨린 것 같았다. 뜨거워서 그냥 떨어뜨렸으면 그나마 나았을 텐데, 냄비가 떨어진 위치는 가스레인지 앞이 아닌 싱크대 앞이었다. 냄비를 떨어뜨리지 않으려고 애쓰다가 결국 떨어뜨린 것 같았다. 아내가 화상을 입은 손바닥을 응급처치한 뒤 엎어진 밥 냄비를 치우려고 할 때 원섭이 집으로 들어왔을 것이다.

원섭은 아내에게 미안한 마음이 들었다. 아내가 손에 붕대를 감고 있는 것도 모르고 짜증만 냈으니 서운할 만했다.

에이씨! 이게 다 그 밥통 사기꾼 놈 때문이었다.

원섭은 어제저녁에 이어 아침에도 아내에게 전화를 걸고 사과 문자를 보냈지만, 아내는 문자도 읽지 않고 전화도 받지 않았다. 결국 쉬는 시간에 맞춰 학교로 전화를 걸었다. 하지만 아내는 원섭의 목소리를 듣자마자 바로 전화를 끊었다.

시간이 갈수록 조바심이 났다. 저녁때 친구들에게 예비 신부를 소개하려고 약속을 잡아놓았는데 아내가 나타나지 않으면 얼마나 뻘쭘하겠는가?

약속 시간 직전까지도 아내는 전화를 받지 않았지만 원섭은 아내가 약속 장소로 올 거라는 희망을 버리지 않았다. 하지만 아내는 끝내 모습을 드러내지 않았다.

아무리 화가 났어도 남편을 조금이라도 배려한다면 친구들 앞에 얼굴 정도는 내밀었어야 했다. 체면을 구긴 원섭은 아내에게 무시당했다는 생각에 또다시 짜증이 치밀어 올랐다. 모든 게 그 밥통 사기꾼 새끼 때문이었다.

원섭은 술자리 초반부터 말없이 술만 마셨다. 모임을 주선한 사람이 시종일관 인상을 쓰고 있으니 모임 분위기가 좋을 리 없었다.

"너 홍당무마켓 쓰냐?"

술을 들이켜던 원섭이 갑자기 옆의 친구에게 물었다.

"예전에는 썼는데 지금은 안 써."

원섭은 친구의 전화기를 빌려 홍당무마켓 앱을 깔았다.

'내 동네 설정'에서 검색 범위를 최대로 하고 검색 창에 '묘향산'을 입력했다. 묘향산이라는 닉네임을 쓰는 사람은 딱 두 명뿐이었다. 첫 번째 묘향산을 클릭해 판매 상품들을 살펴봤다. 바로 그놈이었다. 밥솥은 판매 완료 처리되어 있었지만 다른 판매 상품이 하나 더 있었다. 태블릿이었다.

'와이파이 전용. 단 하루 사용. 민트급. 하자 없음.'

하루? 민트급? 밥솥 판매 때와 같은 문구였다. 가격은 90만 원이었다. 비싼 편이라 쉽게 팔릴 것 같지 않았다.

원섭은 태블릿 채팅 창에 욕을 써대려다가 생각을 바꿨다.

'안녕하세요, 태블릿 사고 싶은데요. 아직 안 팔렸죠?'

잠시 뒤 답장이 왔다.

'예. 아직 안 팔렸습니다.'

'꼭 사고 싶은데 언제 거래할 수 있을까요?'

5분쯤 지나서 답글이 올라왔다.

'내일 저녁 9시, 용두동 가능합니다.'

'좋습니다. 거래 장소는 서오릉 주차장 어떠세요?'

'좋습니다.'

'제가 홍당무마켓에 익숙하지 않은데, 제 전화번호 알려드릴 테니 판매자님 전화번호 알려주시겠어요? 무슨 일 있으면 전화로 연락하게요.'

'예, 알겠습니다.'

원섭이 채팅 창에 자기 전화번호를 입력하자 상대도 전화번호를 알려주었다.

야호! 성공이었다. 놈의 전화번호가 손에 들어왔다. 당장 전화를 걸어 욕을 퍼부어주고 싶었다. 하지만 참아야 했다. 통화 역시 바로 끊고 차단해버리면 그만이었다. 이런 놈은 직접 만나서 따지고 욕을 해줘야 한다.

원섭은 묘향산의 전화번호를 적은 뒤 대화 내용과 앱을 삭제하고 친구에게 휴대폰을 돌려주었다.

술을 많이 마신 탓에 늦잠을 잤다.

일어나자마자 휴대폰을 확인했다. 아내는 여전히 사과 문자를 읽지 않았다.

저녁때 홍당무마켓의 불량 판매자 묘향산과 만날 생각을 하니 은근히 긴장되었다. 그런 예의 없는 연놈은 반드시 만나서 따지고 욕을 해줘야 한다는 생각이 강하게 들면서도 한편으로는 귀찮고 불편한 일이라는 생각이 들었다. 놈은 덩치 큰 다혈질일 수도 있고, 말이 안 통하는 노인일 수도 있다.

그냥 약속을 어겨서 똑같이 허탕 치게 하는 정도가 좋지 않을까?

늦은 점심을 먹기 위해 부엌으로 갔다. 싱크대 위에 어제 아내가 떨어뜨린 냄비가 놓여 있었다. 냄비를 들고 화장실로 가서 딱딱하게 굳은 시커먼 밥을 숟가락으로 뚝뚝 잘라 변기에 쏟았다. 냄비 밑바닥에 검게 탄 밥을 숟가락으로 박박 긁어보았지만 떨어지지 않았다. 물에 담가놓고 철 수세미를 사다가 문질러야 할 것 같았다.

검은 밥덩이가 둥둥 떠 있는 변기의 물을 내렸다. 물이 조금 내려가다가 말고 다시 차올랐다. 한 번 더 물을 내렸다. 그러자 물이 변기 밖으로 철철 넘쳤다.

"개새끼!"

변기를 뚫는 도구도 없는데 변기가 막히자 다시 놈에 대한 적개심과 화가 치밀어 올랐다. 원섭은 변기가 막힌 것도 홍당무마켓의 그 불량 판매자 탓으로 여겨졌다. 약속 장소에 나가지 않는 것으로 소심하게 복수하려던 생각이 싹 사라졌다. 그렇게 하기에는 자신이 입은 피해가 너무나 컸다. 반드시 만나서 따지고 욕을 해줘야 가슴의 응어리가 조금이나마 풀릴 것 같았다.

아내는 원섭이 집을 나설 때까지도 문자를 읽지 않았다.

30분 정도 걸어서 8시 55분에 서오릉 입구에 도착했다. 그런데 약속 장소인 주차장 문이 닫혀 있었다.

원섭은 주차장 앞에 서서 '묘향산'을 기다렸다. 약속 시간이 조금 지나서 법인 택시 한 대가 다가와 멈췄다. 30대 중반쯤으로 보이는 남자 기사가 조수석 창문을 열고 잠시 원섭을 쳐다봤다. 마른 체격에 별 특징이 없는 평범한 얼굴이었다.

"태블릿 사시려는 분이죠?"

"아 예. 그런데 주차장 문이 닫혔네요."

그때 커다란 트럭 한 대가 라이트를 번쩍이며 택시 뒤로 다가왔다.

"일단 차에 타시죠."

원섭은 싸워야 할 상대를 가까이서 마주하는 게 부담스러워 뒷자리에 올라탔다. 택시가 출발했다. 택시 기사가 핸들에 가슴을 붙이다시피 하고 주변을 살피며 택시를 몰았다.

"어디 차 세울 데가 있을 텐데…."

기사는 불교 신자인지 룸미러에 묵주가 걸려 있었다. 어쩌면 교대 택시 기사가 불교 신자일 수도 있었다. 조수석 앞 유리창 우측 상단에 부착된 택시 운전 자격증을 보니 기사의 이름은 '한동훈'이었다. 원섭이 군대 생활할 때 괴롭혔던 상급자 이름과 같았다.

몇백 미터쯤 가자 '일유주말농장'이라는 간판이 보였고 산 쪽 나무들 사이로 어두운 공터가 보였다. 기사가 공터에 택시를 세웠다.

원섭은 적의 차에 앉아 있는 것이 부담스러워 바로 내렸다. 택시 기사도 태블릿을 꺼내 들고 내렸다. 산 쪽 커다란 나무 밑에 희미한 가로등 하나와 벤치가 있었다.

"저쪽으로 가시죠."

택시 기사가 앞장섰다.

"배터리도 생생하고 거의 새거나 마찬가지입니다. 이상 없다는 걸 보여드리고 초기화하려고 쓰던 그대로 가져왔습니다. 살펴보시죠."

가로등 밑에 도착한 택시 기사가 태블릿을 원섭에게 건넸다.

태블릿을 받아서 전원 버튼을 누르자 화면이 켜졌다. 태블릿은 잠겨 있지 않았다.

"별 이상 없을 겁니다."

"와이파이 전용이죠?"

"예. 아! 제 휴대폰으로 모바일 핫스팟을 켤 테니 와이파이를 연결해서 이것저것 테스트해보시죠."

택시 기사가 휴대폰을 꺼내 핫스팟을 켰다.

원섭은 와이파이를 연결해 이것저것 살피는 척했다.

"사진도 잘 나옵니다. 어두운 데서 찍어도 잘 나오고, 인물 사진도 예술입니다. 한 장 찍어드릴 테니 살펴보시죠."

택시 기사가 태블릿을 낚아채 갔다.

"사진 앱이 어디 있더라? 사놓고 몇 번 사용하지 않아서 뭐가 어디에 있는지도 잘 모릅니다. 아, 여기 있네."

택시 기사가 태블릿의 카메라 렌즈를 원섭의 얼굴 앞에 들이댔다.

"아, 됐습니다."

원섭이 얼굴을 가리려는 순간 택시 기사가 재빨리 사진을 찍었다. 택시 기사는 찍은 사진을 확대해서 들여다보더니 원섭에게 보여주었다.

"어두워도 잘 나오죠?"

"예, 잘 나오는군요. 그런데 혹시 이거 분실 태블릿은 아니죠?"

"예에?"

"손님이 택시에 놓고 내린 휴대폰이나 태블릿을 팔아먹는 택시 기사들이 있다는 말을 들어서…."

택시 기사가 인상을 찌푸렸다.

"아이구, 요즘 그랬다가는 큰일 나요. 이건 내가 쓰려고 산 건데 돈이 급해서 파는 겁니다."

"그런데 사실 난 이 태블릿을 사러 온 게 아니라, 밥통을 사러 왔습니다."

"예에, 밥통요?"

택시 기사가 그게 무슨 말이냐는 듯한 표정을 지었다.

"이틀 전에 밥통 팔겠다고 나랑 약속 잡았잖아요! 왜 약속을 어겼죠? 나는 그 밥통 사겠다고 조퇴하고 택시까지 타고 가서 기다렸는데 말이죠."

택시 기사의 표정이 차갑게 굳었다.

"아, 그 사람이군요. 그걸 따지자고 지금 나를 여기로 유인한 겁니까? 햐! 정말 황당하네! 영업시간에 일부러 시간 내서 달려왔더니…."

사과해도 부족할 판에 화를 내는 택시 기사의 태도에 원섭은 화가 치밀어 올랐다.

"야! 네 시간은 돈이고 내 시간은 똥이냐? 엉? 나한테 속아서 억울해?"

"그래, 억울하다! 뭐 이런 놈이 다 있어?"

"뭐 이 새꺄? 너 때문에 내 아내는 냄비로 밥하다가 손에 화상 입고 가출까지 했어!"

"뭐 가출? 네 마누라가 가출했건 바람이 났건 그게 왜 나 때문인데? 내가 네 마누라를 여관으로 꾀어내기라도 했어? 진짜 황당한 또라이 새끼네."

"뭐 또라이? 이 새끼 봐라! 잘못한 새끼가 사과는 못할망정 오히려 큰소리를 쳐! 너 같은 새끼는 말로 해서는 안 되겠다."

택시 기사의 얼굴을 향해 원섭의 주먹이 날아갔다. 택시 기사가 반사적으로 피했지만 두 번째, 세 번째 휘두른 주먹이 택시 기사의 얼굴과 머리를 연속으로 후려갈겼다. 택시 기사가 태블릿을 떨어뜨리며 뒤로 주저앉았다.

"이, 이런 개새끼! 너, 내가 누군 줄 알아? 불광동 살모사야 새꺄! 너 오늘 죽었어.”

택시 기사가 자리에서 벌떡 일어나 셔츠 소매를 걷어 올렸다. 팔뚝이 푸른색 용 문신으로 뒤덮여 있었다.

“마음잡고 착하게 살려고 했더니, 택시 운전이나 한다고 아주 사람을 띄엄띄엄 보네.”

택시 기사가 주먹을 휘두르며 달려들었다. 첫 번째 주먹은 피했지만 두 번째 주먹이 원섭의 옆머리를 가격했다. 머리가 핑 돌며 코에서 피 냄새가 났다.

원섭은 한 방 제대로 얻어맞고 나자 복수심이 불타올랐다. 택시 기사를 향해 주먹을 마구 휘둘렀다. 몇 방은 빗나갔고 몇 방은 얼굴과 머리를 강타했다. 택시 기사도 원섭을 향해 주먹을 휘두르며 맞대응했지만 덩치가 작고 팔이 짧아 원섭의 상대가 되지 못했다. 택시 기사는 결국 팔로 얼굴을 감싸며 뒷걸음질 쳤다. 원섭은 택시 기사를 쫓아가며 샌드백 두들기 듯 두들겨 팼다. 원섭의 주먹에 코를 제대로 얻어맞은 택시 기사가 뒤로 나동그라졌다. 원섭은 그 기회를 놓치지 않고 택시 기사의 옆구리를 발로 걸어차고 배를 밟았다.

“우우욱!”

“이 개새꺄! 너 같은 쓰레기는, 매밖에는 약이 없어!”

택시 기사는 일어서지도 못하고 원섭의 발길질에 이리저리 걸어차였다. 원섭은 택시 기사의 옆구리를 축구선수가 프리킥 차듯 세게 걸어차고 나서야 폭력을 멈췄다. 때리는 것도 무척 힘들었다. 택시 기사는 숨도 쉬기 어려운지 숨을 가쁘게 헐떡거렸다.

원섭은 이제야 분이 좀 풀리는 기분이었다.

“하아! 하아!”

원섭이 거칠게 숨을 몰아쉬며 택시 기사 주변을 맴돌고 있는데, 택시 기사가 바지 뒷주머니를 더듬어 휴대폰을 꺼냈다. 경찰에 신고하거나 동료를 부르려는 것 같았다. 원섭은 다시 택시 기사에게 달려들어 휴대폰을 쥔 손을 걷어챘다.

"아악!"

휴대폰이 멀리 날아갔다.

원섭이 재차 택시 기사를 발로 걷어차려는데 바지 뒷주머니 속 휴대폰이 진동했다. 휴대폰을 꺼내 들여다봤다. 아내의 문자였다.

'나 집에 왔어. 들어와서 얘기 좀 해.'

기다리던 반가운 문자였다. 택시 기사에게 통쾌하게 복수하고 나니 아내도 집으로 돌아오고….

원섭은 그대로 서서 답장 문자를 쓰기 시작했다.

'알았어. 바로 들어갈….'

원섭이 문자를 입력하느라 한눈판 틈을 타서 택시 기사가 태블릿을 주워 들고 비틀거리며 택시로 뛰어갔다. 발소리를 듣고 상황을 파악한 원섭은 재빨리 쫓아가 차 문을 열려는 택시 기사의 옆구리를 걷어챘다. 택시 기사가 다시 땅바닥에 나동그라졌다. 원섭은 쓰러진 택시 기사에게 달려들어 바지 주머니를 뒤져 차 키를 빼앗아 잠금 버튼을 눌렀다.

"으으, 너 이 새끼, 내가 가만둘 줄 알아? 너 지금 한 짓이 유인, 납치, 감금, 폭행이란 건 아냐? 나, 갈비뼈도 부러진 거 같아. 넌 이제 교도소에서 몇 년은 썩어야 할 거다. 내일 당장 네 마누라는 물론 부모까지 죄다 몰려와서 내 앞에 무릎 꿇고 눈물을 흘리며 한 번만 살려달라고 손이 발이 되도록 싹싹 빌게 될 거다, 이 밥통 머저리 새꺄! 흐흐흐."

그 말을 듣는 순간 원섭은 찬물이라도 뒤집어쓴 것처럼 목덜미가 오싹해졌다. 틀린 말이 아니었다. 미처 법을 생각하지 못했다. 처음에는 단순히 말로 따지려고 택시 기사를 유인했고, 조금 전에는 말싸움하다 보니 화가 나서 단순히 주먹을 마구 휘둘렀을 뿐이다. 또 경찰에 신고하려고 해서 휴대폰을 빼앗았고, 도망가려고 해서 차 키를 빼앗았을 뿐이다. 그런데 법적인 문제로 넘어가면 그리 단순하지가 않았다. 사람을 유인해서 어디 가두지 않더라도 도망기지 못하게 옷을 벗기거나 차 키나 휴대폰을 빼앗는 것도 납치 감금에 해당했다.

구속되지 않으려면 정말 이놈이 요구하는 대로 치료비와 위자료를 물어주고 무릎 꿇고 손이 발이 되도록 싹싹 빌어야 할지도 몰랐다. 이런 개같은 새끼에게….

만약 녀석이 합의해주지 않아 구속되면 그걸로 류다현과의 인연은 끝이었다. 이미 양가에서 친척과 지인들에게 청첩장까지 돌렸기에 결혼식을 미루거나 취소할 수도 없는데, 신랑이 구속되어 결혼식장에 나타나지 않는다면…. 장인 장모와 신부에겐 망신도 이런 망신이 없을 것이다. 그렇지 않아도 예비 장인과 장모는 원섭을 사윗감으로 탐탁지 않게 생각하고 있었다.

아내의 실망한 표정이 눈앞에 떠올랐다가 사라졌다.

원섭은 어떤 경우에도 류다현을 포기할 수 없었다. 류다현은 그의 인생 전부이자 목숨과도 같았다. 목숨을 포기하는 한이 있어도 류다현만큼은 절대 포기할 수 없었다.

이를 어쩌지?

휴대폰이 다시 진동했다. 역시 아내의 문자였다.

'빨리 들어와요.'

하지만 이제 부부싸움이나 아내의 가출 같은 건 신경 쓸 일도 못 되었다. 진짜 심각한 근심거리는 눈앞의 저 사기꾼이었다.

젠장, 어쩌지?

원섭이 한밤중에 택시 기사를 때리고 휴대폰을 빼앗고 차 키를 뺏는 모습이 택시 블랙박스에 고스란히 찍혔을 것이다. 블랙박스를 없앨까? 하지만 블랙박스를 없앤다고 문제가 해결되는 게 아니었다. 잘못하면 증거인멸죄까지 추가될 수 있었다. 법원에서 영장 판사가 범죄자를 구속 또는 불구속 결정을 내릴 때 늘 증거인멸 여부를 따지지 않던가.

원섭의 답장이 없자 아내에게서 다시 문자가 왔다.

'빨리 들어오지 않으면 나 다시 삼성동으로 돌아갈 거야.'

삼성동은 처가를 의미했다.

원섭은 천천히 벤치로 걸어가서 앉았다.

원섭이 아내에게 뭐라고 답장할까 고민하고 있는데, 택시 보닛을 짚고 힘겹게 서서 피 섞인 침을 퉤퉤 뱉어내던 택시 기사가 다시 외쳤다.

"야, 이 새꺄! 내 휴대폰하고 차 키 돌려주고 지금이라도 잘못했다고 무릎 꿇고 빌어! 그러지 않으면 너 진짜 좆 되는 거야. 교도소 들어가서 어린 애처럼 질질 짜지 말고 좋게 말할 때 빨리 무릎 꿇고 빌어, 새꺄!"

그래, 살다 보면 어쩔 수 없는 일이 있다. 세상에는 도저히 어떻게 해볼 수 없는 일이 있다. 지금, 이 상황이 그 어쩔 수 없는 일이었다.

원섭은 주변을 살폈다. 어둠이 짙게 깔린 산속 공터 주변에는 목격자나 CCTV가 없었다.

벤치 바로 뒤에 있는 벽돌 크기의 돌이 눈에 들어왔다. 원섭은 돌을 슬쩍 집어 엉덩이 뒤로 감추며 자리에서 일어났다.

원섭이 다가가자 택시 기사가 경계하는 표정을 지었다. 여차하면 도망가려는 것 같았다. 원섭은 택시 기사를 안심시키기 위해 땅바닥에 떨어져 있는 휴대폰을 집어 앞으로 내밀며 다가갔다.

"그래 새꺄! 머리가 있는 놈이면 진즉에 이렇게 나왔어야지."

택시 기사가 휴대폰을 받으려고 태블릿을 들고 있지 않은 오른손을 내밀었다. 그 순간 원섭은 엉덩이 뒤에 감추고 있던 돌을 들어 택시 기사의 머리를 내리쳤다.

"아악!"

하지만 택시 기사가 반사적으로 머리를 숙이는 바람에 돌은 어깨를 강타했을 뿐이었다.

"미, 미친 새끼!"

원섭은 뒤로 비틀거리며 물러나는 택시 기사를 쫓아가 다시 돌을 휘둘렀다. 이번에는 택시 기사가 태블릿을 든 손으로 머리를 막았다. 돌이 태블릿 화면을 찍으며 빗나갔다.

뒷걸음질로 도망가던 택시 기사가 넘어졌다.

"사, 사람 살려!"

택시 기사가 소리를 치자 원섭은 마음이 급해졌다. 넘어진 택시 기사의 몸에 재빨리 올라타 얼굴과 머리를 향해 연속으로 돌을 내리쳤다.

"아악! 살, 살려, 아악!"

처음 두 번은 택시 기사가 태블릿을 든 왼손과 오른팔로 돌을 막았다. 하지만 세 번째 휘두른 돌이 손과 손 사이를 뚫고 들어가 택시 기사의 이마를 찍었다. 픽! 그 뒤로는 저항이 거의 없었다. 픽! 픽! 픽!

원섭은 택시 기사의 머리를 다섯 번이나 더 내리찍고 나서야 물러났다. 숨을 몰아쉬며 주변을 살폈다. 목격자는 없었다.

허둥지둥 택시 트렁크를 열고 시체를 끌어다가 트렁크에 실었다. 땅바닥의 핏자국은 발로 쓸어서 대충 흙으로 덮어 지웠다.

택시 기사의 휴대폰과 액정이 깨진 태블릿을 주워 택시 보조석 의자에 던져놓았다. 피 묻은 벽돌 크기의 돌은 땅바닥에 문질러 핏자국을 없앤 뒤 산 밑으로 달려가 산 위쪽으로 던졌다.

택시에 올라타 시동을 걸었다.

어디로 가지? 휴대폰의 지도 앱을 띄워 인공위성 지도를 살폈다. 화면이 작아 들여다보기 불편했다. 상체를 조수석으로 숙여 화면 상단에 여러 개의 금이 간 태블릿을 집어 전원 버튼을 눌러봤다. 화면이 켜졌다. 화면에 금만 갔을 뿐 고장 나지는 않았다. 태블릿에 지도 앱을 띄우고 인공위성 지도를 확대해 꼼꼼히 살폈다.

인적이 비교적 드문 곳, 파주나 김포 쪽으로 가는 게 좋을 것 같았다.

어? 이 태블릿은 와이파이 전용인데 어떻게 인터넷이 되는 거지?

아! 아까 택시 기사가 휴대폰의 핫스팟을 켜서 태블릿에서 와이파이를 쓸 수 있게 해놓았던 기억이 났다.

태블릿에 포털사이트 앱을 띄우고 '택시 추적'을 입력해 검색했다. 법인 택시는 콜센터에서 택시의 위치와 운행 경로를 추적할 수 있다는 글이 여러 개 있었다. 그렇다면 서둘러야 한다. 택시가 한곳에 너무 오래 머물러 있었다. 일단 어디로든 움직여야 했다.

택시를 출발시키려는데 바지 뒷주머니 속 휴대폰이 진동했다. 아내의 전화일 것이다. 문자에 답하지 않자 전화했을 것이다. 하지만 무시했다. 지금은 아내에게 신경 쓸 여력이 없었다. 사람을 죽였다. 결혼식을 차질 없이 올리기 위해 사람을 죽였다. 지금 부부싸움 같은 하찮은 일에 신경 쓰다가는 아내도 잃고 인생도 파멸할 것이다.

시체와 택시를 처리하기에 앞서 알리바이부터 만들어야 한다. 원섭은 집 근처에 휴대폰을 놔두고 시외로 나가 시체와 택시를 치리하고 돌아와야 했다. 그래야 줄곧 동네 안에 머물러 있었다는 알리바이가 성립된다.

집 쪽으로 택시를 몰았다.

집에서 꽤 떨어진 곳에 택시를 세운 원섭은 택시 기사의 휴대폰과 태블릿은 그대로 둔 채 자기 휴대폰만 들고 집 뒷산으로 올라갔다. 원섭은 CCTV가 있는 등산로 입구를 지나자마자 등산로를 벗어나 숲속으로 들어갔다.

휴대폰을 무음으로 변경하며 보니 아내의 문자가 와 있었다.

'나 다시 삼성동 간다.'

답장을 보내서 집 뒷산에 있었다는 증거를 남기는 게 좋을 듯했다.

'미안해. 나중에 이야기합시다.'

문자를 보내고 나서 휴대폰을 커다란 참나무 밑에 놔두고 사람들의 눈에 띄지 않게 나뭇잎으로 잘 덮었다.

택시로 다시 돌아갈 때는 CCTV를 피해서 걸었다. 그럴 확률은 거의 없었지만, 혹시라도 나중에 형사가 찾아와 밤에 어디 있었냐고 물으면, 부부싸움 후 집을 나가 서오릉 쪽으로 갔다가 다시 돌아와 집 뒤 산속 벤치에서 잤다고 둘러댈 생각이었다.

택시를 일산 쪽으로 유턴했다. 마음이 급해 액셀을 밟아댔다.

띠리리링! 띠리리링!

원섭은 갑자기 들려온 낯선 소리에 화들짝 놀랐다. 조수석에 던져둔 죽은 택시 기사의 휴대폰 벨 소리였다. 원섭은 손을 뻗어 엎어져 있는 휴대폰을 집어 화면을 들여다봤다. 전화를 건 사람은 '회사'였다. 회사에서 왜 전화한 거지? 콜센터 직원이 택시 운행 경로가 이상하다고 판단해 확인하려는 게 아닐까? 전화를 받지 않으면 더 이상하게 생각할 텐데? 전화를 받아서 택시 기사인 척 연기할까? 그런데 만약 콜센터 직원이 택시 기사와 친하거나 목소리를 아는 사람이라면…?

"앗!"

죽은 택시 기사의 휴대폰을 보느라 한눈판 사이 누군가가 택시 앞으로 달려들었다. 급히 브레이크를 밟았다. 하지만 늦었다.

쿵!

택시는 오른쪽 앞부분으로 건널목을 건너는 사람을 치고 나서 한참이나 앞으로 밀려갔다. 스키드마크를 길게 그리던 택시가 멈췄다. 뒤를 돌아보니 차 뒤쪽 멀리 나무 그늘 밑에 여자로 보이는 사람이 쓰러져 있었다. 어둠 속에서 연두색 체크무늬 코트를 입은 듯한 여자가 상체를 일으키려다가 다시 엎어지는 게 보였다.

"제길!"

피해자가 아스팔트에 손을 짚고 상체를 조금 일으킨 것으로 보아 중상은 아닌 듯했다.

어떻게 하지? 2차 사고가 발생하지 않도록 가서 안전한 곳으로 옮기고, 택시 기사의 휴대폰으로 119에 신고라도 해야 할까?

아니, 안 될 말이었다. 피해자에게 말을 걸면 목격자가 생기는 거고 119에 연락하면 목소리가 녹음될 것이다.

주변을 살폈다. 외진 곳이라 사람도 없었고 도로에는 모두 보행신호가 켜져 있어 차도 없었다. 도로 뒤쪽에 CCTV가 하나 있었지만 꽤 멀었다.

그래, 차라리 잘되었다. 택시 기사가 근무 중에 갑자기 연락이 두절되면 납치나 강도를 당했다고 생각해서 강력 범죄 사건으로 전환될 테지만,

건널목에서 사람을 친 뺑소니 택시 기사라면 상황이 달랐다. 스스로 잠적한 게 된다.

도로를 따라 늘어선 신호등들이 일제히 빨간불에서 파란불로 바뀌는 게 보였다.

그래, 차들이 몰려오기 전에 달아나야 한다. 액셀을 꾹 밟았다. 택시가 앞으로 튀어 나갔다. 도로에 쓰러져 있는 여자가 점점 멀어져서 개미만하게 보였다. 그런데 다음 순간 짐을 잔뜩 실은 중간 크기 트럭이 빠르게 달려오다가 도로 그늘에 쓰러져 있는 여자를 뒤늦게 발견하고 브레이크를 밟으며 급히 핸들을 트는 것이 백미러로 보였다.

끼이이익!

하지만 트럭은 여자를 그대로 치고 나서 비틀거리다가 전봇대를 쿵 들이받았다. 앞부분이 크게 찌그러진 트럭에서 불길이 치솟았다.

깜짝 놀란 원섭은 자기가 사고를 낸 것처럼 반사적으로 급브레이크를 밟았다가 다시 액셀을 밟았다. 불길이 치솟고 있는 트럭이 까마득히 멀어져갔다.

"개새끼!"

최악의 날이었다. 이 사고 또한 트렁크 속의 택시 기사 탓이었다.

원섭은 누가 쫓아오기라도 할까 봐 갈림길이 나올 때마다 우회전하고 좌회전하며 20분쯤 달렸다. 한적한 길가에 차를 세우고 재빨리 내려서 택시 오른쪽 앞부분을 살폈다. 범퍼가 조금 찌그러지긴 했지만 사람을 친 차로 보이지는 않았다.

다시 택시를 타고 출발했다.

대로변에 불이 켜진 철물점이 보였다. 철물점을 100미터쯤 지나쳐 택시를 세운 뒤 철물점으로 걸어갔다. 철물점 앞에서 CCTV가 있는지 살폈다. 눈에 띄지 않았다. 철물점에서 작은 해머와 삽, 목장갑을 현금으로 사서 트렁크에 실었다.

조금 더 가니 근처에 유흥가가 있는지 사람들이 차도로 나와서 택시를 잡으려고 손을 흔들어댔다. 휴대폰 앱을 사용하지 않고 길에 서서 택시를 잡는 사람들은 대부분 중장년층이었다.

택시 기사가 아직 살아 있는 것으로 위장하려면 술꾼을 한 명 태우는 것도 괜찮을 듯했다.

원섭은 조수석에 있는 휴대폰과 태블릿을 조수석 등받이 주머니에 넣은 뒤, 비틀거리는 폼이 술에 만취한 것으로 보이는 70대 남자 앞에 택시를 세웠다.

지나가던 택시가 빵빵거렸다. 서울 택시가 경기도에서 영업하지 말라는 의미였다.

70대 남자가 조수석에 올라탔다. 예상대로 술 냄새가 심하게 났다.

"김포 장기동, 금빛초등학교요."

택시에 장착된 내비게이션은 회사 트럭의 내비게이션과 사용법이 비슷해서 별 어려움 없이 조작할 수 있었다. 목적지에 '장기동'을 입력했다.

이제 휴대폰처럼 생긴 미터기를 설정해야 했다. 몇 개의 터치 버튼을 살펴보다가 '주행(시외)'을 눌렀다. '주행을 시작합니다'라는 안내문에 이어 화면에 기본요금이 표시되었다.

"출발합니다."

마음이 급해서 속도를 냈다. 신호를 무시하고 달렸다.

"어허, 천천히 갑시다. 5분 먼저 가려다 50년 먼저 간다지 않습니까."

일산대교를 지나 김포로 접어들자 멀리 경찰차의 경광등 불빛이 번쩍거리는 게 보였다. 뭐지? 검문 중인 듯했다. 가슴이 철렁했다. 손님을 태우고 있는 데다 중앙 분리대가 있어 차를 돌릴 수도 없고, 빠져나갈 틈도 없었다. 검문에 응하는 척하다가 상황을 봐서 앞으로 밀고 나가야 할 것 같았다.

다행히 뺑소니 검문이 아니라 음주운전 단속이었다. 경찰은 택시는 그냥 통과시켰다.

목적지에 도착했다.

손님이 내민 카드를 미터기에 꽂고 '지불'을 눌렀다.

'요금이 결제되었습니다.'

알리바이가 만들어졌다.

손님이 내리자 다시 출발했다. 김포까지 왔으니 파주보다는 강화도 쪽으로 가는 게 나을 듯싶었다. 강화도 방향으로 달렸다.

차들이 다니지 않는 한적한 고개가 나왔다.

택시를 길가에 바짝 붙여 세운 뒤 전조등을 끄고 차에서 내려 트렁크를 열었다. 안에서 피 냄새가 풍겼다.

목장갑을 끼고 해머를 꺼내 들고 조수석으로 돌아가 휴대폰처럼 생긴 미터기를 떼어내고, 내장 내비게이션을 해머로 쳐서 망가뜨렸다. 미터기를 아스팔트 위에 놓고 해머로 쾅쾅 쳤다. 이젠 콜센터에서 택시 위치를 추적하지 못할 것이다.

블랙박스의 메모리 카드도 빼내서 해머로 두들겨 가루로 만들었다.

조수석 등받이 뒤의 주머니에 넣어둔 휴대폰과 태블릿도 꺼내서 해머로 두들겨 박살냈다.

수많은 조각으로 변한 미터기, 휴대폰, 태블릿 파편들을 손으로 쓸어 모아 산 쪽으로 가져가 낙엽 속에 버렸다.

지방도를 따라 택시를 달리다 보니 줄지어 늘어선 철탑이 보였다.

그래, 철탑!

언젠가 유튜브에서 본 미국 연쇄살인마의 시체 처리법이 생각났다. 그 살인마는 살인을 저지르고 나서 시체를 항상 철탑 주변에 묻었다. 철탑을 철거하지 않는 한 누구도 손대지 않는 장소이기 때문이다.

200여 미터 높이의 산 초입에 서 있는 철탑을 향해 택시를 몰았다. 곧 아스팔트를 벗어나 비포장 농로로 접어들었다. 하지만 농로는 철탑을 50미터쯤 남겨두고 끊겼다.

어쩔 수 없었다. 농로 끝에 택시를 세우고 실내등만을 켠 채 트렁크에서 시체를 내렸다.

원섭은 피가 옷에 묻지 않도록 시체의 상의를 위로 벗겨서 피투성이 머리를 감싸 묶었다.

시체를 철탑까지 옮기는 일은 결코 쉽지 않았다. 처음에는 시체를 안아서 옮기다가 힘들어서 결국 두 팔을 잡고 풀밭 위로 질질 끌었다.

삽으로 철탑의 가운데 부분을 파기 시작했다. 철탑을 세울 때 굴삭기로 구덩이를 깊이 팠다가 메웠기에 삽이 쉽게 들어갔다. 깊이 팔 필요는 없었다. 얕게 묻어도 철탑을 철거하기 전까지는 이곳을 파헤칠 사람은 없을 것이다.

시체의 옷을 뒤져 바지 뒷주머니에서 지갑을 빼낸 뒤 시체를 구덩이에 밀어 넣고 흙으로 묻었다.

지갑에는 신분증과 카드, 현금 20만 원 정도가 들어 있었다. 현금을 챙긴 뒤 철탑 옆에 작은 구덩이를 파고 지갑을 묻었다.

다시 택시에 올라 아슬아슬하게 후진해 농로를 빠져나갔다.

가다 보니 산과 산 사이에 작은 공터가 눈에 들어왔다.

이쯤에서 택시를 처리하면 좋을 듯했다. 바다에서 그리 멀지 않은 곳이라 사람을 친 택시 기사가 택시를 없애고 중국으로 밀항했다고 여길지도 몰랐다.

택시를 공터 구석에 세웠다. 으슥한 곳이라 택시에 뭔가를 덮어두면 발견되기까지 꽤 오랜 시간이 걸릴 것이다. 한적한 곳에 자동차가 오래 주차되어 있다고 일부러 경찰에 신고할 사람은 많지 않다. 택시가 한 달 뒤에만 발견되어도 도로의 CCTV는 무용지물이 될 테고 경찰이 목격자를 찾아내는 일도 쉽지 않을 것이다.

하지만 그렇게 하기에는 택시에 남아 있는 지문이나 머리카락 같은 증거가 문제였다. 증거를 완벽히 인멸하려면 택시에 불을 지르는 방법밖에 없었다.

원섭은 트렁크에서 해머를 꺼내 택시의 앞뒤 번호판을 쳐서 떼어냈다. 이어서 운전석 문을 열고 문턱에 붙어 있는 차대번호를 해머로 두들겨 뭉

그러뜨렸다.

원섭은 군대 시절 운전병을 해서 차에 대해 잘 아는 편이었다.

다음은 각인된 차대번호를 제거해야 했다. 차대번호가 각인된 위치는 차마다 다르다. 보닛을 열고 살펴보았지만 찾을 수 없었다. 조수석 시트를 걷고 살펴보니 바닥에 차대번호가 있었다. 철판에 각인된 차대번호를 해머로 두들겨 뭉그러뜨렸다. 엔진에 붙어 있는 엔진 번호도 해머로 두들겨 뭉그러뜨렸다.

트렁크와 차 문을 모두 활짝 열어놓고 주변에서 나뭇가지와 나뭇잎을 모아다가 차 안에 쌓아놓고 시가잭 소켓으로 불을 붙였다.

불길이 치솟기 시작하자 원섭은 차에서 떼어낸 두 개의 번호판과 삽을 들고 산속으로 급히 몸을 피했다. 주변에 인가가 없고 산이 시야를 가려주고 있지만 모르는 일이었다. 누군가가 멀리서 불길을 보고 신고할 수도 있었다.

산속 오솔길을 따라 산으로 올라가다가 구덩이를 파고 번호판을 묻었다.

산을 넘어가서 CCTV를 피해 아스팔트를 걸었다. 택시를 처리하느라 힘을 많이 쓴 탓에 목도 마르고 배도 고팠다.

무작정 걷다 보니 편의점이 보였으나 CCTV가 신경 쓰여 들어갈 수 없었다.

한강신도시 표지판이 보이는 곳에 이르자 체력이 고갈되었다. 버스 정류장에 앉아 쉬고 있는데 빈 택시가 다가왔다. 손을 들어 택시를 잡았다. 뒷자리에 탔다.

"어디로 모실까요?"

원섭은 택시 기사가 룸미러로 옷을 살피는 것 같아 긴장했다. 상의는 깨끗한 편이었지만 바지 아래쪽과 신발은 온통 흙투성이였다.

"향동고등학교요."

향동고등학교는 집에서 꽤 떨어진 장소였다.

"고양시 향동 말이죠?"

"예."

새벽이라 차가 막히지 않아 금방 목적지에 도착했다.

"여기서 내려주세요."

"여기서요?"

기사가 의아하다는 반응을 보이며 차를 세웠다. 원섭이 내려달라고 한 곳은 건물이 없는 외진 길가였다.

죽은 택시 기사의 지갑에서 훔친 현금으로 요금을 내고 택시에서 내렸다. 택시가 사라지자 곧장 산으로 올라갔다. 등산로를 이용하면 산을 오르기는 수월하겠지만 CCTV에 찍힐 위험이 있었다. 등산로 초입마다 CCTV가 설치되어 있었다.

정상까지 힘겹게 올라가서 등산로가 나 있는 산등성이를 타고 한참 걷다가 산이 끝나는 부분에서 오른쪽으로 내려갔다.

원섭은 작은 바위에 걸터앉아 검은 어둠을 헤치고 밝아오는 여명을 바라보았다. 말 그대로 녹초였다. 온몸이 땀에 젖어 축축했다. 지금까지 살면서 이렇게 힘들었던 기나긴 밤은 없었던 것 같았다. 당연한 일이었다. 사람을 죽여서 시체를 유기했고, 또한 훔친 차로 누군가를 친 뒤 최소한의 보호조치도 하지 않고 뺑소니를 쳤다. 그 뺑소니로 인해 택시에 치인 사람도 죽었고 2차 사고를 낸 트럭 운전사도 죽었다. 불이 난 트럭에 사람이 더 타고 있었다면 희생자가 더 있을 수도 있었다.

원섭은 교도소에서 평생 썩어야 할 범죄를 단 하룻밤에 해결하고 돌아온 것이다. 고되고 힘들지 않다면 오히려 그게 더 이상할 것 같았다.

힘든 일을 겪고 나니 하찮은 일로 아내에게 짜증내고 싸운 게 허무하게 느껴졌다.

부부싸움은 칼로 물 베기라고 했다. 아내 류다현이 퇴근해서 돌아오면 사과하고 화해한 뒤 그 어느 때보다 뜨거운 밤을 보내리라. 앞으로는 절대 사랑하는 아내에게 짜증내지 말고 더 잘해야겠다는 생각이 들었다.

낙엽 속에 묻어놓았던 휴대폰은 그대로 잘 있었다. 이제 집으로 들어가 입은 옷과 신발만 없애면 모든 일이 끝난다. 잠깐 쉬었다가 출근하면 온종일 피곤하겠지만 알리바이만큼은 확실해졌다.

집 앞에 도착하니 멀리 북한산 위로 아내의 웃는 얼굴처럼 밝은 해가 떠오르기 시작했다.

초조한 일주일이 흘러갔다. 하지만 아무 일도 일어나지 않았다.

드디어 결혼식 날이 되었다. 원섭은 아침 5시에 눈을 뜬 뒤로 온종일 정신없었다. 샤워만 하고 아침밥도 거른 채 집을 나와 장시간의 메이크업을 마치고 결혼식장으로 이동했다. 사진 촬영과 결혼식이 이어졌고, 연회장으로 이동해 인사하고 겨우 첫 끼를 먹은 뒤 처가에 잠깐 들러 옷을 갈아입고 친구 차를 타고 인천공항으로 향했다.

신혼여행지는 필리핀 세부였고, 5박 6일의 일정이었다.

비행기 표를 발권하고 짐을 부친 뒤 출국심사대 앞에 아내와 나란히 줄을 섰다.

차례가 되자 원섭은 아내와 자신의 여권을 같이 내밀었다.

"한원섭 씨?"

"예?"

그런데 그의 이름을 부른 사람은 심사관이 아니었다. 뒤를 돌아보니 남자 두 명과 여자 한 명이 서 있었다.

"한원섭 씨 맞죠?"

"맞는데, 무슨 일이죠?"

원섭 대신 아내가 물었다.

"은평경찰서에서 나왔습니다."

맨 앞의 남자가 경찰 신분증을 꺼내 그들에게 보여주었다.

"한원섭 씨! 살인 및 시체유기 등의 혐의로 당신을 영장 없이 긴급 체포

합니다."

뒤에 있던 형사가 앞으로 나와 원섭의 손목에 수갑을 채웠다.

"당신은 묵비권을 행사할 권리가 있고, 당신이 하는 말은 당신에게 불리한 증거가 될 수 있으며, 당신은 변호사를 선임할 권리가 있습니다."

"이게 도대체 무슨 일이죠?"

몹시 놀란 류다현이 형사와 한원섭을 번갈아 쳐다보며 물었다.

"여기서 다 설명할 수는 없습니다. 경찰서로 가서 이야기하시죠."

"비행기 놓치면 안 되는데….'

경찰서에 도착하자 경찰은 아내 류다현을 밖에 앉혀두고 원섭만 취조실 안으로 데려갔다.

테이블 하나만 달랑 놓여 있는 작은 방에 10분쯤 앉아 있자 50대 초반의 남자가 태블릿을 들고 들어와 맞은편 의자에 앉았다.

"은평경찰서 형사과 최순석 경감입니다. 우리 강력팀은 열흘 전 밤에 은평구 서오릉로 그랑블루 아파트 앞에서 사람을 치고 도주한 은평제일택시 기사 한동훈 씨를 찾고 있습니다."

형사가 태블릿에 한동훈의 증명사진을 띄워 보여주었다.

"이 사람 본 적 있습니까?"

"아, 아뇨. 처음 보는 사람입니다."

"이 사람이 사고를 내고 아무 조치도 하지 않고 그대로 도주하는 바람에 2차 사고가 일어나 두 사람이 사망했습니다. 사고를 낸 택시 기사 한동훈은 원당역 인근으로 이동해 손님을 태우고 김포로 갔습니다. 손님이 내린 뒤 강화도 방향으로 가다가 승마산 공터에서 택시를 불태우고 사라졌습니다. 이후 신용카드를 썼거나, CCTV에 찍혔거나, 가족이나 지인에게 연락하는 등의 생존 반응이 전혀 없습니다. 처음에는 단순히 뺑소니 교통사고인 줄 알고 교통조사과에서 맡았는데, 범죄 혐의가 짙어 우리 강력팀에서 넘겨받아 다시 조사하고 있습니다."

"그 사건이 저하고 무슨 상관이죠?"

원섭이 항의하듯 물었다.

"저희가 원점부터 다시 수사하며 뺑소니 운전자 한동훈의 주변인들을 탐문했는데 친한 동료가 중요한 단서를 말하더군요. 교통사고를 내고 사라지던 날 한동훈은 며칠 전 택시에서 주운 태블릿을 팔겠다며 홍당무마켓을 통해 누군가와 연락하고 만나러 갔다는 겁니다. 저희는 그날 만나러 간 사람이 누구일까 조사하는 한편, 그 태블릿을 잃어버린 사람이 누구인지도 조사했습니다. 다행히 태블릿을 잃어버린 사람이 분실 신고를 했더군요. 어제 그 사람을 찾아가 만났는데, 우리가 분실 태블릿 때문에 온 형사들인 줄 알았는지 태블릿을 습득한 범인으로 추정되는 사람의 사진을 보여주더군요. 그 분실 태블릿은 와이파이에 연결되면 태블릿의 데이터가 클라우드에 자동으로 백업되도록 설정되어 있었다는데, 태블릿을 분실하고 며칠 뒤, 그러니까 택시 기사 한동훈이 사고를 내고 사라지던 날 밤에 그분의 클라우드 계정에 낯선 사람의 사진이 업로드되었답니다. 바로 이 사진입니다."

형사가 태블릿을 조작해 화면에 사진 한 장을 띄웠다.

"누군지 알아보시겠습니까?"

사진을 본 원섭은 비수에 심장을 찔리기라도 한 것처럼 온몸이 굳었다. 그 사진은 택시 기사가 서오릉 인근 공터에서 태블릿의 카메라 성능을 보여주겠다며 찍은 원섭의 사진이었다.

"한원섭 씨, 맞죠? 어두운데도 사진이 잘 나왔군요."

원섭은 커다란 돌에 머리를 찍힌 것 같은 느낌이었다. 하지만 침착해야 했다. 이 사진만으로는 자신의 범죄를 입증할 수 없었다.

"마, 맞습니다. 그날 중고 태블릿을 사기 위해 서오릉에 갔습니다. 제가 사람 보는 눈이 없어 착각했나 봅니다. 아까 보여주신 증명사진, 태블릿 팔려던 사람 맞는 거 같습니다. 하지만 그날 저는 그 태블릿이 도난품

일지도 모른다는 의심이 들어 사지 않고 바로 헤어졌습니다. 이 사진은 카메라 테스트용으로 찍은 거고요."

형사가 원섭을 물끄러미 쳐다보다가 한참 만에 다시 입을 열었다.

"그럼 이 사진은 어떻게 된 걸까요?"

형사가 태블릿을 터치해 사진을 넘겼다. 다음 사진은 흔들려서 선명하지 않았는데, 앞 사진과 똑같은 옷차림의 남자가 손에 든 돌을 카메라를 향해 내리치는 장면이 생동감 있게 찍혀 있었다.

"흔들렸지만 앞 사진과 같은 사람이죠?"

원섭은 이번에야말로 택시 기사가 휘두른 돌에 뒤통수를 정통으로 맞은 느낌이었다.

그날 원섭은 벽돌 크기의 돌로 택시 기사의 머리를 연속으로 공격했고, 택시 기사는 원섭의 사진을 찍느라 손에 들고 있었던 태블릿으로 그 공격을 두세 번 막았다. 그때 찍힌 사진이었다. 원섭이 휘두른 돌이 태블릿의 전원 버튼을 쳐서 화면이 켜졌고, 다시 머리로 날아드는 돌을 태블릿으로 막으려던 택시 기사가 화면에 떠 있던 카메라 앱의 셔터 버튼을 건드렸던 것 같았다.

'이런 개새끼!'

원섭은 속으로 욕을 내뱉었다. 택시 기사는 죽으면서까지 원섭을 괴롭힌 것이었다.

"우리는 이 사진을 단서로 사진 찍은 곳이 어딘지 찾아냈고 택시 기사를 죽인 피 묻은 돌도 찾아내 국과수에 분석을 의뢰해놓았습니다. 범인이 손에 쥐었던 것이니, 지문은 몰라도 틀림없이 유전자는 검출될 겁니다. 백 퍼센트!"

최 경감이 원섭을 잠시 노려보았다.

"그런데 말입니다. 도대체 범행 동기가 뭔지, 그걸 모르겠습니다. 범인은 무엇을 노리고 택시 기사를 유인해 살해하고, 택시를 훔쳐서 사람을 치어 결국 두 명씩이나 죽게 하고, 차대번호까지 없애가며 택시에 불을 지르고, 시체를 멀리 산속으로 옮겨 묻은 걸까요? 단순히 중고 태블릿 하나 빼앗자고 그런 것 같지는 않은데…. 자, 이제 그 얘기 좀 들어봅시다."

형사는 빨리 대답하라는 듯이 손가락으로 테이블을 똑똑똑 똑똑똑 두드려댔다.

황세연 스포츠서울 신춘문예에 〈염화나트륨〉으로 당선 데뷔. 장편 추리소설《나는 사랑을 믿지 않는다》로 PC통신문학상,《미녀 사냥꾼》으로 한국추리문학상 신예상,《내가 죽인 남자가 돌아 왔다》로 교보문고 스토리 공모전 대상과 한국추리문학상 대상, 단편 추리소설 〈스탠리 밀그램 의 법칙〉과 〈흥가〉로 황금펜상을 2회 수상했다. 최근 발표작으로 장편《삼각파도 속으로》, 단편 〈고난도 살인〉, 〈냥탐정 사건 파일—천사의 심장〉, 〈내가 죽인 남자〉, 〈40원〉 등이 있다. 2024년 1월에 부부 완전범죄를 테마로 한 단편 추리소설 작품집《완전 부부 범죄》가 출간될 예정이다.

고양이 탐정 주관식의 분투

장우석

카페에 들어서자마자 휴대폰이 몸을 떨었다. 주관식周觀識은 눈앞에 보이는 빈 의자에 앉은 다음 휴대폰을 열었다.

'호두 아버님, 잘 지내셨나요'

관식을 이렇게 부르는 사람은 한 사람밖에 없다. 쟈니 아버지는 이름도, 나이도, 하는 일도, 사는 곳도 모르지만 관식이 확실히 '아는' 사람이다.

'안녕하세요. 오랜만입니다.'

'호두도 잘 있지요? 카톡 프로필 사진 보니까 살이 좀 쪘던데.'

'그럼요. 잘 지내고 있습니다.'

프로필 사진을 바꿀 때가 지난 것 같다.

'몸무게가 6.5킬로그램만 넘지 않으면 고양이는 그래도 좀 통통한 게 귀엽지요. 그건 그렇고 혹시 호두 아버님께 부탁 하나 드려도 되겠습니까?'

'부탁…이요?'

'○○아파트 1동 거주자가 고양이를 잃어버린 모양입니다. 고양이 집사가 이웃이었던 사람이라 저한테 도와달라고 하는데 제가 요 며칠 지방에 와 있는 상황이지 뭡니까. 인터넷으로 고양이 탐정 몇 명을 찾아서 연락했더니 희한하게 ○○아파트 근처에 사는 사람이 없더라고요. 다들 출장하는 데 두세 시간씩 걸린다고 하고… 허 참. 30분 거리에 사는 사람이 하나 있기는 한데 밤새 수색 작업을 했다면서 먼저 집사가 주변을 찾아보고 있으면 최대한 빨리 오겠다고 했답니다. 고양이 수색은 근접성이 최우선이지 않습니까. 고민하다가 호두 아버님이 생각나더라고요. 지난번 일도 있고….'

관식이 ○○아파트에 살 때, 가끔 밥을 주던 연갈색 길고양이가 얼굴에 큰 상처를 입은 채 사라진 적이 있었다. 고양이를 찾다가 자신처럼 그 고양이를 찾고 있는 노인을 만났다. 쟈니는 일곱 살 수컷이었다. 다른 길고양이에 비해 압도적으로 나이가 많은 노묘.

"다른 고양이에게 밥도 곧잘 양보하는, 심성이 착한 녀석입니다. 뭐 주로 암컷에게 그랬지만요."

쟈니를 먼저 본 사람이 즉시 연락하기로 하고 둘은 전화번호를 교환했다. 이틀 후 노인에게서 전화가 왔다.

"갈 만한 곳은 다 찾아봤는데 안 보이네요. 아이가 거주지를 옮겼나 봅니다. 허 참."

울먹이는 목소리가 멀어져갔다. 관식은 그날 밤 아내에게 먼저 자라고 말한 뒤, 랜턴과 소형 케이지를 챙겨서 조용히 집을 나섰다. 겨울방학이라 그나마 시간 운용이 자유로웠다. 노인의 말대로 노묘가 거주지를 옮겼을까? 만약 그랬다면 어디로 갔을까? 2천 세대가 넘는 단지를 다 뒤질 수도 없는 노릇. 연역적 접근이 필요했다.

조건 1: 쟈니는 노묘다.

조건 2: 쟈니는 얼굴에 심한 상처를 입고 있다.

조건 3: 단지는 광활하다.

어렴풋이 어떤 생각이 떠올랐다. 관식은 노인이 쟈니에게 밥을 주던 곳에 고양이 간식을 놓고 밤새도록 지켜보기로 했다. 밑져야 본전. 쟈니가 오지 않으면 다시 찾아 나서면 된다. 낚시 의자를 놓고 유튜브로 자막 처리된 미드를 세 편째 보기 시작할 때쯤, 저 멀리서 꼬리를 끌고 천천히 다가오는 쟈니가 관식의 눈에 들어왔다. 관식은 간식을 먹는 쟈니 사진을 노인에게 곧바로 전송했다. 주변 지리에 익숙한 노묘가 자신을 노리는 적들을 피해서 주변을 계속 이동했을까. 상대적으로 안전한 아침녘에 자신에게 간식을 주던 노인을 찾아왔다가 번번이 발걸음을 돌려야 했을까. 알수 없다.

노인은 쟈니를 입양했고, 녀석은 생의 마지막 시간을 편안히 보낼 수 있었다.

"걱정이… 크겠네요."

"그 젊은 부인이 우리 쟈니 주라고 간식도 얼마나 줬는지 몰라요. 그러니 호두 아버님이 좀 도와주세요. 부탁해요."

생명을 아낄 줄 아는 사람들이 고통을 받아서는 안 된다. 관식은 자신도 모르게 알았다고 말했다.

"택배 기사가 왔다 간 시간은 2, 3분 정도라는 말씀이죠?"

남자는 굳은 표정으로 고개를 끄덕였다. 배우자로 보이는 젊은 여자는 손에 조그만 사료 봉지를 든 채, 짙은 갈색 소파 끄트머리에 앉아서 앞을 응시하고 있었다. 커다란 프랑스식 창문 옆에는 천장까지 닿을 듯한 캣타워가 있었고, 창문에는 하얀색 방범창이 촘촘하게 설치되어 있었다.

"그 짧은 시간에…."

남자의 입술이 일그러지며 바닥에 주저앉을 것 같은 표정을 지었다. 관식은 차분한 표정으로 고개를 끄덕였다.

"고양이는 사람이 상상도 못하는 속도로 이동할 수 있습니다. 집사분의 잘못이 아니에요."

물론 커다란 상자 여러 개를 집 안으로 들여놓아준 친절한 택배 기사의 잘못도 아니다. 그 기회를 놓치지 않고 사라져버린 고양이의 잘못은 더욱 아니다. 관식은 수첩을 든 채 말을 이었다.

"고양이는 강아지와 달라서 집을 나가더라도 멀리 가지 않습니다. 아직 두 시간이 채 지나지 않았으니 너무 걱정하지 마시고⋯."

"지금 비가 오잖아요. 아파트 단지에 차들도 다니는데⋯ 1분, 아니 1초도 위험하다고요."

관식은 이해한다는 표정을 지었다.

"본격적으로 수색하기 전에 해야 할 일이 있습니다."

남자는 미심쩍은 표정을 지었다. 인터넷에 계정이 공개된 고양이 탐정 중에는 곧바로 올 수 있는 사람이 없어서 울며 겨자 먹기로 지인을 통해 연결된 눈앞의 남자가 영 미덥지 않다는 얼굴이었다. 만약 케이지까지 빠뜨리고 왔다면 곧바로 내쫓겼을 것이다.

"혹시 당근마켓 이용하고 있다면 거기에 자두 사진과 함께 간략한 내용을 올려두시는 게 좋겠습니다. 근처 주민들이 우연히 발견하고 자두 사진을 보내줄 수도 있으니까요. 실제로 도움을 받는 경우도 꽤 있습니다. 밖으로 나가기 전에⋯."

남자가 우는 듯한 표정을 지었다. 여자는 휴대폰을 열어 빠른 속도로 터치하기 시작했다. 국가동물보호정보시스템과 포인핸즈에 등록하는 건 나중에 말하는 게 좋을 것 같았다.

"집 안을 다시 한번 수색해보는 게 좋을 것 같습니다. 넉넉잡아 30분 정도면 충분할 겁니다."

남자의 입에서 한숨이 나왔다.

"저희가 한 시간 넘게 찾아보고 연락드린 거 아시잖아요. 여기가 몇 평이나 될 거 같아요? 문 앞 복도 제외하면 스무 평 조금 넘는 정도라고요. 장롱 속, 심지어는 냉장고 안까지 진짜 집을 거꾸로 들어서 탈탈 털었다니까요. 정 그러시면 저희가 다시 집 안을 볼 테니까 탐정… 선생님은 아파트 주변을 수색해주세요. 아니다, 그것보다 집 안 수색은 아내에게 맡기고 우리 두 사람이 나가보는 게 좋겠네요."

관식은 남자의 눈을 보고 말했다.

"이미 두 분이 집 안을 한 번 보셨으니 이번에는 제가 보는 것이 좋지 않을까 합니다."

"아이참. 다 찾아봤…."

"그래요, 그럼."

여자가 일어서며 말했다.

"집 안은 탐정 아저씨가 살펴보는 게 나을 거 같아. 난 복도를 살펴볼게. 놓친 부분이 있을 수도 있으니까. 당신은 경비 아저씨하고 차 밑 같은 데 살펴보고 있어."

남자는 사료가 든 비닐봉지를 손에 들고는 굳은 얼굴로 문을 열고 나갔다. 여자가 관식에게 말했다.

"집 안에 없으면 어떤 순서로 찾게 되나요?"

방 한가운데 놓여 있는 금속제 사료통이 관식의 눈에 들어왔다. 통에는 고기 사료가 가득 들어 있었다. 고양이 유인책으로 가득 담아놓았을 것이다. 집 안 어딘가에 숨어 있으면 이걸 보고 나올 거라고 생각하면서. 여자집사는 고양이가 밖으로 나갔다고 확실히 믿고 있었다.

"우선 방범 카메라를 확보해서 고양이가 사라진 방향을 알아낸 다음, 해당 방향에서 사라진 지점을 중심으로 작게 반경을 그려서 수색하는 거죠. 발견하지 못하면 반경을 조금씩 넓히는 겁니다. 너무 걱정하지 마세요. 고양이는 멀리 가지 않아요."

여자는 알겠다는 표정을 짓고는 문을 열고 나갔다. 두 집사의 관계 파탄을 막기 위해서라도 녀석을 꼭 찾아야겠다는 생각이 들었다. 관식은 정수기에서 냉수를 한 잔 따라 마신 후, 집 안을 죽 둘러보았다.

정확히 15분 후 관식은 휴대폰을 열어 발신 번호를 눌렀다. 문이 시끄럽게 열리더니 두 사람이 동시에 뛰어 들어왔다.

"어디 있어요?"

관식은 말없이 손가락으로 작은 방 벽에 붙어 있는 커다란 목재 책장을 가리켰다. 여자는 눈물범벅이 된 얼굴로 고개를 갸우뚱했다. 두 사람이 고양이 이름을 부르면서 수없이 그 책장 앞을 왔다 갔다 했을 것이다. 시리즈 만화책 20~30권이 두 무더기로 쌓인 채 책장 맨 아래쪽 앞에 놓여 있었다. 관식의 손가락은 아래쪽의 만화책 더미를 가리키고 있었다. 뭔가를 깨달은 남자 집사가 허리를 숙인 채, 만화책 더미 앞으로 다가갔다. 어디선가 부스럭거리는 소리가 들렸다.

"세상에….""

책장에 책을 꽂을 공간이 없이 책장 맨 아래쪽 앞에 쌓아놓은 만화책 더미와 책장 사이 몇 센티미터도 안 되는 좁은 공간에 노란색 고양이가 숨어 있었다. 고양이의 존재를 확인하고서야 두 사람의 입가에 웃음이 살아났다.

"그렇게 찾아도 보이지 않았는데… 저기 있을 거라고는 정말 상상도 못했어요. 어떻게 저기를 찾아볼 생각을 하셨어요?"

여자가 김이 올라오는 향긋한 머그잔을 관식 앞에 놓으며 말했다. 분위기가 화기애애해지자 고양이는 언제 그랬냐는 듯 좁은 공간을 비집고 나와서 고기가 가득 들어 있는 금속제 사료통에 머리를 들이밀었다.

"고양이는 머리가 들어갈 정도만 되면 어디든 비집고 들어가 몸 전체를 구겨 넣을 수 있는 동물입니다. 다른 곳은 두 분이 충분히 찾아보셨을 테니까 의외의 장소가 될 만한 곳 중 이 집에만 있는 특이점을 찾아보았죠. 조금 지나니까 만화책 더미가 눈에 들어오더라고요. 위에서 내려다보니 꼬리를 말고 책 사이에 딱 붙어 있는 녀석이 보이길래 바로 연락을 드린 겁니다."

"역시 전문가라 다르네요. 하하, 이것 참."

키 182센티미터라는 조건은 뭔가를 찾는 데 분명 유리한 점이다. 이참에 휴직 기간이 끝나면 부업으로 고양이 탐정을 해볼까 하는 생각이 들었다가 이내 꺼졌다. 운 좋게 한두 번 성공한 것을 가지고 어설프게 나섰다가 큰 실패를 맛볼 수도 있다.

남자가 말을 이었다.

"그나저나 자두가 왜 거기 숨었을까요? 겁이 많은 아이라 낯선 택배 기사가 들어와서 숨은 건 그렇다 치고 우리가 그렇게 부르는데도 왜 안 나왔을까요? 다른 사람 목소리도 아닌데 말이죠."

"고양이는 소리에 민감합니다. 아마도 집사님 목소리가 평상시와 많이 달랐을 거예요."

두 사람은 고개를 끄덕였다.

"외부인이 드나들더라도 중문과 현관문 중 하나는 반드시 닫아야 하는데 방심한 게…."

여자의 표정으로 봐서 남편의 자진 신고를 기꺼이 받아들이는 것 같았다. 어쨌건 이웃이었던 노인에게 연락해서 관식을 집으로 부른 건 남편이니까.

사람이 동물을 기르고 돌보는 것은 어김없는 사실이지만 동물이 사람에게 주는 정서적 안정감은 생각보다 깊고도 넓다. 고로 실종된 반려동물은 반드시 찾아야 한다. 사례는 따뜻한 커피 한 잔으로 충분하다. 관식은 두 집사가 다시 찾은 고양이에게 정신이 팔린 틈을 타서 조용히 집을 빠져나왔다.

학창 시절에 집에서 강아지를 기른 적이 있었다. 외국에 살던 숙모가 관식의 여동생에게 선물한 제비라는 이름의 작고 하얀 강아지였다. 그런데 기르기 시작한 지 1년이 채 안 된 어느 날, 제비가 집에서 사라졌다. 녀석이 텃밭을 자꾸 파헤치는 바람에 골머리를 앓았던 어머니가 관식이 친구를 만나러 나간 사이, 마침 집 앞을 지나가던 개장수에게 충동적으로 팔

아버린 것이었다. 운이 좋지 않았다고 할까? 어머니에게 그 이야기를 들은 고교생 관식은 어깨를 한 번 으쓱한 후, 냉장고를 열어 사이다를 꺼내 마시고는 방으로 들어갔다. 어머니는 후회가 되었는지, 다음 날까지 말이 없었다. 여동생은 며칠 동안 훌쩍거렸다. 관식은 곧바로 밖으로 나가 개장수를 찾지 않은 자신을 원망했다. 하얀 강아지는 그렇게 관식의 마음속 깊은 어딘가에 존재의 증거를 남기고 증발했다.

수년이 흘러 겨울방학 때 집에 내려온 대학생 관식에게 어머니가 지역 벼룩신문을 보여주며 말했다.

"요크셔테리어 한 마리 사자. 집에 있으면 좋을 것 같구나."

인터넷도 휴대폰도 없던 시절, 관식은 어머니와 함께 이북 피난민 출신들이 모여 사는 낯선 산동네를 헤맸다. 녀석은 그렇게 산동네 꼭대기 마을의 조그만 방에서 관식의 자주색 파카 안으로 숨어들었다. 집에 도착한 강아지는 온 가족에게 환영을 받았다. 몇 년 전에 내다버린 제비의 환생. 어머니는 눈물이 그렁그렁했다. 엄마와 오빠의 예상치 못한 생일 선물에 여동생은 벌린 입을 다물지 못했다.

짱아는 우리 가족의 전폭적인 지지 속에서 정확히 15년을 살고 자신이 온 별로 돌아갔다. 몸이 아픈 여동생을 대신해 관식이 어머니와 함께 짱아를 뒷산에 묻었다. 몇 년 후 여동생도 세상을 떠났다.

동네 길고양이들을 돌보고 있었으나 집 안에 들이기는 부담스러웠던 관식이 고양이를 기르게 된 건 계획에 없던 일이었다. 아파트 입구 풀숲에서 초라하게 떨고 있는 새끼 고양이를 차마 외면할 수 없었던 건, 그 옛날 사지로 팔려가는 강아지를 구하지 못했던 죄책감과 후회가 마음속 깊은 곳에서 관식에게 신호를 보냈기 때문일 것이다. 좋아하는 것과 함께하는 것은 차원이 달랐다. 관념이 떨어져 나간 자리에 사랑이라는 새살이 천천히 돋아났다. 호두를 기른 지 몇 달이 되지 않아 관식은 한국 대통령에게 개 식용 반대를 요청하는 공개편지를 보낸 프랑스 여배우의 용기에 머리를 숙이게 되었고, 그 옛날 맹자가 말한 측은지심을 논리를 넘어선, 존재의 뿌리 그 자체로 이해하게 되었다.

개 식용 금지 법안 이름을 놓고 여야 신경전

어떤 사람은 소, 돼지, 닭은 먹으면서 개고기를 먹지 말자고 하는 건 위선이며 일관성이 없다고 말한다. 창백한 주장이다. 모든 동물이 인간에게 똑같은 무게의 의미를 지니지 않는 건, 자기 자식을 남의 자식과 똑같이 대하는 사람이 없는 것과 같다. 인간의 생명이 특별하다는 사실을 받아들인다면 인간과 가장 가까운 동물의 생명권을 더 중시하는 게 전혀 모순되지 않는다. 만일 개 식용 금지 법안이 당파적인 이유로 통과되지 못한다면 관식은 국회 앞에서 1인 시위를 벌일 생각이다. 동참할 사람이 적어도 한 명은 더 있겠지 싶었다.

멀리서 파란불이 깜박인다. 아직 늦지 않았으니 달려오라는 듯이. 어림없다. 그래봐야 기다리는 시간은 2~3분 남짓일 뿐. 건너가면 바로 아파트 입구인데 힘들게 오르막길을 뛰어 올라갈 이유가 없다. 관식은 흐르는 구름처럼 천천히 신호등 앞에 도착했다. 그늘 한 점 없는 뙤약볕이다. 버스가 지나가고 신호등이 바뀔 찰나, 방음벽에 붙인 전단지가 관식의 눈에 들어왔다.

우리 삼식이를 찾아주세요.
고양이(수컷 성묘)/ 연한 갈색, 흰색
실종일:2023년 9월 ×일, ××동 ○○○아파트 부근
목줄 없음. 꼬리를 바짝 내리고 다님.

혹시라도 보시면 꼭 연락해주세요(늦은 밤과 새벽에도 괜찮아요).

후사하겠습니다. ㅠㅠ

연락처: 010-××××-××××

    신호등이 파란불에서 빨간불로, 다시 파란불로 바뀌었으나 관식의 눈은 전단지 속 고양이 사진을 그대로 응시하고 있었다. 고양이는 강아지와 달리 산책을 하지 않는 동물이다. 집 안에서 생활하는 고양이를 데리고 나온 게 아니라면… 문단속 실수일 가능성이 크다. 바보 같은…. 관식은 한숨을 내쉬며 휴대폰을 꺼냈다.

    엘리베이터를 타고 내려가면서 2년 전 가을을 떠올렸다. 호두가 사라졌다는 아내의 전화를 받고 출근하던 발걸음을 돌려 집으로 돌아왔던 그날. 온몸의 피가 조금씩 증발하는 것을 느끼며 아내와 고양이를 찾아 헤매던 기억. 어둠 속에서 반짝이던 투명한 두 눈을 보았을 때의 흥분. 친구여, 인생의 카타르시스를 느끼려면 고양이 잃어버리기-찾기 놀이를 해보라. 단 한 번의 경험으로 충분하다. 물론 위험하니 적극적으로 권하진 않는다. 지하 주차장을 벗어나는 관식의 머릿속에 잿빛 고양이가 떠올랐다. 편의점 주변에서 가끔 보이는 녀석인데 건식 사료를 놓고 가면 곧잘 먹어서 집 근처를 산책할 때는 사료와 빈 햇반 그릇을 꼭 챙기게 되었다. 그런데 녀석이 보름 이상 보이지 않고 있다. 길고양이는 수명이 3년을 넘기기 어렵다. 각종 질병과 위험에 노출되어 있기 때문이다. 자기들끼리 싸우다가 다쳐서 죽기도 한다. 사람으로 치면 20대를 넘기지 못하고 생을 마감하는 셈이다. 처음 관식을 만난 날, 잿빛 고양이는 밥을 달라는 뜻인지 관식을 향해 토끼처럼 통통 튀어왔다. 관식은 한없이 밝은 이 녀석에게 통통이라는 이름을 붙여주었다. 세상에서 관식만 부르는 이름. 녀석은 '통통아' 하고 부르면 알아듣은 체를 했다. 관식은 편의점 주변을 유심히 살피며 버스정류장 쪽으로 걸어갔다. 통통이는 보이지 않았다.

진급 시험 실패 이후, 부쩍 올라간 혈압은 관식의 삶의 일부가 되었다. 매일 마시는 한 잔의 커피, 매일 삼키는 한 알의 혈압 약. 장시간의 관찰에 따르면 남쪽 계단에서 아래쪽을 향해 흡연하는 주민이 확실히 없는 시간은 자정 이후다. 관식은 아내와 호두가 잠든 것을 확인하고는 까치발로 방을 나와 하늘색 운동화를 신었다. 밤 산책이 없다면 나는 과연 어떤 삶을 살고 있을까?

200미터 가까이 뻗은 아파트 내 공용도로를 연노란색 라이트가 양쪽에서 환하게 비추고 있었다. 관식은 춤을 추듯 어깨를 들썩이며 도로의 중앙을 천천히 걸었다. 무선 이어폰에서는 비틀스의 '렛잇비Let it be'가 흘러나오고 있었다. 비틀스 노래를 트로트 버전으로 곧잘 불렀던 입사 동기의 얼굴이 떠올랐다. 왕복 달리기를 마친 관식은 아파트 입구 쪽에 선 채로 호흡을 가다듬었다. 새벽 1시. 지금 들어가면 아내가 깨려나. 목이 말랐다. 이 시간에 커피를 마시면 수면에 방해가 되겠지만 휴직 중인데 뭐 어떤가. 새벽 시간에도 절찬 운영하는 소박한 야외 카페를 알고 있다. 관식은 아파트 단지를 벗어나 골목길을 천천히 내려갔다.

사물의 가치는 그것이 놓인 맥락에 의해 결정된다. 그런 의미에서 지금 관식에게 놀이터 구석에서 10년 가까이 버티고 있는 낡은 자판기에서 뽑아낸 커피보다 소중한 음식은 없다.

"음, 맛있다."

관식은 종이컵을 품위 있게 핥으며 침묵 속의 거리를 즐겼다.

목소리가 조금씩 커지고 있었다. 필로티 구조의 빌라 건물 안쪽이었다. 누군가를 찾는 목소리. 떨리는 목소리. 관식은 건물 입구에 멈춰 섰다.

"삼식아, 삼식이 여기 있니?"

관식은 휴대폰 사진첩을 열었다. 삼식이. 낮에 전단지에서 본 녀석. 빌라와 상가 건물 사이의 공간에서 누군가가 나오고 있었다.

"안녕하세요."

새벽 시간에 길에서 이런 식으로 자기소개를 하는 건 예의가 아니지만 그걸 따질 겨를이 없었다. 여인은 뒷걸음질했다. 등에는 배낭형 소형 케이지를 메고 있었다.

"삼식이 집사님이시죠? 낮에 전단지 봤습니다. ○○아파트 주민이거든요."

관식은 과장된 손짓으로 아파트 위쪽을 가리켰다.

"…예…."

"아직도 찾고 계신가 봐요."

여인의 경계심이 살짝 누그러졌다. 아주 젊지는 않지만 그렇다고 장년층도 아닌 애매한 나이. 위험을 감수하고 반려묘를 찾아 나선 여인 집사를 돕지 않는다면 남은 인생을 두고두고 후회할 것이다. 자판기 커피가 유난히 고팠던 이유가 이것이었나. 두 사람은 한 시간 동안 골목을 누볐다.

"탐정님이 분명히 근처에 있을 거라고 예상 동선을 말씀해주셔서 매일 밤 11시, 새벽 2시, 4시에 나오고 있어요. 주로 사람이 다니지 않는 시간에 이동한다고 하더라고요."

실종된 반려묘를 찾기 전에는 어차피 잠을 못 이룰 테니 몸을 움직이는 게 백 번 나을지 모른다. 두 사람은 ○○아파트 입구 계단을 오르기 시작했다. 새벽 2시가 넘은 시각이라 공공 보행로 계단에서 담배 연기를 내뿜는 놈은 보이지 않았다.

"오늘 감사했어요."

여인은 마지막 계단을 밟고는 108동 방향으로 돌아섰다. 누군가 말했다. 인격은 뒷모습에 서려 있다고. 슬프면서도 슬픔에 매몰되지 않은 뒷모습. 집에서 잠시 쉬며 눈물을 떨구고는 마음을 다잡으며 야식을 입에 욱여넣은 후 파이팅을 외치며 케이지를 들고 다시 집을 나설 것이다. 희망과 절망의 상호 밀어내기. 고양이를 잃어버렸다가 52일 만에 집 근처에서 다시 찾았다는 기사를 본 적이 있다. 52일을 생지옥에서 살았다는 이야기다. 이름 모를 고양이 탐정이 포기한 심식이를 관식이 찾을 수 있을까?

"집사님?"

여인이 고개를 돌렸다.

"소개가 늦었습니다만 저도 고양이 찾는 일을 하고 있습니다. 보다시피 이런 복장이라 명함은 드릴 수 없지만요."

애초에 명함은 가지고 있지도 않았다. 여인은 놀란 표정을 지었다.

"괜찮으시다면 제게… 정식으로 의뢰하시겠습니까?"

"저는…."

"105동 10층에 살고 있습니다. 같은 아파트 주민이니 부담 갖지 마시고요."

관식은 실밥이 떨어져 나가기 시작한 조그만 머니클립에서 동과 호수가 선명히 찍혀 있는 주홍색의 입주자 출입 카드키를 꺼내서 여인의 눈앞에 내보였다. 관식의 신분 보증서를 확인한 여인은 입술을 깨물었다. 카드키에 사진이 박혀 있지 않아서일까. 관식은 단호하면서 신중하기까지 한 눈앞의 여인이 어쩌다가 반려묘를 잃어버렸는지 무척이나 궁금해졌다.

"꼭 지금이 아니라도 좋으니까…."

"부탁드려요."

여인은 숨을 길게 한 번 삼키고는 일그러뜨린 입술을 원래 모습으로 되돌렸다.

"우리 삼식이… 꼭 찾아주세요."

삼식이는 여인의 직장인 도서관 근처에서 살던 길고양이였다. 하루 세 끼를 꼬박 챙겨 먹는다고 해서 직원들이 삼식이라는 이름을 붙여주었다. 사람들은 녀석이 언제 나타났는지, 몇 살인지, 심지어 수컷인지 암컷인지도 몰랐다. 도서관 안으로 들어와서는 시원한 바닥에 껌처럼 붙어 낮잠을 즐기기도 했고, 직원에게 애교를 부려 간식을 얻어먹기도 했다. 고양이를 보러 도서관에 오는 초등학생들도 꽤 있었다. 사람을 잘 따르는 고양이였다. 도서관의 어엿한 명예 직원이 겨울을 잘 보낼 수 있게 여인을 포함한 직원 몇 명이 도서관 입구 근처에 고양이 집을 마련해주었다.

그런데 1년이 지난 어느 날 삼식이가 사라졌다. 하루에도 몇 번씩 출근부에 도장을 찍던 녀석이 3일 넘게 나타나지 않자 직원들이 조를 짜서 주변을 살피기 시작했다. 근처 아파트 단지의 풀숲에서 녀석을 발견한 건 여인이었다.

"신장에 문제가 있었어요. 의사는 선천적인 장애라고 하더라고요. 더 이상 길에서 생활해서는 안 되는 상황이었죠. 제가 삼식이를 입양하기로 하고 직원들에게 동의를 얻었어요."

삼식이가 직원들에게 얻어먹은 염분 높은 간식이 독이 되었을 것이다. 관식이 말했다.

"삼식이가 사라졌을 때의 상황을 말씀해주세요."

"도서관 확장 공사 때문에 야근이 잦았어요. 그날도 3일 연속 야근하고 퇴근했는데… 다음 날 평소보다 일찍 출근해야 해서 마음이 무거웠죠. 밤에 음식물 쓰레기를 버리려고 문을 열었는데 배출 카드를 책상 위에 놓고 온 걸 알았죠. 엘리베이터가 올라오는 중이었고요. 한쪽 슬리퍼만 벗은 채 방에 들어가서 카드를 가지고 다시 나올 때까지 10초가 채 안 걸렸을 거예요."

"…"

"쓰레기를 버리고 집에 들어오자마자 그대로 침대에 쓰러져 잠이 들었어요. 삼식이가 사라진 건 다음 날 아침에… 알았습니다."

여인의 눈 아래가 빨개졌다.

"두 시간 동안 집과 건물 내부를 찾아보다가 도서관에 결근 신청을 하고 고양이 탐정에게 연락했어요. 동물보호정보시스템과 포인핸즈에 등록하고, 당근마켓에 올리고 전단지도 붙였어요. 그런데… 5일째 아무 연락이 없네요."

지은 지 겨우 2년이 지난 신축 아파트와 미로 같은 빌라촌 골목은 길 잃은 고양이가 생존하기 좋은 환경이 아니다.

"집을 나온 삼식이를 본 사람이 있었나요?"

"밤에 운동하려고 계단을 걸어 내려오던 주민 한 사람이 봤다고 연락이 왔어요. 건물 입구 우편함 옆 게시판에 전단지를 붙였거든요. 2층과 1층 사이 계단 구석에 갈색과 하얀색이 섞인 조그만 고양이가 앉아 있는 걸 봤다고 했어요. 근처 길고양이가 아파트에 들어온 줄 알고 별생각 없이 지나쳤다고 해요."

여인의 목소리가 떨렸다. 삼식이는 6층에서 계단을 통해 내려왔다. 관식은 잠시 뜸을 들이고는 말을 이었다.

"시간은요?"

"밤 11시 조금 전이었어요. 제가 쓰레기를 비우고 집에 들어온 직후예요."

"건물 밖에서 삼식이가 방범 카메라에 잡혔나요?"

여인은 고개를 저었다.

"관리소장님이 도와주셔서 탐정님과 카메라를 모두 확인했는데 1층의 지상 출입구에서는 삼식이가 보이지 않았어요. 어쩔 수 없이 지하 출입구 카메라도 열어야 했어요."

세 개 층의 지하 출입구는 넓은 주차장으로 연결되어 있다. 관식은 종이컵을 놓고 자리에서 일어섰다.

"직접 확인하는 게 좋겠습니다."

지하 출입구로 내려가는 동안 여인의 눈동자는 쉴 틈 없이 움직였다. 엘리베이터가 열리고 두 사람은 커다란 유리문 앞으로 다가갔다. 유리문 옆에 계단이 보였다. 여인이 천장에 달린 출입구 카메라를 가리키며 말했다.

"보시는 것처럼 카메라가 비추는 각도가 지상보다 조금 위쪽이에요. 사람은 잘 비추지만 문 아래쪽에서 드나드는 작은 고양이나 강아지가 문을 통과해서 방향을 꺾으면 보이지 않을 수도 있겠다고 탐정님이 말하더라고요."

유리문 앞에 다가서자 문이 소리 없이 열렸다. 관식이 혼잣말을 했다.

"그날 밤 11시 이후 지하 출입문으로 드나든 사람이 있었다면…."

문밖으로 나가는 삼식이를 본 사람이 있을까? 여인이 관식의 독백을 받았다.

"방범 카메라를 확인했더니, 그날 밤 11시 23분과 자정 넘어 12시 12분에 각각 지하 2층과 1층 입구가 열렸어요. 두 사람 모두 카드키를 통해 들어왔습니다. 108동 주민이었죠."

얼굴을 확인해도 어디 사는 누군지를 알려면 가가호호 방문해야 한다. 한 층에 네 가구, 총 15층이니까 60가구. 아니 59가구. 관식이 얼굴을 찌푸리고 있을 때, 여인이 휴대폰을 열었다.

"입주민 단톡방이 있어요."

여인은 톡방에 자신이 올린 글과 사진을 보여주었다. 그러고는 공감과 위로의 글들 사이에 있는 두 건의 짧은 글에 손가락을 올렸다. 방범 카메라에 잡힌 두 사람이 올린 것으로 보였다. 삼식이는 그날 밤 지하 1층과 2층 출입구로 나가지 않았다. 그렇다면….

두 사람은 계단을 통해 가장 아래층까지 내려왔다. 지하 3층의 출입문이 활짝 열려 있었다.

"…낭패군."

"삼식이 집을 나가기 전날, 센서에 문제가 생겨 열어놓았다고 하더라고요. 지금까지 이런 상태예요."

유리문 바깥으로 넓게 펼쳐진 지하 주차장이 관식의 눈에 들어왔다. 한낮이지만 한밤중으로 느껴지는 공간. 차는 고사하고 운전면허증도 없는 관식이 평소에 드나들 일이 없는 공간이다. 탐정과 여인은 저 어두운 공간 구석구석을 샅샅이 뒤졌을 것이다. 여인은 등에 멘 소형 케이지의 끈을 조이고 있었다. 관식은 몸을 돌려 입구를 바라보았다. 삼식이가 정말

저 문으로 나갔을까? 관식은 자신의 어리석음에 혀를 찼다.

"계단으로 돌아가서 확인할 게 있습니다."

여인은 휴대폰을 다시 열어 관식에게 사진을 내밀었다. 얼핏 아무것도 없는 땅바닥인 듯했으나 자세히 보니 이등변삼각형 모양의 하얀 털 조각이 눈에 들어왔다.

"탐정님이 그날 낮에 지하 2층과 3층 사이 계단에서 발견한 거예요. 삼식이 털이 맞아요."

역시 탐정은 탐정이다. 관식은 입술을 깨물며 고개를 끄덕였다. 그날 지하 3층 유리문이 열려 있지 않았다면… 고양이의 가출은 아마 실패로 끝났을 것이다.

여인은 길게 한숨을 쉬고는 말을 이었다.

"주차장 안에서 무슨 일을 당하지는 않은 것 같아요. 탐정님과 제가 구석구석 살폈거든요."

주차장 입구 쪽에서 오토바이 한 대가 들어오더니 두 사람을 지나쳐 107동 쪽으로 사라졌다. 길 잃은 고양이에게 어두운 지하 주차장은 칼이 날아다니는 암실과 다름없는 곳이다.

"지하 3층은 107동과 108동 두 동하고만 연결되어 있죠?"

여인은 질문의 의미를 바로 이해했다.

"예. 107동 지하 출입구 방범 카메라도 확인했는데 그날 밤 11시 이후부터 제가 내려왔던 다음 날 아침 7시까지 지하 3층으로 드나든 사람은 오토바이를 타고 온 배달원 한 명이 유일했어요. 탐정님이 전화로 확인했는데 고양이를 본 적은 없다고 했고요."

어려운 수학 문제를 풀 때 기본 원칙이 있다. 먼저 경우를 나누고 접근 가능한 것부터 시작하는 것이다. 삼식이 실종의 경우, 가능한 경우는 세 가지인데, 첫 번째가 삼식이가 지하 주차장 출구로 나가서 빌라촌 어딘가에 있다는 가설이다. 여인이 휴대폰을 뒷주머니에 넣으며 말했다.

"오늘 감사했습니다. 전 이제 출근해야 해요."

"그럼…."

"혹시 좋은 소식 있으면 연락 주세요."

말을 마친 여인은 출구 쪽으로 걸어갔다. 명함도 없는 아마추어 탐정, 아니 탐정 지망생은 입맛을 다시며 여인이 사라진 방향을 바라보다가 주차장 입구 쪽으로 천천히 발걸음을 옮겼다. 이제 두 번째 가능성을 확인해봐야 한다.

입구 오른편에 경비실이 보였다. 자동차가 자주 들어오는 곳이라 고양이가 다니기에 위험하다. 만약 삼식이가 지하 주차장 출구가 아닌 입구를 통해 밖으로 나왔다면…. 관식은 입구 근처의 방범 카메라 위치를 하나하나 확인했다. 탐정과 여인도 이미 아파트 내의 모든 방범 카메라를 확인했을 것이다. 어두운 길을 터벅터벅 걸어가던 고양이는 무슨 생각을 했을까. 관식의 눈에 뭔가가 들어왔다. 108동 건물과 주차장 입구 사이의 조그만 공간이었다. 입구로 올라와서 왼쪽으로 틀면 곧바로 만나는 곳. 안쪽을 보니 잔디밭이 길게 이어져 있고 관목들도 있었다. 만약 삼식이가 저리로 들어갔다면… 방범 카메라에 찍히지 않았을 것이다. 관식의 호흡이 빨라졌다.

"저기요. 선생님."

관식은 몸을 돌렸다. 경비실 직원이 다가오고 있었다.

"실례지만 아파트 주민이세요?"

직원은 하얀 이를 드러내며 말을 이었다.

"그 안쪽은 출입 금지 구역입니다."

관식은 입주민 출입 카드를 보여주었다.

"105동 주민입니다. 저 안쪽 잔디밭도 아파트 공간인데 왜 출입 금지인지…."

젊은 직원은 더없이 친절한 미소를 유지하며 말했다.

"경사면에 지은 아파트라 건물 안정성 때문에 여유분으로 남겨둔 공간이거든요. 저희도 잔디 관리할 때만 한 달에 한 번 정도 들어가는 게 다예요. 잔디하고 관목 대여섯 그루 말고는 아무것도 없습니다."

관식은 고개를 끄덕였다.

"고양이가 사라져서 찾는 중입니다."

직원이 눈을 껌뻑이며 말했다.

"거참. 이틀쯤 전에도 108동 주민분이 같은 말을 했는데…."

관식은 입맛을 다셨다. 그러면 그렇지.

"어떤 남자분하고 같이 찾고 있더라고요. 제가 마침 저 안에서 작업을 하고 나오던 중이었거든요. 셋이 꽤 찾아다녔습니다. 남자분이 여자분에게 아무래도 고양이가 빌라 쪽으로 간 것 같다고 이야기하더군요. 혹시라도 아파트 단지 내에서 하얀색과 갈색이 섞인 고양이를 발견하면 알려주기로 했습니다."

직원이 작업한 이후에 삼식이가 출입 금지 구역에 들어갔을 가능성도 눈곱만큼은 남아 있다. 관식은 손가락으로 잔디 쪽을 가리키며 말했다.

"혹시 모르니까 한 번 들어가봐도 될까요? 10분 안에 나오겠습니다."

직원은 어깨를 으쓱하고는 경비실 쪽으로 발걸음을 돌렸다.

공간은 오른쪽으로 휘어져 길게 이어져 있었다. 안쪽은 생각보다 넓었다. 관식은 잔디의 푹신한 감촉을 느끼며 발아래를 살폈다. 고양이 발자국은 없었다. 전체를 살피는 데 오래 걸리지는 않았다. 잔디밭은 2미터 정도 되는 콘크리트 벽으로 막혀 있었다. 오케이. 발걸음을 돌리려는 관식의 눈에 뭔가가 들어왔다. 땅이 살짝 솟아올라 있었다. 거의 눈에 띄지 않을 만큼의 높이였다. 가까이 가서 내려다보니 잔디를 다시 심은 흔적이 보였다.

몇 년 전 인터넷에서 본 기사가 떠오르면서 관식의 심장이 쿵쾅거리기 시작했다. 청소하느라 잠깐 열어놓은 문으로 고양이가 나갔는데 아파트 건물 밖으로 나온 고양이를 관리인이 돌을 던져서 죽이고 근처에 묻었다가 적발된 사건이었다. 관식은 경비실 직원이 조금 전에 한 말을 상기했다.

'마침 저 안에서 작업하고 나오던 중이었어요.'

아니야. 아닐 거야. 그렇다면 내게 들어가도 좋다고 했을 리가 없잖아. 어쨌든 확인할 필요는 있다. 불룩한 땅이 솟아오르며 고양이가 펄쩍 튀어 올라올 것 같았다. 관식은 손으로 천천히 흙을 팠다. 비닐로 잘 포장된 우유팩이 흙 속에서 모습을 드러냈다. 우유팩 안에는 거즈로 감싼 개구리 사체와 조그맣게 접힌 쪽지 석 장이 들어 있었다. 쪽지에 깨알같이 적힌 글씨는 불쌍하게 희생된 개구리의 명복을 비는 내용이었다. 눈물로 써내려간 편지. 사체를 싼 하얀 거즈에서 따뜻함이 느껴지면서 냇가에서 잡은 개구리를 땅바닥에 패대기치며 놀던 어린 시절이 불현듯 떠올랐다. 세 명의 어린 학생들은 분명, 그 시절 관식보다 성숙한 존재들이다. 아이들은 아무도 가지 않을 장소라 여겨 학교 수업 시간에 해부 실험으로 희생당한 개구리를 그곳에 묻었으리라.

"관리소장님이 협조적이라서 그나마 다행이야. 방범 카메라 확인해보고 애매한 곳은 직접 가서 봤는데, 결론은 아파트 단지 내에서는 삼식이의 흔적을 볼 수 없었다는 거야. 삼식이 집사가 빌라 골목에 주목하는 이유지."

관식은 와인을 마시는 아내를 물끄러미 바라보다가 말을 이었다. 야근한 날이면 꼭 자신에게 주는 선물이라며 한 잔을 마시고야 만다. 호두가 발아래에서 장난감을 따라 바삐 움직이고 있었다.

"당신은 삼식이가 어디 있는 거 같아?"

아내가 와인 잔을 내려놓으며 말했다.

"사람을 잘 따르는 아이였다며."

역시, 아내도 관식과 같은 생각을 하고 있다. 세 번째 가능성.

206

"나도 삼식이가 108동 건물 안에 있을 가능성도 높다고 생각해."

아내는 고개를 끄덕였다.

"삼식이 집사도 같은 생각을 하고 있을 거야. 다만 방법이 없어서 실행 못하고 있겠지. 남의 집에 들어가 수색할 수는 없으니까."

관식의 얼굴이 굳어졌다. 아내가 말했다.

"입주할 때, 관리 사무소에 입주민 서류 낸 거 기억나?"

"응. 그게 왜?"

아내는 난센스 퀴즈라도 내는 가벼운 말투로 말을 이었다.

"서류 작성하면서 당신이 신기하다고 말한 항목이 있는데… 여기 참 좋은 아파트라고 말하면서 말이야."

고개를 갸우뚱하던 관식의 머릿속에서 약한 불이 살짝 들어왔다. 관식은 시간을 확인했다.

"슬슬 나가봐야 할 거 같네. 늦을 테니까 먼저 자."

아내는 어깨를 으쓱했다.

"잘해봐."

가족으로 보이는 갈색 고양이 두 마리가 건식 사료를 담은 커다란 플라스틱 그릇에 머리를 박고 있었다. 관식은 한숨을 쉬었다.

"빌라촌에 길고양이가 이렇게 많은 줄 몰랐네요."

수많은 길고양이가 삼식이 덕분에 야간 간식의 혜택을 보고 있다.

"요즘은 동네 고양이라고 많이 불러요."

도둑고양이에서 길고양이로, 다시 동네 고양이로. 다음에는 뭐로 불릴까. 아니 부를 수 있을까. 관식은 차라리 해당 언어가 사라졌으면 좋겠다고 생각했다. 좋은 의미에서 말이다. 내심 찾고 있는 잿빛 고양이 통통이를 만날 수 있지 않을까 기대했지만 녀석은 보이지 않았다.

한 시간 뒤 두 사람은 아파트로 걸어 들어왔다. 여인은 새벽에 다시 나갈 것이다.

"잠깐 시간 좀 내주세요. 삼식이 관련해서 드릴 말씀이 있습니다."

"예."

두 사람은 108동과 107동 사이에 있는 원형 나무 벤치에 적당히 거리를 두고 앉았다. 자정이 다가오는 시각이었지만 통행로를 비추는 불빛이 은은했다. 다음에 나올 때는 머그잔에 커피를 담고 와야겠다는 생각이 들었다. 관식은 여인에게 낮에 있었던 수색담을 상세히 말했다. 아파트 내에서 그날 삼식이를 본 사람도 카메라도 없다. 관식은 개구리 무덤 이야기를 건너뛰고는 자연스럽게 말을 이었다.

"그렇다면… 108동에 거주하는 누군가가 삼식이를 '보호'하고 있지 않을까 해서요."

"…"

"빌라촌 수색과 건물 내 수색을 동시에 진행하는 건 어떻습니까? 역할을 분담해서 말입니다."

여인이 말했다.

"지하 3층까지 내려온 삼식이가 나가지 않고 다시 계단으로 올라갔을까요? 전 그 부분이 의심스러워요."

"그날 밤에 지하 3층으로 배달원이 왔다고 했잖아요. 유리문 가까이에 오토바이를 세워놓고 배달 음식을 들고 들어갔고요. 어두운 공간에서 들리는 시끄러운 오토바이 소리를 듣고 삼식이가 도로 계단으로 올라갔을 수도 있어요."

여인은 한숨을 쉬었다.

"59가구를 모두 뒤질 수는 없잖아요."

관식은 고개를 끄덕였다.

"맞아요. 가능한 한 줄여봐야죠."

관식은 오른손을 들어 눈앞의 건물을 가리켰다.

"그날 밤 11시에 음식물 쓰레기 버리러 가느라 문을 열었다고 했잖아요. 그 시간에 삼식이가 집을 나왔을 테니 밤 11시 이후에 108동 거주자 중 누군가가 삼식이를 납치해간 것으로 생각할 수도 있습니다."

여인의 표정으로 보아 여기까지는 이미 생각하고 있었던 듯했다.

"두 번째로… 음, 이게 중요한데 만약 계단이나 복도에서 돌아다니고 있는 삼식이를 누가 납치했다면 집에 고양이를 기르지 않던 사람일 가능성이 큽니다. 뭐 어디까지나 가능성입니다. 지금으로선 확실한 게 없으니까요."

"…"

지금부터가 중요하다.

"이 아파트는 지은 지 2년 된 신축입니다. 입주할 때 등록 서류를 관리실에 제출하죠. 거기에….."

여인의 눈이 반짝했다.

"기억나요. 반려동물 체크란이 있었어요. 강아지와 고양이, 그리고 기타 동물의 세 항목이었어요."

관리소장은 이 일에 협조적이다. 사정을 말하고 입주민 등록 서류의 해당 항목을 확인해달라고 하면 협조할 가능성이 있다. 관식이 협조를 요청해야 할 사람이 한 명 더 있다.

"한 가지가 더 있습니다. 물론 앞의 두 가지 추리가 맞는다는 전제가 있지만요."

"뭔가요?"

여인의 목소리가 울렸다. 관식은 주변을 둘러보며 속삭이듯 말했다.

"만약 삼식이를 납치한 자가 고양이를 기르던 사람이 아니라면 삼식이 사료를 새로 사야 할 겁니다. 인터넷으로 주문하면 문 앞에 배송된 상자를 누가 볼 수도 있습니다. 상자에 물품 표기가 되어 있으니까요. 즉 사료를 직접 샀을 가능성이 큽니다. 정리하면 다음과 같습니다."

1. 삼식이 실종된 날 밤 11시 전후로 집에서 나온 사람

2. 입주민 등록 서류에 고양이 체크란이 비어 있는 사람

3. 최근 며칠 사이에 고양이 사료를 산 사람

이 세 가지에 모두 해당하는 사람의 집이 일차 수색 대상이다. 물론 이 추리에는 빈틈이 많다. 우선 그날 밤 11시 전후로 집에서 나온 사람을 확인하기 어렵다. 하지만 그 시간에 1층 출입구로 나오거나 들어간 사람을 확인할 수는 있다. 범인이 집 문을 열고 복도 또는 계단에서 삼식이를 납치한 후 집 밖으로 나오지 않았다면 1번은 무용지물이다. 2번도 문제다. 1년 전 서류를 작성할 때는 고양이를 기르지 않았지만, 그 후에 고양이를 들였을 수도 있기 때문이다. 입주 이후 반려동물을 새로 들인 경우에는 따로 관리실에 신고하지 않기 때문에 여기에도 빈틈이 있다. 3번도 마찬가지다. 사료를 구입한 가게를 어떻게 찾을 것인가.

관식의 말을 듣고 한참 동안 생각하던 여인이 천천히 입을 열었다.

"말씀하신 대로 하나하나 모두 빈틈이 있어요. 그래서 고양이 탐정님도 딱히 이야기하지 않았던 것일 테고요. 그런데 이야기를 듣고 다시 생각해 보니… 세 가지가 모두 '겹치는' 입주민이 있다면 한 번 확인해볼 필요는 있을 것 같아요. 모두 겹치는 것도 어색하기는 하니까요."

빙고, 바로 그거다. 하나하나의 확률은 의미가 없을지 몰라도 그것들이 겹치면 이야기가 달라진다. 불가능을 가능으로 전환하는 곱하기의 힘. 수학 교과서에 '확률곱셈정리'라는 재미없는 이름으로 나와 있는 무서운 개념. 삼식이를 찾기 위해서 지금 할 수 있는 일을 다 하지 않는다면 후회와 눈물의 바다에 잠긴 채, 신선한 공기와 차단되어 평생을 살아갈 수도 있다. 두 사람은 아침 7시에 관리실 입구에서 만나기로 하고 헤어졌다.

먼저 방범 카메라를 통해 삼식이 실종 추정 시각인 밤 11시경에 108동 건물을 드나든 사람들을 확인했다. 모두 열 명이었다. 다음으로 해당 시

간의 엘리베이터 내 카메라와 연동해 그중 아홉 명이 엘리베이터를 타고 내린 층수를 확인하고, 엘리베이터 안팎으로 드나드는 각도를 분석해 몇 호에 사는 사람인지 추측했다. 한 층에 네 가구가 있는데 두 가구씩 반대 방향에 위치하기 때문에 엘리베이터를 타거나 나가는 방향을 보면 어느 집에 사는지 50퍼센트의 확률로 알아맞힐 수 있었다. 한 명은 계단을 통해 올라갔는지 엘리베이터를 타지 않았다. 소장은 본인이 입주 서류를 확인해서 가부만 알려주는 조건으로 두 사람의 부탁을 수용했다.

집이 확인된 아홉 명 중 입주 시 고양이를 기르지 않은 사람은 일곱 명이었다. 압축률 77.8퍼센트. 그리 훌륭한 성적은 아니다. 두 사람은 관리실을 나왔다.

관리실에서 나오는 여인의 표정이 어딘가 불편해 보였다. 관식은 여인의 얼굴에서 뭔가를 느꼈으나 굳이 묻지 않았다. 여인은 108동 건물을 한번 올려다보고는 조심스럽게 말했다.

"저… 자리를 옮기는 건 어떠세요?"

애매한 시간대라 카페 안은 한산했다. 수예 동아리 회원들로 보이는 네 명의 여인이 큰 탁자에 앉아서 커피를 마시며 평화롭게 갖가지 색상의 수예를 하고 있었고, 창문 쪽 끄트머리에는 직장인으로 보이는 남성이 이어폰을 귀에 꽂은 채, 심각한 표정으로 노트북 화면을 들여다보고 있었는데 눈과 입의 각도로 보아 걸그룹 동영상이 분명했다.

"아까 확인하지 못한 사람이 한 명 있었죠?"

자리에 앉자마자 여인이 입을 열었다.

"예. 엘리베이터를 타지 않고 계단으로 올라간 사람이 한 명 있었습니다."

"누군지 알 거 같아요."

관식은 커피를 한 모금 마시며 여인이 한 말의 의미를 생각했다. 혹시 지인? 아니다. 어느 누구도 지인을 알 거 '같다'고 표현하지 않는다. 같은 동 주민이니 오가다 우연히 한두 번 대화를 나눈 사이? 그것도 어색하다.

알 거 같다는 것은 사람이 아니라 상황에 대한 표현이다. 그렇다면…!

"실종 다음 날, 삼식이를 봤다고 전화한 사람이 있다고 하셨죠? 계단에서 봤다고 한 거 같은데…."

여인은 대답 대신 한숨을 쉬었다.

"통화할 때는 몰랐는데 지금 생각해보니까 확실히 자연스럽지 않아요. 그 여자분이 고양이를 봤다고 하면서 이상한 말을 했거든요."

관식은 참고인 진술을 듣는 형사의 표정으로 깍지 낀 손을 앞에 놓고 여인의 말을 경청했다. 여인은 냉수를 한 모금 마시고 말을 이었다.

"기른 지 얼마나 되는 고양이냐고 물어보더라고요."

"…"

"길에서 데려온 아이라고 말해줬어요. 그래서 나갔을 수 있다고. 신장이 아픈 아인데 걱정이라고도 말했고요."

여인은 남은 냉수를 한 번에 들이켜고는 탁자에 조용히 내려놓았다. 화가 나면 물결처럼 차분해지는 동료의 얼굴이 떠올랐다.

그녀는 매일 밤 10시에 건물을 나와서 커뮤니티 센터 헬스장에서 한 시간을 보낸 후, 집에 들어가는 생활을 해오고 있었다. 아침에 출근할 때는 엘리베이터를 이용했기 때문에 그녀가 504호 입주민임을 아는 데 큰 어려움은 없었다. 관리소장에게 확인한 바에 따르면 504호의 입주 서류 반려동물 체크란은 비어 있었다. 관식은 그날 저녁부터 근처 동물병원들을 방문해 습식 사료 캔을 사면서 최근에 고양이 신장 치료용 사료를 구입한 사람이 있는지 슬쩍 물어보았다. 그러던 중 지하철역 근처의 24시간 병원에서 한 직원이 사흘 전에 KD 습식 사료 63개(병원 재고 전체 물량)를 모두 사간 사람이 있다는 사실을 확인해주었다.

"한 번에 모두 다요?"

치아 교정기를 착용한 간호사가 기억난 듯 밀했다.

"몇 달 만에 사료가 들어온 날이거든요. KD 사료는 공급이 원활하지 않은데, 운이 좋은 분이었죠. 백팩에 상자 두 개를 넣고 양손에 한 상자씩 들고 갔어요. 배달해드린다고 했는데…."

관식은 과장된 표정을 지었다.

"병원에서 배달도 해주나요?"

오늘 아침에 고등학교를 졸업한 것 같은 간호사는 생글거리며 관식의 말을 받았다.

"근처 사는 주민한테는 퀵으로 배송해드리고 있어요. 일정 금액 이상이고 오후 5시 이전에만 가능해요. 거의 마감 시간이라 말씀드린 건데 거절하시더라고요."

관식은 동물병원을 나오며 고양이 탐정 명함을 꼭 만들어야겠다고 다짐했다.

그로부터 약 30분 후 관식은 백팩을 메고 양손에 커다란 비닐을 든 지친 표정의 용의자가 지하 3층 엘리베이터 입구로 들어서는 모습을 확인했다.

여인은 504호 벨을 지그시 눌렀다. 야외용 모자에 마스크를 쓰고 플라스틱 대롱이 연결된 노란색 병을 든 채였다. 문이 열렸다.

"안녕하세요. 아파트 소독 건으로 관리실에서 나왔습니다."

용의자는 고개를 갸우뚱했다.

"안내방송이 없었는데…."

"소독은 상시로 하는 업무라서요. 화장실 두 군데에 해드릴 거고요. 추가로 원하시는 곳 있으면 해드리고 있습니다. 2~3분이면 됩니다."

용의자는 알겠다는 표정으로 문을 열었다. 한 층 위에 있는 여인의 집과 같은 구조의 문이었다. 그래. 그날도 이렇게 문이 열렸을 것이다.

일은 금방 끝났다. 여인은 대롱을 병에 고정하며 말했다.

"집 안에 반려동물 키우시죠?"

용의자가 어색한 웃음을 짓자 여인은 진지한 표정으로 말을 이었다.

"화장실 배수구에 약을 뿌렸거든요. 고양이가 거길 핥을 수 있으니까 조심해야 합니다. 앞으로 세 시간 정도는 화장실 문을 닫아놓으세요."

용의자는 대답하지 않았다. 여인은 거실을 둘러보았다. 다른 두 개의 방과 달리 안방 옆의 작은 방이 닫혀 있었다.

"저도 고양이 좋아하는데 혹시 좀 볼 수 있을까요?"

"고양이… 안 길러요."

"그럼 이건 뭐죠?"

여인은 용의자의 실내복 바지를 가리키며 말했다. 청색 바지 아래쪽에 하얀 털이 덕지덕지 붙어 있었다. 용의자가 당황한 표정으로 바지의 털을 털어내는 동안 여인이 휴대폰을 열어 번호를 터치했다. 몇 초 지나지 않아 전화벨 소리가 울렸다.

"역시, 당신이었군요. 그날 우리 삼식이를 목격했다고 나한테 전화한 사람, 맞죠?"

용의자는 그제야 자신 앞에 서 있는 사람이 누군지 이해한 얼굴이었다. 주인의 얼굴이 작은 방으로 향하는 순간, 여인이 재빨리 달려가 문고리를 잡았다. 문은 잠겨 있지 않았다. 여인은 액체가 든 병을 한 손에 든 채, 대롱을 용의자 쪽으로 향하며 말했다.

"더 다가오면 얼굴에 쏠 수도 있어요."

용의자는 포기한 듯, 거실 바닥에 천천히 주저앉았다.

"그 안에… 있어요."

여인은 고개를 끄덕이고는 한 손을 용의자 방향으로 향한 채, 나머지 손으로 조용히 그리고 천천히 문을 열었다.

삼식이가 쿠션 위에 있었다. 여인은 곤히 잠들어 있는 녀석에게 다가갔다. 창문 옆 나무 선반 안에 습식 사료 캔 수십 개가 쌓여 있었다. 여인이 바닥에 앉자 삼식이가 야옹 소리를 내며 일어나서 여인 쪽으로 달려왔다.

여인의 손이 얼굴에 닿기 직전, 삼식이의 귀가 아래로 누웠다. 여인의 눈에서 눈물이 솟구쳤다.

　그날 운동을 마치고 계단을 걸어 올라오는데 1층과 2층 사이 공간에 고양이가 웅크리고 있었어요. 길고양이가 아파트 안으로 들어온 줄 알았죠. 아파트 주민이 잃어버린 거라는 생각은 못했어요. 쓰다듬는 저를 피하지 않는 걸 보고 길고양이가 아닐 수도 있겠다는 생각이 살짝 들기는 했지만…. 집에 도착해 문을 열었는데 언제 따라왔는지 고양이가 저보다 먼저 집 안으로 쌩 들어갔어요. 밝은 곳에서 보니까 너무나 귀여운 고양이였죠. 그때 제가 마음을 정한 거 같아요.
　이 아파트로 이사 오기 전에 어머니와 함께 살았거든요. 입주를 석 달 남기고 암으로 돌아가셨어요. 당첨되었다고 앞으로 좋은 일만 생길 거라고 그렇게 좋아하셨는데….
　범인의 목소리가 잦아들었다. 혼자 사는 텅 빈 집에 선물처럼 나타난 새 가족.
　"삼식이 주인이 아파트 입주민이라는 건 전단지를 보고 알게 된 건가요?"
　관식의 물음에 범인은 고개를 끄덕였다.
　"정말 어이없을 정도로 황당하고 나쁜 생각이란 걸 알아요. 앙금이, 아니 삼식이는 며칠 만이라도 함께 있고 싶을 만큼 사랑스러운 아이였죠. 그래서…."
　"목격자인 척하면서 떠본 거군요. 만약 삼식이가 주인 없는 길고양이라면 죄책감이 덜할 테니까. 덤으로 삼식이에 관한 정보도 얻고 말이죠."
　범인은 말없이 고개를 끄덕였다. 탁자 옆 케이지 안에서 삼식이가 신기한 듯 세 사람을 쳐다보고 있었다.
　"믿지 않겠지만 몇 번이고 휴대폰을 열었다가 닫았어요. 내일은 데려다

주자. 내일은 꼭. 그런데 퇴근하고 집에 와서 아이의 얼굴을 보면…."

전혀 이해가 안 되는 건 아니지만 그래도 이건 명백히 절도인 거 아시죠, 라는 말이 관식의 목구멍까지 올라왔다.

"정말 죄송해요. 절 신고하셔도 달게 받겠…."

"그 병원에 KD 사료가 있다는 건 어떻게 아셨어요?"

"…"

"구하기 어려운 사료예요. 저도 못 구해서 CD 사료를 대신 주고 있었는데 그 병원에 사료가 있다는 사실을 어떻게 알았는지 궁금해요."

범인이 대답했다.

"고양이 신장 치료에 그 사료가 좋다는 건 여러 자료를 통해 알았어요. 온라인 마켓에서는 도무지 찾을 수 없어서 근처에 있는 동물병원을 전부 돌기로 했죠. 역 근처에서 시작했는데 여섯 번째였나. 그 병원에 재고가 있었어요. 구하기 어려운 사료라서 최대한 많이 샀고요."

여인은 또렷한 목소리로 말했다.

"아까 삼식이를 다른 이름으로 부르셨죠? 돌려줄 생각이었다면서 굳이 이름까지 새로 지은 걸 제가 어떻게 생각해야 할까요?"

범인은 평온한 표정으로 대답했다.

"어머니가 팥을 좋아하셨어요. 정확히는 팥앙금이요. 그래서 며칠 동안 앙금이라고 불렀어요. 다른 뜻은 없지만 좋지 않게 생각하셔도 할 말이 없습니다. 정말 죄송합니다."

"용서해주기로 했다고? 삼식이 집사가 마음이 넓은 분이네."

아내가 주스 잔을 집어들며 말했다.

"용서 정도가 아니라 원하면 언제든지 집사 집으로 와서 삼식이를 볼 수 있게 해줬어. 역시 우리나라 사람들은 감수성이 풍부한 거 같아. 뭐 어머니 이야기를 듣는데 나도 조금 짠하더라고."

아내는 고개를 저었다.

"관계가 아예 없다고는 못하겠지만 절도 행위를 용서한 이유는 아마 그게 아닐 거야."

관식은 아내가 사과주스를 다 마실 때까지 기다렸다가 말했다.

"…신장 치료 사료?"

아내는 고개를 끄덕였다. 관식이 곧바로 반론을 폈다.

"하지만 난 오히려 그 부분이 이해가 안 됐거든. 캔을 모두 쓸어 담아왔다는 사실이 말이야."

아내는 재미있다는 표정을 지었다. 범인이 캔 63개를 싹쓸이했다는 사실과 삼식이를 돌려주려고 했다는 주장이 서로 배치된다는 것은 관식이 여인에게 차마 말하지 못한 부분이었다. 그런데 아내는 지금 상황을 관식과 정반대로 이해하고 있다.

"캔을 몇 개 샀는지는 그리 중요하지 않아. 그 많은 동물병원을 찾아다녔다는 게 중요하지. 삼식이 집사가 그 대목에서 뭔가를 생각하지 않았을까?"

관식의 입에서 한숨이 나왔다. 스스로를 논리적이라고 생각하지만 항상 결정적인 대목에서 어긋난다. 그래, 그렇다. 집사에게도 범인에게도 가장 중요한 건 삼식이의 건강과 행복이어야 하니까. 자신에게 한 수 가르쳐준 범인에게 여인이 보답하지 못할 이유는 없다. 관식은 어깨를 으쓱하고는 랜턴과 사료를 챙겼다.

"이 밤에 또 어디 가? 삼식이 찾았잖아."

"그건 604동 주민 이야기고. 내가 찾는 녀석은 따로 있거든."

여인이 집에서 기르던 고양이가 삼식이라면, 통통이는 관식이 밖에서 기르는 고양이다. 탐스러운 잿빛 털에 호리호리한 몸매. 비바람이 우산을 뒤집던 날, 물이 뚝뚝 떨어지던 편의점 지붕 아래에서 커다란 눈망울로 관식을 쳐다보던 그 녀석이 눈물 나게 그리워졌다. 어디서 무엇을 하건 살아만 있어라. 아파트 단지를 벗어난 관식은 늠름한 표정으로 빌라촌 골목의 불빛을 향해 성큼성큼 걸어갔다. 신생 고양이 탐정 주관식의 분투는 이제부터 시작이다.

장우석 2014년《계간 미스터리》봄호에 〈대결〉로 등단한 후, 〈안경〉, 〈파트너〉, 〈인멸〉, 〈특별할인〉, 〈인과율〉, 〈공짜는 없다〉 등의 단편을 지속해서 발표했다. 〈대결〉은 2017년에 영화화되어 제19회 국제여성영화제 본선에 진출하기도 했다. 단편집 《주관식 문제》와 대중을 위한 수학 교양서 《수학, 철학에 미치다》, 《수학의 힘》, 《내게 다가온 수학의 시간들》, 《수학을 포기하려는 너에게》를 출간했다.

장편소설

탐정 박문수
—성균관 살인사건 ③

백휴

추리소설가 겸 추리문학 평론가. 서강대 철학과와 연세대 철학과 대학원을 졸업했다. 《낙원의 저쪽》으로 '한국추리문학상' 신예상, 《사이버 킹》으로 '한국추리문학상' 대상을 수상했다. 추리소설 평론서 《김성종 읽기》와 《추리소설은 무엇이었나?》, 〈꿉진성 최인훈 브라운 신부〉, 〈레이먼드 챈들러, 검은 미니멀리스트〉 등 다수의 추리 에세이를 발표했다. 2020년 철학 에세이 《가마우지 도서관 옆 카페 의자》를 펴냈다.

17

박문수, 위기에 빠지다

"선비님! 선비님!"

혼곤한 의식 속에서 가까스로 눈을 떴다. 박문수의 몽롱한 시야에 희끄무레한 것이 보였다.

"유종이에요. 절 알아보시겠어요?"

그제야 희끄무레한 것이 형체를 잡아갔다. 그것은 연 낭자의 얼굴이었다.

박문수가 알아보자 연 낭자는 기쁨을 감추지 못했다. 기쁜 것은 연 낭자만이 아니었다. 그녀가 살아 있음을 확인한 박문수 또한 뛸 듯이 기뻤다.

"아, 살아 있었군요. 정말 고맙습니다. 죽지 않고 살아주어서 정말 고맙습니다."

그 말에 감정이 복받쳤는지 연 낭자가 훌쩍이기 시작했다.

박문수는 연 낭자를 가볍게 품으며 위로해주었다. 그녀가 얼마간 진정되자 박문수는 뒤늦게 피부 감각이 살아나면서 뒤통수에 통증을 느꼈다. 손을 대니 피가 뒷머리에 엉겨 붙어 있었다. 두통이 관자놀이를 타고 아래턱까지 내려왔다.

"여기가 어딥니까?"

"저도 모르겠어요… 괜찮으세요?"

연 낭자의 목소리는 쉰 데다 몹시 가라앉아 있었다.

"견딜 만합니다."

"어떻게 된 일이에요?"

"그건 내가 묻고 싶습니다."

"밥집에서 늙은 선비를 봤어요. 우리 과천 주막에 이문환 선비와 동행했던 바로 그 선비 말예요. 박 선비님이 잠깐 볼일을 보러 갔을 때 막 식사를 마치고 나가는 중이었어요. 그래서 지도 모르게 뒤따라갔는데… 아주 멀리까지 걸어 도성 안에 이르더니 놀랍게도 우리가 양 소사를 만나러 찾아갔던 바로 그 도살장으로 들어갔어요."

"세 명의 사내가 소를 잡던 그 집 말입니까?"

"네, 집 밖에서 서성이는데 누군가가 뒤에서 저를 감싸 안더군요. 다음 순간 목덜미에 충격을 느끼며 잠시 정신을 잃었는데 깨어나 보니 여기였고요."

"나 또한 비슷한 상황에서 당했습니다."

박문수는 홍귀남과 홍순남 그리고 홍나미에 관해 설명했다. 둘이 얘기를 맞춰보니 홍나미에게 공범이 있는 것은 분명했다. 또한 홍나미의 말과 달리 홍나미와 늙은 선비는 다른 인물일 가능성이 높았다.

대체 그 늙은 선비는 누구일까? 홍나미는 모든 것을 털어놓는 상황에서조차 하석기를 죽인 이유를 납득할 수 있게 설명하지 못했다. 적어도 홍나미의 입장에서는 하석기를 죽일 동기가 없었다는 뜻이 된다.

늙은 선비는 바로 그 설명되지 않는 부분을 명쾌하게 해명해줄 존재일까?

여러 가지 의문이 꼬리를 물고 떠올랐지만 이제 부질없는 일이 되고 말았다. 당장은 여기서 살아 나가는 문제가 절실했다.

박문수는 산발이 된 머리칼을 정돈하며 주변을 찬찬히 둘러보았다. 사방이 막힌 토굴이었다. 기름등잔이 두 군데 켜져 있어 어둡지는 않았다. 허리를 굽혀야 드나들 수 있을 정도의 작은 문이 입구에 달려 있었다. 소리를 질러봤자 밖에선 들릴 것 같지 않았다.

그런 눈치를 챘는지 연 낭자가 말했다.

"목청이 터지라 소리쳐 봤자 소용없어요. 아무도 와주질 않아요. 그래서 제 목도 쉴걸요."

"먹을 것도 안 주나요?"

연 낭자가 갇힌 지 며칠이 되었기에 한 말이었다.

"하루 한두 번 죽은 가져다줘요."

"누가 죽을 가져오나요?"

"그 사람이요. 큰 망치로 소 정수리를 내려치던 사람."

"혹시 그자 이름을 부르는 소리를 들었어요?"

"언년이 아비라 부르는 것 같았어요."

"언년이 아비라… 그자가 연루됐다면 여기가 반촌일 가능성이 높군요. 반촌은 외부 사람이 함부로 들어올 수 없는 곳이니 비교적 이목을 걱정하지 않고 가둬둘 수 있을 테니까요."

그때였다. 발소리가 나더니 문 밑의 배식구로 식사가 디밀어졌다. 쉰 김치가 담긴 죽사발에 숟가락 두 개가 꽂혀 있었다.

박문수는 일어나 문을 두드렸다.

"이봐, 이봐! 홍나미를 만나게 해줘! 그 여자에게 할 말이 있다고!"

발걸음을 멈추는가 싶더니 굵직한 사내의 목소리가 들려왔다.

"입 다물고 있어. 하루라도 더 살고 싶으면….”

"넌 누구냐?"

"입씨름하고 싶지 않아. 입 다물어!"

"자네 언년이 아범이지?"

말이 떨어지기가 무섭게 발소리가 다가오더니 자물쇠를 여는 소리가 났다. 곧 문이 벌컥 열리면서 사내가 들어왔다. 바로 그 백정 사내였다.

사내는 다짜고짜 주먹과 발로 박문수를 두들겨 패기 시작했다. 워낙 기습적인 데다 부상으로 방어할 체력이 고갈된 박문수로서는 속수무책으로 당할 수밖에 없었다.

사내는 완력이 대단했다. 옆에서 연 낭자가 팔뚝에 매달려 말리려고 애썼지만 꿈쩍도 하지 않았다. 오히려 떠미는 힘에 밀려 연 낭자까지 구석으로 내동댕이쳐지고 말았다.

사내는 어지간히 분풀이하고 나서야 밖으로 나갔다. 자물쇠를 거칠게 채우는 소리가 난 뒤 발걸음이 멀어져갔다.

박문수는 짚 더미 위에 쓰러져 실신하고 말았다. 코가 깨졌는지 얼굴이 온통 피투성이였다.

"도와주세요! 도와주세요! 제발."

당황한 연 낭자가 밖에다 대고 소리쳤다. 그러나 아무리 소리쳐 불러도 대꾸가 없자 연 낭자는 제풀에 지쳐가기 시작했다. 나중에는 기력을 잃은 채 도와달라는 말을 입안에서 중얼거리고만 있었다.

이윽고 그녀는 박문수의 상체에 고개를 묻고 미동조차 하지 않았다.

얼마나 지났을까. 밖에서 떠들썩한 소리가 들려왔다. 여자가 사내를 나무라는 소리 같았다.

연 낭자가 고개를 들었다. 홍나미가 탕약과 약제를 가지고 들어왔다. 홍나미는 손수 박문수를 치료해주었다.

다음 날, 아침 식사 때 홍나미가 다시 들어왔다.

"어제 일은 사과드립니다. 제 뜻은 아니었어요."

병 주고 약 주고가 따로 없었다.

"우릴 어쩔 셈이오?"

박문수가 말했다.

"그건 선비님 하기 나름이에요. 성균관으로 돌아가셔서 격문檄文을 붙여주세요. 홍귀남이 죽은 것은 성균관의 노론 탓이라는 내용을 넣어서 말이에요."

박문수는 속으로 누구보다도 하색장 전수길이 좋아할 일이라고 생각했다. 그러나 그로서는 선뜻 받아들일 수도, 거부할 수도 없었다. 그것은 자신의 능력을 크게 벗어나는 정치적인 문제였다. 정치적인 문제라는 것은, 홍나미의 말처럼 노론이 홍귀남을 죽음으로 몰고 간 것이 진실이라 하더라도, 그 진실에 대한 관심보다는 소론이 노론에게 정치적 공세를 퍼붓기 위한 방편이자 구실로 이해되어, 소론 전체가 진흙탕 싸움에 말려들 소지를 안고 있기 때문이었다. 그런 점에서 홍나미의 요구를 받아들이는 것은 무모하기 짝이 없는 일이었다. 반대로 거부한다면, 두말할 필요 없이 여기서 빠져나가지 못하고 죽을 것을 각오해야만 했다.

"왜 그런 엄청난 일을 하려는 거요?"

박문수는 충분히 짐작하면서도 시간을 벌기 위해 물었다.

"큰오빠의 억울한 죽음을 세상에 알리고 싶어요. 법문에 의탁해 진실을 가릴 수 없는 이유는 지난번에 말씀드렸고요."

"이미 당신이 생각하는 원수를 죽였는데 그렇게까지 할 이유가 있소?"

"권호철과 이문환뿐만 아니라 그 사건을 처음부터 묻히게 했던 세력에게도 일격을 가하고 싶어요."

"그 분한 마음은 충분히 이해하오. 하지만 그런다고 해서 세상이 달라지진 않소. 안 그래도 희빈 장씨의 원자 문제로 얼마 못 가 피바람이 불 것이라고 하는데, 격문은 세상을 시끄럽게만 할 뿐 당신을 결코 만족시켜주지 못할 것이오."

"소론인 선비님이 이렇게 말씀하시다니 실망스럽군요."

"나로선 그렇게 말하는 당신이 실망스럽소. 큰오빠인 홍귀남이 왜 권당을 하지 않고 식당에 나가 도기를 찍었겠소. 홍귀남이야말로 노론이기 때문에 무조건 노론을 지지하는 것이 아니라, 사안에 따라 양심을 걸고 해야 할 것이 있고 거부할 것이 있다고 생각한 게 아니겠소? 시류에 합류하거나 대세에 묻어가는 것이야말로 가장 손쉬운 일이었겠죠. 한데 홍귀남은 그것을 온몸으로 거부하다가 죽음을 맞이한 거요. 당신이 큰오빠의 그런 마음을 조금이나마 헤아린다면 어떻게 노론과 소론의 갈등을 부추기는 일에 무모하게 뛰어들 수 있느냐 말이오. 노론 측이 홍귀남의 죽음을 제대로 조사하지 않고 묻어두려고 했던 것도 따지고 보면 소론의 공격을 당할까 봐 우려한 측면이 없지 않소. 오해 마시오. 그렇다고 내가 그걸 두둔하자는 게 절대 아니니까. 요는 이렇소. 홍귀남이 바로 그 갈등의 희생양이라면 그 갈등을 해소하려다 죽임을 당한 오빠의 귀감을 본받는 것이 오빠를 위하는 일이지 어찌 그 갈등을 증폭시키는 것이 오빠를 위하는 일이라고 할 수 있겠소? 홍 소사의 뜻이 정 그러하다면 하색장 전수길에게 모든 정보를 주시구려. 그럼 쌍수를 들고 환영할 것이오."

그 제안은 승부수였다. 홍나미의 마음을 움직이지 못한다면 도리어 화근이 되어 돌아올 터였다.

박문수를 물끄러미 바라보던 홍나미의 눈가에 얼핏 이슬이 맺힌 것 같았다.

"알았어요. 선비님의 뜻이 정 그러하다면 말씀대로 하색장 전수길에게 알아보지요."

풀이 죽은 홍나미가 나가고 난 후 박문수는 연 낭자를 마주하기가 민망했다. 결국 말도 못하고 끝나버렸지만, 그 조건을 들어주면 홍나미는 최소한 연 낭자를 살려주겠다는 제안을 했을 터였다. 그 기회가 무산된 것이 아닌가 하는 미안한 생각에 연 낭자를 마주 보기가 편치 않았던 것이다.

그런 마음을 읽었는지 연 낭자는 아무 일 없을 거라고 박문수를 위로해 주었다.

그러는 가운데 며칠이 지났다. 하루 두 번 아침저녁으로 먹을 것을 넣어 줄 뿐 어떤 요구도 하지 않았고 어떤 말도 들으려고 하지 않았다.

박문수는 하루하루 초조해졌다. 원래 건강한 몸이었던 만큼 부상은 거의 다 회복되었지만, 이제 불안과 걱정으로 심란한 마음을 떨칠 수가 없었다.

그러던 어느 날이었다. 그날따라 저녁밥이 들어오지 않았는데, 한참이 지나서야 문을 여는 소리가 났다.

예의 그 백정 사내가 들어왔다. 박문수를 잔뜩 경계하는 표정으로 손에는 큼직한 칼까지 들고 있었다.

그는 먼저 박문수를 제압해 양손을 뒤로 묶고 입에 재갈을 물린 다음 눈까지 천으로 가려 묶었다. 연 낭자에게도 똑같이 묶고 눈가리개를 씌웠다.

"우릴 어디로 데려가는 거요?"

박문수가 그렇게 물었는데, 제대로 된 소리가 아니라 어버버 하는 소리로 들렸다.

사내는 대답하지 않았다.

박문수와 연 낭자는 밖으로 끌려 나갔다. 그들은 아무 저항도 하지 못한 채 시키는 대로 묵묵히 따라 걸었다.

몇 번에 걸쳐 문턱을 넘는 것으로 보아 집 밖으로 나가는 것 같았다. 한동안은 폐쇄된 공간에서 벗어난 것만으로도 속이 탁 트여 살 것 같은 기분이 들었다. 그러나 그런 시원한 기분도 잠시, 불길한 예감에 그들의 발걸음은 무거웠다.

야심한 시각인 듯했다. 인적이 끊긴 길은 개 짖는 소리조차 들리지 않아 말할 수 없이 적막했다.

그들을 끌고 가는 사람은 두 명이었다. 길 위에는 그들이 걷는 소리만이 사박사박 들릴 뿐이었다.

걸을 때마다 연 낭자의 불안한 숨소리가 들려왔다. 덩달아 박문수의 불안도 가중되었다.

그는 무기력하게 따라가 개죽음을 당하느니 중간에 도망쳐야 한다고 생각했다. 하지만 그가 조금이라도 처지는 기색이 보이면 옆구리에 칼이 들어왔다.

"허튼짓하면 끝장이야!"

사내의 엄중한 경고에 박문수는 끝내 허점을 파고들지 못하고 그들의 목적지에 도착했다. 막바지에 이르러서 언덕길을 꽤 올라간 것으로 보아 산 중턱쯤 되는 것 같았다.

바람이 나무 이파리를 뒤흔들며 계곡 깊은 곳으로 지나가는 소리가 들려왔다. 밤이라 그런지 온몸에 오소소 한기가 돋았다.

"여기서 꼼짝 말고 있어!"

잠시 뒤, 무슨 연유에서인지 사내들이 잠시 자리를 피하는 소리가 들려왔다.

박문수는 연 낭자 옆으로 비싹 다가갔다. '지금이 도망칠 다시없을 기회요!'라고 말했는데, 재갈 때문인지 연 낭자는 알아듣지 못했다. 설사 알아들었다 쳐도 과연 양손이 뒤로 묶이고 앞을 보지 못하는 상황에서 얼마나 달아날 수 있을지 의문이었다.

이러지도 저러지도 못하고 있는데, 사내 하나가 허둥지둥 돌아왔다. 사내는 그들을 계곡 밑으로 데려간 뒤 재갈을 풀어주었다.

그곳에는 모닥불이 피워져 있었다.

"추운데 불이나 쬐라."

그렇게 말해놓고 사내가 모닥불 가에 털썩 주저앉는 소리가 들렸다.

"배고프지? 고구마와 감자도 가져왔다. 어서 거기들 앉으라니까."

그제야 박문수는 귀에 익은 목소리라는 것을 알 수 있었다.

"혹시 형이야?"

"그래, 나다."

이복재의 목소리였다.

"어떻게 형이 여길? 어떻게 된 거야?"

"앉아, 어서."

"눈가리개와 손목부터 풀어줘."

"그건 안 돼. 저자들이 도망갈 때까지, 아니 동이 틀 때까지 여기서 한 발짝도 움직이지 않겠다고 약조했어."

"왜 그런 약조를 해?"

"안 그러면 너희 둘을 죽인다고 했으니까. 어서 앉기나 해."

이복재는 무덤덤하게 고구마와 감자를 모닥불 속에 던져 넣었다.

이복재의 성격을 잘 아는 박문수는 더 이상 따지지 않았다. 박문수와 연 낭자는 모닥불 가에 앉았다. 그들은 뒤늦게 안도의 한숨을 내쉬었다. 죽음의 짙은 그림자를 방금 떨쳐내서 그런지 박문수와 연 낭자는 한동안 말이 없었다.

이복재 또한 아무 말도 하지 않았는데, 그것은 이해할 수 없는 태도였다. 누구보다도 박문수의 무사 귀환을 반겨야 할 그가 시종일관 어두운 표정으로 활활 타오르는 장작에만 눈길을 주고 있었다. 무언가 다른 것에 정신이 팔려 있는 듯 눈에 초점이 없었다.

"연 낭자만이라도 풀어줘."

문득 박문수가 말했다.

"…"

"형, 내 말 안 들려?"

"미안, 잠시 딴생각을 했어."

그제야 이복재는 꿈꾸는 듯한 시선을 박문수에게로 돌렸다.

"연 낭자를 풀어달라고."

"나도 그러고 싶지만 지금은 안 돼."

"연 낭자가 혼자서 뭘 어쩐다고?"

"어쩌건 말건 안 돼!"

"형이 고지식한 건 알지만 이건 좀 심하잖아. 대체 이렇게까지 해야 할 이유라도 있는 거야? 그래, 말 나온 김에 하나만 더 묻자. 우리를 살려내는 대가로 형이 홍나미에게 주는 게 뭐지?"

"…"

"형, 나한테까지 꼭 이래야 하는 거야?"

"암튼 말 못해."

"좋아, 감자와 고구마 먹을래. 팔부터 풀어줘."

"그 녀석 집요하긴! 좋아, 다 풀어줄 테니 약조해. 아침 동이 트기 전까지는 여기서 한 발짝도 움직이지 않겠다고. 또 한 가지, 내가 뭘 어떻게 해서 널 구해냈는지도 묻지 않는다고. 물어봤자 난 말하지 않을 테지만, 네가 묻지 않는다고 약속해주면 좋겠어. 사내대장부로서 말이야."

"이건 사내대장부 들먹일 일은 아닌 것 같은데."

"나 말장난할 기분 아냐. 네가 저들을 찾아내는 것까지 막을 생각은 없어. 어쨌거나 나로선 아무 말도 못한다는 것만 알아줘."

"좋아, 약조해. 한데 대체 무슨 일이 있었던 기야? 답답해서 정말 미치겠어."

"자꾸 토 달래?"

박문수는 이복재가 이렇게 언성을 높이는 걸 본 적이 없었다.

"아니, 미안."

"나중에 딴말하기 없기야."

"아, 알았다니까. 그리고… 정말 고마워."

그러고 보니 박문수는 이복재의 이상한 태도 때문에 고맙다는 말조차 잊고 있었던 것을 뒤늦게 깨달았다.

"저도 고마워요."

연 낭자가 말했다.

"고마워할 것 없어요. 그리고 그쪽 어머니는 지금쯤 풀려났으니까 염려할 거 없어요."

"정말요?"

연 낭자는 뛸 듯이 기뻐했다.

"복재 형이 절대 거짓말은 못 하는 사람이니까 믿어도 될 겁니다."

박문수가 말했다. 그러고는 다시 대화가 끊겼다. 그렇게 기쁨과 해방감, 동시에 의혹과 곤혹스러움이 교차하는 가운데 시간은 흘러 동쪽으로부터 서서히 여명이 밝아오기 시작했다.

18
성균관은 썩은 선비의 늪이다

"집사는 손 도고 어른을 도와 배를 타고 법성창으로 떠나셨습니다."

"태풍이 올 시기인데 배를 타고 떠나셨나요?"

상대의 말에 박문수도 일기日氣에 관해 들은 얘기를 떠올리며 말했다.

"그러게 말예요. 아주 위험한 출항이라고 다들 말렸는데 워낙 다급한 일이라 집사까지 대동하게 된 모양입니다."

"제가 일전에 집사님께 부탁한 일이 있어 찾아왔는데… 도련님 혼인날 지인들에게 나눠줬던 물목 중 합죽선이라고… 그것을 누구에게 나누어 주었는지 명단을 알려주기로 약조가 되어 있었는데요."

"아, 그거요?"

집사를 대신한 예의 바른 사내는 금방 알아들었다.

"그거 제가 어떤 선비님한테 이미 주었는데요."

역시 예상대로였다. 이복재가 다녀간 것이다. 그러니까 그날 이복재가 술에 취해 같이 홍나미를 뒤쫓지 못하게 되었을 때 박문수가 이복재의 품에 넣어준 것은 만일의 사태가 생길 경우 이복재가 해야 할 지침에 관한 것이었다.

그것은 두 가지였다. 하나는 반촌의 맹가(하석기가 언급했던 반촌 사람이다)가 누구인지 알아보라는 것이었고, 다른 하나는 손 도고의 집을 찾아가 합죽선을 준 명단을 확보하라는 것이었다.

박문수가 실종되자 이복재는 박문수가 지시한 사항을 충실히 따라주었다. 그것은 정말 고마운 일이었다. 그로 인해 자신의 생명까지 구해준 것이니까.

그러나 이복재는 산속에서 약조를 요구한 이후 이 모든 일에 대해서 일체 함구하고 있었다. 그는 박문수가 혼자서 무슨 일을 하든 상관하지 않겠지만 자신은 더 이상 이 일에 관여하지 않겠다고 잘라 말했다. 놀라운 것은 하색장 전수길에게도 소장을 작성하는 일에 참여하지 않겠다고 통보한 것이었다. 그러고는 태학을 떠나 다시는 돌아오지 않았다.

묵동墨洞에 있는 그의 집을 찾아가 보았으나 이복재는 돌아오지 않았다고 어머니가 전해주었다. 모르긴 몰라도 의도적으로 사람을 피하고 있는 것이 분명했다.

박문수로서는 이복재에 대해 두 가지 의문을 품지 않을 수 없었다. 첫째는 대체 무슨 사연이 있길래 그의 태도가 이토록 돌변했기 하는 것이었고, 둘째는 어떻게 그렇게 쉽게 자신을 구출해 낼 수 있었는가 하는 것이었다.

하지만 이복재가 모습을 감춘 이상 이 모든 숙제는 박문수 스스로 해결할 수밖에 없었다.

박문수는 이복재의 인상착의를 설명했다. 상대는 맞는다고 확인해주었다. 그렇다면 예상대로였다. 어쩌면 이복재는 이곳에서 나와 맹가를 찾아갔을 터였다.

허면, 맹가는 바로 자신을 구타하던 그 백정 놈이 아닐까?

그럴 가능성이 높았다. 박문수는 확인하는 차원에서 백정 맹가의 집과 홍나미의 집을 찾아갔다. 맹가와 홍나미는 이사 가고 없다고 했다. 이 또한 짐작대로였다.

홍나미 집을 나와 거리로 나섰을 때 문득 까마귀 떼가 날아가는 것이 보였다. 원무를 그리듯 하늘 한가운데를 맴돌고 있었다.

성구란 아이가 떠올라 천수 약방을 찾아갔다. 개 짖는 소리만 요란할 뿐 약방은 비어 있었다.

박문수는 광통교로 갔다. 강담사는 보이지 않았다. 성구 혼자 약을 팔고 있었다.

까마귀는 성구가 던져주는 음식을 낚아채듯 받아먹고 있었다. 한 치의 실수도 없는 정확한 동작이었다. 까마귀의 재주에 구경꾼들이 환호했다.

성구는 아이답지 않게 구경꾼들을 다룰 줄 알았다. 공연이 끝나고 나서 할아버지보다 더 많은 약을 팔았다.

"너, 수완이 좋구나."

박문수가 다가갔다.

"선비님!"

성구는 박문수를 반겼다.

"왜, 다음 날 안 왔어요?"

"사정이 있었어. 할아버지는?"

"고향에 가셨어요."

"고향이 어딘데?"

"문경요."

"먼 곳이구나. 그 몸으로 어찌 가셨는지… 오래 걸릴 텐데 혼자 지내는 거니?"

"전 다 컸어요. 뭐든 혼자서 할 수 있어요."

"그래, 기특하구나."

"할아버지가 선비님을 만나고 싶대요."

"날?"

"돌아오시면 뵙고 싶대요. 혹시 모르니 주소를 받아놓으라고 했어요."

"성균관으로 보내면 돼. 할아버지가 잘 아실 거야."

"네…. 까마귀 보셨어요?"

"똑똑한 까마귀야. 네가 훈련시켰니?"

"네."

아이는 그것이 무척 자랑스러운 것 같았다.

"밥은 제때 먹는 거야?"

"네, 사 먹으면 돼요."

"어려운 일이 있으면 아저씨를 찾아와. 성균관에 와서 박문수를 찾으면 돼."

별 소득이 없이 성균관에 돌아와 보니 장의掌儀 방으로 급히 오라는 연락이 왔다.

방에는 장의 윤순욱, 하색장 전수길, 외삼촌 이태좌 어른과 먼 친척뻘 되는 운곡雲谷 이광좌李光佐 어른이 자리를 잡고 앉아 계셨다. 두 어른 다 얼마 전 대사성을 지내셨던 분들이라 그들의 때 아닌 방문만으로도 성균관 전체가 소란스러울 법했는데, 아주 조용한 것으로 보아 은밀히 발걸음을 한 것 같았다.

박문수는 공손히 예를 갖추었다. 인사를 마치는 순간 외삼촌의 불호령이 떨어졌다.

"어떻게 된 게야?"

박문수가 영문을 몰라 가만히 있자 태학생이 공부는 안 하고 어딜 그렇게 싸돌아다니느냐는 질타가 날아왔다. 그 말에는 박문수도 변명의 여지가 없어 '심려를 끼쳐드려 그저 송구하다'는 말만 되뇌었다.

외삼촌의 나무람이 끝나자 이광좌가 입을 열었다.

"하색장이 소장을 올리려 한다는데 자네는 알고 있었나?"

"소장을 올린다는 것은 알고 있었지만 내용은 잘 모릅니다."

"하색장 얘기로는 자네가 권호철 사건을 가장 잘 알고 있다던데."

박문수는 이복재 얘기는 빼고 알고 있던 내용을 순순히 털어놓았다. 이광좌는 대충의 상황을 들었음에도 앞뒤가 이해되지 않는 점을 정확히 지적했다.

박문수는 자신 또한 그런 점에서 곤혹스러움을 느끼고 있다는 점을 분명히 밝혔다. 그리고 우연히 이번 사건에 개입된 이상 끝까지 파헤쳐보고 싶다는 강한 의지를 내비쳤다.

"자네와는 아무 상관도 없는 일이잖나. 그렇게까지 할 이유라도 있나?"

"한 가지 이유를 대라면 솔직히 소생도 '바로 이거다' 하는 것을 내세우진 못하겠습니다. 하지만 천재 홍귀남이 죽은 이유가 노론의 권당에 참여하지 않고 소신껏 한 행동 때문이었다면 이건 노론을 떠나 태학생 전체의 양심과 자존심이 걸린 문제라고 생각합니다. 앞으로 나라의 동량棟梁이 될 젊은 태학생이 양심에 따라 소신껏 행동할 수 없다면 이 나라의 장래는 어찌 되겠습니까? 오래전 세조대왕께서 그런 말을 했다는 글을 읽은 적이 있습니다. '성균관은 썩은 선비의 늪이다'라고요. 저희 태학생으로서는 세조대왕의 그 말씀에 담긴 의미를 진심으로 가슴에 새겨야 한다고 생각했습니다. 불의를 보고도 눈을 감는다면 누가 태학생을 장차 나라를 짊어지고 나갈 일꾼으로 믿고 따르겠습니까?"

"젊은 패기가 느껴지는 자네 말은 흡족하게 들리네만 이번 사건을 홍귀남에 한정한다면 그건 전적으로 노론의 문제가 아닐까?"

"그건 어르신 말씀이 옳습니다. 노론의 문제를 이쪽에서 왈리왈시日梨
日柿[1]할 연유야 없겠지만, 당장 제 초미의 관심사는 살인사건의 범인을 찾
아 진실을 밝혀내는 것입니다. 상색장 권호철과 학록 이문환에게 원한이
있었던 것과는 달리, 홍나미는 심률 하석기를 죽일 이유가 전혀 없었습니
다. 이번 사건을 이대로 묻어둔다고 해서 우리에게 해될 것은 없습니다.
그러나 어떤 일이 이득이 된다고 해서 관여하고 이득이 될 게 없다고 해
서 발뺌한다면 그 어찌 스스로 선비라고 자처할 수 있겠습니까?"

"으흠."

이광좌는 박문수의 됨됨이에 크게 감동한 표정이었다. 그가 이태좌를
돌아보며 말했다.

"형님이 조카 하나는 제대로 키우셨습니다. 크게 될 재목인데요. 요즘
것들 과거시험에 붙으면 그만이라고 생각하지 누가 성균관의 장래를 걱
정이나 하겠습니까?"

사실 이즈음 이광좌는 전라도 관찰사와 이조참의를 거치면서 소론의
정치적 거목으로 성장하는 중이었다. 모두가 그것을 알고 있는지라 그의
한마디 한마디는 더없는 위엄이 느껴졌다.

그가 다시 말했다.

"허면 자네는 노론을 공격하는 소장에 대해 어찌 생각하는가?"

"소생이 어찌 정치를 알겠습니까마는…."

박문수는 하색장을 힐끗 바라본 후 말을 이었다.

"하색장 어른이 소장을 작성하느라 누구보다 많이 애를 쓰셨습니다만
은 지금은 적기가 아니라고 사료됩니다. 일단은 범죄의 이면을 완전히 파
헤쳐 진실을 제대로 밝히고 나서 소장 작성 문제를 다뤘으면 합니다. 그
이후의 판단은 제가 감히 끼어들 사안이 아니라고 봅니다."

---

1   다인지연 왈리왈시(他人之宴 日梨日柿): '님의 잔치에 감 놔라 배 놔라 한다'는 뜻 .

이광좌와 이태좌는 서로 얼굴을 가까이 가져가더니 들릴 듯 말 듯한 소리로 소곤거렸다.

"그래, 이번 건은 내가 운곡이랑 의논해 처리하도록 하지. 하색장은 이번 사건의 진실이 명명백백해질 때까지 더는 나서지 말고 신중하게 행동하라."

그 말을 한 이태좌는 장의와 하색장을 내보낸 뒤 다시 말했다.

"저들 눈치를 보느라 말 못한 것은 없느냐?"

"아닙니다. 제가 공부 안 한 것 말고 눈치 볼 게 무에 있겠습니까? 그보다 삼촌께 부탁드릴 일이 있습니다."

"무어냐?"

"심률 하석기가 최근 1, 2년 사이에 맡았던 사건의 문건을 구하고 싶습니다. 그것을 보면 사건의 또 다른 실마리를 찾을 수 있을지도 모르겠습니다."

"형님, 그건 제가 알아보겠습니다."

이광좌가 말했다.

"죽은 그 친구가 한성부에 오기 전 형조에 오래 몸담았다고 했나?"

"네, 그렇습니다."

"내가 그쪽에 아는 사람들이 몇 있으니 구해보도록 하지."

박문수가 장의 방을 나오자, 장의 윤순욱은 방으로 도로 들어가고 하색장 전수길은 헤헤헤 하고 웃으며 기다리고 있었다.

그는 박문수가 혹시 자신에 대해 안 좋은 얘기를 했을까 봐 지레 우려하는 표정이었다. 전수길이 박문수의 집안을 모르는 것은 아니었으나 막상 소론이라면 누구나 명성을 아는 이태좌와 이광좌까지 나타나자 그 위세에 기가 눌린 탓이었다.

"나에 대해 나쁜 얘기는 안 했겠지?"

전수길이 노골적으로 물었다.

"어르신이 평소 제게 얼마나 잘해주셨는데 몇 대 맞은 일을 고자질하겠습니까?"

"암, 그래야지. 그렇고말고. 내가 자네를 얼마나 아끼는데."

그제야 전수길은 안심하는 얼굴이었다.

"어르신, 이복재 형 소식은 좀 들으셨습니까?"

"나야말로 자네에게 그걸 물으려던 참인데. 나한테는 연락을 딱 끊었는데 자네도 모르는가?"

"전혀요."

"허, 그놈 참! 나한테는 태학을 그만두더라도 관계를 유지하고 싶다고 하더니… 아무래도 상심이 크겠지. 나라도 제정신이 아닐 거야."

"어르신, 한 가지만 부탁하겠습니다. 아침저녁으로 도기를 찍는 일은 당분간 힘들 것 같습니다. 사건이 해결될 동안 어른께서 배려해주셨으면 합니다."

"그야 두말하면 잔소리지. 얼마든지 볼일 보게. 내 적당히 손을 써놓을 테니."

"부정한 방법을 써달라는 게 아닙니다."

"아, 알았다니까. 무슨 말인지 알겠어."

전수길은 새삼 친한 척하며 박문수의 어깨를 툭툭 쳤다.

이날 박문수는 성균관을 빠져나와 삼개로 갔다. 그는 바야흐로 밤섬에서 깜빡 속을 뻔한 이후 줄곧 머릿속을 떠나지 않던 생각을 행동으로 옮겨야겠다고 결심하고 있었다.

19

맹가, 혼례를 치르다

박문수는 구경꾼들 틈에 섞여 혼례를 훔쳐보고 있었다.

맹가의 혼례였다.

아직 식이 시작되기 전이었지만 혼례식은 백정치고는 굉장히 화려했다. 세상인심이 곧 돈이라더니 돈이면 안 되는 게 없는 세상이 된 모양이었다.

집안 간에 혼서와 납폐가 어떻게 진행되었는지는 몰라도 분위기로 보아하니 홀기에 따라 전안례와 초례청 교배례, 합근례는 제대로 격식을 갖춰 진행될 모양이었다.

대부분 이곳 밤섬 출신인 이웃 구경꾼들은 모처럼의 경사여서인지 왁자한 소음을 내면서 어서 혼례가 시작되기만을 기다리고 있었다.

박문수가 밤섬에서 맹가의 혼례가 있다는 정보를 입수한 경위는 이러했다.

며칠 전 장의 방에서 이태좌와 이광좌 어른을 뵌 뒤 성균관을 빠져나오자마자 삼개로 간 그는 봉놋방에서 하루를 잤다.

이때만 해도 그는 어느 것 하나 확신할 수 없는 몇 가지 생각의 가닥을 쫓고 있었다. 정리해보면, 그가 접근할 수 있는 실마리의 선은 세 가지였다.

첫째, 이복재를 설득해 알아내는 방법. 그러나 그를 만날 수조차 없는 지금, 그것은 불가능했다.

둘째, 백정 맹가를 찾아내는 것인데, 이사를 갔다니(잘은 몰라도 어떤 형식으로든 범죄에 연루된 그가 당연히 거기 눌러앉아 날 잡아가슈, 할 리는 없지 않은가) 그 또한 언제 이룰 수 있을지 막막했다.

셋째, 하석기가 근자에 작성한 문건을 통해 새로운 실마리를 찾는 것으로, 이광좌 어른이 적극적으로 도와주겠다고 했으니 기다려봐야 할 일이었다. 하지만 그 또한 막연한 기약일 뿐 얼마나 효과적일지는 두고 볼 일이었다.

이처럼 세 가지 중에 어느 것 하나 신통한 게 없었으므로, 그가 궁금해 마지않던 점에 생각이 닿은 것이다. 그것은 밤섬 부군당의 기막힌 지형을 홍나미가 어떻게 이용할 생각을 하게 되었느냐는 것이었다.

비록 한미한 양반가라고는 하나 홍나미가 거친 배 목수들이 산다는 밤섬 출신일 리가 없다. 더구나 공자와 주자를 모시는 양반가의 체통으로 그곳 부군당에 드나들 까닭이 없었다.

대체 무슨 연고가 있어 홍나미는 그곳 지형을 알게 되었고, 또 그곳을 이용할 생각까지 하게 되었을까?

추리가 여기에 이르자, 홍나미에게 그곳 지형을 알려준 누군가가 있을 거라고 짐작되었다. 그자는 누구일까?

맹가? 적어도 박문수의 시야에 잡힌 사람 중에는 그자가 가장 그럴듯해 보였다. 맹가가 반촌 사람이긴 하지만 밤섬과 어떤 연고가 있지 않을까?

아니면 제3자? 하지만 그런 인물이 있다고 해도 구체적으로 드러난 것이 없어 답답하기만 했다.

박문수가 서민 옷차림으로 위장하고 부군당에 들러보기로 한 것은 그런 연유에서였다. 양반 옷차림을 했다간 주민들의 이목을 끌어 금방 신분이 탄로 날 것이다.

그는 적당한 시간에 맞춰 사람들 틈에 섞여 밤섬으로 건너갔다. 보통 주민들이나 선박을 주문한 사람들 그리고 뽕밭 거래를 하는 사람들 말고는 밤섬에 드나드는 외부인은 많지 않았다. 경치를 보기 위해 드나드는 예도 더러 있으나 그건 아주 드문 일이었다.

그랬기 때문에 박문수의 행동 하나하나는 아주 조심스러웠다. 더구나 부군당은 밤섬 주민들이 신성시하는 곳이어서 그곳을 배회하는 것은 더더욱 의심을 살 여지가 있었기 때문에 그냥 지나치는 척하기도 하고 밤섬 전체를 둘러보는 양하면서 여기저기를 훑어보고 다녔다. 때로는 주민 중에 맹가가 있는지 묻기도 했다.

그러기를 사흘, 뾰족한 단서는 나타나지 않았다. 박문수는 초조한 마음을 떨칠 수가 없었다. 이광좌 어른께 여러 번 인편으로 서신을 보내 하석기가 남낭한 문건을 구했는지 알아보았으나 구하고 있는 중이라는 대답만 돌아왔다. 그래서 그는 밤섬을 배회하며 둘러보는 것만으론 한계가 있기에 좀 더 적극적으로 나서야겠다고 생각했다. 신분이 노출되더라도 가가호호를 찾아다니며 맹가를 아느냐고 물어볼 작정이었다.

어제 박문수는 일찌감치 나루터에 나와 있었다. 역시 서민의 복장을 해서인지 특별히 그를 주목하는 사람은 없었다.

나루터는 아침부터 도강하려는 사람들로 붐볐다. 그들 대부분은 노량으로 건너가는 사람이었다. 부탁하면 가던 길에 밤섬에 내려줄 터이지만, 박문수는 좀 더 기다려보기로 했다.

막 진시辰時[2]에 들어설 무렵이었는데, 소 두 마리가 옆구리 양쪽에 짐바리 가득 싣고 오는 것이 보였다. 소를 모는 인부 또한 두 명이었는데, 그들은 소에서 짐을 내리며 투덜거렸다.

"아니, 백정 놈이 장가를 드는데 무슨 놈의 예물이 이리 많아?"

늙은 인부가 말하자 젊은 인부가 거들었다.

"요즘은 백정도 백정 나름이라 하더구먼. 행님, 난 물 한 그릇 떠놓고 사기 혼인했수. 그 때문에 아직도 마누라의 타박이 말이 아니우."

"어디 자네만 그런가? 빤한 사정이야 다들 매한가지지."

"한데 이놈은 무슨 호강이래우?"

"반촌 백정이라잖아. 백정도 급이 있는디 사람 목을 치는 개망나니 백정이 제일 하급이요 현방懸房 운영하면서 쇠고기 장사로 떼돈을 버는 백정이 제일루다 상급으로 친대잖여."

"나도 다음 생엔 쇠고기나 실컷 먹게 현방 백정으로나 태어나려우."

"이런, 식충이! 태어나려면 양반으로 태어나야지 왜 백정으로 태어나나? 현방이든 망나니든 백정은 백정이제."

"아, 그런가?"

잠시 짐을 부리느라 말이 없던 인부들은 일을 다 끝내고 나서야 자리를

---

2   오전 7~9시.

잡고 곰방대에 부시를 쳤다.

곰방대를 뻐끔뻐끔 빨아대던 늙은 인부가 시선을 강 너머 먼 곳에 두며 말했다.

"우리 칠군이도 객사하지 않았으믄 장개들 나인디."

"보부상 다니다 사고를 당했더만요."

"그러닝께 이 아비 책임이제. 한 푼 더 벌어보겠다고 나가는 걸 누가 막아. 그러니 자네도 젊을 때 계집에게 한눈팔지 말고 싸게 싸게 목돈을 마련해놓으라 말이시."

"누가 계집에게 한눈판다 그러우?"

"내가 오입질하려구 들병이[3]에게 치근대는 자넬 한두 번 봤대나?"

"흐흘. 오입이야 행님 따를 자가 조선팔도 천지에 몇이나 있겠수?"

"뭐야?"

"무섭수다. 그나저나 맹가 집안에선 이편까지 마중 나온다 안 하였수?"

"그랴, 그랬는디… 아직 씨톨도 안 보이네."

안 그래도 박문수는 반촌 백정을 들먹이는 그들의 말에 바짝 귀를 기울이고 있는데, 젊은 인부가 말을 걸어왔다.

"거그 맹가네에서 온 사람 아니오?"

"아, 아닙니다. 한데 맹가란 사람이 오늘 장가를 갑니까?"

"오늘이 아니라 내일이우. 왜 맹가를 알우?"

"친구의 친구쯤 되어서요."

"지금 강을 건널 참이우?"

"네, 그렇소만."

"노량이오 밤섬이오?"

"밤섬이오."

"바쁘지 않음 우리 일손 좀 도우시우. 내 식대는 넉넉히 쳐드릴게."

---

3   병술을 받어서 파는 떠돌이 술장수로 몸까지 파는 것이 예사였다.

젊은 인부는 늙은 인부를 돌아봤다. 늙은 인부가 고개를 끄덕였다.

"어떠우?"

젊은 인부가 다시 말했다.

박문수로서는 거절할 이유가 없었다.

"좋습니다."

그러자 젊은 인부는 잘되었다는 듯이 늙은 인부에게 말했다.

"행님은 소 끌고 돌아가시우. 난 짐 나른 다음 안산으로 갔다가 내일 돌아갈 테니."

"그럴까? 그게 낫겠제."

늙은 인부는 젊은 인부에게 뭔가를 지시하더니 소를 끌고 왔던 길을 되돌아갔다.

젊은 인부는 배를 따로 빌려야 한다며 그 즉시 나루터 사공을 찾느라 박문수에게 짐을 맡겨두고 돌아다녔다. 그러는 동안 박문수는 알 수 없는 기대감으로 부풀어 올랐다.

아직 이들이 말하는 맹가가 자신이 찾는 맹가인지는 알 수 없었다. 그럼에도 두 맹가가 같은 사람일 거라는 확신을 좀처럼 떨치기 어려웠다.

이윽고 짐을 배에 실어 강을 건넜다. 밤섬 나루터에서 언덕 위 맹가네까지 짐을 나르는 일은 몹시 힘들었다. 소를 이용하면 덜 힘들 텐데, 소를 다른 데로 돌려야 할 사정이 있는 것 같았다.

박문수는 무거운 짐을 나르느라 녹초가 될 지경이었다. 인부한테 젊디젊은 사람이 왜 이리 힘을 못 쓰느냐고, 그래서 이 험한 세상에 어디 입에 제대로 풀칠이나 하겠느냐는 핀잔까지 들었다.

짐을 나를 때마다 집 안 여기저기를 살펴보았으나 맹가의 모습은 보이지 않았다. 누군지 모를 중년 여인 하나가 짐을 부릴 곳을 그때그때 알려줬을 뿐, 내일 혼인을 앞둔 집이라고 보기 어려울 만큼 적막했다.

마지막 짐을 부리고 젊은 인부에게 국밥 두 그릇 값을 받는 중이었는데, 일고여덟 살쯤 된 여자아이가 젖먹이를 업고 사립문 안으로 들어왔다.

"젖동냥은 했더냐?"

인부 옆에서 물목 확인을 끝낸 중년 여인이 소녀에게 말했다.

"네, 고모. 저기 고 목수가 아니라 안 목수네 어머니가 배불리 물려주었
어요."

여자아이가 야무지게 대답했다.

"그려? 이런, 고마울 데가. 인사는 잘 혔구?"

중년 여인은 포대기를 풀어 젖먹이를 건네받더니 아기 볼을 비벼대며
말했다.

"아이, 귀여운 강아지. 우리 언년이 많이 먹었어? 뽀뽀."

중년 여인은 젖먹이가 귀여워 죽겠는지 연신 어르고 빨았다.

젊은 인부가 서둘러 떠난 뒤에도 박문수는 남아 찬물 한 그릇을 얻어 마
시면서 여자아이가 야무지다는 둥 아기가 예쁘다는 둥 이런저런 칭찬을
늘어놓았다. 중년 여인은 그게 기분이 좋았던지 박문수의 말에 이런저런
대꾸를 해주었다.

역시, 맹가는 바로 그 맹가였다. 내일이 혼인날이라 도성 안 저잣거리
에 볼일이 있어 나갔다가 아직 돌아오지 않았다고 했다.

맹가는 원래 이곳 밤섬 출신인데 부모를 여의면서 가족이 뿔뿔이 흩어
지는 바람에 반촌의 어느 집에 양자로 갔다가 이제 혼인을 위해 돌아온
거라고도 했다.

그래서 아침 일찍 인편으로 이광좌 어른께 서신을 보낸 다음 혼례를 보
기 위해 곧바로 이리로 건너온 것이었다. 이번엔 이쪽의 상황을 궁금해할
것 같아 소략하게나마 적어두었다.

20

빈사 성도겸

그때, 누가 어깨를 툭툭 쳐서 생각에 빠져 있던 박문수는 화들짝 놀랐다. 돌아보니 연 낭자였다.

박문수는 연 낭자를 데리고 저만치 물러나왔다.

"아니, 어떻게 여길?"

"이것 드시라고요. 인삼주와 식혜예요. 아버님이 어머니 문제를 해결해주어 고맙다고 보내신 거예요."

그녀는 오른손에 보자기 하나를 들고 있었다.

"아, 네… 고맙습니다. 감사히 먹을게요. 한데, 내가 여기 있는 건 어떻게 알았습니까?"

"어제 성균관으로 갔었는데 안 계시다길래 도성 안 아는 분의 집에서 하루를 묵었어요. 그리고 아침 일찍 성균관으로 다시 갔더니 언제 돌아올지 아무도 모른다며 혹시 이광좌 어른 댁이 가까우니 그곳에 가서 물으면 알지도 모른다고 해서 그곳으로 갔더니 이리로 가보라고 했어요."

"내가 여기 있다는 걸 이광좌 어른께서 알려줬단 말인가요?"

"네, 제가 그 댁에 도착했을 때 마침 박 선비님의 편지가 전달되었고, 제가 선비님께 드릴 것을 가져왔다고 하니까 잠시 들어오라고 하셨어요. 박 선비님과 얼마 동안 잡혀 있었다고 하니까 제가 누군지 대충 감을 잡으시더라고요. 차를 마시고 나올 때 삼개를 거쳐 집으로 돌아간다는 것을 아시고는 이 문건을 전달해달라면서 주셨어요."

연 낭자는 들고 있던 것을 바닥에 내려놓고 문건을 건네주며 말했다.

"삼개에서 묵고 계신 봉놋방으로 갔더니 여주인 말로는 선비님이 맨날 밤섬을 들락거린다기에 와본 거예요."

"아, 네…."

박문수는 꽤 두툼한 문건을 펼쳐 들었다. 여러 장이 있었는데, 양분이 사건을 다룬 문건이 있어 그것을 따로 펴보았다. 거기엔 권호철과 이문환 그리고 양분이가 청원을 낸 이유, 양분이와 맹가의 관계까지 상세히 기술돼 있었다.

그것을 읽고 난 박문수는 가슴 밑바닥에서 확신이 차오르는 것을 느꼈다. 그는 한 번 더 감사의 마음을 표시했다.

"전 이만 가볼게요."

"혼례나 구경하고 가시죠. 여러 가지로 흥미로울 것 같은데."

"아니에요. 아버지가 또 걱정하실 거예요. 그리고 미안해요."

"뭐가요?"

"나중에 아시게 될 거예요."

연 낭자가 총총히 내려갔다.

박문수는 연 낭자가 전달한 보자기를 들고 구경꾼 틈을 다시 파고들었다. 혼례에 눈길을 주던 그는 맹가에 대한 확실한 증좌를 잡았다는 기쁨도 잠시, 더 큰 혼란에 빠져들고 있었다.

박문수는 처음부터 맹가가 하석기가 말한 바로 그 맹가이자 자신을 두들겨 팼던 그 백정 사내인지에 관심이 쏠려 있었는데, 그것이 확인된 데다 문건을 통한 증좌까지 확보했음에도 불구하고 지금 당장 맹가를 잡아들이는 것이 능사는 아니란 생각이 들었던 것이다.

맹가는 혹독한 문초 앞에서도 모든 것을 부인할 것이 틀림없었다. 연 낭자를 불러와 증인으로 내세운다고 해도 홍나미가 있는 곳을 밝혀내지 못하는 한 이 사건은 미궁으로 빠져들 가능성이 높았다.

식이 진행되면서 엉뚱하게도 박문수의 눈을 확 잡아끄는 사람이 있었다. 홀기에 따라 식을 집전하는 사람은 다름 아닌 성도겸이었다.

성도겸은 이런 일에 이력이 난 듯 노련한 진행 솜씨를 보였다.

이복재에게 성도겸이 빈사로 밥벌이한다는 얘기는 들었지만, 이렇게 천한 백정의 집에 와서까지 돈벌이를 한다는 것은 믿기지 않았다. 박문수는 행여 눈이라도 마주쳐 성도겸이 민망해할까 봐 얼른 그곳을 벗어났다.

삼개 봉놋방으로 돌아온 박문수는 양분이 사건 문건을 다시 한번 확인한 다음 안 그래도 목이 마르던 차에 연 낭자가 주고 간 보자기를 풀었다.

꽤 큰 호리병이 두 개 들어 있었는데, 그 밑에 연 낭자가 쓴 편지가 놓여 있었다. 언문으로 쓴 편지였다.

박 선비님, 보세요. 이렇게 자유의 몸이 되어 선비님에게 편지를 쓰고 있다는 것이 믿어지지 않아요. 반촌의 그 어둡고 비좁은 곳에 갇혀 있을 때만 해도 살아날 가망이 없어 낙심이 컸었는데, 이렇게 붓을 드니 제가 살아 있다는 기분이 생생하게 느껴지네요. 정말이지, 최근 여러 일로 행복하다는 것을 느낀 적이 없었는데 오늘 아주 작은 것에서 그런 감정을 느낀답니다. 누군가에게, 그 상대가 선비님이라서 더욱 그렇겠지만, 제 마음을 전달한다는 것이 이렇게 기쁜 일인지 몰랐어요. 갑자기 달팽이가 등에 지고 다니던 껍데기를 벗어던지고 홀가분하게 돌아다니는 느낌이랄까요. 밝은 달빛이 휘황해 하늘이 더욱 맑아 보이네요. 오늘따라 세상이 유난히 아름답게 보여요…. 어머니가 무사히 집으로 돌아오셔서 아버님이 안정을 많이 되찾으셨어요. 나중에 따로 말씀드릴 기회가 있겠지만, 일이 잘못되었을 경우 정말 큰일 날 뻔 했거든요. 참, 제가 지난번에 본의 아니게 주정을 한 것에 대해 다시 한번 사과드려요. 그때 제가 술을 마셨던 것은 저와 혼담이 이뤄졌다가 일방적으로 깨버린 선비를 그날 봤기 때문이었어요. 뭐랄까, 설명하기는 어렵지만 여러 가지로 착잡한 마음이 들 때 있잖아요. 그때 마침 주모가 절 선비로 오해해서 술을 마셔보라고 강권했고, 무심히 한두 잔 마신다는 것이 그렇게 되고 만 거예요. 저로서는 정말 부끄러운 일이었어요. 참, 내 정신 좀 봐… 제가 편지를 쓴 이유 중의 하나는 바로 이 집 아는 언니가, 아버지가 선비님 갖다 드리라고 한 인삼주를 반 이상 마셔버렸기 때문에 죄송하다고요. 정말이지 저로서는 어처구니가 없게 돼버렸어요. 그렇다고 인삼주를 안 드리자니 뭔가 선물이 빈약한 것 같고 그대로 드리자니 예의에 어긋난 것 같고 그래서 이렇게 솔직히 말씀드리는 거예요. 부디 제 불찰을 너그러이 용서해주세요. 아버님의 성의니 다른 사람 주지 말고 혼자 다 드세요.

추신: 솔직히 고백하는데… 술은 언니가 거의 다 마셨고 전 정말 한 모금, 아니 딱 두 모금밖에 마시지 않았어요.

식혜로 목을 축인 다음 술병을 입으로 가져가던 박문수는 딱 두 모금밖에 마시지 않았다는 말이 자꾸 생각나 사레가 들릴 정도로 크게 웃어댔다.

이날 봉놋방에서 짐을 싸 성균관으로 돌아온 박문수는 맹가를 이용해 홍나미를 끌어내는 책략을 떠올렸다. 그것은 그가 생각할 수 있는 거의 유일한 방법이었다. 하지만 아무래도 꺼림칙한 면이 있어서 망설여지기도 했는데, 그 방법이 아니고서는 도망친 홍나미를 다시 잡아들인다는 것은 거의 불가능할 것 같았다.

재삼 생각하는 것이지만, 맹가를 법문에서 잡아들여 문초한다고 해도 홍나미의 소재를 파악할 수 있을지 의문이었다. 모르고 있다면, 혹시 안다 해도 토설하지 않는다면 맹가를 잡아들이는 일은 무의미한 것이 되고 만다. 박문수는 그 대목에 이르러 심히 번민하지 않을 수 없었다.

그 번민은 '주나라 문왕은 뼈를 묻어주게 했는데 지금은 신성한 무덤까지 파헤쳐 백골을 검험하기에 이르렀다'는 보수적인 율관의 탄식과도 상통하는 것이었다. 과연 범인을 잡기 위해 묘까지 파헤쳐야 하느냐는 게 박문수의 번민이었다.

묘는 신성한 곳이다. 묘를 훼손한다는 것은 망자를 욕보이는 것이고 그것은 천인공노할 몹쓸 짓이 된다. 한데, 숙종은 살인사건을 은폐하기 위해 시체를 묻어 증좌를 없애는 일이 빈번해지자 필요하다면 시체를 파내이서라도 검험을 하라는 수교受敎를 추조秋曹[4]에 내리게 된다. 사실 묘를 파헤친다는 것은 조선 사람에게는 정서적으로 용납되지 않는 일이었다. 그럼에도 불구하고 숙종이 과감히 그런 수교를 내린 것은 그만큼 검험 전에 시체를 파묻어 범죄를 은닉하는 일이 비일비재해 그에 대한 탄원이 적지 않았다는 방증이기도 했다.

박문수는 바야흐로 자신이 지금 벌이려고 하는 일 또한 묘를 파헤쳐야만 성공할 수 있다는 것을 잘 알고 있었다. 행여 일이 잘못되었다가는 사건 해결은커녕 세간의 입방아에 오르면서 원망만 사게 될 게 뻔했다. 그러니 며칠이고 장고를 거듭하면서 망설이지 않을 수 없었다.

마침내 결심이 선 박문수는 소지所志[5]를 작성하기 시작했다. 소지는 산송山訟에 관련된 것으로 그 내용은 이러했다.

> 성 동쪽 밖 왕십리에 쓴 산소는 제 형 ○○의 것으로 재작년에 죽었는데 마침 그 자리가 남의 소유인 것도 모르고 묘를 썼다가 최근에야 그 사실을 알게 되었습니다. 그 점은 전적으로 우리 집안의 잘못이자 그 일을 총괄한 제 잘못으로 죄가 있다면 그 죗값은 달게 받겠습니다. 한데, 그 야산 일대의 주인은 어찌 된 노릇인지 제가 산소를 잘못 쓴 것을 알고 이장移葬을 하려는데, 그것을 막고 그 산소가 마치 자기 가족의 것인 양 우기고 있는 실정입니다. 이 어찌 어이가 없고 기막힌 일이 아니겠습니까? 여러 번 산 주인을 설득도 하고 읍소도 해보았지만 산의 주인은 막무가내입니다. 그래서 어쩔 수 없이 쟁송爭訟을 통해서라도 가족의 시신을 찾지 않을 수 없는바 이렇게 삼가 소지를 내게 된 것입니다. 부디 통촉洞燭하여 현명한 판단을 내려주소서.
>
> ○○ 올림

물론 이 허위 소지를 올리는 것은 홍나미를 숨은 곳에서 끌어내기 위한 것이었다. 홍순남의 묘로 추정되는 곳을 파헤쳐 시신을 가져가겠다고 하면 천하의 홍나미도 별 뾰족한 수가 없을 거라는 판단에서였다.

기왕 꿈수를 쓰는 이상, 외지부外知部[6]로 업業을 삼는 사람 하나를 물색했다. 이름이 곽호영이라고 했다. 그 바닥에서 꽤 잔뼈가 굵었던지 큰 액수를 요구했다. 박문수로서는 부담이 되었지만 일을 깔끔하게 처리할 것같아 거래했다.

그는 곽호영을 시켜 소지를 형조에 접수하는 한편 필사본 한 장을 맹가에게 전달했다. 맹가는 소지 필사본을 홍나미에게 전달할 것이다. 그것이야말로 박문수의 노림수였다. 그다음에는 올무를 설치한 사냥꾼처럼 맹수가 덫에 걸리기를 기다리며 길목을 지키고 서 있으면 되는 것이었다.

그런데 아무리 기다려도 홍나미 쪽에서는 반응이 없었다. 조선에는 민사의 경우 법문의 소환이나 소환장이라는 것이 아예 없거나 드물었다. 목마른 놈이 우물 판다고, 고발 당사자가 피의자를 재판정으로 끌어내 재판을 받아야 했다.

박문수는 오빠 홍순남의 무덤을 이장하겠다는 소식을 들으면 홍나미가 어떻게든지 자신과 접촉을 시도할 것이라고 예상했었다. 그런데 예상은 보기 좋게 빗나갔다.

하지만 이런 반응에 당황할 박문수가 아니었다. 그는 이미 다음 수순을 염두에 두고 있었다. 박문수는 법문을 설득하는 한편(이광좌를 통해 도움을 받는 것도 포함돼 있었다) 맹가 쪽에 여러 차례 소訴의 진행 상황을 통보했다. 그러기를 여러 차례….

모일 모시까지 법정에 출두하지 않으면 곽호영 쪽에서 묘를 이장할 것이란 최후통첩을 했다. 저쪽에서 이쪽을 염탐할 것을 대비해 박문수는 철저히 모습을 감춘 채 이장에 필요한 준비까지 마쳐놓은 상태였다.

6　관청 주변에서 활동하던 소송 진문업자.

어쨌든 홍나미가 직접 모습을 드러내진 않더라도 맹가를 통해서건, 아니면 거간꾼을 통해서건 접촉해올 만했는데 마지막 기대마저 무산됐다.

그렇다면! 박문수는 홍나미가 자신에게 두뇌 싸움을 걸어오는 것이라 생각했다.

그녀는, 결국, 설마 선비 된 자로서 어찌 남의 주검을 파헤치랴, 하는 나름의 계산에 기대어보려는 수작인 것 같았다. 고도의 심리전인 셈이었다.

설마 선비 된 자가 인두겁을 쓰고 그러진 못하겠지.

그것이야말로 홍나미가 나타나지 않음으로써 박문수에게 마음으로 보낸 전갈이었다.

이 대목에서 박문수는 한 번 더 주저하지 않을 수 없었다. 그것이 그의 최대 약점인 셈이었는데, 홍나미는 그것을 누구보다 잘 알고 있었던 것이다.

수사에 필요하다면, 백골이라도 파헤쳐 검험하라는 임금의 수교가 있었다고는 해도, 또한 언젠가는 묘를 파헤쳐 그곳에 진짜 홍순남이 묻혀 있는지를 밝혀내는 것이 필요하다고 해도 박문수는 지금의 수가 꼼수임을 부정할 수 없었다. 하는 척하는 것과 실행하는 것은 엄연히 달랐다.

박문수는 과연 자신의 판단이 옳은지 끊임없이 되새김질했다. 그러고 나서야 쉽지 않은 결정을 내렸다.

그는 인부 둘과 곽호영을 데리고 홍순남의 것으로 추정되는 무덤을 찾아갔다. 마지막까지 홍나미가 나타날 것이란 기대는 버리지 않았다. 그런데 현장에 도착했을 때 그는 당황하지 않을 수 없었다.

인부 하나가 묘 주변을 둘러보더니, "어느 한심한 작자가 이런 데 묘를 썼누. 여긴 양시養屍 터야" 하고 말했다.

"염병, 이런 땅 파헤쳤다가 재수 옴 붙는 거 아냐?"

다른 인부가 투덜거렸다.

박문수가 영문을 몰라 곽호영에게 귀엣말을 했더니 곽호영은 "터가 나빠 시체가 썩지 않는 곳이라고 하는 모양인데 아무래도 삽질하는 데 돈을 더 달라는 것 같습니다" 하고 말했다.

"이미 돈은 얼마 줄지 서로 간에 합의를 보았잖소."

"저들의 셈법은 그렇지 않습니다. 아마 시체를 묘 구덩이에서 끄집어낼 때 또 돈을 더 내라고 할 겁니다."

"이런, 고약할 데가…."

"참으십시오. 어차피 다른 인부를 불러봤자 매한가지니까요."

박문수가 하는 수 없이 일당은 넉넉히 쳐주겠다고 말하고 나서였다. 무덤에 눈길이 갔는데 최근에 다시 봉분을 덮은 자국이 확연했다.

"어?"

박문수는 절로 탄식이 새어나왔다.

"이거 봉분 덮은 지 얼마 안 된 모양인데."

그렇다면 홍나미가 벌써 손을 써서 홍순남의 시신을 파갔다는 얘기가 된다. 그런데 바로 옆에 있는 홍귀남의 무덤은 예전 그대로였다. 혼란에 휩싸인 박문수는 무덤을 서둘러 파라고 지시했다.

이윽고 무덤이 파헤쳐졌는데, 눈앞에 펼쳐진 광경에 모든 사람이 경악했다.

흙 속에서 모습을 드러낸 것은 관이 아니라 쓰개치마에 감싸인 여인의 시신이었다. 시체를 들어내 무덤 앞에 눕혔다.

불길한 예감에 장옷을 걷어내는 박문수의 손이 심하게 떨렸다. 묻은 흙을 털어내자, 놀랍게도 드러난 것은 홍나미의 흉해진 얼굴이었다.

하마터면 박문수는 뒤로 주저앉을 뻔했다. 눈앞이 아찔해져서 쪼그리고 앉은 채 혼미해진 정신을 수습하고 있는데 인부 하나가 소리쳤다.

"이 밑에 관이 하나 더 있는데요."

볼 것도 없이 그것은 홍순남의 시신이 든 관일 것이었다.

가까스로 정신을 차린 박문수는 시신을 자세히 살펴봤다. 둔기로 뒤통수를 얻어맞았는지 머리카락에 피가 엉겨 말라붙어 있었다.

얼굴은 무엇이 원망스러운지 눈을 부릅뜬 채였다. 박문수는 눈을 감겨주었다. 곽호영은 어서 관아에 신고하리란 말을 듣고 서둘러 야산을 내려갔다.

박문수가 허리를 펴고 시신을 내려다보는데 그의 눈길을 끄는 것이 있었다. 홍나미는 왼손에 뭔가를 쥐고 있었다. 꽉 거머쥔 손가락을 펼치자 구겨진 종이 쪼가리가 나왔다. 거기에는 이렇게 쓰여 있었다.

빈사賓師 사능士能 성도겸成道鎌 합죽선合竹扇
하나(一)

21
박문수, 이복재와 담판을 짓다

돌계단을 오를 때마다 박문수의 입에서 허연 입김이 토해졌다. 이마엔 땀이 흐르고 심장은 터질 듯이 뛰었다.

이복재가 과천현 수리산 정각사正覺寺에 머물고 있다는 것을 안 것은 어제 오전이었다. 산사山寺에 머물면서 매일 천 배씩 부처님에게 절을 올리고 있다고 했다.

새벽 서리를 맞아 미끄러운 계단을 박문수는 잘도 올라갔다. 어제 오후 바로 평촌坪村으로 내려와 하루를 잔 뒤 꼭두새벽부터 산에 오르는 중이었다.

이윽고 마지막 계단을 올라 턱밑까지 차오른 가쁜 숨을 몰아쉬었다. 대웅전 앞마당은 그리 넓지 않았다. 우측에 온 누리에 자비를 알리는 대형 범종이 팔각지붕 아래 모셔져 있었고 그 뒤쪽 산 밑자락으로는 고승들의 사리를 봉안한 부도군浮屠群이 보였다.

박문수는 티끌 하나 없이 깨끗이 비질이 된 마당을 가로질렀다. 대웅전 섬돌 위에는 미투리 한 짝이 놓여 있었다.

약간 열린 문틈으로 들여다보자 맨 상투에 흰 저고리만을 간편하게 차

려입은 이복재가 가부좌를 틀고 앉은 불상 앞에서 연신 절을 올리고 있었다.

불상의 좌우에는 청련화靑蓮花를 든 문수보살과 코끼리를 탄 보현보살이 지혜를 다투듯 자리하고 있었다. 향내가 은은히 진동하는 가운데 보는 이를 압도하는 불상 앞에서 박문수 또한 마음이 경건해지는 느낌이었다. 그러나 그런 기분도 잠시, 그는 어디까지나 주자학을 공부하는 선비로서 이복재가 이렇게 열성적인 불자였다는 사실에 놀라지 않을 수 없었다. 부적을 몇 장 몸에 지니고 다니는 것과는 근본적으로 다른 문제였다.

성균관 내 과장科場으로 이용되는 비천당丕闡堂 건물은 니원尼院, 즉 승방僧房을 헐어낸 목재로 건립했으며, 우암 송시열[7]이 이른바 주자의 '비천대유丕闡大猷'(큰 도를 밝힌다)에서 자구를 따와 현판을 내걸었으니, 이거야말로 배불숭유排佛崇儒의 산 증좌이자 일석이조라고 박문수에게 얘기를 들려주었던 사람이 이복재 아니었던가?

사람을 하루아침에 개벽천지하게 만든 것은 대체 무엇이었을까?

허리를 펴고 무릎을 꺾을 때마다 투둑 소리가 나는데도 한 치 흐트러짐 없는 태도에서 박문수는 경건함을 넘어 섬뜩함마저 느끼고 있었다. 중도에서 방해해 절을 그만두게 하는 것이 죄인 양 생각되어 박문수는 절이 끝나기를 가만히 기다렸다.

절은 박문수가 온 지 반시진이 지나서야 끝이 났다. 마침내 대웅전을 나오다가 박문수를 본 이복재는 몹시 놀라는 눈치였으나 이내 합장하며 안정을 되찾는 모습이었다.

"여긴 어떻게 알았어?"

아무래도 대웅전 앞에서 할 얘기는 아닌 것 같아 그들은 부도 뒤 대나무 숲으로 물러나왔다.

"내가 여기 있다는 걸 누가 말해줬냐고?"

---

7   宋時烈(1607~1689), 조선 후기의 문신. 노론의 성신서 지주.

이복재는 그것이 끝내 못마땅한 것 같았다.

"애써 찾지 않아 그렇지, 찾으려고 하면 누군들 못 찾을까?!"

"난 할 말 없어. 돌아가."

"내가 뭘 물을 줄 알고?"

"…"

"나도 여기 올 때 형에게 무슨 말을 해야 할지 고민이 많았어. 형이 왜 이러는지 모르니까 무슨 말을 해야 할지도 알 수가 없더라고."

"그러니까 그만 돌아가라고."

이복재가 외면하며 돌아섰다.

"형, 홍나미가 죽었어."

그 말에 서너 걸음 걷던 이복재가 우뚝 멈춰 섰다. 돌처럼 굳어진 등판이 왠지 낯설게 느껴졌다. 이복재는 다음 말을 기다리는 듯 가만히 서 있었다.

"죽은 홍나미의 손에 형이 손 도고 집에서 나 대신 받은 합죽선 명단이 쥐어져 있었어. 왜, 손 도고가 아들을 혼인시키면서 지인들에게 나눠주었던 합죽선 말이야. 내가 조사해보라고 형에게 부탁했었잖아."

"그래서?"

이복재는 그 자세 그대로 되물었다.

"그 명단 원래 형이 갖고 있었던 거 맞지?"

이복재는 긍정도 부정도 하지 않았다.

"시체와 함께 그 명단이 나왔는데, 정말 아무 할 말이 없어?"

"난 안 죽였어."

"차라리 날 때리고 싶으면 때려. 왜 그런 말로 얼버무리려는 거야?"

"그래, 때리고 싶다."

이복재가 돌아섰다.

"아무나 붙잡고 속이 시원해질 때까지 후려패고 싶어!"

이복재의 눈빛이 활활 타오르고 있었다. 가슴속에 억눌린 분노가 금방이라도 터져 나올 것 같았다.

그럴수록 박문수는 답답해서 미칠 노릇이었다. 박문수가 두 팔을 쩍 벌렸다.

"자, 코뼈가 부러지고 머리가 깨지더라도 맞아줄 용의가 있어."

"미친놈!"

"지해병知解病[8]이 뭐 어떠냐고 사문沙門[9]에 삿대질을 하던 형이 대체 무슨 까닭이 있어 온몸을 땀으로 흠뻑 적시면서까지 부처님 앞에서 절을 하느냐고?"

"그래, 내가 미친놈이다!"

이복재는 돌아서서 걸었다. 박문수도 대나무 가지를 헤치며 뒤따라 나왔다.

"형!"

대웅전 방향과 아래로 내려가는 길이 갈라지는 길목에서 박문수가 소리쳐 불렀으나 이복재는 뒤도 돌아보지 않고 성큼성큼 걸어갔다.

"이문환을 죽인 범인은 성도겸 어른으로 밝혀졌어. 연 낭자가 자기 주막에 이문환과 같이 왔던 늙은 선비가 바로 성도겸이라고 확인해줬어. 잘은 모르겠는데 그자를 잡아넣기 전에 이 말을 꼭 형에게 먼저 해줘야 할 것 같아서."

이복재는 대웅전 안으로 들어가 문을 닫았다. 박문수는 멍하니 지켜보다가 허탈하게 돌아섰다. 큰 기대를 하고 온 것은 아니었지만 이렇게까지 냉정하게 외면을 당할 줄은 몰랐다.

박문수가 이복재를 애써 찾아온 것은 그가 자신과 연 낭자를 구해낸 다음 보인 이상한 행동에 대한 해명을 듣고 나서 성도겸을 잡아도 늦지 않으리라는 판단에서였다. 그렇게 해야만 하는 분명한 이유는 없었다. 하지만

---

8   깨달음을 체득하지 못한 알음알이병. 깨달음은 지식을 넘어선 곳에 있다는 뜻이다.

9   출가해 수도하는 사람을 총칭한다.

그러지 않으면 이복재를 곤경에 빠뜨릴 수도 있다는 생각이 들어서였다.

　무슨 일인지를 알아야 설득하든 설득당하든 할 텐데 이복재가 말조차 붙이지 못하게 하는 이상 박문수로서도 어쩔 도리가 없었다.

　박문수는 맥이 빠져 절 아래로 내려왔다. 마침 약수터가 있어 그리로 가는데, "문수야! 문수야, 기다려!"라고 소리치면서 이복재가 쏜살같이 달려왔다.

　그들은 약수터를 지나쳐 참수리나무 밑으로 갔다. 박문수가 곰방대에 불을 붙여 건네었는데, 이복재는 그것을 다 피우는 동안 한마디 말도 하지 않았다. 그는 마지막 순간까지 내심을 드러내기가 극도로 꺼려지는 모양이었다.

　"우리 어머니가 재혼한다고 얘기했었지?"

　이윽고 이복재가 입을 열었다. 박문수는 워낙 민감한 사안이라 아무 대꾸도 하지 않았다. 또 자신이 그것을 몰라 형이 묻는다고도 생각하지 않았다.

　"나 이거 진짠데… 어머니가 행복했으면 좋겠어."

　"그래, 형은 효자잖아."

　"그런 입에 발린 얘기 말고… 나 진짜야. 진짜로 말하는 거야."

　"누가 아니래?"

　이복재는 박문수의 대꾸에 아랑곳없이 독백하듯 말했다.

　"아버지가 돌아가신 지 20년이 넘었어. 그동안 어머니는 외동아들인 나와 병든 할머니를 과부의 몸으로 홀로 건사하느라 정말 많이 힘드셨지. 모르긴 몰라도 숱한 세월을 남몰래 눈물로 보내셨을 거야. 부엌 아궁이 앞에서 군불 지피다가 서러워 우는 걸 내가 직접 본 것만도 한두 번이 아니었으니까. 나중에 돌아가시면 열녀문烈女門이라도 세워 그 고통의 10분의 1이나마 보답하는 게 자식 된 도리일지 몰라…. 아냐… 이건 정말 아니다. 솔직히… 문수야… 너도 아버지 일찍 돌아가셔서 고생하신 어머니게 안쓰러움 같은 걸 느낄 거야. 있겠지, 당연히… 한데 창피한 얘기지만

난 아냐. 우리 어머니 조신한 여자 아니다."

"형, 왜 자꾸 그런 소릴 해? 나까지 민망하게."

"날 욕하지 마. 어머닐 비난하자는 게 아냐. 어머닌 늘 재혼을 못해 안달이셨지. 아니, 더 솔직히 얘기하면 평소 남정네의 품에 안기지 못한 뜨거운 육체를 감당하지 못해 안달이 나셨다고 해야 할까. 어머니 방에서 춘화春畵가 나와 할머니가 돌아가시기 전 호되게 야단치신 적도 있었으니까. 언젠가부터 난 어머니에게 그런 추한 욕망이 있다는 걸 알고 늘 어머니를 원망했었지. 당연히 남편과 사별한 양반가의 과부가 재혼한다는 건 있을 수 없는 일이라고 생각했어. 수많은 서민의 과부가 재혼해도 양반가의 과부는 스스로 몸가짐을 단정히 하고 자존심을 지켜야 한다는 생각이었지. 그것이 부녀자가 목숨이 끊어지는 날까지 지켜야 할 윤상倫常이라는 덴 추호도 의심이 없었고. 그러던 내가 성균관에 들어오면서, 능력도 안 되는 선배들이 오로지 대과大科에 입격해 벼슬살이 나갈 궁리만 하면서 10년 혹은 20년씩 아내의 희생을 강요하는 생활을 접하면서 이건 아니다, 라는 생각이 들었어. 그나마 그런 후에 소망대로 벼슬살이라도 하게 된다면 아내들이 그간 힘겹게 뒷바라지한 대가를 조금이나마 보상받을까, 나중에 도저히 입격의 가능성이 없어 보이면 혼자 망향대에 올라가 용서하라는 말 딱 한 줄 써놓고 자진하는 예도 숱하게 봤어. 그래서 나 자신에게 물어봤지. 난 뭐냐고? 어머니의 재혼까지 막아가면서 대과에 목을 매달 만큼 대단한 존재인가 하고 말이야…. 사실 어머니는 연전에도 재혼하고 싶어 하셨어. 그때 내가 펄펄 뛰며 내 앞길 망칠 거냐고 소리쳤었지…. 이번에 또 은근히 재혼의 뜻을 내비치시길래 내 걱정하지 말고 뜻대로 하시라고 했던 거야. 잘난 성균관 선배들은 내가 시험에 붙을 자신이 없으니까 허락한 거라고 비아냥댈지 모르지. 아무렴 어때…. 내가 숨기고 싶은 얘기를 장황하게 늘어놓은 건 네게 부탁할 게 있어서야."

"무슨 부탁?"

"내일 우리 어머니 재혼하셔. 원래는 남 보기 부끄럽다고 ᅵᅡ나하시는 걸 내가 강권했지. 조촐하게 우리 집에서 하기로 했어. 친한 지인들만 모시고 말이야."

"나도 초대하는 거지?"

"미안하지만, 아니… 어머니가 신방 차리고 며칠만 행복하게 지내게 좀만 참고 기다려줘."

"한데 그걸 왜 나한테 부탁하는 거야?"

"내가 왜 절에서 하루에 천 배씩 절했는지 알아?"

"…"

"네가 날 찾아오지 않길 부처님에게 빌고 또 빌었어. 날 찾아온다는 것은 사건 해결이 임박했다는 걸 뜻하니까. 내 계부가 될 사람이… 그 사람이… 사능 성도겸 어른이셔."

이복재가 이어서 박문수와 연 낭자를 구출하게 된 경위를 설명했다.

그러니까 박문수와 이복재가 함께 나무에 올라가 홍나미의 집을 감시하던 날, 박문수는 이복재의 품에 뭔가를 남겨두고 실종되었다. 그것은 박문수가 혹시라도 자신의 신변에 이상이 있을 때 이복재에게 조사해보라는 내용이 담긴 서찰로 이복재는 그것을 충실하게 따랐다.

그는 먼저 손 도고의 집에 들러 합죽선 명단을 받았는데, 거기에 성도겸의 이름이 들어 있었다. 처음엔 그것이 의미하는 바를 명쾌하게 깨닫지 못하다가 맹가를 찾아갔을 때 마침 성도겸과 홍나미 그리고 맹가 세 명이 우연히 같이 있는 것을 발견하고는 어렴풋이나마 박문수가 그때그때 얘기하던 것들이 아귀가 맞아 들어가는 것을 알았다.

마침 해가 떨어질 무렵이라 다음 날 관아에 가서 나졸들을 데리고 셋을 잡아들일 생각이었는데, 공교롭게도 이날 어머니가 할 말이 있다고 해서 집에 들어가 보니 재혼 상대가 성도겸이라는 것이었다.

청천벽력 같은 소식이었다. 재혼한다는 것은 이미 알고 있었지만, 상대가 성도겸인 줄은 꿈에도 몰랐다. 이복재가 성도겸 어른을 알고 있었기에 예기치 못한 구설이 나올까, 어머니가 그때까지 언급을 피했던 것 같았다.

그 순간 이복재는 성도겸이 살인사건에 연루된 것 같으니 재혼을 포기하라고 소리치고 싶었다. 그런데 어머니는 아들에 대한 미안함 때문이었는지 이번 혼인이 자신에게 얼마나 소중한 일인지를 자꾸 설명하면서 이복재에게 흔쾌히 허락해줄 것을 요청했다.

당시만 해도 이복재는 박문수처럼 사건의 진상을 훤히 꿰뚫어볼 수 있는 상황이 아니었다. 더구나 아직은 성도겸 어른에게 짙은 의혹이 있다는 것일 뿐(나중에 박문수조차도 연 낭자에게 성도겸의 얼굴을 확인시키고 나서야 이문환을 죽인 범인임을 확신하지 않았던가) 확실한 증거는 없었다. 더구나 어머니에게 그런 사정으로 반대 의사를 나타내면 어머니는 아들이 애초에 재혼을 반대하니까 억지 이유를 갖다 붙인다고 생각할 게 틀림없었다.

이틀쯤 고민하던 이복재는 직접 만나 담판을 짓기로 작정하고 성도겸을 찾아갔다. 다짜고짜 박문수를 납치하지 않았느냐는 말에 성도겸은 완강히 부인했다. 그것은 예상대로였다. 이복재는 자신의 어머니와 혼인하게 된 것을 알고 있다면서 합죽선 명단을 내보였다. 이문환을 죽인 범인이 남긴 합죽선이 주막 평상에 떨어져 있었던 사실도 언급했다.

그제야 성도겸이 태도를 바꿔 한마디 했다.

"그래, 이제 어떡할 텐가?"

그것은 묘한 말이었다. 듣기에 따라서는 자네가 하자는 대로 받아들이겠다는 뜻 같기도 했고, 어디 네 마음대로 해볼 테면 해보라는 뜻 같기도 했다.

거기서 이복재는 선택할 수밖에 없었다. 그전에 그는 먼저 한 가지 확실히 해두고 싶은 것을 물었다.

"박문수가 아직 살아 있나요?"

성도겸은 박문수가 살아 있다고 말해주었다. 그래서 이복재는 명단을 박문수와 바꾸자고 했다. 그러자 성도겸이 물었다.

"자네 어머니와의 재혼은?"

"우리 어머니를 진심으로 사랑하십니까?"

"사랑? 이 나이엔 어울리지 않는 말이네. 서로 간에 간절히 원하고 있다는 정도로 해두지."

이복재는 망설여졌지만, 관아에 고발하지 않고 박문수를 구출해낼 수만 있다면 그것만으로도 보람 있는 일이라고 생각했다. 솔직히 그 순간 어머니와의 혼인이 깨졌으면 하는 소망이 없지 않았다. 그러나 한편으로 그 일은 흐름과 운명에 맡겨두자는 쪽으로 마음이 기울었다.

명단은 박문수와 연 낭자가 풀려나던 날 홍나미에게 넘겨주었다. 홍나미를 누가, 왜 죽였는지, 그리고 왜 하필 홍순남의 관 위에 파묻었는지는 모른다고 했다.

이야기 끝에 이복재가 이렇게 말했다.

"네가 안 이상 범죄를 모른 척 묻어둘 순 없겠지. 한데… 갑자기 《논어》를 가르치던 교관한테 들었던 얘기가 생각나는군. 아마 공자와 한비자의 차이를 설명하는 대목이었을 거야. 한비자가 말하기를, '법의 도리는 처음에는 고생스럽지만 나중에는 오래도록 이로우며, 인의 도리는 처음에는 잠깐 동안 즐겁지만 뒤에 가서는 곤궁해진다(法之爲道前苦而長利, 仁之爲道偸樂而後窮)', 난 천상 유생인지 그때 교관이 그랬던 것처럼 지금 이 순간에 반대로 말하고 싶어. 인의 도리야말로 당장 곤궁할지 몰라도 나중에는 즐거울 수 있다고. 성도겸 어른에게 추한 꼴을 당하지 않을 마지막 기회를 주도록 하자. 그건 그 어른만을 위한 게 아니라 우리 어머니를 위한 일이기도 해."

22
배를 타고 운명을 향해 나아가다

며칠 후 가을비가 추적추적 내리던 날이었다. 이복재로부터 밤섬 부군당 앞 절벽에서 만나자는 전갈이 왔다.

도롱이에 나막신 차림으로 박문수는 부랴부랴 약속 장소로 달려갔다. 비에 으스스한 한기까지, 워낙 궂은 날씨라 약속 장소에 도착했을 때는 오한이 드는 기분이었다.

　마음고생이 심했던지 이복재는 퀭한 눈빛에 볼살이 쏙 빠져 있었다.

　그들은 강을 내려다보며 절벽 위에 나란히 섰다. 강 너머에는 태고의 신비를 간직한 듯 옅은 안개가 강을 따라 흘러내리고 있었다.

　"덕분에 혼례는 잘 치렀어. 널 부르고 싶었지만 내 마음이 좀 그랬어."

　이복재가 담담하게 말했다.

　"어머니 얼굴에 화색이 돌더라. 태어나서 수줍음으로 발개진 어머니의 얼굴을 본 건 처음이야…. 그저께 성도겸 어른, 아니 이제 아버지라고 해야 하나? 아무튼 그 어른께 다 말해버렸어. 네가 홍나미의 시체를 발견한 거며 나하고 나눴던 얘기며… 성도겸 어른은 얘기를 듣더니 아무 말 없이 술을 찾으시더군. 술에 거나하게 취하고서야 모든 걸 털어놓으셨어. 너 혹시 반촌 양 소사 사건이라고 들어봤어?"

　그 말에 박문수는 마침 소매 안에 넣어 가지고 온 문건을 내보였다.

　"이광좌 어른 덕에 얻어서 보게 된 건데… 당시에 검률이었던 하석기가 맡았던 사건이라고 알고 있어."

　"그래? 그 문건에 누가 등장하지?"

　"양 소사와 권호철, 그리고 이문환."

　"성도겸 어른은?"

　"없어."

　"홍나미는?"

　"역시 없어."

　"그럴 수밖에 없지. 그게 거기에 기록돼 있었다면 무모하게 그런 짓을 했을 리가 없으니까."

　박문수로서는 아직은 헤아려 듣기 어려운 말이었다. 이복재가 말했다.

　"양 소사가 성도겸 어른의 딸이래."

"딸?"

"성도겸 어른이 성균관 생활 오래 한 건 알지? 반촌에 드나들다 양 소사의 어머니와 눈이 맞아 그렇게 된 모양이야. 참, 얄궂지? 성도겸 어른도 미팅微襰을 통해 그 여자를 만난 거야. 물론 그 당시만 해도 성도겸 어른은 고향에 아내와 자식이 있었지만…. 한데 오래전에 그 고향 집 가족은 수마에 몰살을 당했대나 봐. 그러니 가족은 양 소사와 그 어머니만 남은 셈인데… 양 소사의 어머니마저 병으로 죽고… 양 소사만이 남았지. 드러내놓진 못해도 속으로는 누구보다도 소중한 딸이었을 거야. 그런 딸이 성균관 유생에게 윤간輪姦을 당한 거야."

"권호철과 이문환한테?"

"그래, 그 얘기를 듣는 내가 얼마나 수치스럽던지. 그들은 선비의 탈을 쓴 짐승이었어. 분하긴 했지만 성도겸 어른도 처음엔 참으려고 했대. 고발까지 해서 증험한 결과 어쨌든 그들은 양 소사의 딸 언년이의 아비가 아닌 것으로 판명되었으니까. 그런데 더 이상 자신과 딸을 지켜낼 힘이 없게 된 양 소사가 분함을 못 이겨 자진을 해버린 거야."

"양 소사가 자살을?"

"그래…. 그런데 그 소식을 어떻게 들었는지 홍귀남이 찾아왔대. 홍귀남이 와서 고백하기를 자기도 윤간을 하는 현장에 있었는데 차마 증언을 하지 못해 너무 죄송하다고…, 자신을 죽여달라고 했다는 거야. 한마디로 양 소사의 아버지인 성도겸 어른에게 사죄를 한 거야. 한데 난 그 점이 얼른 이해되지 않았어. 홍귀남이 어떻게 성도겸 어른이 양 소사의 친아버지인 것을 알고 찾아왔느냐냔 말이지. 그건 그렇게 말하더군. 양 소사가 자살하자 죄책감에 사로잡힌 성도겸 어른은 자신이 양 소사의 아비라는 것을 더 이상 감출 수가 없었던 모양이야. 술을 마시면 이따금 지인들에게 털어놓은 모양인데 그게 홍귀남의 귀에도 들어갔던가 봐. 아무튼 홍귀남이 그렇게 고백하자, 성도겸 어른이 윤간 현장에 있었는데 어떻게 형조의 추고推考에서조차 신분이 드러나지 않았냐고 물었다더군."

거기서 이복재는 추운지 한번 심호흡을 하며 손바닥을 비볐다. 박문수는 조바심이 났다.

비는 조금씩 잦아들고 있었다. 짙은 잿빛의 한강은 바람결에 물살을 일으키며 넘실대고 있었다.

"그러니까 홍귀남이 하는 말이, 자신은 현장에서 망만 보고 있었다는 거야. 어차피 양 소사의 고발은 아비를 찾아내달라는 것이었으니 굳이 홍귀남을 끌어들일 필요가 없었던 데다가, 권호철과 이문환이 그를 끌어들이지 않은 이유는 따로 있었다는 거야. 권호철과 이문환은 홍귀남의 이름을 절대 거론하지 않는 조건으로 다음 과거시험 때 답안을 대신 작성해 달라고 했대. 그때쯤 홍귀남은 권당에 불참한 사건으로 노론 측의 미움을 한 몸에 받던 터라 일단은 그러마고 약속했고. 자기 딴에는 양 소사 사건에 연루되어 추문이 날까 걱정도 되었겠지. 성도겸 어른의 주장에 따르면, 홍귀남이 죽은 건 그 일로 다투다 두 사람에게 살해당했을 거라고 짐작하더라고. 아무튼 홍귀남의 고백과 곧 이은 그의 죽음은 성도겸 어른의 분노에 불을 지피는 계기가 됐어. 맹가를 끌어들이는 것은 식은 죽 먹기였어. 맹가는 양 소사를 끔찍이도 연모했는데, 양 소사가 죽은 후에는 그 딸 언년이를 입양해 키우기까지 했다는 거야. 성도겸 어른은 자신의 계획을 맹가에게 말했지. 맹가는 흔쾌히 동의했어. 하지만 두 사람 힘으로는 부족하다고 생각했어. 의외로 빨리 자신들의 범죄가 발각될 염려가 있었으니까. 그래서 성도겸 어른은 남편과 사별한 뒤 오빠 홍순남 집에 돌아와 있던 홍나미를 만난 거야. 그때는 홍순남이 거의 죽어가고 있어서 둘의 얘기에 끼어들 수가 없었지. 증좌는 없었지만 진실을 꿰뚫게 된 홍나미는 마침 오빠 홍순남이 죽자 오빠로 변장하는 계획을 세워 기꺼이 범죄에 동참하게 된 거고."

그제야 박문수는 권호철이 독살을 당하자 하석기가 왜 홍나미의 집으로 (본인이 홍순남을 만난다고 착각한 것으로 보아 미팅을 주선한 사람이 홍순남, 아니 홍나미임을 모르고 있었던 것 같았다) 찾아갔는지 이해될 것 같았다. 하석기는 성도겸 어른을 몰랐던 반면 홍귀남의 존재를 알고 있었던 것이다. 그는 어리석게도 권호철과 이문환이 연이어 독살당하자 혹시 홍귀남도 독살당한 것이 아닌지 확인하고 싶었던 것이다.

"한데… 홍나미는 왜 죽인 거야?"

"처음부터 죽이려고 했던 것은 아닌데 맹가와 자주 다투어 관계가 위태로워진 데다 너에게 꼬리가 밟힌 다음에는 자꾸 불안해하며 자수 얘기를 꺼냈다는 거야. 그래서 홍순남과 홍귀남의 무덤을 이장해서 다른 곳으로 이주시키려 했는데, 홍순남의 무덤을 파헤친 상태에서 여자 혼자 몸으로 딱히 갈 데도 없다며 실랑이를 벌이던 중 맹가가 삽으로 뒤통수를 후려쳤다나 봐. 그땐 그녀가 합죽선 명단 쪽지를 가지고 있다는 것은 생각조차 못했고. 참, 처음에 권호철의 시신을 수습하기 위해 너를 만나러 종루로 갔던 것도 의도적으로 장의를 배탈 나게 해서 자기가 갔다고 했어. 그리고 처음엔 하석기를 먼저 죽일 생각에 미팅에 끌어들였는데 여의치가 않았대. 그렇게 그것조차도 계획적이었던 거지."

따로 떨어져 있던 조각들이 마침내 하나로 꿰어졌다. 모든 것을 이해한 지금, 성도겸이 어떤 선택을 할지 궁금해졌다. 그때, 마침 기다렸다는 듯이 이복재가 강 너머를 손가락으로 가리켰다.

"저기 보이지?"

물너울인가 배인가.

작은 점처럼 모호해 보이던 것이 차츰 강 한가운데로 떠밀려오면서 형체를 갖추었다. 그것은 아주 작은 배였다.

사공이 노를 젓고 있었다. 배는 이쪽을 방향으로 잡은 듯 단애 밑까지 왔다.

거리가 가까워지자 사공의 모습이 확연히 드러났다. 성도겸이었다.

그가 일어나자 배가 기우뚱하고 흔들렸다. 잠시 중심을 잡느라 휘청거리던 그가 머리 위로 양팔을 올려 크게 휘저어 보였다.

이복재가 어정쩡하게 손을 들어 답례했다.

박문수는 왠지 어색하기 짝이 없는 별리別離의 순간을 국외자의 처지에서 냉정하게 바라보고 있었다. 그는 내심 성도겸이 왜 저래야 하는지 묻고 싶었다.

그런 속마음을 읽은 듯 이복재가 말했다.

"양 소사가 묻힌 곳이 바로 저곳이래. 맹가와 함께 직접 뼛가루를 뿌렸다더군. 마지막 가는 길에 꼭 한번 들르고 싶다고."

아비의 마음은 원래 저런 것인가. 왜, 애초부터 양 소사를 챙겨주지 못했을까? 그렇다면 이런 비극도 없지 않았을까?

작별을 고한 성도겸이 배 고물 쪽을 타고 앉았다. 노를 거두어들이자 배는 이리저리 흔들리며 천천히 물살을 타고 하구를 향해 나아가기 시작했다.

"성도겸 어른이 가장 저주했던 게 뭔지 알아?"

이복재는 자신이 묻고 자신이 대답했다.

"자신의 호인 사능土能[10]이었다더군. 성균관을 나와 빈사로 남의 웃음거리가 되어 살면서도 사능이라는 꼬리표는 끝내 떼어내지 못했다고 자조하며 쓴웃음을 지었어. 하지만 어느 시대건 누구나 사능이 되려 하지만 진정 사능이 되는 사람이 몇이나 있을까?"

"사능이라는 호 그거… '무릇 일정한 재산이나 수입이 없으면서도 한결같은 마음을 지닐 수 있는 것은 오로지 선비만이 가능하다(無恒産, 而有恒心者, 惟土爲能)'라는 구절에서 나온 거지? 형은 어때?"

"넌?"

"다른 건 몰라도 그것만은 성도겸 어른을 욕할 자격이 없을 것 같은데."

"나도… 무산자가 유산자인 척할 순 없을 테니까. 이렇게 말하면 올곧은 선비를 욕되게 하는 걸까? 특히나 우리같이 팔팔한 성균관 태학생

---

10 《맹자》에 나오는 말로 18세기 많은 조선 선비들이 사능을 호로 삼았는데, 후일 화가로 유명한 김홍도의 호이기도 하다.

이…."

"참, 하석기를 죽인 이유는 물어봤어?"

"하석기의 뒷조사는 오래전부터 해왔었대. 성도겸 어른이 괘씸해했던 것은 하석기가 형조에서 적혈지법을 시행할 때 이문환과 권호철의 부탁을 받고 수작을 부렸던 모양이야."

"무슨 수작?"

"그렇게만 들었어. 미안… 여러 가지로 정신이 없어서 더는 못 물어봤어."

상황이 상황인지라 박문수도 더 묻지 않았다. 한참을 침묵하다가 박문수가 이복재에게 말했다.

"저리 쭉 가면 어디가 나오지?"

"강화도."

"더 가면?"

"바다."

저 멀리 흘러가던 배는 조금씩 존재감이 희미해지더니 더 이상 작아질 수 없는 점이 되어 끝내는 배경에 묻혀버렸다. 그리고 그것은 그대로 아무런 가감도 없이 성도겸의 인생이 되고 운명이 되어버렸다.

23
박문수, 적혈지법을 시행하다

"사이가 어때?"

"아주 좋아."

"그러면 혼인하면 되지 새삼스럽게 왜 친자를 확인하려는 거야?"

"둘은 좋아 죽겠는데 남자 쪽 어머니가 심하게 반대하는 모양이야. 며느리 될 여자가 혼인 전에 남우세스럽게 아기를 낳은 데다 찢어지게 가난하다고 싫어하는가 봐."

"다른 문제는 없어?"

"전혀. 남자가 성정이 과묵하고 일벌레래. 하루 종일 밭에 나가 일하는데 불평 한마디 하지 않고 술이나 노름에도 관심이 없고."

"친자임이 확인되면 며느리로 받아들인대?"

"그렇다나 봐."

"거참, 고집스럽기는. 당신 아들이 자기 딸이라고 주장하는데 굳이 그럴 이유가 있어?"

"여태껏 못 받아들인다고 큰소리를 쳤으니 명분을 찾는 거겠지."

"갑자기 왜 마음이 변한 거야?"

"늙어서 이제 아프대."

"애가 몇 살이야?"

"세 살."

"형, 그럼 작은 그릇으로 가져와."

박문수와 이복재가 귀엣말로 소곤거렸다.

그들은 과천현 연 낭자의 주막 앞 공터에 와 있었다. 오전 사시巳時[11]로 손님이 없는 한가한 시간대였다.

며칠 전 연 낭자로부터 자기 동네에 친자를 확인하려는 쌍이 둘 있는데 도움을 줄 수 있느냐는 연락이 왔다. 마침 박문수는 양 소사에게 비극을 안겨준 적혈지법에 대해 큰 의심을 품고 그것에 대해 연구하던 중이어서 흔쾌히 수락했다.

그는 이복재에게 두 쌍의 사생활에 대해 뒷조사를 해달라고 부탁했다. 처음엔 거부하던 그가 양 소사에게 닥친 사건의 진실에 좀 더 접근할 수 있을지 모른다고 얘기하자 두말없이 협조해주겠다고 했다.

이복재는 박문수가 준비한 것들 중에 왜 하필 작은 사발을 가져오라는

11 오전 9시~11시.

지 영문을 알 수 없었다.

이복재는 초조한 기색으로 서 있는 두 남녀와 지팡이를 짚고 따라온 늙은 어머니를 바라보았다. 여자가 귀여운 여자아이를 품에 안고 있어 그들은 단란한 가족으로 보였다. 그 뒤에도 비슷한 처지의 남녀가 자신들의 차례를 기다리며 서 있었다.

박문수는 그들을 앞으로 오라고 한 뒤 사내의 손가락과 여아의 손가락을 칼로 따서 물이 담긴 그릇에 떨어뜨렸다. 여아가 자지러질 듯이 울어댔다.

선명한 피 두 가닥이 띠를 이루며 각기 놀다가 서서히 이동하더니 엉기기 시작했다. 물그릇을 초조하게 내려다보던 사내의 얼굴이 활짝 펴졌다. 곧이어 어머니를 안아 뒤흔들며 말했다.

"어무이도 봤제? 더 이상 내 딸년 아니라고 입소문 내고 다니믄 나 어무이 안 모실 끼고 농사도 안 지을 끼요."

그러고 나서 박문수에게 연신 허리를 굽혀 감사를 표하더니 가족을 이끌고 떠들썩하게 멀어져갔다.

박문수는 다음 사람들을 잠시 기다리게 해놓고 다시 이복재와 낮은 소리로 대화를 나누었다.

"둘 사이는?"

"상극이야. 남자는 범이고 여자는 닭이라 같이 살아도 원진살이 끼어 헤어질 팔자래."

"형, 그런 거 말고."

"여자 쪽이 돈을 뜯어내려고 수작을 부리는 것 같은데… 알 수야 없지."

"제대로 조사한 거야?"

"한 가지 분명한 건 여자가 들병이 전력이 있는 데다 헤프기로 소문났다나 봐. 남자는 여자와 자긴 했는데 자기 자식일 리가 없다는 거지."

박문수는 그들을 앞으로 불렀다.

얼른 보기에도 아기를 포대기로 감싸 업은 여자는 닳고 닳은 인상이었다. 상황이 이렇게까지 되어 적혈지법으로 증험까지 받아야 하는데도 부끄럽다거나 낭패스러워하는 기색이 전혀 없었다. 그에 반해 사내는 부끄러워 차마 얼굴을 들지 못했는데, 사연이 어떻든 박문수는 망설이지 않을 수 없었다.

부부의 연으로 맺어주는 것은 쉽다. 적혈지법에 의한 증험이 틀려 설혹 그 자식이 여자의 부정에 의해 다른 곳에서 얻은 자식이라 해도 두 남녀가 남은 세월을 서로를 사랑하며 산다면 문제 될 것이 없을 터였다.

하지만 양 소사의 경우처럼 자기 확신과 정반대로 증험의 결과가 나온다면 어찌할 것인가.

박문수는 그제야 하석기가 이문환과 권호철의 부탁을 받고 부린 수작이 무엇인지 알 것 같았다.

형조 앞마당, 함박눈이 내리던 지난해 겨울, 권호철과 이문환은 무슨 배짱으로 당당히 적혈지법에 응했을까?

표면적으로는 강간한 적이 없으니 떳떳했기에 가능한 일이라고 말할 수 있을 것이다. 하지만 천하디천한 반촌의 여자가 어찌 자기 확신도 없이 한 명도 아닌 두 명의 예비 사대부를 고발할 수 있었을까? 권호철과 이문환의 당당함은 하석기과의 은밀한 내통을 등에 업고 나온 것이었을 터였다.

마음의 결정을 내린 박문수는 이번엔 직접 주막 부엌으로 들어갔다. 궁금한 듯 이복재가 뒤따라 들어왔다.

박문수는 큰 사발을 골라 물을 담았다.

"아까는 작은 것이더니 이번엔 왜 큰 거야?"

이복재가 말했다.

"저들은 헤어져야 할 사이니까."

"그래, 내 눈에도 그래 보이는데 조금 전과 방법이 틀리다는 건 왠지 좀⋯."

"제대로 봤어. 적혈지법에 정식定式이란 건 없어. 누구나 적당한 그릇에

물을 담아 부모의 피와 자식의 피, 혹은 형제자매의 피를 몇 방울 떨어뜨린 다음 엉기느냐 안 엉기느냐에 따라 혈연血緣이냐 아니냐를 주장할 뿐이지. 어리석게도 그 그릇이 작은지 큰지 따위는 신경을 쓰지 못하지. 그릇이 크면 당연히 피가 엉길 가능성이 낮아지겠지. 거기다가 증험을 할 때 두 사람의 피를 떨어뜨리는 시간의 차이를 길게 하면 할수록 피가 엉길 가능성이 더욱 낮아져. 이것이 바로 하석기가 살해당한 이유일 거야."

그들은 밖으로 나가 또 한 번의 적혈지법을 피가 잘 엉기지 않는 방식으로 시행했다. 결과는 박문수의 예상대로였다.

남자는 먼저 돌아가고 여자는 남아 박문수에게 입에 담지 못할 욕설을 퍼부어댔다. 연 낭자가 만류하고 나서야 여자도 돌아갔다.

연 낭자는 먼 길까지 마중을 나와주었다.

이복재가 눈을 찡긋거리며 박문수의 허리를 쿡 찔렀다.

"만날 약속을 해."

그 말에 연 낭자의 얼굴이 발갛게 달아올랐다. 잠시 머뭇거리던 박문수가 "안 그래도 오늘 삼개 야경을 구경하기로 했어. 하지만… 술은 절대 안 마실 거야" 하고 말했다.

"술을 안 마시다니?"

"그런 게 있어."

박문수가 껄껄 웃었다.

연 낭자가 볼을 감싸쥔 채 돌아가고 나서 박문수와 이복재는 어깨를 나란히 하고 걸었다.

"형, 효과를 지연시키는 그 독약 말이야. 왜, 상색장 권호철이 독이 든 음식을 먹고서도 성균관에서 피맛골까지 무탈하게 갔잖아. 그 제조법과 만든 사람을 알아냈어. 전 내시부 소속 강호일이란 자가 알려줬어."

박문수는 강호일을 만난 경위를 들려주었다. 그도 상세한 내용은 어제 성균관으로 온 편지를 읽고 알게 되었다.

"누군데?"

"그자는….”

박문수가 뜸을 들이자 이복재가 말했다.

"이제 와서 알면 뭐 하겠어? 이름이나 신분보다 제조법이 더 궁금한걸. 어떻게 독성이 나타나는 시간을 지연시킬 수가 있었던 거지?”

"독에다 독을 넣으면 된대.”

"독에다 독을… 그러면 독성이 강해져 더 빨리 죽어야 하는 거 아냐?”

"상반相反 약일 경우는 그렇대. 백렴서각구여오두상반白蘞犀角俱與烏頭相反이란 말이 있는데, 지난번 홍순남, 아니 홍나미의 편지에서 보았듯이 오두에 가위톱(백렴)이나 무소뿔(서각)을 섞으면 독성이 더 강해지니까 한방에서는 절대 섞어서 처방하지 않는대. 형, 참복 좋아해?”

"뜬금없이 그건 왜?”

"내장에 독이 많아 잘못 먹었다가 죽는 사람 많잖아.”

"그렇지.”

"오두란 게 부자附子라고도 하는데, 초오의 뿌리래. 독성이 너무 강해서 보통은 소금물에 담그거나 열을 가한 후 약용으로 쓰는데… 그 오두에 복섬 독을 섞으면 길항작용이 나타나 약효를 늦출 수가 있대. 강호일이란 자의 말로는 한 시진도 너끈히 가능하대.”

"한 시진씩이나… 정말 놀라운걸. 까마귀 대가리에 복섬 독이라….”

까마귀라고 이복재가 중얼거린 탓에 박문수는 묘한 기분을 느꼈다.

강호일 오두… 성구 까마귀….

"그자는 이미 잡아들였겠지?”

이복재가 말했다.

"아니, 아직.”

"그 처방이 시중에 널리 알려지면 어쩌려고?”

"그럴 리는 없어. 그자 말로는 편지를 받았을 때쯤 자기는 죽었을 거라고 했어.”

"대체 누군데?”

"아까 말한 내시 강호일이란 자! 최근엔 광통교 강담사로 살았는데 자기가 성도겸에게 독약을 직접 건넸다고 자백했어. 지금 그자의 집으로 가면 죽었는지 살았는지 진상을 알 수 있겠지."

그들은 한동안 말이 없었다. 이복재는 곰방대에 부시를 치고 있었고, 박문수는 짙은 구름이 밀려드는 하늘을 물끄러미 올려보고 있었다.

"맹가가 잡혀간 것까지는 어쩔 수 없는데 어린 언년이가 불쌍해."

이윽고 다시 발걸음을 옮기며 박문수가 말했다.

"그래, 고모란 여자가 키운다니까 그나마 다행이지만, 고아 신세라니… 정말 안됐어."

"참, 어머닌 좀 어떠셔?"

"어머닌 성도겸 어른이 죽은 것도 몰라. 갑자기 친척 어른이 돌아가셔서 급히 고향으로 가셨다고 거짓말했어. 곧 알게 되겠지."

이복재의 얼굴이 침울해졌다.

"성균관을 그만뒀는데 이제 어쩔 거야?"

"나도 빈사나 되어 세상 시름 잊은 나그네로 살아볼까."

그들은 강을 건너기 위해 노량으로 나왔다. 권호철, 이문환, 하석기, 홍나미, 성도겸….

많은 사람이 죽었는데도 강은 오늘도 태평스럽게 흘러내리고 있었다.

"형, 힘내."

박문수의 위로 말과 함께 그들은 배에 올랐다. 마침 그들 외에는 도강하는 사람이 없었다. 사공이 배를 저어가자 저만치 밤섬 부군당 단애가 보였다.

양 소사의 유골 가루를 뿌린 부근에 이르렀을 때 이복재가 낮은 소리로 알 수 없는 노랫가락을 웅얼거리기 시작했다. 박문수는 저 멀리 성도겸이 떠나간 바다를 향해 시선을 두었다. 성도겸을 싣고 떠난 강은 오늘도 조용히 제 갈 길을 가고 있었다.

나루터를 묻는 나그네는 황급히 길을 재촉하고(問津行客鞭應急)

절을 찾는 늙은 중은 한가롭지 아니하다(尋寺老僧杖不閑)[12]

(끝)

---

12   박문수의 장원급제 시 〈낙조(落照)〉 중에서.

정보라, 김민섭, 장일호 추천

미학적
리얼리즘의
새 지평을 여는
작가의 출현!

모든 것의 이야기

김형규 소설

한국사회의 계급 문제를 정면으로 응시하는 힘

"과거와 현재를 고찰하고 미래를 조망하는 상상력과
인간에 대한 차분한 시선이다."
—정보라(《저주토끼》 작가)

"이런 이야기를 써 줘서 감사하다. 오랜만에 읽는 굵은 선을 가진 소설."
—김민섭(사회학자)

"당신이 몰랐던 이야기가 《모든 것의 이야기》 안에 담겨 있다."
—장일호(시사IN 기자)

나비클럽

"잘못된 방향의 글이더라도 반드시 끝까지 써내려간다"

—영화 〈잠〉 유재선 감독

인터뷰 진행★김소망

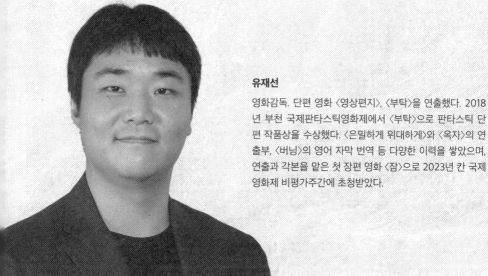

유재선

영화감독. 단편 영화 〈영상편지〉, 〈부탁〉을 연출했다. 2018
년 부천 국제판타스틱영화제에서 〈부탁〉으로 판타스틱 단
편 작품상을 수상했다. 〈은밀하게 위대하게〉와 〈옥자〉의 연
출부, 〈버닝〉의 영어 자막 번역 등 다양한 이력을 쌓았으며,
연출과 각본을 맡은 첫 장편 영화 〈잠〉으로 2023년 칸 국제
영화제 비평가주간에 초청받았다.

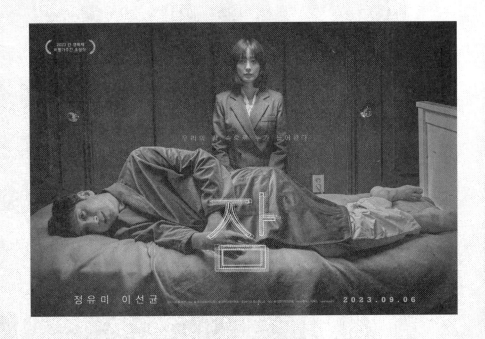

봉준호 키드, 데뷔작으로 칸 국제영화제 진출, 영화 개봉 12일 만에 100만 관객 돌파, 영화계의 주목받는 새 얼굴.

지난 9월에 개봉한 영화 〈잠〉과 유재선 감독에게 붙는 수식어들이다. 영화 〈잠〉은 몽유병을 소재로 한 신혼부부의 악몽 같은 이야기다. 초기에 시나리오를 읽은 봉준호 감독의 반응은 "지금 당장 만들어도 손색이 없다"였다고 한다. 시나리오는 3고 만에 완성되었고 영화 촬영 기간은 2개월이 채 걸리지 않았다.

유니크한 공포 영화로 인상적인 데뷔에 성공한 유재선 감독은 많은 인터뷰에서 "나의 최우선 목적은 재미있는 장르 영화를 만드는 것"이라고 밝혀왔다. '극장과 한국 영화의 위기'라는 말이 심심치 않게 들리는 요즘에도 관객들에게 재미있는 신선한 이야기를 들려주는 데 성공한 젊은 창작자는 어떤 방식으로 이야기를 지을까? 유재선 감독의 시나리오 창작 기법에 대해 궁금한 점을 물었다.

많은 공포·미스터리 영화들이 기존의 친숙하고 편안한 요소에 낯설고 불편한 의미를 덧붙이면서 긴장감을 부여하는데요. 영화 〈잠〉에서 공포의 요소로 전환되는 집, 가족, 잠은 보통의 일상에 가장 밀접하게 붙어 있어야 할 기본 요소들입니다.

지금 돌이켜보면 말씀하신 세 가지 소재는 일상의 '안전'과 직결되는 것 같아요. 집과 가족은 바깥으로부터 자신을 안전하게 지켜주는 존재입니다. 잠은 완전한 무방비 상태에서만 가능한 행위이기 때문에 잠을 자는 순간 내 주변이 안전할 것이라는 신뢰가 있어야 하죠. 세상이 아무리 위험해도 사람에겐 집, 가족, 잠이라는 최후의 안식처가 있는 것인데 영화 〈잠〉은 그런 최후의 안식처마저 가장 위협적인 존재로 만들어버리죠. 이런 설정에서 비롯되는 '근원적인 공포'가 이야기의 큰 동력으로 작용한 것 같아요.

이 소재들은 어떻게 떠올리게 되었나요?

아무래도 '몽유병으로 고생하는 신혼부부 이야기'를 만들다 보니 일상적인 소재들이 자연스럽게 따라오게 된 것 같아요. 몽유병은 어쩔 수 없이 잠과 밀접할 수밖에 없잖아요? 부부를 주인공으로 설정했기 때문에 자연스럽게 집이라는 공간을 이야기의 무대로 설정하게 되었고, 가족이라는 주제를 다루게 되었습니다.

공포를 일으키는 연유가 영화가 끝나는 순간까지 과학 vs 초자연 현상이라는 두 지점 중 한쪽으로 기울지 않고 경계선에 머물러 있다는 점이 "최근 10년간 본 영화 중 가장 유니크한 공포 영화이자 스마트한 영화"(봉준호)라는 평을 듣게 된 이유 중 하나가 아닐까 싶습니다. 영화는 그중 한 가지를 선택하는 것처럼 보이지만 관객이 진위를 불신하게 만든다는 점에서 이 영화만의 독특한 분위기가 발생하는데요. 감독님에게 공포 장르의 재미란 '어느 쪽인지 알 수 없음'에서 기인하는 것일까, 라는 생각이 들었습니다.

저는 공포 장르의 재미가 '이해할 수 없음'에 있다고 생각합니다. 위협하는 존재를 이해할 수 있을 때 증오심을 느끼고, 이해할 수 없을 때 공포심을 느낀다고 해요. 그런 의미에서 공포 영화란 '이해할 수 없는 존재로부터 위협받는 주인공이 수수께끼를 풀고 극복하는 과정'이 아닐까요. 영화 〈잠〉의 경우, 몽유병의 원인이 무엇인지 이해할 수 없으므로 공포가 발생합니다. 두 주인공이 수수께끼를 풀기 위해 노력하는 과정에서 장르적 재미가 발생하고요. 말씀하신 '어느 쪽인지 알 수 없음'은 관객들에게 제공하고 싶었던 부가적인 재미 중 하나였습니다. '어느 쪽인지 알 수 없는 마음'은 주인공이 아니라 관객이 느끼는 심리니까요. 이 영화는 모든 것을 시원하게 설명하지 않고 마무리되기 때문에 엔딩 크레디트가 올라간 이후 관객들이 각자 능동적으로 결말을 해석해주길 바랐습니다.

시나리오 집필 과정은 어떠셨나요? 〈잠〉을 3고 만에 탈고하셨다고 들었습니다.

새로운 고로 넘어가는 기준이 사람마다 달라서 제게 3고라는 말은 큰 의미가 없습니다. 저는 사소한 수정 사항이 있을 때 2.2고, 3.4고 등 소수점을 활용합니다. 이야기의 근간을 한번 뒤엎었다고 생각할 때만 새로운 고로 넘어가죠. 〈잠〉의 경우 크게 1고와 2고가 있었고 두 버전은 완전히 다른 이야기입니다. 1고는 블랙박스 카메라, CCTV, 베이비캠 등을 활용한 파운드 푸티지(페이크 다큐멘터리의 일종. 촬영자 행방불명 등의 이유로 출처가 불분명한 영상이 제3자를 통해 공개되었다는 설정. 영화 〈파라노말 액티비티〉가 대표작이다) 형식의 시나리오였어요. 초저예산 영화를 제작하려는 의도였죠. 나름의 재미가 있었지만 이야기를 제대로 펼치기에는 제약이 너무 많게 느껴졌습니다. 그래서 파운드 푸티

지를 정극 형식으로 전환하면서 완전히 새롭게 쓴 이야기가 2고였습니다.

3고의 어떤 점이 이야기의 완성을 확신하게 했는지 궁금합니다.

처음에는 몽유병 증상의 장르적 재미에만 치중했던 것 같아요. 그래서 이야기에 흥미를 크게 느끼지 못했죠. 하지만 이야기를 계속 써내려가면서 당시 제 인생의 화두였던 '결혼'이라는 주제가 많이 스며들었고 시나리오는 점점 두 주인공의 결혼 이야기로 변모했습니다. '공포 영화의 외피를 둘렀지만, 결국에는 사랑 이야기'라는 생각이 들면서 시나리오에 훨씬 애정이 생겼고 이야기가 수월하게 풀렸습니다. 그제야 이 영화를 꼭 만들고 싶다는 확신이 들었죠.

시나리오를 완성하기까지 총 얼마나 걸렸나요?

정확한 기간은 기억이 잘 나지 않지만, 3~4개월 집중적으로 썼습니다. 하지만 시나리오는 촬영을 준비하고 후반 작업을 완성할 때까지 틈틈이 수정했습니다.

감독님은 이야기가 길을 잃은 것 같을 때, 혹은 장벽에 막힌 것 같을 때 어떻게 하시나요?

일단 이야기를 마무리 지으려고 노력해요. 어설프고 못마땅하더라도 어떻게든 기승전결이 있는 이야기로 완성한 후 시간을 두고 다시 읽어봅니다. 틀린 길이어도 일단 숲에서 빠져나와야 한눈에 숲을 담을 수 있잖아요? 저는 현재 걷는 길이 틀렸다는 걸 확신할 때도 그 길을 끝까지 걸어가보는 편입니다. 기승전결을 갖춘 이야기가 완성되면 숲을 전체적으로 둘러볼 수 있는 여유가 생기고 원점에서 어떤 길을 택해야 하는지 더 뚜렷하게 보이는 것 같아요.

〈잠〉의 시나리오 집필 단계에서도 그런 순간이 있었나요?

1고는 완전히 잘못된 길이었죠. 〈잠〉은 제가 계획했던 파운드 푸티지 형식으로 풀어나갈 수 없는 이야기였어요. 시나리오를 쓸 때 뭔가 잘못됐다는 걸 직감했지만 일단 결말까지 마무리 지었던 기억이 납니다. 그리고 시간을 조금 둔 다음 시나리오를 다시 읽었어요. 소위 '올바른 길'이 바로 보이더라고요. 이야기를 정극으로 전환하는 것이었습니다. 그동안 제대로 펼치지 못했던 이야기들이 술술 써지기 시작했어요.

이야기의 재미를 높이기 위해 사용하는 방법에는 어떤 것이 있나요?

시나리오 퇴고 단계에서 한 가지 규칙을 적용합니다. '모든 대사와 지문은 이야기를 진행시켜야 한다.' 시나리오 1고를 마치면 이 규칙을 기준으로 샅샅이 점검합니다. 다시 수정하면 이야기의 진행에 필요한 내용들만 남기 때문에 이야기가 늘어지거나 지루해질 가능성이 줄어들죠.

⟨잠⟩은 곳곳에 유머러스한 장면이 많은 미스터리 영화였습니다. 쌓아 올린 긴장감을 허무는 장치로만 기능하지 않고 유머 자체가 이 영화만의 장르적 분위기를 자아내는 데 중요한 역할을 한다고 느꼈는데요. 다른 인터뷰 글들을 읽어보니 막상 감독님의 의도와는 다른 결과였던 것 같아요.

의도와 다른 결과였다기보다, 의도적으로 유머를 주입하지는 않았다는 쪽에 가깝습니다. 제 영화들은 언제나 그랬던 것 같아요. 이전에 만든 단편 영화들도 딱히 코미디라고 생각하지 않았지만 영화제에서는 코미디 혹은 블랙코미디로 분류되었죠. 관객들도 영화를 보며 많이 웃어주셨던 것 같습니다. 당연히 무척 감사한 일이죠!
제 영화에 의도적으로 웃음을 유발하기 위한 신이나 대사를 넣은 적은 없지만 영화를 볼 때 웃음이 나온다면 인물들이 놓인 황당무계한 상황 때문이 아닐까 싶습니다. 황당한 상황을 영화 속 인물들이 진지하고 절박하게 대처해 나갈 때 관객들이 웃는 것 같아요.

영화의 결말에서 긴장감이 절정에 다다랐다가 해소되던 순간은 기억에 오래 남을 독특한 설정이자 기이한 장면이었습니다. 그 장면은 어떻게 떠올리게 되었나요?

아이고, 그렇게 말씀해주시니 대단히 감사합니다. 이야기의 결말을 구성할 때쯤엔 등장인물을 가장 깊이 파악하고 있을 때라서 자연스럽게 두 인물이 '이렇게 행동할 수밖에 없겠다'는 생각으로 이야기를 썼던 것 같아요. '수진(아내)이 이런 말이나 행동을 하면, 현수(남편)는 이렇게 반응하겠지?', '수진은 다시 이렇게 반응할 거야' 확신하면서 이야기가 술술 풀렸던 것 같습니다.

감독님이 생각하시는 좋은 이야기란 어떤 것인가요?

와, 정말 어려운 질문이네요. 저에게 좋은 이야기란 '재미있는 이야기'입니다. 재미있는 이야기란 오락적인 재미가 있으면서 인간성에 대한 고찰이 있는 작품이고요. '맞아! 사람은 저래! 이 이야기는 인간이란 무엇인지를 정말 잘 파악하고 표현했구나!' 하는 생각이 들게 할 때 재미있는 이야기라고 느 낍니다. 최근에 본 영화 〈슬픔의 삼각형〉이 좋은 예시일 것 같습니다. 데이비 드 포스터 월리스 작가의 소설도 무척 좋아합니다.

극장 영화의 상황이 갈수록 어려워지고 있는데도 유니크한 데뷔작으로 유 의미한 성과를 이뤄내셨는데요. 쉽지 않은 출판계 상황과 끊임없는 회의 속 에서도 자신만의 이야기를 짓길 포기하지 않고 도전하고 있는 많은 장르 소 설가들에게 응원 한마디 해주세요.

이야기 한 편이 완성되기까지의 길은 언제나 외롭고 힘들겠지만, 그 과정에 서 즐거움과 행복을 찾을 수 있기를 진심으로 바랍니다. 다들 화이팅입니다. 저도 열심히 해서 더 재미있는 이야기로 다시 찾아뵙겠습니다.

김소망 평생 영화와 책 사이를 오가고 있다. 대학에서 영화 연출을 전공했고 현재 직업 은 출판 마케터. 마케터란 한 우물을 깊게 파는 것보다 100개의 물웅덩이를 돌아다니며 노는 사람과 비슷하다는 생각을 한다. 운 좋게 코로나 전에 다녀온 세계 여행 그 후의 삶 을 기록한 여행 에세이 외전, 《세계 여행은 끝났다》를 썼다.

영국 스릴러 드라마 〈비하인드 허 아이즈〉, 예상치 못한 반전에 경탄하리라

—드라마로도 재밌지만 원작 소설도 강력 추천!

★쥬한량(https://in.naver.com/netflix)

네이버 영화 인플루언서. 장르를 가리지 않고 영화와 드라마를 리뷰하지만 범죄, 미스터리, 스릴러를 특히 좋아합니다. 2022년 버프툰 '선을 넘는 공모전'에 〈9번째 환생〉이 당선되면서 웹소설 작가로도 활동을 시작하였습니다.

저는 가정 스릴러를 좋아하는 편이 아닙니다. 특히 불륜이 등장하는 소재는 애초에 '불편함'을 한 꼬집 뿌린 상태에서 보게 되는 것 같아요. 그래서 처음에는 이 드라마에 대한 호감이 그다지 없었다는 사실을 고백합니다. 그리고 마침내 결말에 이르렀을 때는 반전의 황당함에 분노가 치밀었습니다. 이런 특수 설정이 일본도 아니고 영국 드라마에서 나올 거라고는 상상도 못했기 때문이죠. 아니 어쩌면 그런 부분까지 미처 예측하지 못한 나 자신에 대한 분노였을지도 모릅니다.

그런데 말입니다. 엔딩을 보고 나서 며칠이 지나면서 평가가 달라졌습니다. 앞부분에 촘촘히 뿌려놓았던 복선과 그것을 연출한 방식이 참으로 정교하게 직조되었다는 걸 뒤늦게 깨달은 거죠. '그래. 그 정도까지 작가가 신경을 썼다면 조금 황당하게 느꼈더라도 인정해야지!'라고 속으로 외칠 수밖에 없었습니다.

그리고 얼마 전 원작 소설도 완독했습니다. 사라 핀보로의 장편소설 《비하인드 허 아이즈Behind Her Eyes》는 이미 그 자체로 완벽하더군요(알고 보니 작가는 BBC에서 시나리오 작가로도 활동 중이더라고요). 드라마로 봐서 이미 다 아는 내용이라 혹시나 재미가 떨어지지 않을까 걱정했는데, 정말 즐겁게 읽었습니다. 모든 설정과 반전을 알고 있었음에도 글맛까지 더해지니 또 다른 재미가 있었죠.

그러나 이 글의 목적은 영상물을 추천하는 것이라, 드라마 이야기를 먼저 하고 소설에 관해서도 덧붙여 정리해볼게요.

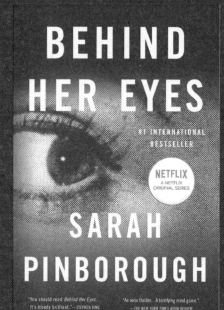

BEHIND HER EYES

#1 INTERNATIONAL
BESTSELLER

NETFLIX
A NETFLIX
ORIGINAL SERIES

SARAH
PINBOROUGH

"You should read *Behind Her Eyes*...
It's bloody brilliant." —STEPHEN KING

"An eerie thriller...A terrifying mind game."
—*THE NEW YORK TIMES BOOK REVIEW*

그녀의 눈동자 뒤에 있는 건 뭘까?
제목이 스포일러지만 다 보기 전까진 아무도
예측하지 못할 것이다

루이즈(시몬나 브라운)는 홀로 아들 애덤을
키우며 살아가는 정신과 상담소의
안내원입니다. 어느 날 술집에서 우연히
만난 남자 데이비드(톰 베이트먼)에게
야릇한 감정을 느끼지만, 그녀와 키스하던
데이비드가 갑자기 실수를 인지한 듯
돌아서는 바람에 그렇게 인연이 끝난 걸로
생각했죠. 그 뒤 루이즈가 일하는 상담소에
새로 부임한 직속 상사가 바로 데이비드였고,
두 사람은 거부할 수 없는 감정의 흐름에
자연스레 빠져듭니다. 그런데 데이비드에겐
어린 시절 만난 첫사랑이자 몇 해 전
결혼한 아내 아델(이브 휴손)이 있었습니다.
유부남이었던 거죠.
길에서 우연히 아델과 마주친 루이즈는
그녀를 단번에 알아보고 피하려 하지만,
아델은 루이즈와 데이비드 사이에 생겨난
감정은 꿈에도 생각지 못한 듯 루이즈에게
친구가 되어달라고 부탁합니다. 운동
회원권까지 자기 돈으로 끊어주며 다정하게
대하죠. 루이즈는 아델이 잘해주는 게
고맙지만, 죄책감 때문에 이러지도 저러지도
못하고 갈팡질팡합니다. 그러나 데이비드를
향한 마음을 멈출 수 없었고, 데이비드
또한 루이즈에게 느끼는 감정을 제어하지
못하면서 결국 두 사람은 불륜에 빠지고
맙니다. 그런데 그런 사이라면 루이즈와
아델은 한 공간에 있을 수도 없는 관계가 되는
게 정상일 렌데, 오히려 루이즈는 데이비드와

아델 중에서 선택해야 하는 기묘한 삼각관계에 놓이게 되죠.

한편 시청자는 루이즈는 보지 못하는 아델과 데이비드의 실제 생활을 볼 수 있는데, 부부인 두 사람이 집에서 나누는 대화나 행동이 아무래도 이상합니다. 데이비드는 아델의 정신상태가 불안정하다고 진단하고 상당히 강한 정신과 약을 처방해서 아내에게 복용하게 합니다. 아델은 데이비드의 말을 잘 듣는 것처럼 따르지만, 실은 약을 몰래 숨기거나 먹는 척했다가 토해내면서 결혼생활을 유지하기 위해 애씁니다. 회상 장면에서 두 사람의 과거는 분명히 아름다웠고 행복해 보였으니 시청자로서는 이해할 수 없는 상황이죠. 도대체 두 사람에게 무슨 일이 있었던 건지 궁금해집니다.

그리고 곧 밝혀지는 과거. 청소년 시절 소작농의 아들인 데이비드는 지주인 부잣집 딸 아델과 진실한 사랑에 빠졌지만, 아델의 부모는 그가 재산을 노린다고 생각해 교제를 반대했습니다. 데이비드는 그들의 반대를 뛰어넘기 위해 의대에 진학했죠. 그러던 어느 날 아델의 집(성)에 큰불이 나면서 부모 모두 사망하고 아델이 전 재산을 상속받게 됩니다. 하지만 아델은 이전에도 약간의 정신 병력이 있었던 데다, 부모님이 갑자기 돌아가신 충격으로 정신병원에 입원하게 됩니다. 그리고 성인이 되자 데이비드와 결혼한 거였죠.

루이즈도 두 사람의 러브스토리를 알게 되는데, 지금은 변해버린 데이비드의 태도를 보면서, 그녀 또한 데이비드가 아델의 돈을 노리고 접근하지 않았을까 생각합니다.

그리고 그런 계획의 연장선으로 지금도 아델에게 항정신성 약물을 처방하며 전 재산을 가로채려는 게 아닐까 의심하죠. 더불어 아델에게서 정신병원에서 친해진 친구 롭이 데이비드와 만난 후 갑자기 실종되었는데, 데이비드가 롭을 질투해서 죽인 것 같다는 말까지 듣게 되자, 루이즈는 데이비드를 더욱 의심의 눈초리로 보게 됩니다(스포일러를 줄이기 위해 줄거리는 여기까지만!).

반전 결말을 다 알고 봐도 읽는 맛이 있는 원작 소설의 매력

사실 드라마는 캐릭터의 내면을 온전히 전달하는 데 한계가 있기 때문에(표정, 행동, 대사로 한정되니까요) 조금 이해가 안 되는 부분들이 있었습니다. 그래서 드라마 초반에는 '아니, 저 캐릭터는 왜 저렇게 행동해? 앞뒤가 안 맞잖아?'라고 생각한 부분도 있었는데, 책에서는 두 명의 주인공 아델과 루이즈의 시선으로 교차 서술되기 때문에 캐릭터의 행동을 훨씬 쉽게 이해할 수 있습니다(물론 아무것도 모른 채 읽으면 잘 이해가 안 가는 부분들이 있을 겁니다. 하지만 그 모든 것이 작가가 뿌려놓은 떡밥이자 복선이라는 사실! 두 번째 읽으면 처음엔 이해하지 못했던 부분도 다 풀리면서 소름 돋는 재미를 만끽할 수 있으니 두 번 읽을 것을 추천합니다).

특히 아델이라는 캐릭터는 드라마에서는 감정이나 생각이 명확하게 전달되기 힘든 탓에 인물에 대한 이해가 조금 어려울 수 있는데, 책으로 읽으면 그 비틀린 구석이 곳곳에 적나라하게 나오면서 결말로 이어지는 힌트를 발견할 수 있습니다. 그런 요소들을 알고 읽으면 굉장히 짜릿할 겁니다.

영미권 작품에서는 희귀한 특수 설정을 적용한 작품

앞에서 언급했지만, 이 작품은 특수 설정으로 볼 수 있는 요소가 들어갑니다. 하지만 이게 뭔지 말씀드리면 너무 큰 스포일러이자, 재미를 반감시킬 게 분명하므로 최대한 노출을 자제하겠습니다. (여러분도 저처럼 뒤통수를 대차게 맞으셔야 합니다!) 원작 소설에서는 그 정체를 명확하게 드러내지 않는 묘사를 통해 상대적으로 반감을 낮춘 것으로 보이는데(어쩌면 저는 드라마에서 봤기 때문에 그렇게 느꼈을지도 모르지만), 드라마는 그것을 정확하게 영상으로 보여줄 수밖에 없는 매체이므로 그만큼 충격적이고 확실하게 시청자의 뒤통수를 칩니다. 사실 영미권도 고전이라 불릴 만한 작품에서는 그런 소재를 간혹 다루기도 했습니다만, 이전까진 아예 판타지로 다뤄지거나 그것 자체만을 소재로 삼았던 걸로 압니다. 그러나 이 작품은 그 특수 설정을 심리스릴러를 극대화하는 장치로 훌륭하게 활용했기 때문에, 처음엔 조금 황당하게 느껴지더라도 나중엔 수긍하게 되고 작가의 능력을 인정할 수밖에 없었습니다. 특히 그런 반전을 용납할

수밖에 없도록 사전 포석(복선)을 잘 깔아둔 것은 필력이라 부를 만한 재능이 아닌가 싶었습니다.

드라마를 먼저 보고 나서 책을 잡았습니다만, 읽는 내내 '작가는 나중에 독자들이 느낄 감상을 생각하면서 한 자 한 자 정말 짜릿하게 썼겠다'는 느낌을 받았습니다. 작가로서 그것만큼 신나는 순간이 또 있을까요? 부러운 마음을 한껏 품은 채 소설도 재미있게 읽었습니다. 여러분도 어느 쪽이 먼저든, 저처럼 드라마와 소설을 모두 보시고 두 배의 즐거움을 누리시길 바랍니다.

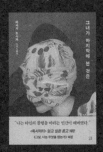

《그녀가 마지막에 본 것은》

마사키 도시카 지음 · 이정민 옮김 · 모로

한이 　얽히고설킨 각자의 사연이 모두 밝혀졌을 때, 비천해 보였던 노숙인 여자의 숭고한
　　　희생이 드러난다.

《나도라키의 머리》

사와무라 이치 지음 · 이선희 옮김 · 아르테(arte)

윤자영 　공포 소설이지만 본격 추리소설의 미덕을 갖추고 있다.

《3인의 명탐정》

레오 브루스 지음 · 김예진 옮김 · 엘릭시르

조동신 　사공이 많으면 배가 산으로 올라간다. 멋지게.

《붉은 박물관》

오야마 세이이치로 지음 · 한수진 옮김 · 리드비

박상민 　안락의자 탐정의 진수를 보여준다.

《명탐정으로 있어줘》

고니시 마사테루 지음 · 김은모 옮김 · 베가북스

조동신   제목이 그대로 감상평이 될 줄 몰랐다….

《소설가라는 이상한 직업》

장강명 지음 · 유유히

한이   정어리가 아닌 흰고래를 쫓는 모든 작가에게 보내는 한 동료의 솔직한 격려.

《코인》

방현희 지음 · 릿릿

김소망   긴장감은 다소 느슨하지만, 코인이라는 불분명한 세계에서 벌어지는 끈적한 야망은 아주 명확하게 설명돼 흥미롭다.

《너의 퀴즈》

오가와 사토시 지음 · 문지원 옮김 · 블루홀식스(블루홀6)

박상민   따지고 보면 우리 모두 인생이라는 난해한 퀴즈를 풀고 있다.

《웹소설의 모든 것》

설봉 , 해경 , be인기작가 , 박기태(아이박슨) , 월운 , 백산 , 김지호 , 홍유라 , 이인혜 , 금은하 , SIRIUS , Dips 지음 · 데이원

한이　　웹소설의 바다는 당신이 생각하는 것보다 크고 광대하다. 이 분야의 작가가 되고 싶다면 최소한 이 책 한 권 정도는 읽고 시작하라.

《유리의 성벽》

가미나가 마나부 지음 · 김지윤 옮김 · 제우미디어

조동신　　학교폭력은 사람의 영혼에 금을 낸다.

《신의 숨겨진 얼굴》

후지사키 쇼 지음 · 김은모 옮김 · 엘릭시르

윤자영　　기억나는 선생님이 있나요? 그분이 살인자라면?

《하야부사 소방단》

이케이도 준 지음 · 천선필 옮김 · 소미미디어

한이　　왜 이케이도 준의 소설이 펴내는 족족 영상화가 되는지 명확히 보여준다. 나카무라 토모야 주연의 드라마 역시 훌륭하다.

《집 보는 남자》

조경아 지음 · 안전가옥

조동신　공간을 파악하는 탐정 캐릭터가 독특하다.

《6시 20분의 남자》

데이비드 발다치 지음 · 허형은 옮김 · 북로드

한이　'모든 것을 기억하는 남자' 에이머스 데커에 비해 트래비스 디바인의 매력은 아직은
　　　좀 아리송하다.

《초대받지 않은 손님들을 위한 뷔페》

크리스티아나 브랜드 지음 · 권도희 옮김 · 엘릭시르

조동신　소문난 잔치에 먹을 것 많다.

《눈에 갇힌 외딴 산장에서》

히가시노 게이고 지음 · 김난주 옮김 · 재인

윤자영　산장, 밀실, 복수. 읽지 않고 배기겠는가.

《못 먹는 남자》

정해연 지음 · 엘릭시르

박상민   먹지 않아야 살아남는 아이러니.

《습기》

마태 지음 · 해피북스투유

조동신   가정이 서서히 무너지는 모습이 잘 묘사된 작품이다.

김소망   비싼 새 아파트로 이사 가면 먼지 하나 없는 삶이 펼쳐지리라는 평범한(?) 꿈을 장
르적으로 부숴버리다. 불쾌하고 잔혹한 스릴러 마니아에게 추천.

《불특정 다수》

염유창 지음 · 해피북스투유

김소망   정밀 수사와 무대뽕 정신이 결합된 후던잇이 재미없을 수 있나. 이게 바로 맛있게
매운맛이다.

조동신   연쇄살인범의 모방범 찾기와 그 뒤의 진실을 알아내는 과정이 긴박감 있게 전개된
다.

《이리하여 아무도 없었다》

아리스가와 아리스 지음 · 김선영 옮김 · 현대문학

한이   1989년에 데뷔한 신본격 미스터리의 기수가 여전히 깃발을 휘날리며 맨 앞에서 달
리고 있다.

어둠 속의 저격수

황세연

    나의 원수 그놈은 추리빌라 2층에서 혼자 거주 중이다. 추리빌라 1층에는 놈의 경호원, 운전기사 등 수하들 몇 명이 기거하고 있다. 놈의 수하들은 놈이 출입문을 나서는 순간부터, 그리고 돌아올 때도 출입문 앞까지 경호한다. 하지만 수하들은 놈이 부르지 않으면 2층 출입문 안으로는 한 발짝도 들여놓지 않는다.

    나는 놈을 죽이기 위해 석궁을 하나 마련해 오래도록 사격 연습을 해왔다. 유효 사거리는 50~60미터쯤 된다.

    하지만 내가 놈의 거처에 침입해 석궁으로 놈을 저격하면 1층의 수하들에게 잡히거나 살해될 확률이 높다. 수하들은 놈이 2층에 있을 때는 늘 2층으로 올라가는 계단을 감시한다. 또 놈들은 쇠파이프, 가스총, 전기충격기 등으로 무장하고 있다. 불법을 일삼는 놈들이니 권총이나 엽총 같은 총기를 가지고 있을 수도 있다.

    집 밖에서 놈을 살해하는 것도 위험 부담이 크긴 마찬가지다. 놈은 언제나 수하들에 둘러싸여 있고 이동할 때는 늘 자동차를 이용하기에, 흉기를 들고 놈에게 접근하는 것도 쉽지 않고 미행하는 것도 쉽지 않다.

    나는 놈의 집 거실과 마주 보고 있는 맞은편 연립주택 계단에서 놈의 집 안을 살펴보려고 몇 번이나 시도했으나 놈의 집 창문에는 늘 커튼이 쳐져 있었다.

호랑이를 잡으려면 호랑이 굴로 들어가야 하는 법.

나는 녀석이 집을 비운 사이 택배기사 복장을 하고 녀석의 집에 침입했다. 놈의 집 현관 비밀번호는 며칠 전 현관 밖에 초소형 카메라를 설치해 알아냈다.

녀석의 집은 그리 넓지 않았으나 살림살이는 꽤 호화로웠다. 거실에 악어가죽 소파, 주목으로 만든 테이블, 값비싼 오디오, 85인치 아몰레드 텔레비전, 안마 의자 등이 놓여 있었다. 안방에는 커다란 물침대가 있었고 냉장고 안에는 고급 양주와 음료수가 가득했다.

술에 독을 탈까?

하지만 나는 놈이 눈치채지 못할 그런 독약을 가지고 있지 않다. 술이나 음료수에 쉽게 구할 수 있는 농약을 탄다면 냄새 때문에 바로 들통 날 테고, 마신다고 해도 많이 마시지 않으면 죽지 않을 것이다.

가스누출 경보기를 망가트린 뒤 가스를 틀어놓고 놈이 출입문을 열면 점화되어 가스 폭발이 일어나는 장치를 만들어놓을까?

하지만 가스는 조금만 누출되어도 지독한 냄새가 난다. 그 냄새는 집 밖에서도 쉽게 맡을 수 있다. 놈이 집에 들어서기 전에 인근 주민이 가스누출 신고를 할 수도 있고 1층에 있는 수하들이 알아챌 가능성도 있다. 또 가스 폭발은 이웃에 사는 무고한 사람들이 죽거나 다칠 수 있다.

집 창문을 가린 커튼을 열어놓고 맞은편 건물에서 집 안을 살피다가 놈이 보이면 저격하는 건 어떨까?

하지만 놈은 집으로 들어서는 순간 늘 닫아두었던 커튼이 열려 있으면 곧장 방어에 들어갈 것이다. 특히 밤에 커튼이 열려 있으면 외부의 불빛이 어두운 실내로 스며들기에 바로 알아챌 것이다.

놈에게 나의 침입 사실을 숨기려면 신발짝 하나 건드리면 안 된다.

놈을 죽일 방법을 찾기 위해 집 안을 꼼꼼히 둘러보던 나는 곧 손뼉을 쳤다.

'아! 바로 저거야'.

*

밤 11시, 황은조 경감은 살인사건 신고를 받고 추리빌라로 출동했다. 살인사건이 발생한 곳은 5층짜리 추리빌라의 2층, 202호였다.

황은조 경감이 202호 출입문 안으로 들어서니 불이 환하게 켜져 있는 거실에 마흔 살쯤 먹은 뚱뚱한 남자 한 명이 엎어져 있었다. 남자는 거실 창문 맞은편의 벽 앞에 엎어진 상태였는데 등에 화살이 꽂혀 있었다. 석궁화살 같았다. 화살이 심장을 관통해 즉사했다. 심장이 바로 멈췄기 때문인지 피는 많이 흘리지 않았다.

거실 유리창이 깨져 있었고 거실 창문을 가리고 있던 얇은 커튼에 구멍이 하나 나 있었다. 석궁화살이 날아든 흔적이었다. 죽은 사람이 화살을 맞을 때 거실 벽 앞에 서 있었다고 가정하면 석궁을 쏜 곳은 10미터쯤 떨어진 맞은편 연립주택의 2층과 3층 사이 계단의 창문이었다.

시체 옆에 일회용 라이터가 떨어져 있었다.

"이 라이터는 뭐지? 담배를 피우려다가 죽은 건가?"

담배는 죽은 자의 주머니 안에 들어 있었다.

살해된 남자 주근남은 건설회사 사장이었다. 하지만 그건 간판일 뿐이고 실제로는 '짱돌파'라는 범죄조직의 두목이었다.

황은조 경감은 사건 상황을 재구성해보았다.

"그러니까 여기서 이렇게 벽을 보고 서 있다가 창문을 뚫고 날아온 화살에 등을 맞았군. 이상하군? 커튼이 쳐져 있었는데 범인은 어떻게 보이지도 않는 남자의 심장을 정확히 맞힌 거지? 적외선 조준경이라도 쓴 걸까? 아니면 내부에서 화살을 쏜 뒤 외부에서 저격한 것으로 꾸민 위장 살인? 그렇다면 밀실 살인사건인데? 유리창 깨지는 소리를 듣고 1층에 있던 부하들이 곧장 뛰어 올라왔다니 범인이 도망갈 틈이 없었는데? 아, 라이터가 있었군…."

실험해볼 필요가 있었다. 황은조 경감은 범인이 석궁을 쏜 장소로 추정

되는 맞은편 연립주택의 계단에 서서 추리빌라 202호 거실 창문을 지켜보며 거실에 있는 동료 형사에게 라이터를 켜게 했다. 동료 형사가 전등을 끄고 라이터를 켜자 커튼을 친 거실 창문이 조금 밝아지기는 했지만 라이터를 들고 있는 사람의 위치는 확인하기 어려웠다.

"라이터 불빛을 보고 화살을 쏜 건 아냐."

사건 당시 추리빌라 1층에 있었던 짱돌파 수하들의 증언을 들어보았다.

주근남은 아침에 외출했다가 저녁 9시쯤 집으로 돌아왔다. 수하들은 주근남이 계단을 통해 2층으로 올라가는 것을 배웅하고 내려와 1층으로 들어갔다. 밤 10시쯤 주근남과 친한 '쌍도끼파' 두목이 방문했고 소동 끝에 시체를 발견했다.

주근남의 집을 꼼꼼히 조사하던 황은조 경감은 냉장고를 열어보았다. 냉장실에는 값비싼 양주가 가득했고 냉동실에는 비닐봉지 안에 각얼음이 들어 있었다.

"온더록을 좋아하는 모양이군."

그런데 각얼음이 녹았다가 다시 언 흔적이 있었다.

"아, 알았다! 머리가 좋은 범인이군!"

문제: 범인은 커튼이 쳐진 추리빌라 거실에 있던 주근남을 어떻게 외부에서 석궁으로 정확히 쏘아 살해한 것일까?

정답은 QR코드를 스캔하거나 나비클럽 홈페이지(www.nabiclub.net)의 〈계간 미스터리〉 카테고리에서 확인할 수 있습니다.

독자 리뷰

★빈츠

표지 일러스트가 보편적으로 거부감이 클 법한 그림이지만 2023년에 출간된 《계간 미스터리》 중에선 가장 제 취향의 표지네요! 평범해 보이지만 속을 자세히 들여다보면 추악한 진실이 드러나는 게 미스터리의 핵심이라고 생각하거든요. 이 부분이 잘 반영된 표지라 개인적으로 마음에 들어요. 정장을 입고 책상에 엎드려 있는 모습이 현대인의 초상 같기도 하고… 현대인의 비극을 소재로 한 미스터리 소설이 수록되어 있지 않을까 하는 첫인상입니다. 이번 호도 기대 만발이에요!

★stormpy

이번 호 특집은 유독 좋았다. 정유정 작가의 《완전한 행복》이 어느 사건을 모티프로 삼음으로써 여러 말들이 오간 적이 있다. 반대로, 잘 쓰인 미스터리 한 편으로 박수를 아끼지 않은 예도 있다. 우리는 왜 범죄 실화를 보고 읽게 될까? 실화를 바탕으로 쌓아 올린 이야기는 다른 이의 피와 눈물로 쌓아 올린 스토리임은 분명하다. 그것을 이용하는 창작자는 단순히 재미만을 추구해서는 안 될 것이다. 범죄 스토리를 읽는 것은 범죄라는 스토리텔링보다 그 안에서 일어나는 예외적인 상황에서도 사회가 그들을 구해내는 것을 보며 안심할 수 있기 때문이다. 범죄 소설을 읽는 건 이런 역설적인 이유 또한 존재한다.

★with_king_chow

김창현의 〈멸망 직전〉은 엄밀히 말하면 추리물은 아니다. 형사와 연쇄살인마, 강력계 형사의 아내이자 순경 출신 여주인공이 각자의 종말을 맞는 군상극이다. 추리물을 기대하면 재미가 덜 하지만 종말을

인스타그램 @nabiclub을 팔로우하고, #계간미스터리 해시태그와
함께 《계간 미스터리》 리뷰를 남겨주세요. 선정된 리뷰어에게는
감사의 마음으로 소정의 선물을 보내드립니다.

목전에 둔 인물들의 폭주와 방어가 꽤 가독성 있게
전개되어, 덕분에 즐거운 하루를 열 수 있었다.

★무경

〈팔각관의 비밀〉에 유명 드라마의 트릭이
이용됐다고 해서, 무슨 드라마일지 무척
궁금했습니다. 죽은 회장님이 유체이탈하는
시점에서, 눈에서 빔 쏘고 빙의하는 드라마가
생각났지만, 그 뒤의 과거 회상 장면에서 곧바로
'아하, 재벌 집!' 하고 곧바로 알아차렸습니다.
(언젠가 정말로 임성한 작가풍의 막 나가는 드라마
설정을 담은 추리물을 써보고 싶기는 합니다만… 안
될 거야 아마…) 가을호에 실린 작품 중 가장 본격
미스터리에 가깝다고 할 만한 이 작품을 보면서,
트릭은 치밀하고 거창한 것도 좋지만 아주 작은
속임수 하나로도 색다른 즐거움을 준다는 걸
새삼 느꼈습니다. 방의 구조와 앉은 자리의
배치로 교묘하게 속임수를 연출한 게 좋았어요.
가을호의 다종다양한 느낌을 장식해준 재미있는
작품이었습니다.

★_2comma

역사적 사실을 바탕으로 한 또 하나의 소설 〈해녀의
아들〉은 지난 여름호 〈불꽃놀이〉에서 활약했던
좌승주 형사를 다시 한번 불러낸다. '사건은
해결되지 않았다. 과거와 현재가 얽히고설킨
혼돈의 도가니. 4·3은 아직도 진행 중이다'라는
글귀가 내내 여운을 남기며 가슴을 먹먹하게
만든다. 치밀한 조사와 디테일 넘치는 묘사로
정교한 역사 미스터리를 완성해낸 작가의 필력에
박수를 보내고 싶다.

천선란
〈옥수수밭과 형〉
드라마 확정

황세연
〈고난도 살인〉
드라마 확정

SF 작가 X 미스터리 작가
9인의 장르 컬래버 프로젝트

2035 SF 미스터리

천선란, 한이, 김이환, 황세연, 도진기, 전혜진, 윤자영, 한새마, 듀나

시대의 최전선에서 인류의 미래를 고뇌하는 SF와
인간성의 심연을 탐구하는 미스터리가 만났다!

2022
ACFM 부산스토리마켓
한국 IP 선정작

영화화
확정

미스터리와 오컬트가 결합된
오싹하면서 매혹적인 환상소설의 탄생

우울의 중점

이은영 소설

심리적 시공간을 환상적으로 연출하는 이야기 마술사의 등장
자신을 타인처럼 모른 척해온 이들을 위한 이야기
―박인성(문학평론가)

계간 미스터리 신인상 공모

**전통의 추리문학 전문지 《계간 미스터리》에서
새로운 시대를 함께 열어갈 신인상 작품을 공모합니다.**

★모집 부문

단편 추리소설, 중편 추리소설, 추리소설 평론

★작품 분량(200자 원고지 기준)

단편 추리소설: 80매 안팎 / 중편 추리소설: 250~300매 안팎 / 추리소설 평론: 80매 안팎

※ 분량 기준을 준수하지 않은 응모작은 심사 대상에서 제외됩니다.

※ 평론은 우리나라 추리소설을 텍스트로 삼아야 합니다.

★응모 방법

- 이메일을 통해 수시로 접수합니다. mysteryhouse@hanmail.net
- 우편 접수는 받지 않습니다.
- 파일명은 '신인상 공모_제목_작가명'을 순서대로 기입해야 합니다.
- 이름(필명일 경우 본명도 함께 기입), 주소, 연락 가능한 전화번호, 이메일을 원고 맨 앞장에 별도 기입해야 합니다. 부실하게 기입하거나 틀린 정보를 기재했을 경우 당선 취소 등 불이익을 받을 수 있습니다.

★유의 사항

- 어떤 매체에도 발표되지 않은 작품이어야 합니다.
- 당선된 작품이라도 표절 등의 이유로 타인의 지식재산권을 침해한 사실이 밝혀지거나, 동일 작품이 다른 매체 등에 중복 투고되어 동시 당선된 경우 당선을 취소합니다. 이 경우 원고료를 환수 조치합니다.
- 미성년자의 출품은 가능하나 수상 시 법정대리인의 동의서, 가족관계증명서 등을 제출해야 합니다.

★작품 심사 및 발표

- 《계간 미스터리》 편집위원들이 매호 심사합니다.
- 당선자는 개별 통보하고, 《계간 미스터리》 지면을 통해 발표합니다.

★고료 및 저작권

- 당선된 작품은 《계간 미스터리》에 게재합니다. 작가에게는 상패와 소정의 고료를 드립니다.
- 원고료에 대한 제세공과금을 공제합니다.
- 신인상에 당선된 작가는 기성 작가로서 대우하며, 한국추리작가협회 정회원으로서 작품 활동을 지원합니다.

■문의

한국추리작가협회 02-3142-3221 / 이메일: mysteryhouse@hanmail.net

계간⑩스터리 × 그믐 🌙

"독서 플랫폼 그믐에서 《계간 미스터리》 작가와 함께 책을 읽으며 이야기 나눠요"

한국 추리문학의 본진 《계간 미스터리》가
2023년 한 해 동안 그믐에서 독서 모임을 진행하고 있습니다.
80호 독서 모임 운영자는 장우석 작가입니다.
《수학, 철학에 미치다》, 《수학의 힘》 등을 집필한 수학 선생님이자 추리 소설가이며
이번 호에 단편소설 〈고양이 탐정 주관식의 분투〉를 수록했습니다.

계간 미스터리 80호 × 그믐 독서 모임

모임 기간: 2023년 12월 21일(목) ~ 1월 14일(일) (모임 기간 내 자유롭게 입장 가능)

활동 내용: 《계간 미스터리》를 함께 읽으며 장우석 작가가 올리는 질문들에 대해
그믐 사이트에서 자유롭게 이야기 나눕니다.

신청 방법: www.gmeum.com에서 신청

그믐 바로가기

www.gmeum.com

한국 추리문학의 본진
《계간 미스터리》 정기구독

★★★ **1년 정기구독** ★★★

15,000원×4권

60,000원 → **50,000원**(17% 할인)

★★★ **2년 정기구독** ★★★

15,000원×8권

120,000원 → **100,000원**(17% 할인)

과월호 1권 증정

정기구독은 smartstore.naver.com/nabiclub에서 신청하실 수 있습니다.

(문의 nabiclub@nabiclub.net)

 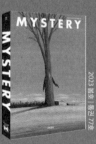  

"모든 이야기는 미스터리다"

나비클럽